KB021828

물과 물결
그리고 하느님 2

물과 물결 그리고 하느님 2

초판 인쇄 2021년 12월 30일
초판 발행 2022년 1월 3일

지은이 류해욱 신부
펴낸이 김재광
펴낸곳 솔과학
등 록 제10-140호 1997년 2월 22일
주 소 서울특별시 마포구 독막로 295번지 302호(염리동 삼부골든타워)
전 화 02-714-8655
팩 스 02-711-4656
E-mail solkwahak@hanmail.net

ISBN 979-11-8712-491-7 (03810)
ⓒ 솔과학, 2021

값 22,000원

물과
물결 그리고
하느님 2

류해욱 신부

Water
and
Waves
And
God

솔과학

상처 입은 치유자

　'상처 입은 치유자'라는 말에는 자신의 깊은 상처를 통해 스스로 통합하면서 치유력을 지니게 된 '진정한 치유자'라는 의미가 함축되어 있습니다. 저는 이런 '상처 입은 치유자'의 원형(原型)은 바로 '예수님'이라고 믿습니다. 이 책의 저자인 류해욱 신부님의 「물과 물결 그리고 하느님 2」 원고를 읽으면서, 류 신부님 역시 자신의 아픈 상처를 통해서 스스로 통합하면서 '상처 입은 치유자'가 된 사제요, 치유자이라는 것을 알게 되었습니다.

　류 신부님은 사람들, 특히 마음과 몸이 아픈 사람들에게 관심이 많으셨습니다. 자신의 건강을 돌볼 겨를이 없을 만큼 수많은 사람을 사랑의 마음으로 만나고, 그들의 아픈 상처를 쓰다듬고 함께 울면서 예수님의 은총을 나누어주는 진정한 사제요 이야기꾼이지요. 우리가 그냥 무심히 지나치는 나무 한 그루, 풀 한 포기도, 별 의미 없이 보아 넘기는 영화 한 편도 류 신부님의 눈과 마음을 거치면, 어느새 하느님의 은총을 전달하는 소중한 도구가 됩니다.

그런 강론과 이야기들은 깊은 감동으로 마음에 다가와 큰 울림을 줍니다. 그리고 종국에는 가시처럼 나를 찔러, 자신의 깊은 내면을 돌아보지 않을 수 없게 만들지요. 이 책 제목의 「물과 물결 그리고 하느님 2」는 사제 서품 30년을 맞아 낸 「물과 물결 그리고 하느님」의 2편으로 낸 책입니다. 「물과 물결 그리고 하느님」이라는 책에 담지 못했던 이야기들을 통해 자신을 돌아보면서, 하느님과의 관계를 다시 회복하게 만드는 주옥같은 글들이 이 책에 듬뿍 실려 있습니다.

류해욱 신부님은 예수회 안에서 탁구와 테니스의 귀재였고, 사진, 예술 그리고 문학에 대해서도 깊은 소양을 지닌 팔방미인이셨습니다. 그처럼 다방면의 재능을 발휘하면서 왕성하게 활동하던 류 신부님이 뇌졸중으로 갑자기 쓰러져서, 오른쪽 손이 마비되었습니다. 전 세계를 내 집처럼 누비며 특별히 성모님의 은총이 고여 있는 성모 성지를 사람들과 함께 순례하면서, 은총을 조금이라도 더 나누어주기 위해 쉴 틈 없이 동분서주하시던 분이 과연 얼마나 답답했을까? 가히 짐작이 갑니다.

저는 류 신부님과 한 공동체인 성 이냐시오의 집에 살고 있습니다. 곁에서 지켜본 류 신부님은 한마디 불평도 하지 않으시고, 묵묵히 치료를 받고 휘적휘적 걸으며 계속 앞으로 나가셨지요. 그리고 손과 목소리가 조금씩 회복되자마자, 다시 사람들을 적극적으로 찾아 나서기 시작하셨지요. 사람이 사람을 피해야 하는 코로나 상황 속에서도, 더 많은 사람을 찾아 이곳저

곳을 바쁘게 다니시는 류 신부님의 모습을 보면서, 양 떼를 찾아 나서는 목자의 마음을 읽을 수 있었습니다.

그러한 상황에서 류 신부님은, "제가 뇌졸중을 앓고 난 이후에, 삶을 더 긍정적으로 볼 수 있게 되었습니다."라고 이 책을 통해서 고백하고 있습니다. 류 신부님은 이제 '상처 입은 치유자'이신 예수님을 닮은 진정한 치유자요, 은총의 전달자가 된 것입니다. 류 신부님의 다양한 장르의 속 깊은 글을 다 읽고 나니, 마치 긴 피정을 통해 마음의 깊은 울림으로 하느님 은총의 바다를 헤엄쳐 온 것 같은 감동을 받았습니다.

참으로 류 신부님의 진솔하고 맑은 마음에서 뿜어져 나오는 향기는 진하고, 하느님과의 교감이 깊이 느껴지는 묵상 글과 강론은 내 마음을 움직여, 나 자신과 하느님과의 인격적인 관계를 되돌아보지 않을 수 없게 만들었지요. 성서 구절 하나, 한 편의 영화 이야기, 다양한 예수님의 비유 말씀들은, 나에게 자신을 성찰하고 되돌아보지 않을 수 없게 만드는 묘한 마력을 지니고 내 마음 깊은 곳을 울렸습니다.

류 신부님은 '실'이란 글에서, "저에게 실로 띠를 만들어 준 어머니만, 단순히 모자(母子)라는 인연으로 연결된 것이 아닙니다. 만난 적이 없지만, 이 글을 읽는 사람은 누구나 저와 같은 주제를 놓고 서로 묵상을 하는 것이니, 그것이 바로 만남입니다. 사랑이며 인연입니다."라고 말합니다. 많은 분이 이 책을 읽고, 영적 양식을 얻으며, 아픈 마음이 치유되어 생명력을 되찾고, 우리 주위에서 만나는 이웃과의 사랑을 통해 '우리 주, 예수님'을 더 깊이 만났으면 좋겠습니다.

그것이 바로 류 신부님의 말씀대로 만남이고, 사랑이며, 인연이 아니겠습니까? 이 책을 읽는 많은 분이, 이 책의 '하느님의 사람'에 나오는 평생을 흑인 노예들을 위해 헌신하는 삶을 살았던 예수회 성인 베드로 클라베르의 "우리는 그들에게 입으로 말하기 전에 손으로 말해야 합니다."라고 부탁한 것처럼, 이웃의 손을 진정한 사랑으로 따뜻하게 잡아줄 수 있는 은총을 길러낼 수 있으리라 저는 믿고 확신합니다. 이처럼 멋진 은총의 잔치에, 여러분 모두를 기쁜 마음으로 초대합니다.

김정택 신부(예수회 영성. 심리상담소장)

서문

지난해 7월 5일이 저의 서품 30주년이었습니다. 서품 30주년을 맞아 「물과 물결 그리고 하느님」이란 책을 출간했습니다. 미리 서품 30주년 기념으로 책을 낼 생각이 없었는데, '솔과학'이라는 출판사에서 저에게 원고를 달라고 하였습니다. 별다른 생각 없이 원고를 주고, 제 나름대로 그 원고 정리를 하고 있었습니다. 그때가 5월 말이었습니다.

출판사에서 그 책이 7월이면 나올 수 있다고 하여, 마침 서품 30주년이 다가와서 그 기념으로 내기로 하였습니다. 급히 여러 사람에게 추천사를 부탁하였습니다. 감사하게 여러 사람이 저에게는 감동적인 추천사를 써주었지요. 그러나 그 책은 서품 30주년을 담고 있기에는, 부족함이 많았습니다. 그 책은 9장을 담고 있었는데, 첫 장이 성지순례의 내용이었습니다. '길(성지)을 따라 걷다.'라는 첫 장의 내용을 정리하여 '허형 순례 시 그리고 하느님'이라는 책으로 내게 되었습니다.

그 외에도 조금 보충하여 다시 「물과 물결 그리고 하느님 2」라는 책으로 새롭게 묶게 되었습니다. 저는 이 책을 서로 다른 주제의 8개 장으로 나누었습니다. 제가 첫 장으로 '시를 담은 강론'으로 정한 것은 제 강론에 시를 많이 쓰는 편인데, 그것을 그대로 따랐습니다. 제2장은 '이야기'인데, 주로 도움이 되는 옛날이야기를 포함한 여러 이야기를 담은 강론입니다. 어린이 미사에 썼던 글은 그냥 어린이에게 하는 말투를 그대로 사용했지요.

제3, 4, 5장은 '사랑, 믿음, 희망'의 신망애 삼덕은, 제가 신부로서 사는 삶의 여러 가지 이야기입니다. 코로나 19 사태가 2년 넘게 계속되면서 우리가 모두 너무나 힘들고 절망적이기까지 합니다. 지금은 희망이 절실한 때입니다. 저도 이 코로나 시대의 상황에서도 사랑과 믿음뿐만 아니라, 특히 희망을 외치고 싶었습니다. 희망의 예언자, 예레미야는 이 시대를 대변합니다. 예레미야가 남긴 예언의 핵심에는 언제나 희망이 담겨 있습니다.

유배의 상황만 보면, 그런 엄청난 비극에서도 결국 다시 돌아오게 된다는 희망의 메시지를 담고 있습니다. 많은 유대인이 바빌로니아로 끌려가는 수난을 당하면서도 다시 새로운 희망을 지니도록 해주었습니다. 지난 3세기 동안 그 지역을 장악해오던 강대국 아시리아 제국이 갑자기 몰락하고, 수도 니느베가 BC 612년에 바빌로니아인들과 메디아인들에게 함락되었습니다.

모든 것이 절망스러울 때, 그는 다시 새로운 희망을 외쳤습니다. 저도 현실의 이 상황에서 예언자 예레미야처럼, 다시 희망을 외치고 싶습니다.

우리는 결국 코로나 19 상황을 이겨낼 것입니다. 올해는 모두가 기다리는 대통령 선거가 있습니다. 누가 대통령이 되어도 우리는 앞으로 나갈 것입니다. 결국, 코로나 19는 극복될 것이고, 모든 것이 잘 될 것입니다.

제6장은 '영화'를 보고 감상을 적은 글입니다. 제가 영화를 좋아하여 영화에 대한 글을 썼습니다. 이번에 '영화'라는 장으로 이전 책에서 담지 못했던 영화에 관한 글을 넣었습니다. 제7장은 '하느님의 사람들'이고요. '하느님의 사람들'은 이전의 책에서 빠졌던 성인들을 보충하였습니다. 마지막 장은 '강의'라는 제목으로 평소 여러분에게 들려드리고 싶은 내용입니다.

'강의'는 제가 강의할 때, 주로 사용하던 글입니다. '너 어디 있느냐?'는 전체적 영성이라는 글인데, 현대 영성을 대변하는 글입니다. '용서와 화해는 가능한가?'라는 글은 제가 평소 말하고 싶은 내용을 담고 있습니다. 오늘날 우리에게 가장 절실한 것은, 정말 용서와 화해가 꼭 필요할 뿐만 아니라 실제로 가능하다는 사실입니다.

'깊은 물과 그물'은 사제로서의 정체성을 찾는 글입니다. 제가 끊임없이 묻는 물음이 사제가 어떤 사람이어야 하는가?라는 물음입니다. 사제라는 말의 어원이 바로 '하느님과 사람 사이에 다리를 놓는 자'라는 뜻입니다. 사제는 하느님과 사람의 중간자의 역할을 해야 합니다. 그 사이에서 '예' 할 것은 '예' 하고 '아니오' 할 것은 '아니오'라고 답해야 합니다.

보잘것없는 글을 책으로 만들어 준 출판사, '솔과학'의 대표 김재광 님께 감사드립니다. 표지는 다시 동생, 류해일 화백의 그림을 사용합니다. 류해일은 이번에는 제 책의 제목에 맞게 그림을 그렸으니, 다시 감사하지요. 제 오른쪽을 사용할 수 있게 하겠다고 열과 성을 다해 치료를 해주시는 분, 그리고 미사 때마다 미리 제대를 차려주는 등, 저를 마음으로 돕는 공동체 회원들에게 진심으로 감사드립니다. 그 외 알게 모르게 저를 지원해 주는 모든 분께 다시 깊은 감사의 인사를 드립니다.

목차

1 시를 담은 강론

2 이야기

3 사랑

4 믿음

5 희망

8 강의

1

시
를
담
은
강
론

천 갈래의 바람으로

천 개의 갈래로 부는 바람

제 무덤가에 서서 울지 마십시오.

저는 거기 있지 않습니다.

저는 잠들은 것이 아니니까요.

저는 천 개의 갈래로 부는 바람입니다.

저는 흰눈 위에 반짝이는 다이아몬드입니다.

저는 여무는 곡식 위에 비치는 햇살입니다.

저는 은근히 내리는 가을비입니다.

그대가 아침의 적막함 가운데 깨어날 때

저는 하늘을 고요히 선회하다가

갑작스러운 비상을 감행하는 새입니다.

저는 밤하늘에 부드럽게 어루만지는 별빛입니다.

제 무덤가에 서서 울지 마십시오.

저는 거기 없습니다. 저는 죽은 것이 아니니까요.

이 시는 이승을 작별한 이가 남아 있는 사람들에게 남긴 시입니다. 신현림 시인이 이 시에 대한 포토에세이를 쓴 책이 나왔습니다. 이 시는 마릴린 먼로의 25주기 때에도 낭독되었고, 911테러의 1주기에서 아버지를 잃은 한 소녀가 암송하여 많은 사람을 눈물짓게 한 시이기도 하지요.

널리 사랑받는 작품임에도 언제, 누가 썼는지는 알려지지 않은 이 시는 죽은 자가 산 자에게 보내온 따뜻한 위로의 편지와도 같은 시이기에, 제가 장례 미사에 읽어 드리려고 번역을 했습니다. 그가 이제는 우리 곁을 떠났다고 생각하지만 실은 천 갈래의 바람이 되어 우리 곁에 머물기도 하고 어깨를 촉촉이 적시는 봄비로, 따사로운 햇살로 우리 곁에 머무는지도 모릅니다.

봄비가 내리는 이 시간, 저는 어머니가 봄비로 저에게 오심을 느낍니다.

하류를 향해

제가 호시노 토미히로라는 일본 화가가 쓴 '내 꿈은 언젠가 바람이 되어'라는 책에서 '민들레'라는 글을 인용했었습니다. 그는 중학교 선생님이 된지 불과 두 달 만에 방과 후, 체육 동아리를 지도하다가 경추손상을 입어 목 아래 전신이 마비되는 사고를 당한 사람입니다. 그러나 그는 불운을 행운으로 바꾼 놀라운 사람이지요.

그는 장애의 몸으로 붓을 입에 물고 그림을 그리고 시를 쓰고 특히 '내 꿈은 언젠가 바람이 되어'라는 시화집은 200만 부나 팔렸습니다. 그는 일본에서 가장 많은 사람에게 사랑과 존경을 받는 사람 중의 한 사람이 되었지요. 그의 작품이 전시된 토미히로 미술관에는 매해 10만 명이 넘는 사람들이 찾아온다고 합니다. 오늘 다시 그가 쓴 글 토막을 나누겠습니다.

나는 어릴 때, 집 근처에 흐르는 와타라세 강에서 소중한 것을 배웠다. 내가 겨우 헤엄을 칠 수 있게 되었을 무렵이니까, 초등학생 때였을 게다. 개구쟁이들과 어울려 와타라세 강으로 헤엄을 치러 갔다. 그날은 물이 불어 흙탕물이 흐르고 있었다. 나도 모르는 새, 강 한가운데로 너무 들어가 버렸는데 정신을 차리고 보니 물살에 휩쓸려 떠내려가고 있었다.

그건 내가 언제나 바라보던 와타라세 강의 모습이었다. 군데군데 푸르스름하게 보일 정도로 수심이 깊은 곳도 있지만 흰 거품을 일으키며 흐르는 얕은 여울이 많았다. 아마 지금 내가 휩쓸려 가고 있는 곳은 내 키보다 깊지만, 물살을 타고 흘러가다 보면 반드시 얕은 여울이 나타나게 될 것이다.

"그래. 굳이 되돌아가려 하지 않아도 되잖아."

나는 몸의 방향을 180도 틀어서 이번에는 하류를 향해 헤엄치기 시작했다. 그러자 그렇게 빠르게 흐르던 물살도 어느새 날마다 바라보던 와타라세 강으로 되돌아 가 있었다. 물살에 휩쓸려 떠내려가던 때의 무서움보다는 그 무시무시한 물살로부터 탈출할 수 있었다는 기쁨에 나는 가슴이 벅찼다.

부상하고 전혀 몸을 움직이지 못하는 상태로, 앞날에 대해서나 지난날에 대해서 생각하며 괴로워하다가, 문득 급류에 떠내려가면서도 본래 있던 강기슭으로 헤엄쳐 가려고 하던 내 모습을 보는 듯한 느낌이 들었다. 그리고 생각했다.

"굳이 거기로 되돌아가지 않아도 되잖아. 쓸려 내려가고 있는 지금 내가 가장 잘 할 수 있는 일을 하면 되는 거야."

그때, 생각 없이 읽어 넘기던 성서 구절이 마음속에 울려 퍼졌답니다.

"그분은 여러분이 감당할 수 있는 것, 이상으로 여러분의 시련을 묵인하지 않을 것이며, 오히려 시련과 함께 그것을 견디어 낼 방도도 마련해 주실 것입니다." (1 고린 10, 13)

저는 호시노 씨가 쓴 '하류를 향해 흘러가다가'라는 표현을 들으며 문득 악성 골육증이라는 아주 고통스러운 암과 싸우면서도 마지막 순간까지 맑은 웃음을 잃지 않았던 성원근 시인이 쓴 '하류에서'라는 시가 떠올랐습니다. 시인은 이렇게 쓰고 있지요.

너의 아름다움을 찾아주기 위해서
내가 더 낮아지고
더러워지는 거다.

(중략)
이렇게 흘러 흘러
바다에서나 함께 될 수밖에 없는가.

찬란히 피어나거라.
네가 지면
바다가 거두어갈 것이다.

기다리겠다.

저에게 성원근 시인의 모습과 함께 이 시의 마지막 행, '기다리겠다.'가 긴 여운으로 남아 있습니다. 사랑하는 누군가를 위해, 그 사람의 평화를 위해 기꺼이 혼자 고통을 감내하고자 했던 시인의 마음이 느껴집니다. 결국, 다시 만남을 생각하며 기다리겠다는 고통을 뛰어 너머 담담함을 지니려 했던 그의 맡겨드림의 자세가 눈물겹습니다.

오늘 복음에서 예수님께서 제자들에게 말씀하십니다.

"나는 너희가 내게서 평화를 얻게 하려고 이 말을 한 것이다. 너희는 세상에서 고난을 받겠지만, 용기를 내어라."

이 말씀은 오늘 우리에게도 똑같이 들려주시는 말씀이지요. 주님이 우리에게 "나는 너희가 나를 믿으면, 세상에서 고난을 받지 않게 해주겠다."라고 하지 않으십니다. 비록 고난을 받겠지만, 용기를 내라고 말씀하십니다. 그분에 대한 믿음을 지니고 용기를 낼 때, 우리는 그분이 우리에게 주시는 평화 안에 머물 수 있습니다.

비록 우리에게 어떤 시련이 닥친다고 하더라도 그분이 세상을 이기셨기 때문에 우리는 세상을 두려워할 필요가 없습니다. 삶에서 우리에게 닥쳐온 고난이나 시련이 있기 전의 자리로 우리가 되돌아갈 수는 없습니다. 마치 급류를 거슬러 헤엄을 쳐서 되돌아갈 수는 없는 것처럼. 다만 우리는 하류를 향해 흘러가면서 얕은 여울을 찾아야 할 것입니다.

호시노 씨가 이미 어린 시절 깨달았던 것을 우리도 깨달아야 할 것입니다. 지금 나에게 주어진 시련 안에서 내가 할 수 있는 것이 무엇인가?를 생각하어아 할 것입니다. 용기를 내십시오.

죽음의 전주곡과 어메이징 그레이스

미국 버지니아 공대에서 일어난 총기 난사 사건에 세계는 경악했고, 사건을 일으킨 사람이 한국 국적의 대학생이라는 사실에 우리의 충격은 더욱 컸습니다. 제가 미국에서 사목하고 있던 때, 거의 유사한 사건이 고등학교에서 일어났었지요. 그때의 강론을 다시 찾아보았습니다. 당시 제가 본당에서 했던 강론을 나눕니다.

망연자실. 지난 화요일 덴버 근교 리틀톤 콜로라도에서 일어난 충격적인 사건 앞에서 우리는 모두 말을 잃게 됩니다. 인간의 광기는 어디까지 가고 있는가? 라는 물음을 던지며 가슴을 치지 않을 수 없습니다. 자연 풍광이 아름다운 주, 콜로라도에서 이런 사건이 일어났다는 것이 저에게 더욱 큰 아픔으로 다가옵니다. 자연은 하느님의 손길이고 눈을 들어 바라보면 그 손길이 사방에 펼쳐져 있는데 인간은 하느님의 손길과 부드러운 응시에 눈을 감아 버립니다.

참으로 어두운 음계로 울린 죽음의 전주곡이 아름다운 콜로라도주의 하늘을 덮었고 세계를 경악하게 하였습니다. 저는 TV를 통해 희생자들을 추도하는 예배에서 사람들이 어메이징 그레이스 노래를 조용히 부르는 것을 보면서 참으로 당혹스러웠습니다. 제 마음은 하느님, 어떻게 이런 일이 일어나게 하십니까? 라고 부르짖는데, 오히려 가족들과 예배에 참여하고 있는 사람들은 어메이징 그레이스 노래를 부르고 있었습니다. 이 사건이 던져 주는 메시지가 무엇인지를 생각합니다.

이 사건은 분명 악입니다. 마치 악의 괴수, 사탄이 그 졸개들을 훈련하는 훈련장을 바라보는 느낌입니다. 하느님께 절규해 봅니다. 하느님, 당신이 이런 사건을 허락하시는 이유가 무엇입니까? 악마가 마치 키를 까불 듯이 제멋대로 설쳐대도록 허락하시는 이유가 무엇입니까? 무고한 어린 학생들이 그냥 악의 설침에 희생되어야 하는 이런 일이 어떻게 일어날 수 있습니까? 그런데 저의 이 절규는 하느님의 침묵 앞에 힘을 잃어버립니다.

하느님의 마음이 저와는 비교할 수 없이 아프시리라는 것을 알기 때문입니다. 이 사건은 분명 악이지만, 하느님은 악의 결과까지도 은총으로 바꾸실 수 있는 분이십니다. 이 사건은 이 시대의 경고입니다. 이 사건을 통해서 우리는 어디로 가고 있는가? 이 시대의 문화는 무엇인가? 근본적으로 우리 시대를, 그리고 우리의 삶을, 우리가 추구하고 있는 가치를 돌아보아야 합니다.

우리 시대가 가고 있는 방향이 분명히 잘못되었다는 것을 명확하게 인식하면서, 가고 있는 길의 방향을 바꾸는 근본적인 회심이 일어나야 합니다. 우리가 이 사건을 그것에 대한 경고로 받아들여 우리가 참으로 주님께 돌아선다면, 그때야 우리는 진정으로 어메이징 그레이스를 노래할 수 있을 것입니다. 저는 이 사건의 교훈적인 의미를 생각하지 않을 수 없습니다.

그 땅은 원래 땅의 주인이었던 인디언들이 자연을 찬미하며 아름다운 삶을 이루면서 평화롭게 살고 있던 곳이었습니다. 백인들이 함부로 총을 쏘아대면서 갈취하기 전까지는 그랬습니다. 저는 이미 백오십 년 전에 그 유명한 시애틀의 인디언 추장의 편지에서 백인들에게 했던 경고를 떠올리게 됩니다. 제가 그 긴 편지 형식의 연설문 전문을 번역한 바 있는데, 그 경고에 해당하는 일부를 들려드리겠습니다.

그대들은 어머니인 대지와 형제인 하늘을
양이나 빵이나 영롱한 구슬과 같은
사고팔고 빼앗을 수 있는 물건으로 대합니다.
굶주린 이리들처럼
풍요로운 대지를 게걸스레 삼켜버리고
황무지만 남겨놓습니다.
백인들은 마치 생존을 위해
자기의 꼬리를 먹는 뱀과 같습니다.
꼬리는 점점 작아질 것입니다.

우리 삶의 방식은 그대들과는 다릅니다.
우리는 그대들의 도시에서는 살지 못합니다.
도시는 마치 대지의 표면에 박힌 수많은 검은 혹처럼 보입니다.
그대들 백인의 도시의 모습이 우리의 눈을 아프게 합니다.
백인들의 도시에는 봄에 피어나는 잎새들이 살랑거리는 소리나

곤충들의 날갯짓 펄럭거리는 소리를 들을 만큼 조용한 곳이 없습니다.

그대들의 도시에서는 사람들이 항상 앞서 나가려고 합니다.

소음들이 귀청을 뚫습니다.

산새의 외로운 울음소리나

연못에서 개골거리는

개구리들의 합창을 들을 수 없다면

인간의 삶이란 도대체 무엇이란 말입니까?

인디언 추장은 땅을 팔라는 명목으로 백인들에게 말했습니다.

우리가 그대들에게 땅을 판다면

그 땅에 한때 이곳에 살며 행복했었던 용감한 젊은이들과

따뜻한 가슴을 지닌 어머니들과

총명한 여인들과 귀여운 아이들을 기억해야 할 것입니다.

아름다운 삶을 살았던 인디언들의 행복을 빼앗은 소위 총 문화가 오늘의 비극을 낳은 것이라는 생각을 금할 수 없습니다. 희생자들을 생각하면 가슴이 찢어지는 아픔이지만, 이 사건을 우리는 경고로 받아들여야 합니다. 양의 우리인 학교에서 양들과 목자들까지 무차별 공격을 퍼부은 이 사건을 우리는 강 건너 동네의 불구경으로 생각하면 안 됩니다.

우리의 참 목자는 누구이신 가를 다시 생각해야 합니다. 우리는 참으로 바른 목자를 따라가고 있는가? 우리가 추구하고 있는 길에서 우리를 이끌며 따라오라고 부추기는 자가 누구인가를 솔직하게 바라보아야 합니다. 착

한 목자 주일이며 성소 주일인 오늘 우리는 우리의 성소를 생각해야 합니다. 성소 하면 우리는 먼저 사제 성소, 수도 성소를 생각합니다.

물론 오늘 성소 주일은 수도자와 사제로 부르는 성소를 위해 특별히 마련된 날입니다. 그러나 우리가 사제 성소, 수도자로서의 성소, 결혼 성소를 생각하기 이전에 먼저 우리가 모두 인간이 되도록 성소를 받았다는 것을 상기 드리고 싶습니다. 제가 지난 금요일 강론에서 사도 바오로의 고백을 말씀드렸습니다. 바오로는 갈라디아서에서 말합니다.

"하느님께서는 내가 나기 전에 이미 은총으로 나를 택하셔서 불러주셨습니다."

이사야서는 말합니다.

"내가 너를 지명하여 불렀으니, 너는 내 사람이다."

바오로만 은총으로 택하신 것이 아니고, 이스라엘만 이름하여 부르신 것이 아닙니다. 우리 모두를 하느님께서는 인간이 되도록 부르신 것입니다. 인간은 누구입니까? 사랑입니다. 왜냐고요? 하느님은 사랑이시기 때문입니다. 하느님이 사랑이시기에 우리 인간도 사랑입니다. 아니, 사랑이어야 합니다. 현대의 위대한 신학자 칼 라너는 이렇게 기도합니다.

하느님, 저의 하느님,
저는 오로지 사랑 안에서만 당신을 찾을 수 있나이다.
사랑 안에서
오직 사랑 안에서
저의 영혼의 모든 힘이 당신 사랑을 향해 흘러
다시 제게 돌아오지 않고

온전히 당신 사랑 안에 잠기게 하소서.

우리는 끊임없이 사랑이신 하느님을 바라보며 그분 안에 머물러야 합니다. 어떻게 우리가 인간으로서의 성소인 사랑 안에 머물 수 있는가? 양 떼가 착한 목자의 인도에 따라갈 때만이 양 떼 안에 우리 안에 머물 수 있듯이, 우리도 예수 그리스도의 이끄심을 따라 살 때만이 사랑 안에 머물 수 있는 것입니다. 어떻게 그리스도의 이끄심을 알 수 있는가?

우리는 진정한 목자이신 예수 그리스도의 목소리를 알아듣기 위해서 기도해야 합니다. 그분의 목소리는 도둑이며 강도인 자들이 자기를 따라오라고 부르는 소리처럼 크지도 요란하지도 않기 때문에, 자칫 놓치기 쉽습니다. 고요 가운데서 성령께 마음을 열고, 그분의 이끄심을 분별해야 합니다. 양 떼는 그의 음성을 알고 있기에, 그를 뒤따라 간다고 하셨습니다.

어떻게 그 목자의 음성을 알게 되었습니까? 바로 그 목자와 더불어 살기 때문입니다. 함께 잠을 자고 함께 들로 나가 풀을 뜯는 것입니다. 우리도 주님과 함께 살 때만이 그분의 목소리를 알아듣고 그분만을 따를 수 있습니다. 그분은 말씀하십니다.

"나는 문이다. 누구든지 나를 거쳐서 들어오면 좋은 풀을 먹을 수 있다. 도둑은 다만 양을 훔쳐다가 죽여서 없애려고 오지만 나는 양들이 생명을 얻고 더 얻어 풍성하게 하려고 왔다."

사제는 누구입니까? 바로 그 목자이시며 문이신 주님의 일꾼들입니다. 주님께서 하시는 일을 이 세상 안에서 계속하도록 당신이 손수 뽑으신 사도들의 사명을 이어 갑니다. 예수님께서 당신의 사명을 이어받아 교회를 건설하고 땅의 소금과 빛이 되라고 하셨습니다. 우리에게는 주님의 사명을 계속해서 이어갈 사제들이 절대적으로 필요합니다.

오늘 우리는 성소 주일을 맞아 그 사제들을 위해, 당신의 부르심에 응답하여 주님의 사명을 계속해 나갈 관대한 마음을 지닌 젊은이들이 많이 나오도록 기도해야 합니다. 그러면, 누가 그 사제들이 됩니까? 많은 분이 내 아들은 안 되고 다른 가정의 아들이 되어 주기를 바라지요. 그것이 얼마나 이기적인 생각인지 곰곰이 생각해 보십시오.

바로, 우리 가정에서 사제 성소가 나와야 합니다. 바로 우리 공동체에서 사제 성소가 나와야 합니다. 우리는 특별히 우리 공동체에 사제 성소가 나올 수 있도록 기도해야 합니다. 저는 우리 공동체 모든 신자가 이 지향을 지니고 계속해서 기도할 것을, 각 기도회와 레지오 마리애 뿌리시디움들도 이 지향을 지니고 기도할 것을 촉구합니다.

패륜에 대한 단죄

그대들 가운데 불륜이 있다는 소문, 이교인들 중에도 없을 패륜,
심지어는 자기 아버지의 아내를 데리고 산다는 소문이 들립니다.
그런데도 그대들은 여전히 우쭐거리다니 오히려 통탄해야 하니
그런 짓을 행한 자는 공동체에서 제거해야 마땅하지 않겠습니까?

나는 비록 몸으로는 떨어져 있지만, 영으로는 그대들과 함께 있어
나는 그대들과 함께 그런 짓을 한 자에게 벌써 판결을 내렸으니
나는 우리 주 예수님의 이름으로 그렇게 하였습니다.

이제 그대들과 나의 영이 예수님의 권능을 가지고 함께 모일 때
그런 자를 사탄에게 넘겨 그 육체는 파멸하게 하고
그 영은 주님의 날에 구원을 받게 하려는 것입니다.

그대들은 적은 누룩이 온 반죽을 부풀린다는 것을 모릅니까?
그대들의 자만은 좋지 않으니 묵은 누룩을 깨끗이 치우고
그대들은 누룩 없는 빵이 되기 위한 새 반죽이 되십시오.

우리의 파스카 양이신 그리스도께서 희생되셨으니
우리는 묵은 누룩, 곧 악의와 사악이라는 누룩을 쓰지 말고
순결과 진실이라는 누룩 없는 빵을 가지고 축제를 지냅시다.

성 바오로는 아주 단호합니다. 그런 자들은 묵은 누룩이라고 합니다. 묵은 누룩은 곧 악의와 사악이라는 누룩입니다. 그런 누룩을 쓰지 말고 순결과 진실이라는 누룩 없는 빵, 다시 말해 새 누룩을 가지고 축제를 지내라고 말합니다. 우리는 기억합니다. 성경에서 자주 어떤 의미를 지니고 이 말을 사용합니다. 예수님께서 말씀하신 바리사이들의 누룩과 헤로데의 누룩이라는 말이 무슨 뜻일까요?

왜 예수님께서는 그들의 누룩을 조심하여야 한다고 하셨을까요? 동시대에 예수님을 따라다니던 제자들도 못 알아들었으니, 오늘날 우리가 알아듣는 것이 쉬운 일은 아닙니다. 언제나 성경 말씀을 제대로 알아듣기 위해서는 그 말씀의 배경과 전체적인 맥락을 살펴보아야 합니다. 우선 앞에 무슨 내용이었는지를 살피는 것이 매우 중요합니다.

헤로데의 누룩은 무엇일까요? 헤로데는 원래 유대인이 아니었는데, 교묘하게 유대인으로 입적하여 왕의 권좌에 오른 입지적인 인물입니다. 로마와는 탁월한 외교술로 식민지이면서도 경제적인 상납만을 하고, 정치적으로는 자치권을 누리고 있었지요. 전형적인 정치 권력과 술수의 대명사와

같은 인물이지요. 바리사이들의 누룩과 헤로데의 누룩은 다름 아닌, 이런 세속적이고 정치적인 의미에서의 구세주 상을 말합니다.

예수님께서는 당신을 따르는 제자들은 많은 사람이 기대하고 있던 그런 구세주에 대한 잘못된 생각을 조심하고 경계하여야 한다는 말씀입니다. 사실 이 대목을 바르게 알아듣기 위해서는 배경도 중요합니다. 당시 사람들이 가지고 있던 생각을 바르게 이해하는 것이 중요하다는 말이지요. 당시 유대인들에게 누룩은 좋은 이미지가 아니었습니다.

우리에게 누룩은 빵을 부풀게 하는 효소이니까 아주 좋은 것이지요. 당시 유대인들에게는 누룩은 악의 상징으로도 사용되었다고 합니다. 누룩은 발효시켜서 부풀게 만드는 특징을 갖고 있지요. 유대인들은 그것을 부패와 연결하여 악이 번져 나가는 이미지를 떠올렸기 때문에, 악의 상징으로 보았던 것이지요. 이렇게 문화와 관습, 사물을 보는 관점에 따라 이해의 폭은 전혀 다르게 됩니다.

저는 예수님께서 이 시대에 우리와 함께 계신다면 누구의 누룩을 조심하라고 하실까 생각해 보았습니다. 바오로는 누룩의 의미를 정확하게 봅니다. 우리는 순결과 진실이라는 누룩 없는 빵, 다시 말해 새 누룩을 가지고 있어야 하지 않겠습니까? 우리는 예수님의 헤로데와 바리사이들의 누룩을 조심하라는 말씀, 그리고 바오로의 말씀을 다시 새겨들어야 할 것입니다.

오늘 복음은 예수님께서 안식일에 손이 오그라든 사람을 치유해 주시는 대목입니다. 성 이냐시오는 관상을 하기 위해 늘 구체적인 장면을 떠올려 보라고 합니다. 장면은 회당입니다. 회당 한쪽 구석에 손이 오그라든 사람이 있고, 예수님의 행동을 예의주시하는 여러 사람이 있습니다. 그들은 안식일에 예수님께서 그를 고쳐주시는지를 지켜봅니다.

예수님께서 손이 오그라든 사람에게, 일어나 가운데로 나오라고 말씀하십니다. 그리고 사람들에게 말씀하십니다.

"안식일에 좋은 일을 하는 것이 합당하냐? 남을 해치는 일을 하는 것이 합당하냐?"

예수님의 노기 띤 마음을 헤아리십시오. 당신이 하시는 일, 사람들을 치유해 주시는 일 자체보다 안식일에 일하는 것에 대해 트집을 잡아 고발하여 남을 해치려는 사람들의 마음에 대한 지적입니다. 그들의 완고한 마음에 대해 슬퍼하시는 예수님의 마음을 헤아리면서 그분의 행동을 바라보십시오.

예수님께서는 "손을 뻗어라." 하고 말씀하십니다. 그러자 그 손이 다시 성해졌습니다. 치유가 일어난 것입니다. 그 치유 기적을 본 사람들, 바리사이들의 행동을 보십시오. 그들은 한 사람의 치유에 대해서는 아무 관심도 없고, 다만 예수님을 어떻게 없앨까를 모의합니다.

우리 삶에서 바리사이들과 같은 행동을 한 적은 없는지 돌아보며 예수님의 슬픈 마음 안에 깊이 머무르십시오.

아르스의 성자, 사제의 해를 마치며

전임 교황 베네딕토 16세께서 요한 마리아 비안네 성인 선종 150주년을 맞아 2009년 6월 19일 예수성심대축일부터 2010년 예수성심대축일까지를 특별히 '사제의 해'로 선포하셨습니다. 모교구 신부님들께서 피정 중에 예수성심대축일을 맞게 되니까, 사제의 해가 시작된다는 것을 나누며 기도 부탁드렸던 것을 기억하시지요?

지난해 피정 주제를 '모세의 사도직'으로 했습니다. 그 이유는 모세야말로 성서 안에서 '하느님의 종'으로서 충실하게 사도직을 수행한 첫 번째 인물이기 때문에, 모세의 삶의 여정을 보면서 사제들의 삶, 사제로서의 사도직을 수행하는 모범을 볼 수 있다고 생각되기 때문이라고 했습니다. 올해는 성 이냐시오의 '영신 수련'에 의한 피정으로 준비했습니다.

'영신 수련'의 흐름을 따라 피정을 동반하기에는 짧은 시간이지만, 성 이냐시오의 정신에 충실하여 피정에 동반하려고 했습니다. '영신 수련'의 흐름은 한 마디로 사랑이 흐르는 강물입니다. 하느님의 사랑을 느끼며 그 사랑에 응답해 나가는 과정입니다. 모든 사제를 위해 기도해 주시기를 다시 청합니다. 보잘것없는 저를 위해서도 기도해 주십시오.

저는 정말 여러분들의 기도가 필요합니다. 다시 요한 비안네 신부님에 대해 간략하게 나눕니다. 요한 마리아 비안네 신부님은 본당 사제들의 주보 성인이시지요. 그는 1786년 5월 8일 프랑스 리용 인근의 '다르딜리'라는 작은 시골 마을에서 태어났습니다. 부모님들은 농부이었고요. 요한 비안네는 어릴 적부터 특별히 성모님께 대한 신심이 강했지요. 아직 어린아이, 불과 일곱 살 때 직접 성모상을 만들었다고 전해지니, 정말 놀랍지요.

그는 정규 교육을 제대로 받지 못하였습니다. 17세에 되어 사제가 되고자 마음먹었지만, 당시 사제가 되는데 필수 언어였던 라틴어도 전혀 몰랐고, 백지에서 공부를 따라가기에 부족함이 많았습니다. 바리에르의 소신학교에 입학하여 철학을 공부하고, 리용의 신학교에서 신학을 공부하였으나 결국 라틴어 때문에 퇴학당하고 말았습니다.

발레 신부님의 지속적인 개인교수와 특별시험 주선으로 1815년 8월 15일 사제서품을 받게 됩니다. 발레 신부라는 성인 같은 신부님과 훌륭한 주교님을 만난 덕분이기도 하지요. 당시 서품을 주신 주교님께서는 비안네에 대하여 공부는 못하지만, 신심은 깊다는 발레 신부의 증언을 듣고 나서, 다음과 같은 말로 사제직을 수락했다고 합니다.

"그러면 나는 그를 사제로 부르겠습니다. 하느님의 은총이 그의 부족함을 채워주실 것입니다."

3년 동안 발레의 보좌 신부로 있은 다음 1818년에 주민 230명의 아르스의 본당 신부로 부임한 요한 비안네 신부이었습니다. 당시 아르스는 가난한 농촌 마을이었습니다. 요한 비안네 신부를 아르스로 보내면서 주교님이 이렇게 말했다고 합니다.

"그 본당에는 하느님께 대한 사랑이 거의 없습니다. 바로 신부님께서 그곳에 하느님의 사랑을 심어주십시오."

그는 오직 그리스도에 대한 사랑만을 지니고 그곳에 갔고, 거기서 그리스도의 사랑을 베풀었고, 그곳을 사랑이 넘치는 성자의 마을로 만들었습니다. 제가 아르스의 성 요한 마리아 비안네의 사랑의 기도를 올렸는데, 다시 이 기도문을 나눕니다.

> 저의 하느님, 하느님을 사랑하나이다.
> 이 목숨이 다하는 날까지
> 오로지 하느님만 사랑하기를 바라나이다.
> 한없이 좋으신 하느님, 하느님을 사랑하나이다.
> 한순간이라도 하느님을 사랑하지 않고 사느니보다
> 하느님을 사랑하다 죽기를 더 바라나이다.
>
> 저의 하느님, 하느님을 사랑하나이다.
> 하느님을 온전히 사랑하는 기쁨을 누리고자
> 오직 천국만을 그리나이다.
> 저의 하느님, 하느님을 사랑하나이다.
> 하느님을 사랑하는 따스한 위로가 없기에
> 저는 지옥이 두렵나이다.
>
> 저의 하느님, 순간순간마다

제 혀가 하느님을 사랑한다고 말할 수 없어도

심장이 고동칠 때마다

제 마음이 주님을 사랑한다고 말하기를 바라나이다.

하느님을 사랑하며 고통받고

고통받으시는 하느님을 사랑하며

어느 날 하느님을 사랑하다 죽는 은총을

하느님을 사랑한다고 느끼며 죽는 은총을 허락해 주소서.

제 인생 막바지에 다가갈수록

하느님을 향한 제 사랑을 더하고 채워 주소서.

흐르는 강물처럼

일상을 떠나 고요히 머물며 기도하는 시간을 피정이라고 하지요. 횡성에 있는 어느 수녀원에 일주일 동안 피정을 다녀왔습니다. 피정 마지막 날, 새벽에 잠을 깨어 시계를 보니 3시 30분이었습니다. 피정 중에 영적 독서로 헨리 나우웬 신부가 쓴 '제네시 일기'를 다시 읽었습니다.

그가 7개월간 특별히 트라피스트 수도원 제네시에서 피정처럼 지내면서 쓴 일기입니다. 그곳은 하루가 2시 기상으로 시작된다고 합니다. 3시 30분에 일어나서 걷는 명상을 하겠다고 생각한 것은, '제네시 일기'와 틱낫한 스님이 마음을 모아 천천히 걷는 선 수행에 대한 글을 읽었습니다. 저는 그 흉내를 내보고 싶었기 때문에 길을 나섰습니다.

새벽공기가 차지도 덥지도 않은 아주 알맞은 온도이고 아직 어두운 밤이었습니다. 하지만, 걷기에는 무리가 없고 놀랍도록 정신은 맑고 기분은 상쾌했습니다. 섬강을 따라 천천히 왔다 갔다 하면서 걸었습니다. 강물 소리는 거의 들리지 않고, 멀리 가로등 불빛에 비친 노란 물결이 강물이 소리

없이 흐르고 있다는 것을 알려 주었습니다.

풀벌레 소리는 합창을 넘어 요란한 지경이었습니다. 이 새벽 깨어 아우성처럼 노래 부르는 사연이 무엇일까 하는 생각을 했습니다. 어쩌면 그것이 풀벌레의 존재 이유, 풀벌레로서의 삶의 소명인지도 모릅니다. 서로 사랑해야 하는 것이 인간의 소명이듯이 풀벌레는 노래를 부르는 것이 풀벌레로서의 사랑이고 소명일 것입니다.

강물 소리를 듣고 싶기도 하고 흐르는 강물을 바라보고 싶은 마음이 들어 읍내 가까운 섬강유원지까지 천천히 걸었습니다. 다리 위의 신호등이 바뀔 때마다 긴 색조가 물 위에서 춤추고 있었습니다. 섬강 유원지에 다다르니 얕은 댐으로 강물을 막아 놓았습니다. 강물 소리가 아주 크게 들려오는데, 댐 위의 강물은 맑고 고요했습니다.

한 시간 이상 걸었더니, 다리가 아파서 바위를 찾아 앉았습니다. 호수처럼 고요한 물 위에 산 그림자가 비치고 있었습니다. 바위에 앉은 제 그림자도 제 모습보다 훨씬 크게 비치고 있었습니다. 제 첫 사진 묵상집, '자연'에 썼던 '잔잔한 수면'이라는 글을 떠올리며 제가 과연 잔잔한 수면이었는지를 반성하게 되었습니다.

잔잔한 수면

사제는 결코 빛이 아니라네
다만 그리스도의 빛을 받아
사람들에게 비추어주는 수면이어라

거친 파도가 이는 수면은

있는 그대로의 빛을 반사할 수 없으리

고요 속에 머무는 빛

가로등 불빛의 반사가 아름다웠습니다. 있는 그대로를 비추면 참 아름답다는 생각을 하니, 부끄러운 마음이 가득 밀려왔습니다. 고요하게 보이는 물도 가만히 바라보니 천천히 흐르고 있는 것을 느낄 수 있었습니다. 흐르는 물, 산 그림자 등이 어우러져 한 폭의 그림 같은 풍경이었습니다. 하느님, 자연, 사람들 그리고 저를 생각했습니다.

저의 삶이 어떤 삶이고 어떤 사랑이어야 하는지를 생각했습니다. 잠시 물에 비친 불빛을 따라 왔던 길을 돌아보았습니다. 멀리서 아름답게 비치던 불빛이 가까이 오니 아무것도 비치지 않고, 그냥 물이던 것에 대해 생각했습니다. 틱낫한은 하느님과 우리의 관계를 물과 물결로 비유합니다. 그 의미도 다시 헤아려 보았습니다.

노먼 매클린이 자신의 유년 시절을 비망록 형식으로 그린 소설을 로버트 레드포드가 영화로 만든 '흐르는 강물처럼'이 생각났습니다. 선율적인 연출력이 압권인 작품으로 평가받는 이 영화는 제가 좋아하는 대사들이 몇 개 있습니다. 마지막 대사가 인상적입니다.

"결국, 모든 것이 흘러 하나가 된다."

결국, 우리 삶이 흘러 하나인 하느님께로 돌아가는 것이리라 생각합니다. 칼릴 지브란의 표현을 빌리면, 아름다움과 사랑의 바다인 하느님께로 돌아가는 것이지요.

오늘 복음에서 예수님께서 두 사람이나 세 사람이라도 내 이름으로 모인 곳에 나도 함께 있다고 하십니다. 우리가 함께 모인 그곳에 그분이 함께 있다고 하시네요. 사실 '두 사람이나 세 사람이 함께 모인'의 원문의 의미를 번역하면, '둘이나 셋이 서로 어우러진, 또는 공명을 이루어 아름다운 화음을 이룬'이라고 합니다.

그럴 수 있다면, 복음의 앞에서의 내용인 서로 타이르거나, 교회에 알리거나 할 필요조차 없겠지요. 우리 삶이 '흐르는 강물처럼' 결국 흘러서 하느님께로 가는 것인데, 다툼이, 성냄이 다 무엇인지요? 우리 마음에 이는 시기심, 섭섭함, 분노, 미움, 다 '흐르는 강물'에 던지고 거기 햇살에 반짝이는 물결을 보시기 바랍니다.

인빅투스, 굴하지 않는 영혼

시야는 온통 어둠의 구렁텅이
나를 휘감고 있는 칠흑의 밤으로부터
나는 그가 어떤 신이든지
내게 불굴의 영혼을 주셨음에 감사드린다.

옥죄어 오는 어떤 무서운 상황에서도
나는 굴하거나 소리 내어 울지 않았다.
곤봉으로 얻어터지는 운명에 처해
머리에 피가 나도 고개 숙이지 않았다.

분노와 눈물로 범벅이 된 이곳 너머로
공포의 그림자가 어렴풋이 모습을 드러낸다.
아직도 짓눌림의 세월이 지속되고 있지만

여태 두려워하지 않았고, 앞으로도 그럴 것이다.

문이 얼마나 좁은지, 운명의 두루마리가
얼마나 형벌로 채워져 있는지는 중요하지 않다.
나는 내 운명의 주인이며
내 영혼의 선장이다.

영국 시인 윌리엄 어니스트 헨리(1849~1903)가 쓴 시, 인빅투스를 제가 번역하였습니다. 시인 윌리엄 어니스트 헨리는 온통 어둠의 구렁텅이, 짓눌림의 오랜 세월을 살았던 사람입니다. 그럼에도 불구하고 그는 늘 웃음을 잃지 않았고, 열정적인 삶을 살았습니다.

어니스트 헨리는 12세 때 폐결핵에 걸렸지요. 저도 같은 나이에 폐결핵에 걸려서 1년 휴학을 해야 했지요. 저는 그때 잘 치료가 되었지만, 헨리는 나중에 오른쪽 다리에도 감염이 되어 오랜 세월 고통을 겪어야 했습니다. 어니스트 헨리의 시, '인빅투스'는 고통에 굴하지 않는 사람이 지닌 영혼의 광휘가 빛납니다.

제가 오늘 '인빅투스'를 이 강론에서 나누는 까닭이 무엇일까요? 남아공의 전 대통령 넬슨 만델라의 애송시이기 때문입니다. 저는 넬슨 만델라의 타계 소식을 들으며, 그가 이 시대에 보여 준 정신이 우리 영혼을 일깨우리라고 믿습니다. 그에 관한 영화, '인빅터스'를 바탕으로 그에 대해 나누며 우리의 마음을 새롭게 하고자 합니다.

그는 진정 오늘 복음에 나오는 세례자 요한과 같은 사람이었습니다. 그는 세례자 요한처럼 순교를 당하지는 않았지만, 진리를 외치다가 27년간이

나 감옥살이를 한 사람입니다. 그는 세례자 요한처럼 참으로 위대한 사람이었습니다. 그는 가짜가 아닌 진짜 구루, 진짜 위대한 분이었습니다. 남아공은 우리에게 잘 알려진 것처럼 인종차별정책을 하던 나라였지요. 흑인들에게뿐만 아니라, 백인이 아니면, 모두 차별했지요.

1945년 이후 아파르트헤이트(인종분리정책)라고 불리는 남아프리카 공화국의 인종차별은 종교적 그리고 법적으로 정당화되었습니다. 이에 대해 흑인은 인종차별에 반대하는 폭력 항쟁으로 백인의 부당한 지배와 차별에 저항했습니다. 실제로 흑인들은 여러 차례에 걸친 무장항쟁을 통해 자신들을 탄압하는 백인에게 저항하였습니다. 넬슨 만델라는 저항 운동의 지도자였고, 체포되어 27년이나 감옥살이를 했습니다.

만델라는 참으로 위대한 영혼의 소유자, 악을 악으로 갚아서는 진정한 승리를 얻을 수 없다는 것을 안 사람입니다. 백인이 주도한 남아공의 인종차별정책에 맞서 평생을 투쟁해 온 만델라가 흑인으로는 처음으로 대통령에 당선되고, 그는 새로운 시대의 비전으로 사회 통합을 강조합니다. 남아공의 대통령이 된 만델라는 백인과 흑인이 하나 되는 남아공을 꿈꿉니다. 그러나 오랜 세월 겹겹이 쌓인 흑백 갈등의 골은 너무나 깊었습니다.

오랜 갈등을 끝낼 통합의 길을 모색하던 만델라는 어느 날, 1995년 자국에서 열릴 예정인 럭비 월드컵에서 이에 대한 힌트를 얻습니다. 영화에 만델라가 국가대표 럭비팀 주장을 불러 우리에게 영감을 준다고 하면서 이 시를 읽어주는 장면이 나옵니다. 그 영감으로 1년 후 월드컵에서 우승할 힘을 발휘할 수 있다는 암시를 주지요. 럭비 우승으로 백인과 흑인이 하나 되는 화합의 물꼬를 터달라는 거의 불가능하게 보이는 일을 가능하게 만들어 달라는 주문입니다.

영감은 불가능을 가능으로 바꿀 힘을 지니고 있습니다. 그리고 영감은 시에서 옵니다. 저는 남아공의 대통령, 만델라가 아니라, 그의 퇴임 후의 인간적인 모습을 통해서 느끼게 된 인간 만델라를 좋아하고 존경합니다. 영화, '인빅터스'는 제가 좋아하는 그의 특유의 미소에 담긴 그의 카리스마 넘치는 모습을 잘 그리고 있습니다.

만델라는 대통령으로 당선은 되었지만, 참 쉽지 않은 상황이었지요. 백인들에게는 악명 높은 테러리스트로 알고 있던 만델라가 대통령이 됐다는 것은 대단한 충격이었을 것입니다. 영화는 그 상황을 대통령 취임 첫날에 잘 보여 줍니다. 백인 직원들은 보따리를 싸고 떠날 채비를 끝내 놓았습니다. 만델라는 이들을 집무실로 불러 말합니다.

"떠나는 것은 여러분의 자유입니다. 하지만 피부색, 언어, 이전 정부와 일했던 경력 때문에 떠나려 한다면 남아주십시오. 저는 여러분들이 필요합니다."

만델라는 놀랍게도 당연히 흑인들로 구성될 줄 알았던 경호팀에 전에 일하던 백인들을 불러들입니다. 측근들의 항의에 만델라는 목숨이 달린 경호팀에 흑백이 함께 일하는 모습이 상징적으로 얼마나 중요한지를 설득하지요. 두말할 필요 없이 대통령으로서 경호원은 자기의 생명을 가장 가까운 거리에서 지켜주는 사람입니다.

그런 자리를 자기를 미워하는 줄 뻔히 아는 백인들에게 맡긴다는 것은 보통 영감으로는 불가능하지요. 흑백이 하나로 일하는 모습은 자기의 생명을 담보로 이루어내야 하는 막중한 일이라는 것을 보여 주는 영감이며 용기이지요. 그런 영감과 용기를 지닌 사람이 바로 만델라입니다.

억압을 받았던 흑인들은 이제 자기들의 대통령 만델라가 멋진 복수를 해주기를 은근히 기대했을 것입니다. 아니, 진정한 복수는 바로 용서와 화해라는 것은 안 만델라는 멋진 사람입니다. 그는 흑백 통합의 무지개 국가 즉 화해의 시대를 엽니다. 그 상징의 하나가 바로 경호팀이며, 또 하나가 더 중요한 역할을 할 럭비팀입니다.

만델라는 흑백의 통합을 위해서 영감이 필요하다는 것을 알았고, 그 영감을 시, 특별히 '인빅터스'에서 얻은 그는 이제 스포츠에서 얻고자 합니다. 국민을 하나로 만드는 데는 스포츠만큼 힘을 지닌 것이 없습니다. 스포츠에도 '인빅터스, 불굴의 정신이 필요하니까요. 2002년 월드컵을 경험한 우리는 이것을 잘 알지요.

만델라가 보여 주는 진실은 기존의 잘못된 상황이라도 없애는 것이 아니라, 함께 함, 통합을 통해서만 그것을 새롭게 나갈 수 있다는 것입니다. 만델라는 용서와 화해야말로 하나 되는 일치, 통합으로 가는 유일한 길임을 알았습니다. 영화에서는 스프링 복스의 주장 프랑수아와의 대화를 통해, 이런 정신이 잘 드러나 있습니다.

럭비팀 주장 프랑수아는 만델라에게 깊은 인상을 받습니다. 대통령을 만나고 나온 그에게 애인이 묻습니다. 어떤 사람이냐고? 그가 답합니다. 이제까지 내가 만난 사람과는 전혀 다른 사람이라고. 그는 아마 달리 표현할 수 없었을 것입니다. 강한 인상을 받으면, 말은 힘을 잃게 마련이니까요.

영화에서 가장 깊이 남는 대사를 나눕니다. 프랑수아는 정말 궁금하여 만델라에게 묻습니다.

"어떻게 자신을 27년간 가둔 자들을 용서할 수 있습니까?"

만델라가 그의 특유의 미소를 지으며 말합니다.

"용서는 영혼을 해방하고 공포를 없애 준다네. 그래서 가상 강력한 무기라네."

그렇습니다. 만델라의 말처럼 용서는 우리 영혼을 해방하여 줍니다. 예수님께서 이 세상에 오신 것이 바로 그것을 보여 주시기 위해서입니다. 이 대림 시기, 예수님께서 바로 우리 마음에 오십니다. 그분이 진정한 우리 영혼의 해방자, 구원자로서 오십니다.

그분이 우리 영혼의 해방자, 구원자로서 우리 마음 안에 용서할 수 있는 마음, 바로 사랑을 부어주실 것입니다. 우리가 할 수 있는 것은 다만 우리 마음을 여는 것입니다. 그리고 우리 영혼의 눈을 뜨는 것입니다. 그분이 우리 마음에 오심을 보기 위해서는 육신이 눈이 아니라 영혼의 눈이 환히 밝아야 하니까요.

'울지마, 톤즈'를 보고

너무 늦게, 이제야 '울지마 톤즈'를 보았습니다. 사실, 더 오래 남겨 두고 싶었는데, 그만 지인들의 초대를 거절할 수가 없었습니다. 오랜만에 눈이 붓도록 울었습니다. 실은 이런 제 모습이 싫기도 했기에 미루고 있었지요. 지금 이 글을 쓰려고 컴퓨터 앞에 앉으니, 다시 눈물이 마냥 흘러내립니다.

사실 '울지마 톤즈'라는 영화만 보지 않았을 뿐, 이태석 신부님에 대한 동영상이나 TV에서 했던 내용을 여러 번 보았고, 그의 묘지에 가서 미사도 드렸었습니다. 그가 얼마나 아름다운 사람임을 알았습니다. '울지마 톤즈'가 전혀 모르던 내용도 아니라서 그리 새삼스러울 것도 없는데, 왜 눈이 퉁퉁 붓게 눈물이 나오는지 저는 정말 모릅니다.

제 눈물은 그리 순수하고 맑은 눈물도 아닙니다. 그에 대한 사랑이 담겨 있는 수단의 어린이늘 눈물처럼 추억과 그리움의 눈물은 더욱 이닙니다. 그런데도 눈물이 흐르는 까닭은 무엇일까요? 다만 제가 그저 한 인간이기 때문이겠지요. 아름다움을 보면서, 눈물을 흘릴 수 있다는 것은 인간의 아름다운 선물 중의 하나가 아닐까요?

이태석 신부를 잃은 톤즈 사람들에게 어떻게 '울지 마'라고 할 수 있는 가? 그렇게 하려면, 그들이 울지 않도록 또 다른 이태석 신부를 보내 주어야 하지 않는가? 라는 생각도 듭니다. 차라리 영화 제목을 '울어라, 톤즈'라고 해야 옳지 않을까요? 차라리 마음껏 울 수 있다면, 그들에게 조금이라도 위안이 되지 않을까요?

영화에서 케냐에서 사목하시는 다른 살레시오회 신부님이 그곳 사람들은 원래 잘 울지 않는다는 이야기를 들려주지요. 서양 사람들은 잘 울지만, 그곳 사람들은 여간해서는 울지 않는데, 이 신부님의 죽음 앞에 눈물을 흘리는 것을 보면서 얼마나 이 신부님이 이들과 깊은 사랑을 나누었는지 알게 되었다고 말합니다.

딩카족은 남과 북으로 나뉜 수단의 오랜 내전 속에서 눈물샘이 말라버리기도 했고, 한편 원래 강인하고 용맹했기 때문에 눈물은 큰 수치로 여겼다고 합니다. 여간해서는 눈물을 보이지 않던 그들이 이태석 신부님의 죽음, 그 소식과 더불어 보여 주는 동영상 앞에서 정말 티 없이 맑고 순수한 눈물을 흘립니다. 이 신부님의 온전히 그들과 하나가 되어, 함께 해주었던 그 따뜻한 사랑을 기억하며 아름다운 눈물을 흘리는 것입니다.

이태석 신부님의 삶을 담담하게 추적한 이 다큐멘터리 영화 '울지마 톤즈'가 관객 40만 명을 돌파하였다고 합니다. 그리고 이번 구정에 KBS에서 특선 영화로 방영한다고 합니다. 영화에서 남수단 다른 곳에서 사목하는 70세 된 외국인 살레시오 신부님이 "이제 활동할 날이 많이 남지 않는 자기를 데리고 가시지, 자기는 기쁘게 갈 수 있는데, 왜 재능도 많고 할 일도 많은 이태석 신부를 데리고 가시는지 모르겠다."라고 말합니다.

그렇습니다. 하느님께서 하시는 일은 참으로 신비입니다. 이태석 신부님이 남수단에서 사시고 사목하시면서 놀랍도록 많은 일을 하셨습니다. 하지만 이제 대한민국 사람들이 '울지마 톤즈'나 T.V나, 동영상을 보면서 받게 되는 감동에 비하면, 오히려 작은 일일지도 모릅니다. 사람은 살면서 많은 일을 한다고 생각하지만, 하느님께서는 한 사람의 죽음을 통해 더 많은 일을 하십니다.

많은 사람이 '울지마 톤즈'를 보고 이태석 신부의 아름다운 삶에 영적인 변화가 일어난다면, 그 일이 더 큰 일일 수도 있다는 말이지요. 마치 이태석 신부님이 어린 시절, 다미안 신부님의 영화를 보고, 꿈을 키웠듯이 말입니다. 영화 내용은 거의 다 아실 터이고, 저에게 영화에서 인상적인 대목을 나누고자 합니다.

이 신부님이 한센병 환자들을 돌보시는 대목, 그중에서도 나무토막처럼 뭉그러진 발을 직접 대고, 그런 뒤 케냐에 가서 환자 한 사람, 한 사람을 위한 '맞춤 신발'을 만들어 와서 신기는 장면입니다. 그런 지혜야말로, 사랑이 아니면 나올 수 없는 지혜입니다. 그들을 환자가 아니라, 온전히 한 인간, 나아가서 벗으로 대하는 정신 안에서 하느님을 발견하는 이태석 신부님의 열린 눈에 저는 부러움마저 들었습니다.

이태석 신부님이 하신 일은 단지 의사로서의 치료가 아니었습니다. 이태석 신부님은 "만약 예수님이라면 먼저 성당을 지으실까? 학교를 지으실까?" 이 신부님은 아무리 생각해도 먼저 학교라고 결론을 내립니다. 참으로 예수님을 옳게 아시는 분이지요. 아이들에게 먼저 필요한 것은 교육을 통해 참사랑을 가르치는 일입니다.

2007년, 드디어 수단 남북의 평화협정으로 20년에 걸친 내전이 끝나자,

이태석 신부님은 35인조 '브라스밴드'를 만듭니다. 음악은 영혼의 언어이지요. 이 신부님은 트럼본과 트럼펫 등 여러 악기를 손수 가르칩니다. 하느님께서 마련하신 일이 아니라면, 어찌 그가 그런 다양한 재능을 지닐 수 있었을까요?

제가 가장 놀란 것은 중학교 3학년 때, '묵상'이라는 성가를 작사, 작곡했다는 대사가 나오는 대목이었습니다. 다시 찾아보니, 고3 때였다고 하네요. 고3이라고 하더라도, 어떻게 그런 내용의 성가를 작사할 수 있단 말입니까? 이것은 정말 신비입니다. 하느님께서 하시는 놀라운 일이라는 증거입니다.

이태석 신부님이 음악을 가르치고, 밴드를 만든 일은 정말 경탄스럽습니다. 노래로써 하나가 되는 그들. 음악은 그 마음을 치유해 주는 영혼의 치료제이었을 것입니다. 노래, 나아가 밴드는 오랜 내전으로 고갈되었던 어린아이들의 마음에 한 줄기 빛이었을 것입니다.

톤즈 사람들, 특히 톤즈의 아이들이 그를 추모하면서 눈물을 흘리는 것은 이태석 신부님이 진정 그들의 벗이 되어 주었기 때문입니다. 마치 예수님이 사람들의 벗이 되어 주었듯이 말입니다. 이태석 신부님은 톤즈 사람들을 위해서 책을 썼습니다. 그 제목을 '친구가 되어 주실래요?'라고 했습니다.

이태석 신부님이 고3 때, 작사, 작곡했다는 '묵상'이라는 성가 내용을 다시 새겨들으며, 영화 '울지마 톤즈'를 보고 난 후 소감을 마무리하고자 합니다.

묵상

십자가 앞에 꿇어 주께 물었네
추위와 굶주림에 시달리는 이들
총부리 앞에서 피를 흘리며 죽어가는 이들을
왜?
당신은 보고만 있냐고
눈물을 흘리면서 주께 물었네,
세상엔 죄인들과 닫힌 감옥이 있어야만 하고
인간은 고통 속에서 번민해야 하느냐고

조용한 침묵 속에서 주 말씀 하셨지,
사랑, 사랑, 사랑
오직 서로 사랑하라고
난 영원히 기도하리라
세계 평화 위해
난 사랑하리라
내 모든 것 바쳐!

어머니 서둘러 문을 여십시오!

어머니,
성 이냐시오가 신비로운 영상 안에서 본 대로
저희도 죄로 점철된 비참한 인간 세상에 대한
성삼위의 깊은 연민을 느끼게 해 주십시오.

성자께서는 인간이 되고자 하는 열망으로
성령으로 인하여 당신에게서
육신을 취하시어 사람이 되십니다.

어머니,
천사 가브리엘의 축복 인사에
떨리고 두려웠던 당신의 마음을
저희에게도 나누어 주십시오.

성 베르나르도는 이렇게 노래합니다.
"천사는 당신의 대답을 기다리고 있습니다.
오, 여인이여!
무엇을 망설이십니까?
왜 두려움에 떠십니까?
보십시오.
그분이 문 앞에 서서
두드리고 계십니다.
서둘러 문을 여십시오!"

"성령이 너에게 내려오시고
지극히 높으신 분의 힘이 감싸 주실 것이다."

이제 당신은 그분의 어머니가 되시고
거룩한 장막,
살아계신 하느님의 방주가 되십니다.
'예'라는 당신의 한마디로
하느님과 인간의 내밀한 만남의 장소,
지성소가 세상에 마련되었습니다.

"이 몸은 주님의 종이오니
말씀대로 저에게 이루어지기를 바랍니다."

어머니,

저희도 온전히 내어 맡긴 당신의 믿음으로

이 시대에 이 문화 안에서 이 세상에서

함께 머무르길 원하시는

그분을 맞게 해 주십시오.

우리와 함께 계시는 하느님, 임마누엘

어머니,
신비가 이냐시오가 영상 안에서 본 대로
죄로 점철된 비참한 인간 세상을 내려다보시며
성삼위께서 지니신 연민의 마음을 느끼게 해주십시오.

성자께서는 인간이 되시고자 하는 깊은 열망으로
성령으로 인하여
동정 마리아에게서 육신을 취하시어 사람이 되십니다.

어머니,
천사 가브리엘의 축복의 인사를 들으며
느끼신 두려움과 떨림을 가슴으로 느끼게 해주십시오.

어머니,

베르나르도가 당신께 드렸던 노래를 기억하십니까?

"천사는 당신의 대답을 기다리고 있습니다.

오, 여인이여! 무엇을 망설이십니까?

왜 두려움에 떠십니까? 보십시오.

그분이 문 앞에 서서 두드리고 계십니다.

서둘러 문을 여십시오!"

"성령이 너에게 내려오시고

지극히 높으신 분의 힘이 감싸 주실 것이다."

이제 당신은 그분의 어머니가 되시고

거룩한 장막, 하느님이 살아 계시는 방주가 되십니다.

당신의 '예'라는 응답으로

하느님과 인간의 내밀한 만남의 장소,

하느님이 이 세상에서 지내실 지성소가 마련되었습니다.

"이 몸은 주님의 종입니다.

지금 말씀대로 저에게 이루어지기를 바랍니다."

어머니,

모든 신비가 당신의 이 놀라운 응답에 모아져 있습니다.

어머니,

성탄을 맞으며

저희도 이 시대에 이 문화 안에서 이 세상에

저희와 함께 머무시기를 원하시는 그분을 맞게 해주십시오.

이제 성탄이 얼마 남지 않았습니다. 신앙의 핵심인 강생과 성탄의 신비를 기도하며 성탄을 준비하기로 해요. 성 이냐시오의 독특한 강생의 신비 안내와 루카 복음서 1, 26~38을 중심으로 마리아의 응답을 통해 하느님이 인간이 되시어 우리 가운데 함께 계심을 묵상하도록 이끌어 드립니다.

성 이냐시오는 성삼위께서 인간 세상을 내려다보시며 구원이 필요한 비참한 모습의 인간들에 대한 깊은 연민의 마음으로 인간들을 구원하기 위해서 어떻게 할 것인지에 대해 대화를 나누시는 모습을 상상 안에서 보게 됩니다. 성자께서는 자발적으로 우리와 똑같은 인간이 되기를 원하셨고, 성부께서 허락하십니다. 그렇게 하여 우리가 신경에서 고백하는 대로 "성령으로 인하여 동정 마리아에게서 육신을 취하시어 사람이 되십니다."

이 구절에 우리 신앙의 핵심이 담겨 있습니다. 성 이냐시오의 안내에 따라 상상 안에서 성삼위께서 인간 세상을 내려다보시는 모습을 그려보십시오. 마음 깊은 곳으로부터 우리가 죄에서부터 해방과 구원이 필요한 존재라는 것을 느껴보십시오. 막연하게 인류가 아니라 구체적으로 나를 구원하기 위해서 예수님께서 인간이 되어 이 세상에 오신다는 것을 생생하게 느낄 수 있도록 청해 보십시오.

이어서 루카 복음서 1, 26~38안으로 들어가십시오. 루카 복음 사가는 하느님의 천사 가브리엘의 말을 통해 성삼위가 이루시는 강생의 신비를 우리에게 들려줍니다.

"성령이 너에게 내려오시고 지극히 높으신 분의 힘이 감싸 주실 것이다."

이 구절이 핵심입니다. 이 구절에 오래 머무르십시오. 루카는 성령이 마리아와 함께 계심을 나타내기 위해서 '감싸 주신다.'라는 표현을 사용합니다. 전임 교황 베네딕도 16세는 글에서 "이를 통해 루카는 만남의 장막 위에 머물면서 하느님의 현존을 알렸던 구약의 거룩한 구름을 암시하고 있다."라고 합니다.

이제 마리아는 새로운 거룩한 장막, 하느님이 살아 계시는 방주가 됩니다. 마리아가 '예'라고 응답함으로써 하느님과 인간의 만남의 공간이 만들어졌고, 하느님이 이 세상에서 지내실 장소가 마련되었답니다. 교황님은 아주 재미있는 표현을 하셨습니다.

"하느님은 암석 가운데 살지 않으시고, 마리아의 육체와 영혼이 함께 '예'라고 응답한 그곳에 거처를 정하셨습니다."

이 말의 의미도 헤아려 보십시오. 천천히 천사와 마리아가 나누시는 대화에 깊이 귀를 기울여 들어보십시오. 교황님은 이 부분을 해설하시면서 놀라운 점을 지적하십니다. 바로 하느님께서 인간의 승낙을 간청하신다는 사실입니다. 하느님이 인간의 대답을 위해 기다리고 계신다고 합니다. 교황님은 유명한 베르나르도 성인의 강론을 인용합니다.

"천사는 당신의 대답을 기다리고 있습니다. 왜냐하면, 그를 보냈던 분께 돌아가야 할 시간이기 때문입니다. 오, 여인이여! 무엇을 망설이십니까? 왜 두려움에 떠십니까? 보십시오. 모든 민족의 열망을 받는 분께서 문 앞에 서서 두드리고 계십니다. 서둘러 문을 여십시오!"

마리아가 자유로운 의지로 승낙하지 않는다면, 하느님께서는 인간이 되실 수 없다는 신비에 대해 깊이 헤아려 보십시오.

"이 몸은 주님의 종입니다. 지금 말씀대로 저에게 이루어지기를 바랍니다.”

구원의 모든 신비가 마리아의 이 자유로운 승낙인 응답에 달려 있습니다. 이제 이어서 성탄의 의미를 묵상하기로 해요. 현대를 사는 우리에게 성탄의 진정한 의미가 있다면, 오래전에 신비가 에크하르트가 말했듯이 우리도 이 시대에 이 문화 안에서 이 세상에 그리스도를 맞이해야 합니다. 오늘날에도 하느님이 우리와 함께 머무시기를 원하신다는 것을 알고, 우리도 마리아처럼 응답해야 합니다.

그 응답은 마리아가 그랬듯이 온전히 내어 맡김으로써만 가능합니다. 의문을 던지되 그것을 뛰어넘어 “예”라고 응답할 때, 사랑이신 그분은 다시 새롭게 우리 안에서 당신의 거처를 마련하실 것입니다. 우리도 마리아처럼 침묵을 지키며 내어 맡길 수 있다면, 그분이 우리 안에 우리와 함께 머무실 것입니다.

마리아가 지녔던 두려움과 의문, 그 물음은 우리의 삶 안에서도 중요합니다. “어떻게 그런 일이 있을 수 있겠습니까?”라는 물음에서 출발하되, 그것을 뛰어넘어 받아들일 수 있는 믿음, 그것이 은총입니다. 그 은총을 구하며 기쁜 마음으로 성탄을 맞기로 해요.

우리도 셋, 당신도 셋, 자비를 베푸소서

세 봉오리의 꽃송이이지만 한 그루의 꽃나무
삼위일체를 설명하기 위해
인간은 현학적인 신학 언어가 필요하지만
자연은 말없이 삼위일체의 신비 들려주네
단지 우리에게 필요한 것은
자연의 언어를 읽을 수 있는 맑은 눈이라네

처음 냈던 제 사진 명상집, '자연'에 있는 글입니다. 이 시는 어느 봄날 집 앞에 있는 목련꽃을 그린 것입니다. 세 봉오리가 묘하게 하나로서의 일치를 이루고 있는 모습입니다. 저는 그 모습을 보며 성삼위를 떠올렸지요.

오늘은 삼위일체 대축일입니다. 삼위일체의 신비는 참으로 알아듣기 어려운 교의입니다. 성삼위가 서로 각각 위격을 이루면서 한 분이신 하느님이라는 교의입니다. 이 교의의 가르침을 알아듣기 위해서, 신학자들에게는 알아듣기 어려운 신학 언어가 필요합니다. 그런데 실상 신학 용어를 써서 설명하면 더 알아듣기 힘들지요.

여기에 저의 어려움, 아니 저처럼 이 교의를 알아들어야 할 뿐만 아니라 다른 사람들에게 가르쳐야 하는 사람의 어려움이 있습니다. 어떻게 교우 여러분께 알기 쉽게 교의를 설명할 수 있는가? 어려운 것이니까 그냥 넘어 갑시다. 라고 할 수는 없지요. 왜냐하면, 삼위일체의 신비는 교회가 가르치 는 가장 중요한 교의의 하나이기 때문입니다.

제가 말씀드리고 싶은 것은 삼위일체의 신비는 말 그대로 신비이니까, 너무 머리로 이해하기보다는 그냥 열린 마음으로 받아들여야 한다는 것입 니다. 삼위일체는 논리적인 이해나 사변적인 지식을 넘어서서, 하나의 신 비라고 말할 수 있는 교의입니다. 그러기에 우리는 믿음의 마음과 눈으로 받아들여야 하리라 생각합니다.

신앙이라는 것은 우리의 이해를 넘어서는 어떤 것을 향해 자신을 여는 새로운 지평입니다. 고 김수환 추기경님께서 좋아하셔서 자주 인용하시기 도 했던 독일의 신학자 폴 틸리히는 말했습니다. 믿음이란 이성만으로는 받아들일 수 없는 것을 받아들일 수 있는 용기라고요. 이 신비는 무엇보다 도 사랑의 신비요 일치의 신비입니다.

세상 사람들도 삼위일체라는 말을 쓰지요. 그 의미는 서로 다른 세 분야 의 기관이 혼연일체가 된다고 할 때 이 삼위일체라는 말을 쓰지요. 삼위일 체의 핵심은 무엇보다도 성삼위이신 성부, 성자, 성령께서 서로 나누시는 사랑의 일치입니다. 사랑 안에서 사랑 자체이신 분이 사랑과 하나이신 것 입니다. 예수님께서는 당신이 아버지 성부와 성령 안에서 하나인 것처럼 우리도 사랑 안에서 하나가 되기를 기도하셨습니다.

예수회 신부이셨던 안토니 드 멜로 신부님이 들려주시는 이야기 하나를 해 드리겠습니다.

어느 주교님이 배가 고장이 나서 육지에서 멀리 떨어진 어느 섬마을에 하루 동안 머물게 되었습니다. 주교님은 가능하면 보람되게 하루를 지내기를 원하셨습니다. 그는 해변을 거닐다가 마침 그물을 손질하고 있는 세 명의 어부들을 만났습니다. 그들은 주교님을 만나 몹시 기뻐하면서 자기들도 천주교 신자들이라고 말했습니다.

아주 오래전에 선교사가 이 섬에 와서 그리스도교를 전해 주었고 그들은 아직도 신앙을 간직하고 있다고 자랑스럽게 말했습니다. 주교님은 깊이 감명을 받고 기뻐하면서 그들이 어떤 기도문을 알고 있는지를 물었습니다. 주교님이 그들이 주의 기도를 알고 있는지를 묻자, 그들은 그것을 들어보지도 못했다고 답했습니다.

주교님은 그들이 가장 기본적인 주의 기도도 모르면서 자신들을 그리스도교 신자라고 하는 것에 놀랐습니다. 주교님이 물었습니다.

"그러면, 당신들은 기도할 때 어떻게 합니까?"

우리는 눈을 들어 하늘을 우러러보며 기도합니다.

"우리는 셋입니다. 당신들도 셋입니다. 우리에게 자비를 베풀어 주십시오."

분명 선교사가 삼위일체이신 하느님을 전해 주었을 텐데, 다 잊어버리고 이렇게 기도하는 것이었지요. 주교님은 그들의 기도가 너무 유치할 뿐만 아니라 이단적인 요소까지 있는 것에 충격을 받고 이들을 바르게 이끌어 주어야겠다고 생각했습니다. 그래서 그는 하루 동안 그들에게 주의 기도를 가르쳤습니다.

그들은 배우는데 참 더디었지만, 열심히 배웠고 주교님도 인내로서 가르친 덕분에 다음날 주교님이 떠날 즈음에는 세 사람이 모두 제법 실수 없이 주의 기도를 외울 수 있었습니다. 주교님은 아주 흐뭇한 마음으로 정말 하루를 보람되게 보내고 그 섬을 떠났습니다.

몇 달 후 주교님의 배가 다시 우연히 그 섬을 지나게 되었습니다. 그가 갑판을 거닐며 저녁 기도를 드릴 때 문득 이 섬에 자기가 주의 기도를 가르쳐 준 세 사람이 있다는 기억이 떠올랐습니다. 그 회상을 떠올리면서 흐뭇한 마음으로 섬을 바라보고 있었을 때였습니다. 멀리에서 불빛이 보이더니 가까이 다가왔습니다.

그는 세 사람이 배를 향해 다가오는 것을 보고 깜짝 놀랐습니다. 그들은 세 어부였습니다. 그들이 소리쳤습니다.

'주교님, 주교님을 다시 뵙게 되어 아주 기쁩니다. 저희는 주교님의 배가 이 섬을 지나간다는 소식을 듣고 주교님을 뵈려고 달려왔습니다.'

주교님이 놀랍고 반가워서 말했습니다.

'아 당신들이구려. 그동안 잘 지내셨습니까? 그래, 지금은 무엇을 원하시오?'

'주교님, 대단히 송구스럽습니다마는 저희는 주교님께서 가르쳐 주신 그 아름다운 기도를 잊어버렸습니다. 하늘에 계신 우리 아버지, 아버지의 이름이 거룩히 빛나시며. 그리고 그 다음은 잊어버렸습니다. 다시 가르쳐 주십시오.'

주교님이 아주 겸손한 마음이 들어 그들에게 말했습니다.

"당신들은 나의 좋은 친구들입니다. 이제 집으로 돌아가시고 기도할 때,

다시 '우리는 셋입니다. 당신도 셋입니다. 우리에게 자비를 베풀어 주십시오.'라고 기도하십시오."

안토니 드 멜로 신부님은 고백합니다. 가끔 성당에서 할머니들이 끊임없이 로사리오를 바치는 것을 보면서 그것이 참으로 하느님께 영광이 될 수 있는가?라는 생각이 스치지만, 자기의 생각이 틀렸다는 것을. 그들의 눈을 바라볼 때나 하늘을 우러러보는 얼굴을 대할 때, 하느님께 가까이 나아가 있다는 것을 느낀다고 고백합니다.

그렇습니다. 참으로 중요한 것은 마음입니다. 사랑의 마음, 하느님을 믿고 바라고 사랑하는 그 마음입니다. 삼위일체 대축일을 맞으면서 그 신비를 너무 머리로 알아들으려고 하기보다는 다만 신비로 받아들이기로 해요. 우리가 새롭게 다짐해야 하는 것은, 하느님의 사랑 안에서 우리도 서로 사랑하면서 일치를 이루는 일일 것입니다.

이것 또한 지나가리라

미드라쉬라는 유대교 문헌에 나오는 이야기입니다. 고대 이스라엘의 다 윗 왕이 어느 날 보석을 만드는 세공인을 불러 자신을 기리는 아름다운 반 지를 하나 만들라고 지시하면서 한 가지 조건을 붙였답니다.

"내가 큰 승리를 거둬 환희를 주체하지 못할 때 감정을 다스릴 수 있고, 동시에 절망에 빠졌을 때 다시 힘을 북돋워 줄 수 있는 글귀 하나를 반지에 새겨 넣어라."

보석 세공인은 며칠 동안 머리를 싸매고 고민했지만, 이런 양극의 상황 을 동시에 만족시켜 줄 촌철살인의 표현이 떠오르지 않았습니다. 며칠을 끙끙대던 세공인은 결국 지혜롭다고 소문이 나 있는 왕자 솔로몬을 찾아가 서 해답을 얻게 되었다고 합니다. 솔로몬이 세공인에게 반지에 새겨 넣으 라고 알려준 문구는 바로 이것이었습니다.

"이것 또한 곧 지나가리라."

솔로몬 왕자가 말했답니다.

"왕이 승리에 도취한 순간 그 글귀를 보면 자만심이 금방 가라앉을 것이고, 절망 중에 그 글을 보면 이내 큰 용기를 얻어 항상 마음의 평정을 유지하게 될 것입니다."

아빌라의 성녀 대 데레사가 미드라쉬에 나오는 이 내용을 들었는지는 알 수 없지만, 그녀는 '모든 것은 다 지나가는 것'이라는 유명한 말을 남깁니다. 그 내용이 담긴 글이 '아무것도 너를'이라는 성가로 만들어져서 우리에게 알려져 있습니다. 간단히 대 데레사를 소개합니다. 대 데레사는 성 이냐시오와 같은 시대인 16세기에 살았는데, 당시는 정치 사회뿐만 아니라 사상, 문화, 종교적으로 변화와 혼란을 겪고 있는 격동과 개혁의 시기였습니다.

이 시대에 하느님께서는 대 데레사에게 특별한 은총으로 교회와 세상 안에 위대한 일을 하도록 부르시고 이끄셨습니다. 그녀는 침묵을 지키는 관상 수도회로 갔지만, 거기서 침묵 안에 강요된 불의를 보고 침묵하지 않고 투쟁하며 정열적인 개혁자가 됩니다. 그 과정에서 그녀는 오해를 받고 반대를 받아 극심한 고통을 받지만, 모든 것을 하느님께 의탁하며 끝까지 투쟁하여 결국 수도회 개혁을 이끕니다.

대 데레사는 온전히 하느님의 사람이면서 동시에 온전히 '다른 사람들을 위한' 사람이기도 했습니다. 그녀의 마음이 온전히 하느님께 속해 있었기 때문에 온전히 다른 사람을 위해 자신을 내어놓을 수가 있었지요. 데레사에게 있어 기도는 모든 인간에게 있어 선의 출발점이며 은총의 입구라는 것을 알고 있었습니다. 그녀는 "하느님께서 누군가가 기도하지 않을 수 없게 만든다면, 이것이야말로 가장 중요한 은총 중의 하나이다."라고 말했습니다.

'아무것도 너를'이라는 성가 가사에 나오는 내용의 글은 대 데레사가 자신의 기도서에 있는 쪽지 한 장에다 적어두고 늘 보았던 것이라고 합니다. 노래 가사는 아무래도 노래로 만들기 위해 다시 쓰인 것이지요. 원래의 글을 그대로 옮기면 이렇습니다.

"어떤 것도 당신을 불안하게 하거나 놀라게 할 수 없습니다. 모든 것은 사라지지만 하느님은 영원합니다. 인내는 모든 것을 가능하게 합니다. 하느님을 소유한 이는 아무것도 부족하지 않습니다. 저는 하느님만으로 충분합니다."

훗날 랜터 스미스라는 사람이 다시 미드라쉬에 있는 내용을 바꾸어 시를 써서 많은 사람에게 알려지게 되었지요.

이것 또한 지나가리라
- 랜터 윌슨 스미스

어느 날 페르시아의 왕이 신하들에게
마음이 슬플 때는 기쁘게
기쁠 때는 슬프게 만드는 물건을
가져올 것을 명령했다.
신하들은 밤새 모여 토론한 끝에
마침내 반지 하나를 왕에게 바쳤다.
왕은 반지에 적힌 글귀를 읽고는
크게 웃음을 티뜨리며 만족해했다.
반지에는 이런 글귀가 새겨져 있었다.
'이것 또한 지나가리라.'

부활이 무엇입니까?

가장 거룩한 밤, 가슴 깊은 속으로부터 기쁨이 스며오는 밤, 이 밤을 여러분들과 함께 지내면서 예수님의 부활을 선포하는 제 마음이 얼마나 기쁜지 모릅니다. 우리는 오늘 밤, 빛의 예식으로서 이 거룩한 밤을 시작했습니다. 거룩한 이 밤을 '그리스도 우리의 빛'이시라고 외쳤습니다.

우리는 Exsultet, 긴 부활 찬송을 들었습니다. 참으로 아름다운 찬송입니다. 오, 참으로 복된 밤, 하늘과 땅이 결합한 밤, 하느님과 인간이 결합한 밤! 이라고 노래했습니다. 그렇습니다. 이 밤은 하느님께서 우리에게 쏟아 부어 주시는 은총이 별빛처럼 흘러내리는 밤입니다. 그분이 주시는 기쁨이 우리의 가슴 속을 흐르는 밤입니다.

제2부 말씀의 전례에서 우리는 여러 독서에서 태초부터 마련하신 이 밤을 위한 준비로서의 구원 신비의 말씀들을 들었습니다. 그리고 강론 후에는 제3부에서 이제 세례식과 세례 갱신 식을 거행합니다. 여러분들, 부활을 믿습니까? 부활이 무엇입니까? 예수님이 죽음을 지나 다시 생명이라는

빛 안으로 들어오신 사건입니다.

예수님의 죽음이 우리를 향한 당신의 사랑이었다면, 부활은 그 사랑에 대한 하느님 사랑의 응답입니다. 여러분들, 부활을 증명할 수 있습니까? 아무도 증명할 수 없지만, 우리는 느낄 수 있습니다. 봄을 증명할 수 없지만 봄을 느끼듯이 말입니다. 이 부활로 이제 '비읍'의 세계로 들어섰습니다. 어느 시인의 표현대로 부활이 되기 전까지는 우리는 '시옷'의 세계에 살았습니다.

'시옷'의 세계에서는 아직 완연한 봄이 아니었습니다. 아직 '비읍'의 세계가 아니었으니까요. 이제 부활로, 드디어, 봄, 빛, 부활, '비읍'으로 시작되는 '비읍'의 세계로 들어선 것입니다. 부활을 통해 드디어 '시옷'의 세계가 무르익어 '비읍'의 세계로 꽃을 피우게 됩니다.

사순시기 동안 우리는 고통, 어두움, 죽음으로 이어지는 사랑을 체험했습니다. 이제 부활은 바로 그 사랑의 힘이 얼마나 놀라운지를 보여 주는 증거입니다. 아무도 부활을 증명할 수는 없습니다. 다만 우리의 가슴을 촉촉이 적셔주는 사랑의 힘만이 부활하신 그분이 이 밤에 우리에게 평화를 주신다는 것을 느끼게 할 수 있습니다.

이 밤에 그분이 우리에게 사랑의 빛을 비추어주십니다. 그 빛을 느끼고 그 빛에서 불을 켜서, 우리 가슴의 등불을 켜십시오. 우리가 켰던 부활초는 이 빛의 상징입니다. 이제 실제로 그 빛을 여러분들의 가슴의 등불로 삼으시기 바랍니다. 우리 마음속에 이 빛을 켜서 계속해서 간직하지 못한다면, 누가 세상에 새로운 생명의 봄을 가져다주겠습니까?

'비읍'의 시, 하나 나누며 부활 축하 인사를 드리고 강론에 대합니다. 미투 운동의 선두 주자 최영미 시인의 '사랑의 힘'이라는 시의 일부를 오늘 부활 축시로 읽어 드립니다.

> 커피를 끓어 넘치게 하고
> 죽은 자를 무덤에서 일으키고
> 촛불을 춤추게 하는
>
> 사랑이 아니라면
> 밤도 밤이 아니다
> 술잔은 향기를 모으지 못하고
> 종소리는 퍼지지 않는다
>
> 커피를 끓어 넘치게 하고
> 죽은 자를 무덤에서 일으키고
> 촛불을 춤추게 하는
> 그런 사랑이 아니라면

부활의 의미도 다름 아닌 사랑입니다. 바로 사랑의 힘이 부활이라는 놀라운 하느님의 현현으로 나타난 것이지요. 당신의 아버지 하느님께서 이제 예수님을 죽은 자들 가운데서 들어 높이신 것입니다. 바로 죽기까지 사랑하신 그 사랑의 힘이 하느님에 의해 부활로 나타난 것입니다. 여러분들, 부활을, 봄을 맞이함을 축하드립니다.

해지는 언덕에서

송년에 즈음하여 입속에서 맴도는 말은 '주님, 감사합니다.'입니다. 살아 있다는 것이 꼭 죽음의 반대만을 의미하는 것은 아닙니다. 우리가 사는 동안 끊임없이 일어나는 수많은 일과 그로 인한 기쁨·아픔·행복·불행·즐거움·번뇌·삶과 죽음은 평생의 동반자입니다.

그 시간이 마치 한줄기 강물처럼 마음의 골을 타고 한 해의 끝에서 흘러내립니다. 지난여름 피정을 준비하는 마음으로 예수회원으로서의 삶을 성찰하는 시간을 가졌습니다. 사랑의 삶을 살고 싶어서 수도자가 되었지만, 그 뜻에는 너무도 미치지 못한 삶이었습니다. 사랑은 자신을 낮추는 일이라고 입으로는 수없이 뇌이면서도 끝내 낮추지 못한 오만의 순간들이 가슴에 화인이 되어 아픔으로 남았습니다.

저에게 생명을 주시고 수도회로 이끄시고 사제로 불러주신 그분의 사랑을 기억하고 위로받았습니다. 해지는 언덕의 저녁놀은 찬란한 슬픔으로 다가오고, 저의 삶 나약함과 부족함으로 휘청거린 삶이었습니다. 부끄러움으로 절로 고개 숙입니다. 하지만, 그것마저도 그분께 감사하고 싶은 마음입니다.

저는 마음의 어리석음으로 아직 삶이 무엇인지도 잘 모르고 있지만, 모든 일상을 있는 그대로 받아들이는 마음이 되고자 노력합니다. 땅에 떨어진 밀알이 썩지 않고는 열매를 맺을 수 없듯이, 사람은 욕심을 썩히지 않고는 사랑의 싹을 틔우지 못합니다. 그것을 알면서도 욕심만 자라나 씨앗 뿌리고 땀 흘린 적 없는 빈 밭에서 열매를 거두려 했습니다.

평정심 잃은 마음은 늘 소란스러움에 시달렸고 이웃의 아픈 소리도 제대로 듣지 못했으니, 사제로서 과연 사람들의 아픔을 얼마나 이해하고 함께하는지 반성하면서 심히 부끄럽습니다. 늘 개인적인 욕심이 앞서 주님의 목소리도 제대로 듣지 못하지는 않았든지 두렵습니다. 한 해를 돌이켜보니 아픔의 자리가 너무나 또렷하게 보입니다.

새날의 희망 등불을 켜두고 일을 이루시는 분은 오직 그분뿐이심을 고백하며, 두 손을 모으고 싶습니다. 삶은 그분을 찾아 떠나는 여정입니다. 어둠 속에서 길을 잃지 않으려면 등불을 밝혀야 하듯, 영적인 등불을 켜지 못한다면 그분이 이끄시는 길을 찾지 못합니다. 어둠을 밝힌 영혼의 등불을 켜서 들고 선으로 이끄시는 그분께 의지하며, 다시 새로운 길을 찾아 떠나는 마음으로 새해를 맞고 싶습니다.

사는 동안 눈물로 지새우는 밤을 어찌 다 헤아리며, 시시때때로 맛보는 절망감은 또 어찌 다 헤아릴 수 있겠습니까? 하지만 그마저도 그분이 주신 생명의 삶이니 어찌 거부할 수 있겠습니까? 해지는 언덕에서 잠시 고요 속에 머물며 내일 다시 떠오를 해를 묵상합니다. 희망을 기다리며 사랑 노래 부릅니다.

해지는 언덕에서
살아 있음을 생각합니다.

마음속 메아리는 강물이 되어
지난 일 년의 골을 타고 흐릅니다.
사랑은 자신을 낮추는 일
수없이 되뇌었으나
끝끝내 낮추지 못한 순간들은
가슴에 화인으로 남았습니다.
님의 크신 사랑은
지는 해만큼 아름다운 슬픈 노래입니다.

지는 낙엽을 고스란히 받아들여야
땅에 떨어지는 한 알의 밀알이 되어야
사랑의 싹 틔울 수 있음을 알면서도
뿌린 씨 없이 흘린 땀 없이 열매만 탐했습니다.

고요가 떠나간 마음은 장터 같아
이웃의 아픈 소리 듣지 못하고
님의 소리에도 귀먹었습니다.
님께로 나아가기 위해서는
오롯이 마음을 모아야 하건만
마음은 늘 세상일에 빼앗겼습니다.

사람은 내일을 기대하지만
일을 이루시는 분은 오직 님뿐
인생은 님을 찾아 떠나는 긴 여정입니다.
어둠 속을 영혼의 등불 밝히겠습니다.

수많은 밤을 눈물로 지새우고
절망의 늪에 빠질지라도
인생은 님이 주신 크나큰 선물입니다.

해지는 언덕에서 내일을 노래합니다.
사랑 노래 부릅니다.

위로, 눈먼 이, 선암사

오늘 제1 독서는 예레미야서입니다. 오늘 독서를 읽으면서 저에게 깊이 와 닿는 단어는 '위로'라는 단어였습니다. 오늘 복음에 '위로'라는 단어는 없지만, 저에게 주는 느낌이나 이미지는 '위로'입니다. 예수님께서 한 시각장애인에게 위로를 주시며 새로 봄, 새로운 세계, 새로운 가능성을 열어주시는 대목입니다.

배경은 고도 예리고입니다. 세계에서 가장 오래된 도시의 하나입니다. 학자들은 기원전, 9000년경에 이 도시가 만들어졌다고 보니까요. 잠시 예리고의 모습을 상상 안에서 그리어 보십시오. 오래된 무화과나무들이 가로수처럼 늘어져 있는 옛 도시 예리고는 아름다운 도시입니다. 팔레스타인 지역에서 드물게 기름진 땅을 지닌 예리고는 부유한 도시입니다. 그런데, 오늘 복음에 등장하는 시각장애인은 길가에 앉아, 구걸하고 있습니다.

이 시각장애인의 삶을 생각해 보면 예리고라는 도시의 이미지와 아주 다른 대조를 이룹니다. 저는 이 대목을 묵상하면서 가슴이 답답해 오고 마음속에서 화가 일어나는 자신을 발견하게 되었습니다. 처음에는 묵상 안에서 제가 눈이 먼 상태이고 길가에 앉아 있다고 생각하니, 화가 나는 줄 알았습니다. 그런데 정작 저에게 일어난 화는 저 자신에 대한 부끄러움의 다른 표현이었습니다.

저는 마음속으로 자문해 보았습니다. "네가 단 한 번이라도 소경의 삶을 깊이 생각해 보고 깊은 연민의 마음을 지녀보았느냐?"라는 자문이었습니다. 저에게 시각장애인 친구가 몇 명 있습니다. 저는 그래도 그들에게 좋은 친구가 되어 주었다고 생각했는데, 정말 그들의 처지가 되어 생각해 보았는지를 돌아보니, 부끄럽게도 없었습니다.

"내가 정말 그 처지, 그 상황이 된다면 그저 숙명 이러니 여기며 받아들일 수 있는가?"라고 자문해 보니, 그 대답에도 답은 부정적이었습니다. 그 사실이 부끄러워해야 하는데, 저의 감정은 화가 났습니다.

"앞서가던 이들이 그에게 잠자코 있으라고 꾸짖었지만"이라는 대목에서 저는 다시 화가 났습니다. 어쩌면 이 대목에서는 여러분들도 화가 나시지 않았을까 생각합니다. 다른 생각을 지닌 사람들에 대해 화를 내는 것은 올바른 일은 아니지만, 그래도 화라는 감정은 그냥 일어나니까, 인정하고 받아들여야 하지요.

조용히 하라고 꾸짖는 사람들을 보며 "정말 그대들이 소경의 처지가 되어 보았느냐? 자신들이 소경의 처지가 되어 보고도 그를 꾸짖을 수 있느냐?"라고 묻게 됩니다. 아무도 그럴 수 없겠지요. 우리는 늘 역지사지, 다른 사람들의 처지에서 생각해 보는 마음을 지녀야 할 것입니다.

시각장애인들은 청각에 예민합니다. 그 시각장애인이 지나가는 소리를 듣고 무슨 일이냐고 묻습니다. 그가 묻는 물음에서 우리가 느낄 수 있는 것은 그 시각장애인의 직감입니다. 그는 직감으로 알았고, 그것을 확인하고 싶습니다.

"자기에게 어떤 기회가 왔다. 놓칠 수 없다. 어떤 일이 있어도 이 기회를 놓치지 않으리라."

그는 부르짖었습니다. 그의 부르짖음은 바로 짐승의 절규와도 같은 강한 염원입니다. 그 외침 앞에 다른 사람들의 꾸지람은 전혀 문제도 되지 않습니다. 더욱 큰 소리로 외쳤다고 표현되어 있습니다. 저에게 이 외침은 바로 신뢰로 느껴집니다.

"당신은 하실 수 있습니다. 아니, 당신은 꼭 그렇게 해주실 것입니다. 저에게 자비를 베풀어 주십시오."라는 신뢰에 가득 찬 외침이고 이 외침을 예수님께서 들으신 것입니다. 이 외침을 들으신 예수님께서 깊이 마음이 움직이십니다. 예수님께서는 고통을 느끼는 사람에게 그냥 깊은 연민을 느끼시는 분이지요.

예수님은 이 시각장애인의 절규 앞에 말로 표현할 수 없는 깊은 연민과 사랑의 마음을 지니게 되셨을 것입니다. 그의 절규 앞에 깊은 연민을 지니시는 예수님의 모습을 떠올려 봅니다.

"내가 너에게 무엇을 해주기를 바라느냐?"

예수님께서는 모르시면서 물으시는 것이 아니지요. 예수님께서는 우리 각자에게 우리의 바람, 마음 깊은 곳으로의 원의를 분명하게 표현하기를 원하십니다.

"주님, 제가 다시 볼 수 있게 해주십시오."

다시 본다는 의미가 무엇인지를 헤아리며 저도 깊은 연민을 느낍니다. 한때 볼 수 있다가 볼 수 없게 된 이 사람의 슬픔, 한은 형언하기 쉽지 않을 것입니다. 그는 한시도 바라지 않고 지난 적이 없을 것입니다. 내가 다시 볼 수 있다면! 시각장애인이 지녔던 그 답답함, 억울함, 슬픔, 한이 느껴집니다.

빛을 잃어버리고 어둠의 심연 속에 있던 젊은이의 절규 앞에 우리도 깊은 연민을 느끼게 됩니다. 그런데 그는 예수님이 지나가시는 것을 알게 되었고, 어둠과 절망의 심연에서 다시 희망을 찾습니다. 그래서 외친 것입니다.

예수님께서 말씀하십니다.

"다시 보아라."

얼마나 힘 있는 명령이며 위로의 말씀입니까?

"네 믿음이 너를 구원하였다."

구원은 하느님이 하시는 일입니다. 예수님께서는 "네 믿음이 너를 구원하였다."라고 말씀하십니다. 복음서의 다른 여러 대목에서는 예수님께서는 늘 믿음이 그 사람을 구원하였다고 말씀하십니다. 구원은 분명 하느님이 하시는 일인데, 왜 그렇게 말씀하셨을까요? 구원은 언제나 우리에게 열려 있는 것입니다.

하느님께서는 우리를 구원하시려고, 당신의 독생 성자를 세상에 보내셨습니다. 그런데, 그 구원의 문으로 들어가는 선택은 우리 각자의 몫입니다. 우리 각자의 믿음을 통하여 하느님이 우리를 구원하실 수 있습니다. 아니 하느님이 구원하여 주십니다. 우리가 간절히 원하면서 마음의 문을 열어놓고 절규할 때 그렇습니다.

예수님의 말씀이 떨어지자 곧 그는 다시 보게 되었다고 합니다. 그 기쁨이 얼마나 컸을까요? 놀라움입니다. 말씀이 바로 구원이었습니다.

"가라. 네 믿음이 너를 살렸다."

믿음은 바로 하느님이 그렇게 하여 주실 것을 바라며 의탁하고 신뢰하는 것입니다. 그 믿음은 또한 자기에게 일어난 이 모든 것이 바로 하느님께서 베푸시는 사랑이라는 것을 아는 믿음이기도 합니다. 그는 하느님을 찬양하며 예수님을 따랐습니다. 우리도 그 시각장애인과 함께, 군중들과 함께 하느님께 찬양을 드리며 예수님을 따르는 삶을 살도록 합시다.

제가 지난주에 선암사에 가서 템플 스테이를 했습니다. 3시 반에 모든 스님이 대웅전에 모여 새벽 예불하는 모습을 보게 되었습니다. 그곳 스님들은 계속 절을 하면서 예불을 드리더군요. 아주 인상적이었고 저에게 큰 자극이 되었습니다. 아침 식사 후 8~10시까지 그곳 스님 한 분과 차담을 했습니다. 차를 마시며 스님 말씀을 듣는 것이지만, 단순히 듣기보다는 대화도 나누었습니다.

그 스님 말씀의 요지는 우리가 스스로 깨달아야 한다는 것이었습니다. 제가 한 말씀 드렸지요.

"깨닫는 것은 참 좋은 일인데, 모두가 그 경지에 이르지는 못하지 않습니까? 우리 인간은 약한 중생들이고, 때로 병들기도 하고, 때로 고통을 겪지 않습니까? 하여 때로 다른 사람들의 위로가 필요하지 않습니까? 저에게는 저를 위로해 주시는 분이 필요하고, 저를 위로해 주시는 분이 저에게는 구원자이십니다."

저는 구원자이신 예수님이 계시다는 것이 참 행복합니다. 저는 불교를 좋아하지만, 불교 신자가 아니라 가톨릭 신자인 것이 참 다행이라는 생각을 합니다. 내가 스스로 깨달을 필요 없이 나의 약함을 아시고 나를 위로해 주시는 구원자가 계시니까요. 선암사 이야기를 했으니까, 선암사라고 하면 빼놓을 수 없는 것이 선암사의 뒷간입니다. 정호승 시인의 시로 유명해졌지요.

정호승 시인의 '선암사'라는 시 일부를 들려드리면서 오늘 강론에 대합니다. 이 시가 여러분들에게 위로가 되기를 바랍니다.

선암사
- 정호승

눈물이 나면 기차를 타고 선암사로 가라
선암사 해우소로 가서 실컷 울어라

눈물이 나면 걸어서라도 선암사로 가라
선암사 해우소 앞
등 굽은 소나무에 기대어 통곡하라

사순

조이스 킬머는 노래했네.
"나 같은 바보는 시를 쓰지만
나무는 팔을 들어 하느님을 찬미하네."

일몰을 배경으로 선 나목들은
단순히 하느님을 찬미하는 것이 아니라

그분 안에 머물고 그분과 하나가 되네.

하느님과 하나 된 나무가 우리를 부르네.
우리의 옛 삶을 등지고 돌아서서
부활하신 예수님께서 우리를 위해 승리하신
생명에로 우리 자신을 열라고 초대하네.

사순은 죽은 나무에 새순이 돋아나는 때
그분이 새 생명을 주시기를 청하면서
나목이 온몸으로 하느님께 자신을 던지듯
우리 자신을 열고 그분께 내맡겨야 할 때이네.

새 생명을 주시는 부활의 여명이 밝아오면
이제 나목에 움이 트고 잎이 나고 꽃이 피듯
우리 가슴에도 상처 아물고 사랑이 꽃피리라.

여명

하루의 시작을 위해
어둠을 깨우고
붉은 해가 솟아오릅니다.

새벽을 묵상하며
그분의 축복에 두 손 모으고
오늘 하루를 주님께 바칩니다.

주님,
오늘도 새날을 주심에
감사드립니다.

매 순간이
당신의 축복임을 알게 하시고
당신의 축복을 나누는 이가 되게 하소서.

"나는 이 사람들에게
아버지를 알게 하였으며
앞으로도 그렇게 하겠습니다.

그것은
아버지께서 나를 사랑하신
그 사랑이 그들 안에 있고
나도 그들 안에 있게 하려는 것입니다. (요한 17, 26)

2

이
야
기

착한 개구리 이야기

옛날 옛적 어느 곳에 개구리 하나 살았어요. 그 개구리는 가난하지만, 마음 착한 개구리였어요. 하루는 이 개구리가 쌀 한 말을 얻어 오려고 벌 건너 형을 찾아 길을 나섰대요.

개구리 덥적덥적 길을 가노라니 길가 보도랑에 우는 소리 들렸어요. 개구리 닁큼 뛰어 도랑으로 가 보니 소시랑 게 한 마리 엉엉 울고 있었어요. 소시랑 게 우는 것이 가엾기도 가엾어 개구리는 뿌구국 물어보았어요.

소시랑 게야, 너 왜 우니?

소시랑 게 울다 말고, 대답하였대요.

응, 나는 발을 다쳐 아파서 울고 있어.

개구리는 바쁜 길이지만 그만 그걸 잊어버리고 소시랑 게 다친 발을 고쳐주었어요. 개구리 또 덥적덥적 길을 가노라니 길 아래 논두렁에 또 우는 소리 들렸어요. 개구리 닁큼 뛰어 논두렁에 가 보니 방아다리 한 마리가 엉엉 울고 있었어요. 방아다리 우는 것이 가엾기도 가엾어 개구리는 뿌구국 물어보았대요.

　방아다리야, 너는 왜 우니?

　방아다리 울다 말고, 대답하였지요.

　응, 나는 길을 잃고, 갈 곳 몰라 울고 있어.

　개구리는 바쁜 길이지만 길 잃은 방아다리에게 길을 가르쳐 주었어요. 개구리 또 덥적덥적 길을 가노라니 길 복판 땅 구멍에 또 우는 소리 들렸어요. 개구리 닁큼 뛰어 땅 구멍에 가 보니, 소똥구리 한 마리가 엉엉 울고 있었어요. 소똥구리 우는 것이 가엾기도 가엾어 개구리는 뿌구국 물어보았대요.

　소똥구리야, 너는 왜 우니?

　소똥구리 울다 말고 대답했지요.

　응, 나는 말이야. 구멍에 빠져 못 나와 울고 있어.

　개구리는 바쁜 길이지만 구멍에 빠진 소똥구리를 끌어내 주었어요. 개구리 또 덥적덥적 길을 가노라니 길섶 풀숲에서 우는 소리 들렸어요. 개구리 닁큼 뛰어 풀숲으로 가 보니 하늘소 한 마리가 엉엉 울고 있었어요. 하늘소 우는 것이 너무 가여워 개구리는 뿌구국 물어보았어요.

　하늘소야, 너는 왜 우니?

　하늘소 울다 말고 말했어요.

　응, 나는 말이야, 풀대에 걸려 가지 못해 울고 있어.

　개구리는 바쁜 길 잊어버리고, 풀에 걸린 하늘소를 도와 풀을 치워주었어요.

　개구리 또 덥적덥적 길을 가노라니 길 아래 웅덩이에 우는 소리 들렸어요. 개구리 닁큼 뛰어 물웅덩이 가서 보니 개똥벌레 한 마리가 엉엉 울고 있어요. 개똥벌레 우는 것이 가엾기도 가엾어 개구리 뿌구국 물어보았어요.

개똥벌레야, 너는 왜 우니?

개똥벌레 울다 말고, 대답하는 말이었어요.

응, 나는 물에 빠져 나오지 못해 울고 있어.

개구리는 바쁜 길 잊어버리고, 물에 빠진 개똥벌레 건져 주었어요.

발 다친 소시랑 게 고쳐주고, 길 잃은 방아다리 길 가르쳐 주고, 구멍에 빠진 소똥구리 끌어내 주고, 풀에 걸린 하늘소 놓아주고, 물에 빠진 개똥벌레, 건져내 주었어요.

착한 일 하느라고 길이 늦은 개구리, 형네 집에 왔을 때는 날이 저물고, 쌀 대신에 벼 한 말 얻어서 지고 가게 되었어요. 형네 집을 나왔을 땐 저문 날이 이제 어두워졌어요. 어둔 길에 무겁게 짐을 진 개구리, 디퍽디퍽 걷다 가는 넘어졌어요. 그 개구리는 앞으로 쓰러지고, 또 다시 걷다가는 뒤로 넘어졌어요.

밤은 깊고 길은 멀고 눈앞은 캄캄하여 개구리 할 수 없이 길가에 주저앉아 어찌할까 이리저리 걱정하였대요. 그러자 웬일인가, 개똥벌레 윙하니 날아오더니 가쁜 숨 허덕허덕하며 물었어요.

개구리야, 개구리야, 너 무슨 걱정 있니?

개구리 이 말에 뿌구국 대답했어요.

어두운 길 갈 수 없어, 걱정하고 있단다.

그랬더니 개똥벌레, 등불 켜고 앞장서, 어둡던 길 밝아졌어요.

어둡던 길 밝아져 개구리 가기 좋았어요. 그러나 개구리는 등에 진 짐이 너무 무거워 다리가 떨렸어요. 개구리 할 수 없이 길가에 주저앉아 어찌할까 이리저리 걱정하였어요. 그러자 웬일인가 하늘소 씽하니 날아오더니 가쁜 숨 허덕허덕하며 말을 물었어요.

개구리야, 개구리야, 너, 무슨 걱정거리 있니?

개구리 이 말에 뿌구국 대답했어요.

응, 나 말이야, 무거운 짐 지고 못 가, 걱정하고 있단다.

그랬더니 하늘소 무거운 짐 받아 지고 갔어요. 개구리 뒤따라갔지요.

개구리는 무겁던 짐 벗어놓아 가기는 좋았어요. 그러나 길 복판에 소똥이 싸여 있어 넘어갈 수가 없었어요. 개구리 할 수 없이 길가에 주저앉아 어찌할까 이리저리 걱정하였어요. 그러자 소똥구리 휑하니 굴러오더니 가쁜 숨 허덕허덕하며 물었어요.

개구리야, 개구리야, 무슨 걱정이 있니?

개구리는 이 말에 뿌구국 대답했지요.

응, 길을 가려니까 소똥이 쌓여 있어 못 가서 걱정이란다.

소똥구리 소똥 더미 다 굴리어, 막혔던 길 열리었지요. 막혔던 길 열리어 개구리는 잘 왔어요. 그러나 얻어 온 벼 한 말을 방아 없이 어찌 찧나? 개구리 할 수 없이 마당가에 주저앉아 어찌할까 이리저리 걱정하였어요. 그러자 방아다리 껑충 뛰어오더니 가쁜 숨 허덕허덕하며 물었어요.

개구리야, 개구리야, 너, 무슨 걱정하니?

개구리 이 말에 뿌구국 대답했지요.

방아 없어 벼 못 찧고, 걱정한단다.

방아다리, 이 다리 씨꿍 서 다리 찌꿍 벼 한 말을 다 찧었어요. 방아 없이도 쌀을 찧어 개구리는 무척 기뻤어요. 그러나 불을 땔 장작 없어 무엇으로 밥을 짓나! 개구리 할 수 없이 문턱에 주저앉아 어찌할까 이리저리 걱정하였어요. 그러자 웬일인가 소시랑 게 비르륵 기어오더니 가쁜 숨 허덕허덕 물었지요.

개구리야, 개구리야, 너는 무슨 걱정 하니?

개구리 이 말에 뿌구국 대답했대요.

응, 나는 장작 없어 밥 못 짓고 걱정한단다.

소시랑 게 풀룩풀룩 거품 지어 흰 밥 한 솥 지었어요. 장작 없이 밥을 지은 개구리는 좋아하며 뜰에 멍석 깔고 모두 앉히었지요. 불을 받아준 개똥벌레, 짐을 져다 준 하늘소, 길을 치워준 소똥구리, 방아 찧어준 방아다리, 밥을 지어준 소시랑 게, 모두 모두 둘러앉아 한솥밥을 맛있게 나누어 먹었대요.

이 이야기 누구의 이야기인지 아는 사람 있어요? 백석이라는 북한으로 넘어간 시인의 동시를, 제가 이야기로 풀어 쓴 것이랍니다. 개구리의 '뿌구국' 하는 물음 소리와 '덥적덥적' 길을 가는 소리, 도랑으로 '닝큼' 띄어 가는 모습은 그 단어를 듣는 것만으로도 무척 정겹게 느껴지고, 우리말의 아름다움을 느낄 수 있어요.

형네 집에 쌀을 얻으러 가는 길이지만 바쁜 제 일을 미뤄놓고 곤경에 빠진 소시랑 게와 방아깨비, 소똥구리, 하늘소, 개똥벌레를 도와주는 착한 개구리는 결국 한밤중에 형네 집에 도착합니다. 벼 한 말을 얻어서 돌아오게 되는데, 개구리가 여러 가지 곤경에 빠지게 되지요.

개구리는 친구들의 도움으로 함께 곤경을 극복해 가며 집으로 돌아오고, 방아깨비의 도움을 받아 벼 한 말을 다 찧었지요. 개구리에게는 불을 지펴 밥을 지어야 하는데 장작이 없지요. 그런데 소시랑 게가 거품을 내어 한 솥 가득 밥을 지어주고, 한 솥 가득 지어진 하얀 쌀밥을 개구리와 친구들은 맛있게 나눠 먹었지요.

여러분들, 이야기 잘 들었어요? 재미있어요? 재미도 있지만, 아주 교훈적인 이야기이지요. 여러분들, 친구들이 어려운 것을 보면, 어떻게 해야 하지요? 그래요. 기꺼이 도와주어야 하지요. 나에게 잘못한 친구는 어려움을 보아도 도와주지 않아야 할까요? 아니지요. 그래도 도와주어야 해요.

지금 전 세계에서 가장 도움이 필요한 사람들이 누구일까요? 그래요. 일본 사람들이지요. 여러분들, 뉴스를 통해 알고 있지요? 일본 사람들이 지진과 쓰나미로 엄청 많이 사람들이 죽고, 이재민들이 생겨 큰 고통을 겪고 있어요. 대지진과 쓰나미로 큰 고통을 겪고 있는 이웃 나라, 일본을 우리가 어떻게 해주어야 할까요?

그래요. 도와주어야 하지요. 일본은 한때 우리나라를 침략했고, 우리나라 사람들에게 나쁜 짓도 많이 했어요. 그렇기 때문에 고통을 겪고 있는 일본을 모른 척하면 될까요? 아니 되지요. 물론, 도와주어야 하지요. 예수님께서 말씀하셨지요. 원수도 사랑해야 한다고요.

일본이 우리나라 사람들을 못 살게 한 것은 물론 지난 일이고, 이제는 일본이 우리의 원수가 아니기도 하지만, 설령 원수라고 하더라도 어려움을 당하면 도와주어야 하지요. 여러분들, 어떻게 돕고 싶어요? 우선 우리 기도해 주도록 해요. 일본이 하루빨리 재해를 극복하고, 다시 희망의 삶을 살 수 있도록 함께 기도하기로 해요.

기도만 하면 될까요? 아니지요. 실제 경제적인 도움도 주어야 하지요. 그래서 여러분들도 적은 용돈이라도 아껴서 성금을 낼 수 있으면 좋겠어요. 그리고 사순시기에 금육과 단식으로 희생하기로 하고, 절약한 그만큼은 성금으로 내어놓도록 부모님께 말씀드리기로 해요. 알았지요?

오늘 복음 말씀은 어떤 내용이었지요? 예수님께서 산에 오르셔서 영광스러운 변모를 하시는 내용이지요. 제자들에게 당신의 눈부신 모습을 보여 주십니다. 무슨 의미일까요? 이제 예수님께서 수난과 죽음을 앞두고 있어요. 예수님께서는 당신의 눈부신 영광의 모습을 미리 보여 주심으로서 제자들이 부활에 대한 희망을 지니도록 하시는 것이에요.

지금 일본 사람들이 큰 어려움에서 너무 앞이 캄캄하고 절망할 수 있지만, 예수님께서는 희망의 메시지를 주시고 계신다고 생각해요. 전 세계의 사람들이 서로 도와주려고 하는 모습이 바로 희망의 메시지이기도 하지요. 전 세계에서 일본에 구조대원을 보내 주었어요. 우리나라에서도 119 구조대원을 보내 주었지요.

일본 사람들이 절망 속에서도 희망을 잃지 않도록 우리 모두 도움의 손길을 펴도록 해요. 저는 그것이 바로 오늘 복음에서 예수님께서 우리에게 보여 주시는 메시지라고 생각해요. 아멘.

고동영

~~~~~~

오늘처럼 어느 화창한 봄날 어느 농장으로 새로 오게 된 강아지 한 마리가 산책하게 되었답니다. 말이 사는 마구간 가까이 다가가자, 말이 강아지에게 말을 건넸습니다.

"너는 못 보던 녀석인데, 새로 왔나보구나."

말은 으시대며 자기 자랑을 늘어놓았습니다.

"너는 잘 모르겠지만 내가 이 농장에서 주인의 사랑을 가장 많이 받는 동물이란다. 내가 주인을 위해 짐을 날라주기도 하고 때로는 직접 주인을 태우고 다니기도 하거든. 너는 보아하니 너무 작아서 주인을 위해서 할 만한 일도 없고, 전혀 쓸모가 없을 테니 천덕꾸러기가 될 것이야."

강아지가 풀이 죽어 떠나려 하는데 옆 우사에 있던 암소가 말의 말이 우습다는 태도로 말을 했습니다.

"천만에. 이 농장에서 가장 주인의 사랑을 받는 귀한 동물은 바로 나라는 것을 모르는 동물은 없지. 안주인이 바로 내가 주는 젖으로 버터나 치즈를 만들어서, 식사하고 있으니 말이야. 너, 새로 온 강아지인가 본데 너야말로 주인에게 아무것도 해줄 것이 없을 테니, 사랑을 받을 길이 없어 참 안 되었구나."

이 말을 들은 양이 옆에서 말을 했습니다.

"암소 양반, 그렇게 말하면 제가 섭섭하지요. 주인에게 털을 드려서 옷을 지어 입게 하는 동물은 바로 나란 말이오. 주인이 나를 얼마나 사랑하는지 잘 알면서 그러시우. 하긴 이 강아지라면 당신 말이 그리 틀린 것은 아니지요."

동물들이 대화에 끼어 저마다 자기들이 농장 주인을 위해 얼마나 큰 봉사를 하며, 그래서 주인의 얼마나 큰 사랑을 받고 있는지 늘어놓았습니다. 닭들은 자기들이 알을 낳아서 주인을 얼마나 기쁘게 하는지 이야기하고, 고양이는 자기가 얼마나 많은 쥐를 잡아서 곡식을 보호해서 주인을 기쁘게 하는지 등을 이야기했습니다.

서로 자기 자랑을 하면서 그들이 공통으로 의견을 모으는 것은 바로 강아지는 아주 짝에도 쓸모가 없어서 주인의 사랑을 받지 못할 것이라는 이야기였습니다. 이렇게 다른 동물들의 이야기를 들은 강아지는 너무 주눅이 들고 속이 상해서 아무도 없는 외딴곳에 가서 서럽게 울기 시작했습니다.

그때 늙은 개 한 마리가 강아지의 울음소리를 듣고 다가와서 무슨 일인지를 이야기해 보라고 했습니다. 강아지는 자초지종을 이야기했습니다. 늙은 개가 말했습니다.

"정말 그럴까? 강아지야. 너는 네가 못하는 것을 두고 서럽게 울고 있는데, 그것은 바보짓이란다. 다른 동물들이 할 수 없지만, 네가 할 수 있는 것이 있지 않니? 바로 네 존재 자체로서 주인에게 사랑과 기쁨을 주는 거야."

저녁이 되어 주인은 하루 동안 뙤약볕에서 일하다가 지쳐서 돌아왔습니다. 그때 강아지는 주인에게 달려가서 발을 핥고, 팔 안으로 뛰어올랐습니다. 주인은 강아지를 받아안으며 함께 뒹굴었습니다.

"내가 아무리 피곤해도 너를 보니 다시 힘이 나는구나. 농장의 다른 동물들 모두와도 너랑 바꾸지는 않을 것이다."

영국 작가 존 에이킨의 우화입니다. 제가 오래전에 상록수 발달장애 아이들을 위한 미사에서 이 이야기를 들려주면서 질문을 했습니다.

"누가 주인에게 가장 큰 사랑을 받았어요?"

그때 한 아이가 큰소리로 대답했습니다.

"고동영"

바로 자기의 이름입니다. 자기가 가장 큰 사랑을 받고 있다는 대답입니다. 아이들의 열려있는 마음, 사랑받는 존재라는 순수함, 그 거침없는 표현에 제가 큰 감동이 일었습니다. 저는 지금 어느 봉쇄 수녀회에 와서 피정 지도를 하고 있는데, 이분들의 어린아이 같은 순수한 얼굴을 보며, 이분들의 존재 자체를 하느님이 가장 사랑하시지 않을까? 하는 생각을 하게 됩니다.

예수님께서도 어린아이들이 가까이 오는 것을 막는 제자들을 나무라시면서 우리가 어린아이와 같은 마음을 지니지 않으면 하느님 나라에 들어갈 수 없다고 하셨지요. 어른이 다시 어린아이가 될 수는 없겠지만 어린아이와 같은 순수한 마음을 지니는 것은, 불가능한 일은 아닐 것입니다.

생명 나무

어느 날 주님께서 제자들에게 십자가를 나누어 주셨습니다. 예수님의 많은 제자 중에 이름이 실라스라는 제자가 있었어요. 그는 게으름쟁이였어요. 실라스는 예수님이 자기에게만 무거운 십자가를 주셨다고 생각했어요. 무게가 그리 다르지 않지만, 실라스는 자기 십자가가 무겁다고 생각한 것이지요.

"주님, 이 십자가는 왜 이렇게 무겁습니까? 왜 저에게 이렇게 무거운 십자가를 주시는 겁니까?"

주님께서 대답하셨습니다.

"실라스, 그게 그렇게 무겁니? 그렇다면 오히려 다행이구나. 십자가는 무거울수록 좋기 때문이다. 왜냐하면, 네가 무거운 십자가를 질수록 결국 네가 받을 보상이 더 클 테니까 말이다!"

그 말씀을 하시고 주님께서 먼저 떠나셨습니다. 게으름쟁이 실라스는 계속 투덜거리고 너무 무겁다고 불평하면서 십자가를 지고 갔습니다. 그런데 얼마 가지 않아 그 십자가를 바라보았습니다. 정말 너무 무거워 보였습니다. 그는 그 무거운 십자가를 보며 훨씬 가벼운 것으로 바꿀 수 있다면, 얼마나 좋을까?라고 생각하였지요.

그때였어요. 누군가가 나타났어요. 악마였어요. 여러분들, 악마는 변장술에 천재라는 것을 아시지요? 악마가 아주 멋있는 예술가의 모습으로 나타나서 그에게 그럴듯한 제안을 했어요.

"아, 그 십자가가 되게 무거워 보이는군요. 저는 종이 공예를 하는 사람인데, 아주 가벼운 종이로 무엇이든지 똑같은 모습의 모조품을 만들 수 있지요. 겉보기에는 똑같아도 전혀 무겁지 않답니다. 너무나 진품하고 똑같아 보일 테니 그 십자가를 지라고 주신 주님도 구별하질 못하실 겁니다."

실라스는 그 제안을 듣고 무척 기뻤습니다. 그는 악마에게 충분히 사례할 테니, 자기의 무거운 십자가와 똑같은 종이 십자가를 만들어 달라고 부탁했습니다. 그렇게 해서 그는 무거운 십자가를 지는 것처럼 하고, 아주 가벼운 종이를 짊어지고 갔습니다. 마침내, 그는 주님이 기다리고 계신 곳에 이르게 되었습니다. 그가 말했습니다.

"주님, 보십시오. 저는 이 무거운 십자가를 짊어지고 왔습니다. 너무 무거웠지만 결국 이르신 대로 무거운 십자가를 지고 왔으니, 저에게 이 십자가에 걸맞은 상을 주십시오."

주님이 대답하셨습니다.

"그러냐? 네 그 십자가에 걸맞은 상을 주겠다. 나를 따라오너라."

실라스는 이 말을 듣고 무척 좋아했습니다. 종이 십자가를 지고 오고도 큰 상을 받게 되었으니, 속으로 쾌재를 불렀습니다. 예수님은 그를 언덕으로 데리고 가셨습니다. 두 사람은 언덕을 향해 천천히 걸어갔습니다. 예수님께서 언덕 꼭대기에 있는 아주 아름다운 저택을 보여 주셨습니다. 그리고 그에게 말씀하셨습니다.

"실라스, 언덕 위의 저 황금 저택은 바로 네 것이다. 네가 십자가를 지고 온 상이다."

그는 그 황금 저택을 보고는 너무 좋아하면서 그곳으로 뛰어갔습니다. 무슨 일이 일어났는지 아십니까? 그가 막 문을 열려는데, 강풍이 불어 왔습니다. 너무나 놀랍게도, 그 황금 저택은 바람에 날려가 버렸습니다. 그 황금 저택도 종이로 만들었던 것입니다. 가벼운 십자가는 바람에 날아가 버린다는 것을 잊지 않기 바래요.

여러분들, 이 이야기 재미있어요? 비슷한 버전의 다른 이야기 하나 더 해 드립니다. 이번에도 실라스 이야기입니다. 오! 불쌍한 실라스입니다. 예수님께서 사람들에게 십자가를 나누어 주시면서 "천국에 이르기 위해서는 십자가가 필요하다."라고 말씀하셨습니다. 그러자 아주 이기주의자이며 게으른 실라스는 십자가 받기를 거부하면서 뽐내듯 말했습니다.

"주님, 저는 십자가 없이도 천국에 갈 수 있습니다."

주님은 다만 빙그레 웃으셨지요. 사람들은 저마다 자기 십자가를 짊어지고, 천국에 이르는 길을 걸어갔습니다. 길고도 힘든 여행 끝에 천국에 이르는 여정의 막바지에 도달하게 되었습니다. 그런데 사람들 앞에는 깊은 낭떠러지가 있고, 넓은 골짜기 저편에는 '거룩한 도시, 천상의 예루살렘'이 바라다보였습니다.

사람들은 그 도성, 천상의 예루살렘이 너무나 아름답고 찬란하게 빛나고 있는 걸 볼 수 있었습니다. 그들은 주님을 찾아 물어보았습니다.

"주님, 저희가 저 아름다운 도시로 가려면 어떻게 건너가지요?"

주님께서는 말씀하셨습니다.

"이제 너희가 지고 온 십자가를 모두 끝과 끝을 이어라. 그리고 천국에 이르는 다리를 놓아라. 너희가 지고 온 십자가 다리를 건너서 골짜기 저편 천국에 이를 수 있다."

사람들은 주님께서 가르쳐 주신 대로 자신들의 십자가 끝과 끝을 이은 후, 그것을 다리로 만들어 반대편 천국으로 건너갔습니다. 이기주의자이며 게으른 실라스는 다리 끝에 그대로 서 있을 수밖에 없었습니다. 십자가 없는 그는 그 다리를 건널 수 없었던 것입니다.

사도 바오로는 자기가 자랑할 것은 십자가밖에 없다고 합니다. 그리스도가 죽음의 나무인 십자가를 생명 나무로 바꾸어 주셨습니다. 이제 우리는 바오로처럼 이 생명 나무인 십자가를 자랑하며 기꺼이 십자가를 져야 할 것입니다. 십자가는 생명 나무라는 것을 잊지 마십시오.

작은 악마와 농부의 빵조각

옛날 옛적에 러시아에서 있었던 일입니다. 어느 농부가 살았는데, 아주 착한 사람이었어요. 그는 몹시 가난하였지만, 아내와 함께 행복한 삶을 살고 있었어요. 그 농부는 너무 가난하기 때문에 아침도 먹지 않고, 점심으로 빵 한 조각만을 싸서 가지고 밭갈이를 하러 갔답니다.

농부는 쟁기를 내리고 수레를 나무 덤불 밑에 끌어다 놓은 다음, 그 위에 빵을 얹고 겉옷으로 빵을 덮어 두었습니다. 열심히 밭을 가는 일을 하다가 보니 말도 지치고 농부 자신도 몹시 배가 고팠어요. 그 농부는 쟁기를 밭에 꽂아 두고, 말을 풀어서 꼴을 먹도록 놓아준 다음 자기도 겉옷이 있는 쪽으로 점심을 먹으러 갔어요.

그가 겉옷을 들고 보았더니, 당연히 있어야 할 빵이 없었습니다. 그는 부근을 찾아보기도 하고, 겉옷을 뒤집어 털어 보기도 했으나 빵 조각은 없었어요. 농부는 참 이상한 일도 다 있다고 생각했지요.

"여기에 온 사람이라곤 아무도 없었는데, 누가 빵을 가지고 갔을까?"

누가 가지고 갔을까요? 바로 꼬마 악마였답니다. 농부가 밭을 갈고 있는 동안 꼬마 악마가 빵 조각을 훔쳐내고, 덤불 뒤에 숨어서 동정을 살피고 있었습니다. 농부가 화를 내고 욕을 해대기를 바란 것이지요. 악마 대왕이 자기에게 그 착한 농부를 타락시키라는 명령을 내렸거든요.

그 농부가 욕을 하고 저주를 하여, 그를 죄짓게 만들면 그를 타락시키는 것이지요. 그를 타락시킴으로써 큰 악마를 기쁘게 해 주리라 생각하며 귀를 기울이고 있었던 것이었어요. 그런데 그 농부는 약간 실망하기는 했지만, 결코 욕을 하지 않았어요. 다시 말해, 죄를 짓지 않았어요. 농부는 이렇게 중얼거렸어요.

"아마 내가 일하느라고 못 본 사이에 나그네가 지나가다가 너무 배가 고파서 먹었나 보다. 나보다 더 배고픈 사람이 먹었다면, 할 수 없지 않은가! 다 그것도 하느님의 뜻인지도 모르지."

그 농부는 우물로 가서 물을 잔뜩 마시고, 쟁기를 메고 또 밭을 갈기 시작했어요. 꼬마 악마는 농부에게 죄를 짓게 만들지 못하자, 몹시 당황하여 악마 대왕에게 달려갔어요. 그는 악마 대왕 앞에 나가, 자기가 농부의 빵을 훔쳤는데도 농부가 욕을 하기는커녕, 오히려 하느님께 축복받을 말만 했다고 보고했어요.

악마 대왕이 꼬마 악마에게 잘했다고 칭찬해 주었겠어요? 아니지요. 그는 노발대발하며 말했어요.

"만약 그 농부가 정말로 죄를 짓지 않고, 너를 이겼다면, 그것은 모두 너의 잘못이다. 만약에 그 농부가 그런 생활 태도를 지니게 되면, 우리들의 사람들을 타락하고 죄를 짓게 만드는 일은 실패이지 않은가? 3년 동안 시간을 주겠다. 그동안에 그 농부를 타락시켜 죄짓게 만들지 못하면, 너를 성

수 속에 처박아 줄 테다."

악마들이 가장 무서워하는 것이 무엇인지 아세요? 바로 성수였어요. 꼬마 악마는 놀라서, 악마 대왕에게 사정했어요. 제발 성수에만은 넣지 말라 달라고요. 그는 별 묘안이 떠오르지 않아 자기보다 경험이 많은 선배 악마를 찾아가서 조언을 구했지요. 선배 악마는 기가 막힌 묘책을 가르쳐 주었어요. 그것이 무엇일까요?

꼬마 작은 악마는 아주 성실하고 건장한 젊은이로 변장을 하고, 그 가난한 농부를 찾아갔어요. 악마는 변장술의 천재예요.

"저는 먼 지방에서 왔는데, 그곳에 기근이 들어, 떠돌아다니다가 이곳까지 오게 되었는데, 저를 머슴으로 써 주시면, 열심히 일하겠습니다."

그 농부는 자기도 가난하여 머슴을 둘 처지가 아니라고 했지만, 품삯을 받지 않고 일해 주겠다고 했어요. 그는 기꺼이 그 젊은이를 받아주면서, 머슴이 아니라 그냥 친구로 함께 지내자고 말하였지요. 그는 함께 일할 친구가 생긴 것을 기뻐하였어요. 그 젊은이는 일도 아주 열심히 잘할 뿐만 아니라, 아주 똑똑해 보였어요.

하루는 자기 아버지에게서 점을 치는 것을 배웠다고 하면서 말했어요. 자기의 점괘에 의하면, 올해는 여름에 큰 가뭄이 들 것 같다는 거예요. 그러니 습지에 농사를 지으면 좋을 것 같다고 했어요. 그 농부는 젊은이로 변장한 꼬마 악마의 말을 듣고, 습지에 씨앗을 뿌리고 농사를 지었어요.

정말 큰 가뭄이 들어, 다른 집들 모든 농작물이 타서 죽어 가는데, 그 가난한 농부네 집 농사는 잘 자란 이삭이 영글어 풍작이 되었어요. 그래서 그 농부에게는 곡식이 그 이듬해 추수 때까지 먹고도 남아돌 정도였어요. 다른 집에서 그 농부에게 와서 곡식을 꾸어달라고 하였지요. 그 농부는 기꺼이 곡식을 나누어 주었어요.

그다음 해에는 그 젊은이가 올해는 아무래도 장마가 질 것 같으니 높은 언덕 위, 마른 땅에 씨를 뿌리라고 권했어요. 그 농부는 그렇게 했더니 아니나 다를까 그해 여름에는 비가 몹시 많이 내렸어요. 그 농부네 밭에서는 곡식들이 아주 잘 영글었어요. 또 다시 많은 곡식이 생겼고, 그것을 처분하기 곤란할 정도가 되었지요.

이제 마을에서 가장 부유하게 되었어요. 마을 사람들이 모두 찾아와서 허리를 굽실거리며 곡식을 청하게 되었지요. 그 농부야말로 가장 똑똑한 사람이라는 칭찬들이 자자했어요. 그렇지만 아직 착한 마음을 가지고 있었고, 가난한 사람들에게는 기꺼이 곡식을 나누어 주었어요. 그렇게 젊은이, 꼬마 악마의 도움으로 3년째에도 아주 농사를 잘 지었어요.

이제 정말 그 많은 곡식으로 무엇을 해야 좋을지 모르게 되었어요. 그것을 본 젊은이가 그 농부에게 조언을 해주었어요. 밀을 빻아 술을 담그라고 일러 주며, 술 담그는 법을 가르쳐 주었어요. 그 농부는 술을 담가 자기도 마시고, 마을 사람들에게도 나눠 주었지요.

꼬마 악마는 농부와 함께 지내면서 농부를 부유하게 만들어 주었지요. 이어서 마을에서 가장 똑똑한 사람이라는 소리를 듣게 해주었지요. 쉽게 말해, 명예를 갖게 해주었어요. 그리고 계속해서 그 농부에게 교만한 마음을 불어 넣어 주었어요. 이제 부와 명예를 지녔으니, 당신이 최고라는 생각을 지니게 해준 것이지요.

하루는 마을 사람들을 불러 잔치를 베풀었어요. 잔치에 술이 없을 수 없지요. 젊은이, 실은 꼬마 악마가 가르쳐 주어서 만든 술을 마시게 되었는데, 그 농부가 그만 술이 많이 취했어요. 이제 마을 사람 모두 인사를 한다고 했지요? 조금 늦게 잔치에 온 마을 이장이 그에게 먼저 인사를 하지 않고, 자리에 앉는 것을 보게 된 거예요.

그 농부는 이장에게 화를 내면서 자기에게 얻어먹는 주제에 인사도 하지 않는다고 마구 욕을 했어요. 그것을 보고 누가 쾌재를 불렀겠어요? 바로, 꼬마 악마이지요. 꼬마 악마는 악마 대왕에게 달려갔어요. 그는 자기가 드디어 그 농부를 타락시켜 죄를 짓게 했다고 자랑스럽게 보고를 했지요. 악마 대왕은 직접 확인해 보러 나섰어요.

그가 농부네 집에 가 보니 농부는 돈 있는 마을 사람들을 초대하여, 술을 대접하고 있었어요. 농부의 아내도 손님들에게 술 시중을 들고 있었는데, 그만 식탁 모서리를 돌다가 옷이 걸려 술잔을 쓰러뜨리고 말았어요. 그러자 농부는 화를 내며 아내에게 욕을 했어요.

"조심하지 못하고, 못난 여편네 같으니라고. 이런 좋은 술을 엎지르다니. 당신, 이게 뭐 구정물인 줄 알아! 도대체 눈을 어디에 달고 다니는 거야?"

꼬마 악마는 팔꿈치로 악마 대왕을 쿡쿡 찌르며 말했어요.

"보십시오. 대왕님, 이제 그 착하던 농부도 빵 조각도 아닌 술 조금 엎지른 것도 아까워하며, 욕을 하잖아요. 이제 제가 저 농부를 이긴 것 맞지요?"

농부는 아내에게 마구 욕을 하며 호통을 쳐놓고, 손수 술 시중을 들기 시작했지요. 그때 들일을 하고 돌아가던 가난한 농부가 초대도 하지 않았는데, 잔치가 벌어진 소리를 듣고 그곳에 들어왔어요. 그 사람은 인사를 하고 자리에 앉고 보니 모두 술을 마시고 있어, 자기도 한 잔 마시고 싶은 생각이 들었어요.

들일을 하느라 무척 지쳐 있었어요. 그래서 군침을 삼키며 앉아 있었으나 주인은 그 사람에게 한 잔도 권하지 않고, 이렇게 중얼거렸어요.

"이 좋은 술을 아무에게나 마구 줄 수는 없지!"

악마 대왕은 이 말이 매우 마음에 들었답니다. 꼬마 악마는 코를 벌름거렸어요.

"두고 보십시오. 지금부터가 시작이니까요."

돈 많은 농부는 술을 주거니 받거니 하면서 한 잔씩 돌렸지요. 러시아 술잔은 엄청 크답니다. 한 잔만 마셔도 취해요. 그들은 서로 공치사를 늘어놓으며 입에서 나오는 대로 지껄여 댔어요. 악마 대왕은 열심히 귀를 기울이고 있다가 꼬마 악마를 칭찬했어요. 그러고는 그가 말했답니다.

"만약 저 술 때문에 저렇게 교활해져서 서로를 속이게 된다면, 저 사람들은 이미 우리에게 진 거야."

"조금 더 두고 보십시오."

꼬마 악마는 어깨를 으쓱하며 말했어요.

"아직도 멀었습니다. 저놈들에게 한 잔만 더 먹여 보십시오. 저 사람들은 지금 저렇게 여우처럼 꼬리를 흔들며 서로 속이고 있지만, 곧 심술 사나운 이리가 될 겁니다."

사람들은 두 잔째 술을 마셨어요. 그러자 그들은 음성이 차차 커지고 거칠어졌답니다. 간지러운 공치사 대신 그들은 서로 욕설을 퍼붓고 화를 내며 멱살을 잡고 싸움을 했어요. 주인도 싸움판에 끼어들어 호되게 얻어맞았지요. 큰 악마는 가만히 그것을 보고 있었어요. 그는 이것도 마음에 들어 했어요.

"거 참, 재미있는데."

꼬마 악마가 재빨리 대답했지요.

"아직도 멀었습니다. 놈들에게 석 잔째 먹여 보십시오. 지금 저 녀석들은 이리처럼 씨근대고 있지만, 잠시 후에 석 잔을 마시며 당장 돼지처럼 되어 버릴 테니까요."

사람들은 석 잔째 마셨어요. 어떻게 되었을까요? 그러자 완전히 취해서 녹초가 되었지요. 그들은 무슨 말인지 알아들을 수 없는 말을 중얼거리고 소리를 지르며 남의 말을 듣지 않았어요. 이윽고 그들은 한 사람, 두 사람 혹은 세 사람씩 떼를 지어 거리로 비틀대며 걸었어요. 주인은 손님을 배웅하러 나왔다가 물웅덩이에 빠져서 온몸이 물에 빠진 생쥐 꼴이 된 채 돼지같이 뒹굴며 으르렁거리고 있었어요. 이것은 더욱더 악마 대왕의 마음에 들었어요.

"거 참 아주 좋은 음료수를 발견했구나. 이것으로 훌륭하게 빵 조각을 보상한 게 되었구나. 그런데 너는 어떻게 해서 이런 음료수를 만들었지? 넌 틀림없이 그 속에 여우의 피를 넣었을 거야. 사람들이 여우처럼 교활해진 게 틀림없어. 그다음에 이리의 피를 넣고, 돼지의 피를 넣었겠지. 그러니까 놈들이 저렇게 된 게 아니겠어?"

"아닙니다. 대왕님."

꼬마 악마는 말했답니다.

"저는 그런 짓은 하지 않았습니다. 전 다만 그 농부에게 여분의 곡식을 영글게 해주었을 뿐입니다. 그것은 즉, 그 짐승의 피는 항상 그 농부 속에 있었던 것이지만, 그자가 필요한 만큼의 곡식을 마련할 동안은 그 피가 출구를 찾을 수 없었던 거지요.

그때까지는 그는 한 개뿐인 빵 조각이라도 아끼지 않았는데, 곡식에 여유가 생기니 무슨 좋은 위안거리가 없을까 궁리를 하게 되었습니다. 제가 그자에게 술을 가르쳐 주었습니다. 그가 술을 담그기가 무섭게, 그의 몸속에 여우와 이리와 돼지의 피가 솟아나지 뭡니까? 이제는 그 술만 마시면 언제든지 짐승이 되어버린답니다."

악마 대왕이 그 꼬마 악마에게 어떻게 하겠어요? 성수에 넣었겠어요? 아니지요. 그는 꼬마 악마를 칭찬하고, 지난날 농부를 타락시키지 못했던 것을 다 용서해 주었을 뿐만 아니라, 악마 중에서도 아주 높은 자리로 올려 주었답니다.

여러분들, 이야기 재미있게 잘 들었어요? 이 이야기의 교훈이 무엇일까요? 우선 악마가 우리를 유혹한다는 것이지요. 악마가 흉측한 모습을 하고 우리를 찾아올까요? 아니지요. 악마는 변장술의 천재라고 했지요. 아주 그럴듯한 모습으로 우리를 찾아와요. 우리 중에 전혀 악마의 유혹을 받지 않는 사람이 있을까요? 아니지요.

오늘 제1 독서인 창세기에 보면, 첫 사람들인 아담과 하와도 유혹을 받았지요. 누구에게 유혹을 받았어요? 뱀에게 받았지요. 뱀은 바로 악마의 상징이랍니다. 악마가 뱀의 모습으로 변장을 한 것이지요. 하와는 그만 뱀의 유혹에 넘어가고 말았고, 아담도 하와의 말을 듣고 하느님이 따먹지 말라는 선악과를 따 먹었지요.

오늘 복음에 보면, 예수님께서도 악마의 유혹을 받으셨지요. 악마도 예수님 앞에서 변장하지 않고 그냥 나타났어요. 악마가 어느 때 예수님께 나타났어요? 예수님께서 사십 일 동안 단식하신 뒤로 몹시 시장하실 때였지요. 제가 들려 드린 이야기에서 처음 꼬마 악마가 농부에게 나타났을 때도, 그 농부가 몹시 배가 고플 때였지요?

악마가 처음에 예수님께 뭐라고 유혹했지요?

"당신이 하느님의 아들이라면 이 돌들에게 빵이 되라고 해 보시오."

예수님께서 돌보고 빵이 되라고 하면, 그렇게 될까요? 당연히 그렇게 되겠지요. 예수님께서는 하느님의 아들이시고, 무엇이든지 못하시는 것이 없을 테니까요. 예수님께서 그렇게 하셨어요? 아니지요. 예수님께서 뭐라고 하셨어요?

"사람이 빵만으로 살지 않고 하느님의 입에서 나오는 말씀으로 산다."

그래요. 우리에게 빵, 다시 말해, 육적인 양식이 꼭 필요하지만, 더 중요한 것은 하느님의 말씀이라는 영적인 양식이에요. 앞의 이야기에서 악마가 가장 먼저 농부를 유혹한 방법이 어떤 것이었지요? 농사를 잘되도록 해준 것이지요. 부를 제공해 준 것이에요.

악마가 예수님께 유혹한 것 중의 첫째가 바로 이 부인 것입니다. 그다음에 악마가 예수님을 유혹한 것은 무엇이었지요? 악마는 예수님을 성전 꼭대기로 데리고 가서, 뛰어내려 보라고 했지요. 천사들이 받쳐 줄 것이라고 하면서 유혹했지요. 예수님께서 유혹에 넘어가셨어요? 아니지요. 예수님께서는 말씀하셨지요.

"주 너의 하느님을 시험하지 마라."

이 유혹은 무엇일까요? 바로 명예에요. 성전 꼭대기에서 뛰어내려도 천사들이 와서 받쳐주면 얼마나 멋져요. 얼마나 명예스럽겠어요? 그렇지요? '농부와 꼬마 악마 이야기'에서 농부도 부에 이어 명예를 지니게 되었지요. 사람들이 와서 마을에서 가장 똑똑한 사람이라고 칭찬이 자자하잖아요. 명예를 지니게 된 것이지요.

마지막으로 악마가 예수님을 유혹한 것은 무엇이었지요? 높은 산으로 데리고 가서 세상의 모든 나라와 그 영광을 보여 주며, 자기에게 경배하면 저 모든 것을 다 주겠다고 했지요? 예수님께서 어떻게 하셨지요?

"사탄아, 물러가라. 성경에 기록되어 있다. '주 너의 하느님께 경배하고 그분만을 섬겨라.'"

악마가 예수님께 한, 이 유혹은 한 마디로 무엇의 상징일까요? 바로 교만이지요. 하느님을 경배하지 않고 자기가 모든 것을 지니고 할 수 있다고 생각하는 교만을 불어 넣어 주려고 한 것이에요. '농부와 꼬마 악마 이야기'에서 농부도 나중에는 교만해져서 마을 이장이 자기에게 인사하지 않는다고 화를 내잖아요.

제가 해 드린 '농부와 꼬마 악마 이야기'와 오늘 독서와 복음에서 우리가 알 수 있는 것은 첫째, 악마가 우리를 찾아와서 유혹한다는 사실이에요. 악마의 유혹을 받으면 어떻게 해야 할까요? 유혹이 달콤하니까 넘어가야 할까요? 아니지요. 예수님께서 우리에게 분명히 본보기를 보여 주셨지요.

"사탄아, 물러가라."

우리도 그렇게 외치면 되지요. 여러분들, 할 수 있겠어요? '농부와 꼬마 악마 이야기'와 오늘 독서와 복음에서 우리가 알 수 있는 두 번째 사실은 악마가 우리에게 어떻게 접근해 오는지에 대한 것이에요. 첫째, 부, 둘째, 명예, 셋째, 교만을 제시하면서 교묘하게 우리에게 접근해 온다는 사실이에요.

부나 명예가 나쁜 것일까요? 그 자체로 나쁘지 않은데, 하느님보다 그것들을 더 앞에 두면, 악마의 유혹에 넘어가는 것이 되니까 조심해야 한다는 거예요. 어느 정도 자신감, 자부심은 있어야 하지만, 하느님은 필요 없고 내가 다 할 수 있다고 생각한다면, 그것은 바로 악마의 유혹에 넘어간 것이에요. 알았지요?

여러분들, 이제 무엇이 악마의 유혹인지 알았지요? 여러분들, 그 악마의 유혹에 넘어가지 않고, "사탄아, 물러가라."라고 외칠 수 있겠어요? 그래요. 꼭 유혹을 이기고 처음의 착한 농부처럼 착하게 살기로 해요.

행복 선언과 피리 부는 사나이

옛날 옛적 어느 나라에 절대적인 권력을 지닌 임금님이 살았습니다. 그 임금님은 절대 권력뿐만 아니라 자기가 원하는 모든 것을 지니고 있었습니다. 아름다운 왕비가 있었고, 젊고 똑똑한 왕자, 예쁜 공주, 충직한 신하들도 있었습니다. 그런데 어느 날 그는 자기가 지니고 있지 않은 것이 있다는 것을 알게 되었어요.

그것이 무엇일까요? 바로 행복이었어요. 그는 다른 모든 것을 지니고 있는데 '행복'만은 갖고 있지 못하다는 것을 알고 나니, 슬펐어요. 임금인 자기는 모든 것을 지녀야 하는데 행복이라는 파랑새는 없다고 생각하니, 너무 억울했어요. 그는 결심했어요. '무슨 수를 쓰더라도 내 기필코 행복을 갖고 말리라.'

임금님은 궁정대신을 불러서 말했어요.

"나는 '행복'을 갖기를 원한다. 그대는 나에게 행복을 가져다줘라. 그대가 내게 행복을 가져다주면 내가 상으로 큰 부를 줄 것이지만, 만약 나에게 행복을 가져다주지 못하면 목숨을 내놓아야 하리라.”

궁정대신은 놀라지 않을 수 없었지요. 모든 것을 다 지닌 임금님이 행복하지 않다니! 그리고 임금에게 행복을 가져다주지 못하면 목숨을 부지할 수 없다니! 그러면 자기가 어떻게 임금님을 행복하게 만들 수 있는가? 과연 누가 임금님에게 행복을 선사할 수 있는가? 그는 임금님에게 아뢰었어요.

“폐하, 제게 시간을 좀 주십시오. 제가 모든 경전을 다 뒤져서 행복을 얻을 방법을 알아보겠습니다.”

그는 다른 신하들과 함께 밤새도록 경전을 연구하면서 행복을 얻는 방법을 찾아보았지만, 사람을 행복하게 만드는 방법은 경전의 어디에도 쓰여 있지 않았어요. 아무도 사람을 행복하게 하는 방법을 알고 있는 사람도 없었고요. 그런데 그는 궁리 끝에 아주 그럴듯한 묘안을 찾았어요. 그는 임금님께 아뢰었지요.

“폐하, 드디어 임금님을 행복하게 할 수 있는 비법을 알아냈습니다, 아주 간단합니다. 폐하께서 지닌 위엄이 바로 행복을 가로막는 장애물입니다. 폐하께서는 행복한 사람을 찾아 그 사람의 속옷을 입으시면 행복해지실 수 있습니다.”

그 말을 들은 임금님은 기뻤어요. 절대 권력을 지닌 그가 행복한 사람의 속옷을 구해 입는 일이야 그야말로 식은 죽 먹기라고 생각한 그는 명령했어요.

“어서 가서 행복한 사람의 속옷을 가져오도록 해라.”

궁정대신과 신하들은 서둘러서 행복한 사람의 속옷을 구하러 나갔지요. 먼저 부자들을 찾아가서 전후 사정을 이야기하면서 속옷을 달라고 했지요. 그런데 부자들은 모두 한결같이 말했어요.

"임금님께서 원하신다면 속옷이야 얼마든지 내어드릴 수 있습니다. 그런데 저는 행복한 사람이 아닙니다. 저도 이제부터 하인들을 시켜서 행복한 사람의 속옷을 구해야겠습니다. 사례는 후하게 드릴 테니 행복한 사람을 찾거든, 저에게도 알려 주십시오."

궁정대신과 신하들은 많은 사람을 찾아다녔습니다. 그런데 놀랍게도 자신이 행복하다고 하는 사람은 아무도 없었어요. 그들은 모두 같은 말을 했어요.

"임금님을 행복하게 해 드릴 수 있다면 속옷이 아니라 목숨이라도 바치겠지만, 저희는 행복하지 않습니다. 행복하지 않으니 저희의 속옷은 소용이 없지 않습니까?"

궁정대신은 자기가 내었던 묘안이 결국 덫이 되어 자기의 목숨을 앗아갈지도 모른다고 생각하니, 기가 막혔어요. 그런데 어떤 사람이 말했어요.

"너무 걱정하지 마십시오. 제가 행복한 사람을 알고 있습니다. 그는 밤이 되면 강가로 나와서 피리를 불지요. 그가 부는 피리 소리를 들으면 행복한 음률에 모두가 행복에 취하지 않을 수가 없지요. 진정으로 행복한 사람이 아니라면 그런 평화롭고 행복한 소리를 만들어 낼 수가 없을 것입니다."

그 말을 들은 궁정대신과 신하들은 밤을 기다렸다가 강가로 나갔습니다. 정말 어떤 사람이 어둠 속에서 피리를 불고 있었습니다. 피리 소리는 너무나 행복에 넘친 평화롭고 아름다운 음률이었습니다. 궁정대신은 자기도 모르게 소리쳤지요.

"아, 드디어 이제 행복한 사람을 찾았다."

그들이 그 피리 부는 사람에게 다가가자 그가 피리 부는 것을 멈추고 말했지요.

"어서들 오시지요. 제게 원하는 것이 무엇입니까?"

궁정대신이 물었어요.

"당신은 행복하시지요?"

그가 대답했지요.

"물론이지요. 저는 행복합니다. 사는 것이 즐겁고 기쁘답니다. 그런데 원하시는 것이 무엇입니까?"

궁정대신은 너무 기뻐서 어쩔 줄을 몰라서 말했지요.

"당신의 속옷이 필요합니다. 임금님을 위해 당신의 속옷을 주시기 바랍니다."

그 피리 불던 사람은 대답하지 않고 침묵을 지켰습니다. 궁정대신이 다시 말했지요.

"왜 아무런 대답을 하지 않는 것이오? 당신의 속옷을 주시면 사례는 충분히 하겠소. 임금님께서는 당신의 속옷이 필요하답니다."

그 사람이 말했습니다.

"미안합니다. 그렇지만 저는 속옷을 드릴 수 없습니다. 왜냐하면, 저는 속옷이 없기 때문입니다. 어둠 속에서 당신들은 저를 잘 볼 수 없을 테지만, 저는 지금 벌거벗은 채 앉아 있습니다. 저는 속옷이 없습니다. 임금님께서 원하신다면 제 목숨이라도 내어드릴 수 있지만, 속옷은 제게 없으니 드릴 수가 없습니다."

궁정대신이 말했습니다.

"아니, 속옷도 없단 말이오. 그런데 당신이 어떻게 그렇게 행복할 수가 있소?"

그 사람이 말했습니다.

"저는 지닌 모든 것을 잃었지요. 그런데 속옷조차 없게 되자, 나는 자유롭고 행복하게 되었지요. 속옷이 없어도 이 피리 하나로 저는 행복하답니다."

예수님께서 말씀하셨지요.

"행복하여라, 마음이 가난한 사람들! 하늘나라가 그들의 것이다."

새 번역 성경에서 '행복하여라'로, 공동번역에서 '행복하다'로 옮긴 부분은 '복되어라.'로 옮기고 싶습니다. 희랍어 원문에서 '마카리우스'라는 단어는 어원적으로 '신들의 기쁨'을 나타내는 것입니다. 하느님이 누리시는 기쁨이라는 의미로 그 기쁨을 인간에게 나누어주는 것을 말하지요.

원문에서 이 부분은 서술문이 아닙니다. 우리말로 감탄사에 가깝기에 '행복하다'보다는 새 번역 성경의 '행복하여라'가 더 옳은 번역이지요. 예수님은 당신의 말씀을 듣기 위해 산을 오른 사람들을 바라보며 깊은 연민을 느꼈을 것입니다. 그곳에 모인 사람들은 모두 가난하고 슬프고 온유한 사람들입니다.

그들에게 하느님의 축복을 빌어주시는 것입니다. 예수님께서 진정 우리에게 들려주시고 싶은 메시지는 우리가 무엇을 해야 한다는 의무나 강요가 아닙니다.

"지금 여러분은 가난하고 마음이 슬프고 정의에 목마르고 박해를 받지만 이제 여러분의 앞날에 희망의 빛이 비칠 것입니다. 그러니 실망하지 말고 기뻐하십시오. 여러분은 하느님의 축복을 받은 사람들입니다."

예수님을 찾아 산으로 갔던 사람들은 그곳에서 하느님을 만난 것입니다. 하느님과 만나는 장소인 산에서 그들은 위로와 평화를 얻었습니다. 여러분들, 행복한 사람의 속옷 못 구하셔도 슬퍼하지 마세요. 예수님도 속옷이 없으셔도 행복하셨다는 것 잊지 마십시오. 예수님 때문에 여러분 모두 행복하시기 바랍니다.

오늘 복음은 예수님께서 부유한 사람들에게 '불행하여라'라고 외치시는 대목이기도 합니다. 말씀의 자구에만 매이면, 예수님이 사람들한테 저주를 퍼부으시는 것으로 알아듣습니다. 예수님은 축복을 주시는 분이지, 저주를 퍼부으시는 분이 아닙니다. 다만 누구나 그 축복을 거부하면, 그것이 바로 그한테 저주가 됩니다.

오늘 말씀은 당신의 축복을 거부하는 사람들에 대한 안타까운 예수님 마음의 표현입니다. 예수님은 '하느님의 사랑'에 대해 가르치셨고, 그것은 바로 축복이었습니다. 묵상 안에서 그런 사람들에 대한 예수님의 깊은 연민을 느끼십시오. 우리가 어떤 마음을 지녀야 하는지를 깨닫습니다. 바로 겸손한 마음입니다.

비익조

여러분들, 비익조라는 말 들어보셨어요? 비익조는 전설 속의 새입니다. 비익조는 중국 숭오산에 산다고 전해지기도 하지만, 전설 속의 이야기입니다. 비익조는 날개와 눈이 하나뿐이어서 암수가 몸을 합쳐야만 날아갈 수 있다고 합니다. 그렇기에 남녀 간의 지극한 사랑을 표현한 많은 문학작품에서 이 비익조가 인용되었습니다.

그중 가장 유명한 것은 당나라의 백거이가 양귀비에 대한 현종의 사랑에 대해 읊은 '장한가'라는 다음의 시입니다. 백거이는 우리에게 백낙천으로도 알려진 시인이지요. 몇 줄만 옮겨 볼까요?

"7월 7일 장생전에서 깊은 밤 사람들 모르게 한 맹세 하늘에서는 비익조가 되기를 원하고 땅에서는 연리지가 되기를 원하네."

바로 이 시에서 비익조와 연리지를 합한 말, '비익조 연리지'를 줄여서 '비익연리'라는 말이 생겨났습니다. '연리지'는 뿌리가 다른 나무의 가지가 서로 엉켜 마치 한 나무처럼 자라는 나무를 말하지요. 각각의 나무이지만 서로 연결되어 있어, 마치 한 나무처럼 사는 모습 때문에 사랑의 대명사가 된 것이지요.

또 하나의 유명한 사랑의 대명사는 비목어이지요. 류시화의 시로 많이 알려지게 된 비목어는 중국의 동해에 살았다는 전설 속의 고기입니다. '비목'은 당나라 노조린의 시에 처음 등장한다고 합니다. 비목어는 태어날 때부터 눈 하나를 잃은 물고기입니다.

그 물고기가 어느 날, 자신처럼 한쪽 눈이 없는 물고기를 만나 서로 의지하며 살았다는 전설입니다. 그래서 둘이 하나를 이뤄야 비로소 온전해지니, 마치 창세기 전하는 대로 둘이 합하여, 하나가 되리라는 사랑입니다. 결혼을 상징하는 또 하나의 대명사가 된 것입니다.

비익조, 연리지, 비목어는 모두 둘이 합하여, 하나를 이루는 사랑을 나타내는 같은 뜻을 지닌 대명사라고 할 수 있습니다. 오늘 정호승 시인의 어른을 위한 동화, '비익조'를 줄여 다시 천천히 읽습니다. 사랑의 의미를 다시 새겨보고 싶기 때문입니다.

여러분들은 세상에 태어나면서부터 팔다리가 한 짝뿐이라면, 마음이 어떻겠습니까? 어쩌면 세상을 살고 싶은 마음이 없을지도 모릅니다. 그런데 비익조라는 새로 태어난 저는 불행하게도 태어나면서부터 왼쪽 날개 하나뿐이었습니다. 처음에는 그런 사실을 잘 몰랐습니다. 물론 처음에는 날기 위하여 온몸에 피멍이 들 정도로 수없이 둥지 밖으로 뛰어내렸습니다.

날지 못하는 새는 새가 아니라는 생각에, 그 정도 고통쯤은 어디까지나 날기 위한 과정일 뿐이라는 생각에 정말 열심히 둥지 밖으로 뛰어내렸습니다. 그러나 나는 곧 날개가 한 짝뿐이기 때문에, 날 수 없다는 사실을 알게 되었습니다. 아무리 노력을 해도 날 수가 없어 제 몸을 자세히 살펴보자, 뜻밖에도 날개가 한 짝밖에 없었습니다. 한쪽 날개만으로는 균형을 잡을 수 없어 아무리 노력해도 날 수가 없었습니다.

"엄마, 왜 내 날개가 하나뿐이지? 왜 하나뿐이야?"

저는 놀란 목소리로 엄마한테 물었습니다.

"너만 그런 게 아니다. 놀라지 말아라. 봐라, 이 엄마도 날개가 하나뿐이다."

엄마는 별일이 아니라는 듯 천천히 몸을 움직여 당신의 하나뿐인 날개를 보여 주었습니다. 엄마의 날개도 정말 하나뿐이었습니다. 제가 왼쪽 날개 하나뿐인 데 비해 엄마는 오른쪽 날개 하나뿐이었습니다.

"엄마."

저는 제대로 말을 잇지 못하고 멍하니 엄마를 쳐다보았습니다. 언제 어디서나 마음껏 하늘을 나는 엄마가 날개가 하나뿐이라고는 미처 생각하지 못한 일이었습니다.

"엄마뿐만이 아니다. 이곳에 사는 새들은 모두 날개가 하나뿐이다. 그러니 너무 걱정하지 말아라."

"엄마, 날개가 하나뿐인데 어떻게 날 수가 있어요? 나는 지금 날개가 하나뿐이기 때문에 날 수가 없잖아요?"

저는 엄마가 날개가 하나이면서도 날 수 있다는 사실을 도저히 이해할 수 없었습니다.

"그건 엄마가 어른이기 때문이다. 너도 어른이 되면 날개가 하나라도 얼마든지 날 수 있다. 그러니까 날기 위해서는 먼저 기다릴 줄 알아야 한다."

저는 엄마가 말하는 기다림을 이해할 수가 없어 다시 물었습니다.

"엄마, 기다림이 뭐예요?"

"그건, 우리를 날 수 있게 하는 귀한 것이다. 그러니까 우리는 날기보다 먼저 기다림을 배워야 한다. 우리는 기다림을 한 후에 날 수 있단다."

저는 엄마의 말씀에 안심이 되었습니다. 어른이 될 때까지 참고 기다리기는 싫었지만, 그날부터 어른이 되기를 기다렸습니다. 무엇을 기다린다는 것은, 참으로 힘들고 인내가 필요한 일이었습니다. 저는 둥지 안에서 늘 어른이 되기를 기다렸습니다. 시간은 흘렀습니다.

어느 날 아침 햇살이 저를 보고 "너도 다 컸구나."하고 말했습니다. 저는 그 말을 듣는 순간 제가 어른이 된 것을 알게 되었습니다. 저는 당장 둥지 밖으로 나와 날기를 시도했습니다. 그러나 여전히 날 수가 없었습니다. 그저 오리처럼 뒤뚱거리다가 날개가 없는 오른쪽으로 픽 쓰러지기만 할 뿐이었습니다. 강한 바람이 불기를 기다렸다가 재차 시도해보아도 결과는 마찬가지였습니다.

"엄마, 어른이 되어도 날 수가 없잖아요?"

저는 원망이 가득 찬 눈길로 엄마를 쳐다보았습니다. 그러자 엄마가 방긋 웃으면서 말했습니다.

"사랑을 한번 해 보렴. 사랑하게 되면, 날 수가 있단다."

그 말을 듣는 순간 저는 바위에 머리를 부딪친 것같이 정신이 멍했습니다. 그 말은 제가 생전 처음 들어본 말이었습니다.

"엄마, 사랑을, 어떻게 하죠?"

"네가 직접 한번 경험해 보렴."

"사랑하지 않으면, 나는 날 수 없나요?"

"그렇단다. 우리는 사랑을 하지 않으면, 날 수 없단다. 엄마가 한쪽 날개만으로 날 수 있는 건 바로 사랑을 하기 때문이란다."

날기 위해서는 사랑을 해야 한다는 사실을 저는 그때 처음으로 알았습니다. 엄마가 어른이 될 때를 기다려야 한다고 한 것은, 바로 사랑할 수 있을 때까지 기다려야 한다는 것이었습니다. 저는 들뜬 마음으로 사랑을 찾아 길을 떠났습니다. 그러나 사랑이 어디 있는지 알 수 없었습니다.

"풀잎아, 사랑이 뭐니?"

저는 길을 가다가 풀잎에게 물었습니다. 풀잎은 그저 말없이 웃을 뿐이었습니다. 그런데 한참 길가 나랑 똑같이 생긴 새 한 마리를 만나 그만 눈이 딱 마주치고 말았습니다. 순간, 제 가슴은 떨려왔습니다. 사랑은 눈이 마주치는 것이었습니다. 그리고 마음속에 있는 것이었습니다. 풀잎처럼 눈에 보이는 것이 아니었습니다. 사랑을 무슨 풀잎의 이름인 줄 알았던 저 자신이 우스워 그만 픽 웃음을 터뜨렸습니다. 그러자 그 새도 나를 보고 웃음을 터뜨렸습니다.

우리의 사랑은 그렇게 웃음 속에서 시작되었습니다. 우리는 날기 위하여 서로 사랑을 찾아 나섰다는 사실을 곧 알아차렸습니다. 우리는 얼마 지나지 않아 같이 날기를 시도했습니다. 그러나 엄마의 말과는 달리 우리는 날 수가 없었습니다. 강한 바람이 불기를 기다려 서로 몸을 밀착시키고 함께 날기를 움직였으나 날기는커녕 그대로 언덕 아래로 곤두박질쳐버리고 말았습니다.

저는 엄마한테 대들 듯이 말했습니다.

"엄마, 사랑을 해도 날 수기 없어요. 왜 그런 거짓말을 하세요?"

"그건 네가 왼쪽 날개를 지닌 새를 만났기 때문이다."

엄마가 다시 빙긋이 웃으면서 말했습니다.

"넌 왼쪽 날개를 지니고 있기에 서로 힘을 합쳐 날기 위해서는 오른쪽 날개를 지닌 새를 만나야 한다. 그러니까 왼쪽 날개를 지닌 새는 오른쪽 날개를 지닌 새를 만나야 하고, 오른쪽 날개를 지닌 새는 왼쪽 날개를 지닌 새를 만나야 한다. 그게 우리들의 만남의 불문율이다."

아이 참, 진작 그런 말씀을 해주시지요. 저는 엄마한테 그런 말을 하고 싶었으나 속으로 꾹 참고 돌아섰습니다. 그러자 엄마가 조용히 저를 불러 세웠습니다.

"아들아, 중요한 것은 사랑에는 어떤 목적이 있어서는 안 된다는 것이다. 사랑은 그 어떤 목적을 이루기 위하여 있는 게 아니야. 사랑하다 보면, 자연히 원했던 삶이 이루어지는 거야."

저는 엄마의 말씀을 가슴에 새기며, 사랑을 찾아 다시 길을 떠났습니다. 저의 첫사랑은 분명 날아야 한다는 데에 목적을 둔 사랑이었습니다. 목적을 이루기 위한 사랑은 곧 파괴되고 만다는 사실에 마음이 쓰라렸습니다. 산다는 것이 생각보다 무척 힘든 일이라고 여겨진 것은 그때가 처음이었습니다.

"아들아, 엄마가 또 하나 빠뜨린 게 있다. 무엇보다도 중요한 것은 사랑해도 진실로 해야 한다는 것이다."

언제 다가왔는지 엄마가 다시 저를 불러 세웠습니다. 그리고 이번에는 제 눈을 쳐다보면서, 여전히 엷은 미소를 잃지 않는 채 말했습니다.

"진실로 사랑하지 못하면 우리는 날 수가 없다. 사랑한다는 것은 바로 나머지 하나의 날개를 얻는다는 것이다. 그러니까 아들아, 사랑을 잃지 않도록 해라. 사랑을 잃으면 우리는 다시는 날 수 없게 된다. 사랑을 받을 생각을 하지 마라. 그러면 자연히 사랑을 받게 되고, 우리는 영원히 나머지 한쪽 날개를 얻게 된다.”

저는 엄마의 말씀을 명심했습니다. 그리고 말씀 그대로 노력하고 실천했습니다. 지금 저는 한쪽 날개만으로도 마음껏 하늘을 날고 있습니다. 어떻게 날 수 있었느냐고요? 그건 얘기하지 않아도 아마 여러분도 눈치채셨을 것입니다.

오늘 복음에서 예수님께서 제자들에게 말씀하십니다.

“너희가 나를 사랑하면 내 계명을 지킬 것이다. 그리고 내가 아버지께 청하면, 아버지는 다른 보호자를 너희에게 보내시어, 영원히 너희와 함께 있도록 하실 것이다.”

예수님께서 말씀하시는 내 계명은 두말할 나위 없이 서로 사랑하는 것이지요. 우리가 예수님을 사랑한다면, 예수님만 사랑하는 것이 아니라, 서로 사랑해야 한다는 말씀입니다. 그런데 우리가 서로 사랑할 수 있는 것은 우리의 힘은 아닙니다. 예수님께서 보내 주시기로 약속하신 다른 보호자, 바로 성령의 힘입니다.

예수님께서는 성령을 우리에게 보내시어, 영원히 우리와 함께 있도록 하시겠다고 말씀하십니다. 비익조가 다른 쪽 날개를 지닌 새를 만날 때, 마음껏 하늘을 날을 수 있듯이 예수님께서 우리에게 보내 주시기로 약속하신 그 성령을 우리 안에 머물게 할 때, 우리는 서로 사랑을 할 수 있습니다.

새 성경이 보호자로 옮겼는데, 공동번역에서는 ‘협조자’라고 옮겼었지요. 성령께서는 우리가 날 수 있도록, 다시 말해, 사랑을 할 수 있도록 협조해 주시는 분이십니다. 우리도 그분이 우리 안에서 일하시고 활동할 수 있도록 협조하지 않으면, 그분도 억지로 우리를 어떻게 할 수 있는 것이 아닙니다.

그분은 늘 기다리시는 분이십니다. 우리가 스스로 사랑을 향해 우리의 마음의 문을 열 때까지 기다리시는 분이십니다. 우리의 사랑을 향해 마음의 문을 열려는 자유 의지가 아주 중요합니다. 우리에게도 때로 기다림이 필요하지요. 누군가를 사랑하기 힘들 때, 때로는 기다림의 시간이 필요하기도 합니다.

비익조가 진정 날고자 하는 간절한 열망을 지닐 때, 자기의 짝을 만날 수 있습니다. 그리고 그 짝과 더불어 마음껏 하늘을 날 수 있는 것처럼, 우리도 사랑하고자 하는 열망을 지닐 때, 우리 안에 계시는 그분을 알아볼 수 있고, 그분과 더불어 진정 서로 사랑할 수 있는 것입니다.

성령께서 바로 우리가 사랑을 향해 날 수 있게 하는 우리의 또 한쪽의 날개를 지닌 존재라는 것을 잊지 말기로 해요.

랍비의 선물

한때 번성했던 어느 수도원이 이제는 세속화의 물결로 많은 사람이 떠나가고, 겨우 나이 든 다섯 명의 수사들만 수도원을 지키고 있었습니다. 그 수도원을 둘러싼 숲속의 작은 초막에 한 랍비가 은둔하고 있었습니다. 어느 날 수도원장이 그 랍비를 찾아갔습니다.

랍비는 수도원장을 반가이 맞으며, 몰락해 가는 수도원의 상황에 대해 깊은 동정을 표했습니다.

"그 사정을 잘 알지요. 사람들에게서 영(靈)이 떠난 것입니다. 우리 마을에도 같은 일이 일어났지요. 이제는 회당을 찾는 사람들이 거의 없답니다."

수도원장과 랍비는 마음속 깊은 이야기를 나누면서 함께 성경을 읽었고 서로의 아픔을 위로하며 함께 울었습니다.

"랍비님을 만난 것은 축복입니다. 저희 수도회가 다시 번성할 수 있도록 한마디 조언해 주십시오."

"제가 드릴 말씀은 아무것도 없습니다. 다만 남은 다섯 분의 수사님들

중 한 분이 바로 메시아라는 비밀을 알려드립니다."

수도원장은 랍비의 말을 수사님들에게 들려주었습니다. 그날 밤 다섯 수사님은 아무도 잠들지 못했습니다. 우리 가운데 한 사람이 메시아라니? 만일 그렇다면, 누구란 말인가? 수도원장을 두고 하는 말인가? 아니야. 어쩌면 토머스 수사님이 아닐까? 토머스 수사님은 빛을 지닌 분이라고 모두 말하니까 말이야!

분명 엘리야 수사님은 아닐 거야. 그분은 성미가 괴팍하고 까다로우니까. 하지만 그분은 옳은 것에 대해선 굴하지 않는 분이니, 어쩌면 그분일 수도 있지 않은가? 특별한 데라곤 없는 너무 평범한 필립보 수사님은 아니겠지. 아니야, 바로 그렇기 에 그 수사님일 수도 있지. 신비스럽게도 필요한 때면 항상 거기 계시는 분이시지.

다섯 수사님은 매일 이렇게 깊은 묵상을 하면서 메시아가 될 동료 수사를 위해 일찍 일어나 수도원을 청소하고 나무와 꽃을 정성껏 가꾸었으며, 존경 가득한 마음으로 서로를 대하였습니다. 점점 수도원의 숲은 예전의 아름다운 숲으로 활기를 되찾았습니다. 수도원은 평화로운 기운이 감돌기 시작했고, 사람의 마음을 끄는 알 수 없는 기운이 흘렀습니다.

서로를 존경하는 수사들의 향기가 수도원과 주변 숲속에 스며들고 있었기 때문입니다. 그 기운은 사람들의 발길을 이끌어 수도원을 찾아오는 이가 늘기 시작했습니다. 수도원을 찾아왔던 몇몇 젊은이들이 나이 든 수사님들과 이야기를 나누면서 함께 살 수 있느냐고 물었습니다. 이후에는 이 수도원의 분위기에 이끌린 젊은이들이 함께 살기 위해 찾아왔습니다.

몇 년 후 수도원은 다시 예전의 활기 넘치는 곳으로 변해 있었습니다. 랍비의 소중한 말 한마디 덕분에, 수도원은 빛과 영성의 중심 터전을 이루게 되었습니다. 이 이야기는 '아직도 가야 할 길'을 쓴 정신과 의사이자 심리상담가인 스캇 펙의 공동체에 관한 탁월한 저서 '평화의 북소리: 공동체로 가는 길'의 서문에 있는 이야기입니다.

타인과 더불어 사는 공동체 생활에서 중요한 것이 무엇인지를 일깨워 주는 이 책을 미국인 친구 빌에게서 선물 받고 서문을 읽다가 '그래 바로 이거야!'라는 깨달음에 흥분했던 기억이 새롭습니다. 저는 즉시 서문을 번역하여 당시 담당하고 있던 수도회 지원자들과 함께 읽었습니다.

최근에는 수도회마다 성소자가 감소하는 실정입니다. 여러 가지 이유가 있겠지만, 그중 가장 큰 이유는 서로에 대해 마음에서 우러나오는 존경심과 사랑이 부족한 탓이 아닐까 생각합니다. 이 이야기는 비단 수도자들에게만 국한된 이야기는 아닙니다. 이웃, 가족, 친구, 평신도 개개인에게 시사하는 바가 큽니다.

사람과 사람이 서로에 대한 사랑과 존경심을 지닌다면 이보다 더 좋은 전교는 없을 것입니다.

3

사
랑

사랑의 끈

오늘은 예수님께서 제자들과 마지막 만찬을 나누시고 발을 씻기신 다음에 하신 긴 고별사의 일부의 내용을 들었습니다. 이 고별사 안에서 예수님은 아주 여러 번 반복해서 사랑에 대해 말씀하십니다. 오늘 말씀의 핵심은 "서로 사랑하라."라는 것입니다. 왜 그렇게 여러 번 반복해서 사랑에 관해 말씀하셨을까요?

예수님께서는 당신과 제자들과 '사랑의 끈'으로 묶어두시고 또 제자들 서로 간에도 그 '사랑의 끈'으로 서로 깊은 유대를 이루기를 원하셨기 때문입니다. 예수님께서 바라시는 사랑은 우리가 흔히 생각하는 감정적인 사랑이 아닙니다. 그 사랑은 바로 아버지의 뜻을 하는 것입니다. 그러면 아버지의 뜻이 구체적으로 무엇일까요?

아버지가 진정 우리에게 원하시는 것은 우리 한 사람 한 사람과 인격적인 만남, 사랑의 관계입니다. 하느님의 모습대로 창조된 우리 인간은 하느님 앞에 있는 사랑의 파트너, '너'라고 할 수 있습니다. 하느님 아버지께서는 사랑의 파트너인 우리가 모두 그분과 개인적인 관계, 아주 친밀한 사랑의 관계를 맺기를 원하십니다.

이 관계는 우리가 하느님 그분을 알고 사랑하고 깊은 친교를 이루는 것입니다. 우리가 어떻게 하느님을 알고 사랑할 수 있습니까? 바로 우리와 똑같은 인간이 되신 예수님을 알고 사랑하고 친교를 이루는 것이지요. 깊이 예수님을 만날 때, 그분을 알고 사랑하고 친교를 이룰 수 있습니다. 그렇기에 우리는 복음서를 읽고 묵상해야 합니다.

예수님께서는 요한 복음서에서 "너희는 나의 친구가 된다."라고 말씀하십니다. 예수님께서는 우리와 친구로서의 아주 친밀한 관계를 맺기를 원하십니다. 예수님께서 말씀하시는 사랑 안에는 이 친구로서의 우정이 포함됩니다. 그분과 친구로서 사랑과 친교를 이룰 때, 인격적인 사랑과 우정의 관계를 맺을 수 있게 됩니다.

우리 한 사람 한 사람은 하느님께서 우리와 맺기를 원하시는 사랑과 우정의 관계, 그 부르심, 사랑과 우정에로의 초대에 응답해야 합니다. 우리는 그 사랑과 우정에로의 초대에 응답하는 그만큼, 참 인간으로 '존재'하게 됩니다. 이 하느님과의 관계를 살면, 인간은 더 풍요로워집니다. 그분을 알고 사랑하면, 자연히 그분을 따르게 됩니다.

"너희가 나를 사랑하면 내 계명을 지킬 것이다."

이탈리아 파르마에 다리오 포르타라는 신부님이 계셨습니다. 포콜라레 운동의 창시자인 끼아라 루빅과 함께 마리아의 사업회에 깊이 투신하신 분이고, 아주 훌륭한 삶을 사신 분입니다. 그분은 사제로서 사는 동안, 하느님과의 관계를 탁월한 방식으로 살았던 분입니다. 그분은 점점 더 모든 형제 안에 계신 예수님을 사랑해야 함을 깨달았습니다.

하루는 일기에 "나는 내 생의 마지막 순간 형제를 참으로 사랑했다는 말을 쓰고 싶다."라고 썼답니다. 그 신부님이 1996년 성 목요일에 세상을 떠나셨는데, 실제 그분이 원하시던 대로 "나는 내 생의 마지막 순간 형제를 참으로 사랑했다."라고 쓰고, 세상을 떠나셨다고 합니다. 참 멋있는 분이지요.

저도 그런 바람을 지니고 있습니다. 그런 바람을 실현하기 위해서 우리가 놓지 말아야 하는 것이 바로 주님과의 '사랑의 끈'입니다. 다리오 포르타 신부님은 매일 자기 전에 하루를 돌아보면서 "나는 오늘 형제를 사랑하며 하루를 보냈는가?"라는 물음을 던지셨습니다.

그 물음에 스스로 답하면서, 주님과의 사랑의 끈을 놓지 않았다고 합니다. 우리도 매일 자기 전에 하루를 돌아보면서 다리오 포르타 신부님이 했던 것처럼 "나는 오늘 형제를 사랑하며 하루를 보냈는가?"라고 자신에게 물어본다면, 우리 삶이 전혀 다른 삶이 되리라 생각합니다.

마더 데레사가 수녀가 되기 위해 집을 떠날 때 어머니가 들려주신 말씀이 이것이었답니다.

"애야, 늘 하느님의 손을 잡고 있어야 한다. 그분의 손을 네 손에서 놓지 말아야 한다."

우리는 압니다. 형제를 사랑하는 일이 그렇게 말처럼 쉬운 일이 아니라는 사실을. 그것이 쉽지 않지만, 불가능하지 않습니다. 형제를 사랑할 수 있는 유일한 방법은 바로 주님과의 '사랑의 끈'을 놓지 않는 것입니다. 우리 그 사실을 늘 기억하고 마음에 새기도록 합시다.

열정과 연민

　몇 년 전 천년의 고도 경주의 토함산 산정에 올라, 동해가 내려다보이는 석굴암을 참배한 적이 있습니다. 저녁 어스름 시간, 참배객들이 거의 다 하산한 늦은 시간이라 방해를 받지 않고, 오랫동안 부처님상을 바라보며 명상에 잠겼었습니다. 석굴암 전체에 흐르는 어떤 신비로운 힘과 분위기에 압도되어 그 자리를 뜨지 못했습니다.

　석굴암의 부처상은 단순한 예술품이 아닌, 그 이상의 무엇으로 느껴졌습니다. 석공의 삶과 혼이 응집된, 말하자면 열정과 연민의 결정입니다. 석불의 전신에서 뿜어 나오는 자비의 광채는 몰아이 경지에서, 예술가와 절대자의 합일을 이루지 않고서는 불가능했으리라 생각됩니다. 석굴암의 부처상과의 만남은 천여 년을 흐르는 선인들의 삶 속에 녹아 있는 열정과 연민을 고스란히 선해 받은 듯한 진한 감농이었습니다.

　그 후 2년 뒤, 다시 석굴암에 올랐습니다. 앞에서 느꼈던 감동을 또 한 번 품을 수 있으리라는 설렘으로 한 발 두 발 돌계단을 올랐습니다. 이번에는 많은 관람객 때문에 원하는 만큼의 충분한 시간을 두고 바라볼 수는 없었습니다. 하지만 경이로운 기하학적 균형과 석굴암에 대해 밝혀진 여러 연구업적을 들을 수 있어서 그것 또한 새로운 것을 배우는, 작은 기쁨이었습니다.

어느 날 우연히 뉴스위크지에서 시계 광고에 함께 실려 있는 글이 눈에 들어왔습니다. 토스카니니 이후 가장 뛰어난 오케스트라 지휘자로 일컫는 마에스트로 코린 마젤을 열정(passion)과 연민(compassion)의 지휘자라고 소개하면서 이런 말을 썼습니다.

"삶이 없이 음악이 존재하지 않는다. 열정이 없이 삶이 존재하지 않고, 연민이 없이 열정도 존재하지 않는다."

예술은 삶의 결정체입니다. 석굴암의 부처상도 열정과 연민의 완벽한 조화를 이룬 삶의 형상입니다. 부처님이 지니셨던 연민, 자비심을 따르려 했던 선인들의 열정이 천 년을 뛰어넘어 오늘까지 생생한 감동으로 전해질 수 있는 것이리라 생각합니다. 연민을 그리스도교의 용어로 옮기면 사랑이고 열정은 믿음입니다.

사랑이 없는 믿음은 존재하지 않습니다. 설령 존재할지라도 위험한 광신이 될 것입니다. 또한, 믿음이 없는 삶은 무의미합니다. 믿음과 사랑이 없는 삶이 무슨 의미를 지니겠습니까? 밤이 깊은 시간 가슴에 손을 얹습니다. 나는 사람들을 사랑하는가? 사람에 대한 신뢰를 지니고 있는가?

사랑과 믿음이 없다면 내가 사람들을 위해 온 힘을 다해 애쓴다고 하더라도, 나는 아무것도 아니리라 생각됩니다. 제가 태어나던 해에 예수회가 한국에 들어왔습니다. 60여 년의 여정을 살면서 얼마나 제가 열정과 연민을 지니고 살았는가를 돌아봅니다.

윤동주 시인처럼, 하늘을 우러러 한 점 부끄러움이 없기를 바라지는 못할지라도 후회스러움으로 가득할 수야 없지 않겠습니까? 시 읽기를 좋아하고 그림을 그리고 흙을 만지고 사진을 찍고 글을 쓰지만, 어느 것 하나 제대로 하는 것도 없고 더구나 열정으로 거기 미쳐 투신해 본 적도 없습니다. 이 모든 것들은 제가 예수회 사제로 살아가면서 사람들에게 대한 연민의 마음을 배우기 위한 수단일 뿐이니, 경지에 이르지 못한다고 하더라도 그리 부끄러운 일은 아닐 것이다.

사제로서 사랑하는 일에 미치도록 투신하고 어느 경지에 이르도록 연마하지 못한다면, 그것은 부끄러운 일이리라 생각합니다. 열정과 연민의 삶을 사셨던 스승 예수의 길을 따르고자 하는 바람을 지니며, 오늘도 어떻게 그분처럼 사람들을 사랑할 수 있는지를 배우려고 합니다.

달래지지 않는 슬픔

사랑에는 두려움이 없다고 했지만, 우리는 살아가면서 매 순간 사랑 때문에 상처받고 좌절합니다. 이럴 때 우리는 어떻게 해야 할까요? 사실은 아무것도 할 수 있는 것이 없습니다. 그저 햇살처럼 가만히 머물러야 합니다. 햇살이 보이지 않는다고 사라진 것은 아닙니다. 우리는 기다려야 합니다. 그리하면 길이 보입니다.

'어떤 난관에 부딪혔을 때, 햇살처럼 그곳에 머무르며 인간 정신에 내재한 빛을 찾아야 한다.'라는 아우렐리우스의 성찰은 한 줄기 햇살입니다. 사랑하는 사람에게 거부당하거나 사랑 때문에 상처받더라도, 오히려 그 상황에 머무십시오. 사랑은 거슬러 다투지도, 절망하여 추락하지도 않습니다.

우리에게도 도저히 달래지지 않는 슬픔이 있습니다. 그리고 그 슬픔이 나를 바꾸어 놓습니다. 슬픔을 인내하는 법을 배우려 하지만, 어쩌면 슬픔은 견뎌내는 것이 아니라 받아들여야 하는지도 모릅니다. 펄벅 여사의 말처럼 때로 슬픔은 우리를 성장시킵니다. 슬픔을 겪고 인내한 사람은 삶을 더 넓은 시각에서 바라보게 됩니다.

누군가 좌절을 겪을 때, 진정으로 공감하고 같이 아파해 줄 수 있게 됩니다. 슬픔이 지혜를 키워 주기 때문이지요. 슬픔은 그저 피하고 싶은 감정, 행복과 반대되는 그 무엇이 아니라, 행복으로 가는 지혜의 길목에서 반드시 건너야 하는 강인지도 모릅니다.

자신을 받아들이는 용기는 큰 감동을 받거나 누군가에게 이끌렸을 때 생깁니다. 내가 사랑스럽고 중요하며 쓸모 있는 존재라는 것, 사람들이 나를 좋아하고 나와 함께 있는 것을 기뻐한다는 사실을 깨닫는 것입니다. 자신을 받아들이게 되면 쉽게 다른 사람도 받아들이게 됩니다.

헨리 나우웬은 영적인 생활에 있어서 가장 위험한 것 중 하나가 자기 거부라고 합니다. "내가 어떤 사람인지 안다면, 아무도 나를 사랑하지 않을 거야"라고 말할 때 우리는 어둠으로 빠져들게 됩니다. 저기서 빛이 나를 향해 어서 오라고 손짓하는데, 어둠을 향해 발길을 돌리는 어리석은 일은 저지르지 마십시오.

다만 폴 틸리히의 말을 마음에 새기고 빛을 향해 나가십시오.

"단지 그대가 받아들여졌다는 사실을 받아들이십시오."

예수님 탄생, 그 진정한 의미

여러분들, 예수님의 탄생, 성탄 이야기가 들어있는 복음이 어느, 어느 복음인지 아세요? 그래요. 마태오 복음서와 루카 복음서입니다. 두 복음서 모두 예수님이 탄생하셨다는 이야기를 들려줍니다. 저는 왜 마르코와 요한 복음 사가가 아주 중요한 예수님 탄생에 대해 언급하지 않았을까? 하는 의문을 지닐 때가 있습니다.

성서학자들은 마르코와 요한에게는 예수님의 공생활이 너무나 중요하여 사생활이라고 할 수 있는 탄생이나 어린 시절은 전혀 관심을 두지 않았다고 보지요. 그래도 개인적으로는 요한의 깊은 관상의 경지에 이른 풍성한 영성으로 탄생에 대해 들려주었다면 더 좋았을 텐데, 하는 아쉬움이 있습니다.

탄생 이야기에 이어 마태오 복음에서는 동방박사 이야기가 나오고, 루카 복음서에서는 목자들의 이야기가 나옵니다. 루카 복음서에서는 천사가 목자들에게 나타나서 예수님의 탄생을 알려 줍니다. 둘 중에 어느 이야기가 더 재미있어요? 동방박사 이야기가 더 재미있지요?

저에게는 목자들의 이야기가 훨씬 더 마음에 와서 닿고, 그 의미가 깊습니다. 그리하여 교회는 성탄 밤 미사에 루카의 성탄 이야기를 택하여 복음으로 정한 것이 아닌가 싶습니다. 오늘 밤 미사 복음인 루카에 나오는 성탄에 관한 이야기는 먼저 그 당시의 역사적인 배경과 상황을 들려줍니다.

"그 무렵 아우구스투스 황제에게서 칙령이 내려, 온 세상이 호적 등록을 하게 되었다. 이 첫 번째 호적 등록은 퀴리니우스가 시리아 총독으로 있을 때 실시되었다." (루카. 2, 1~2)

왜 루카 복음 사가는 굳이 역사적 배경을 들려줄까요? 이 이야기는 먼 옛날 옛적의 동화가 아니라 실제 역사 안에 일어났던 사건이라는 것을 분명히 들려주기 위해서랍니다. 믿지 않는 많은 사람은 성경 말씀이 구체적인 역사의 사건 기록이 아니라 소설 같은 다소 과장되거나 꾸며진 이야기로 잘못 알고 있잖아요.

여러분들, 성탄 이야기가 소설입니까? 실제 사건입니까? 당연히 실제 사건이지요. 하느님께서는 구체적으로 역사 안에서 일하시는 분이십니다. 루카가 전하는 역사적 배경을 잠깐 살펴볼까요? 아우구스투스는 로마 제국에서 가장 번성을 이룬 아주 유명한 황제입니다.

그는 예수님이 태어나기 전에 이미 27년이나 황제로 통치했습니다. 그리고 그 후에도 14년을 로마 황제로 있었으니, 무려 41년간이나 로마 제국을 다스린 인물입니다. 그는 유명한 줄리어스 시저의 양아들이었습니다. 줄리어스 시저가 죽고 난 후에 안토니우스와 옥타비아누스 사이에 치열한 권력 투쟁이 일어나게 됩니다.

BC 27에 로마의 원로원은 그에게 '존엄한 자'라는 뜻을 가진 아우구스투스라는 칭호를 부여하여 아우구스투스 황제라고 부르는 것입니다. 예수님은 바로 이 아우구스투스가 황제로 있던 때에 탄생한다고 루카 복음 사가가 전합니다. 황제 아우구스투스는 로마의 지배 밑에 있던 전 지역에 호적을 하라는 명령을 내렸습니다.

왜 그렇게 했을까요? 바로 인구를 조사해서 세금을 효과적으로 걷기 위해서였습니다. 황제의 지배 아래에 있는 모든 사람은 그의 명령대로 호적을 하기 위해 자기 본향으로 가야 했습니다. 그 당시 팔레스타인은 로마의 행정 구역상 시리아에 속해 있었기 때문에 시리아 총독의 지시 아래 호적을 등록하고 세금을 내었습니다.

요셉 성인과 성 마리아가 어느 곳에 살았지요? 갈릴래아 나자렛에 살았습니다. 그런데 요셉은 다윗의 집안이었기 때문에 다윗의 고향인 베들레헴으로 마리아와 함께 호적을 등록하러 가야 했습니다. 마리아는 누구입니까? 마리아도 역시 다윗 집안의 사람이었습니다. 그때 마리아는 이미 배가 불러 해산할 날이 가까웠습니다.

갈릴래아 나자렛에서 유대 베들레헴까지는 대략 300리, 먼 거리입니다. 보통은 걸어서 3~4일 걸리는 거리였지만, 요셉은 만삭이었던 마리아를 데리고 가야 했습니다. 그렇기에 아마 더 오래 걸렸을 것입니다. 루카 복음 사가는 우리에게 들려줍니다.

"그들이 거기에 머무르는 동안 마리아는 해산날이 되어, 첫아들을 낳았다. 그들은 아기를 포대기에 싸서 구유에 뉘었다. 여관에는 그들이 들어갈 자리가 없었습니다."

베들레헴은 호적 등록을 하러 갑자기 몰려오는 사람들로 몹시 붐볐을 것입니다. 성경은 "여관에는 그들이 들어갈 자리가 없었다."라고 되어있습니다. 여관은 당시 용어로 칸이라고 불렸던 여행자 숙소라고 합니다. 간단히 잠을 잘 수 있는, 오늘날 등산하러 큰 산에 가면 침대가 여러 개 놓여있는 산장 같은 곳이지요. 그런데 그곳의 침대 하나도 얻을 수 없어서, 겨우 짐승들이 밤이슬을 피하는 동굴 마구간 하나를 얻어서, 해산하게 됩니다.

성지순례로 베들레헴에 가면, 그 마구간 자리는 지하 동굴인 것을 알 수 있습니다. 당시 마구간이 주로 동굴 안에 있었거든요. 들판에 비를 피하기 쉬운 동굴들이 그 지역에는 여기저기 많이 있어요. 베들레헴에 예수 탄생 성당이 있고, 그 성당 지하 동굴에 예수님이 탄생하신 말구유 자리에 별을 새겨 놓았습니다. 대리석 바닥에 놋쇠로 만든 별을 붙이고 14개의 광채가 나도록 했습니다.

별 중앙에는 구멍이 뚫려 있고 그 주변에 라틴어로 글자가 새겨져 있습니다.

"이곳에서 예수 그리스도가 동정녀 마리아에게서 태어나셨다."

루카 복음서에 의하면, 예수님의 탄생 소식을 가장 먼저 들은 사람들이 누구예요? 목자들입니다. 예수님 탄생 성당에서 대략 2km 정도 떨어진 곳에 '목자들의 들판 성당'이 있습니다. 목자들이 들판에 쳤던 천막 모양으로 성당을 만들었는데, 아주 예뻐요. 제 마음에 들어요.

목자들이 누구입니까? 목자들은 사회적으로 지위가 높은 사람들입니까? 아니지요. 당시 이스라엘에서도 목자들은 천민에 속합니다. 오늘날은 직업에 귀천이 없다고 하지만, 당시는 분명 천대받는 직업이었습니다. 구약성경에 보면 이집트 사람들은 목자라는 직업을 아주 천대하고 멸시했다는 기록이 나옵니다.

목자들은 아무래도 짐승을 쳐야 하니까 냄새가 납니다. 귀하신 분들은 가까이하고 싶지 않겠지요. 그런데 가장 귀하신 분이 세상에 오셨고, 그분은 가장 먼저 목자들을 만나십니다. 성탄은 모든 이들의 축제이겠지만 특별히 가난하고 소외된 사람들, 양반이나 귀족보다는 목자와 같은 천민들의 축제라고 생각됩니다.

왜 특별히 가난하고 비천한 사람들의 축제일까요? 바로 예수님께서 그분들에게 당신 탄생의 기쁜 소식을 가장 먼저 알려주었으니까요. 우리가 주의를 기울여 들어야 할 대목은 바로 목자들에게 아기 구세주를 알아보는 표로 '포대기에 싸여 구유에 누워있는 아기'를 보게 될 것이라고 전해 주었다는 사실입니다.

구유가 아기를 알아보는 표징입니다. 표징이란 깊은 내면의 의미를 나타내잖아요. 구유가 무엇입니까? 구유는 쉬운 말로 하면 짐승의 밥통이지요. 저에게 구유는 예수께서 어떤 분으로, 그리고 무엇을 위해서 이 세상에 오셨는지를 가장 극명하게 드러내는 표징으로 느껴집니다. 이 표징의 내면에 담긴 의미가 무엇일까요?

바로 다른 이들의 밥이 되기 위해서 오신 것입니다. 그것이 예수님 탄생의 진정한 의미가 아닐까 생각됩니다. 오늘 우리가 탄생을 축하드리는 분은 바로 밥통 안에 밥으로 오신 아기 예수님이십니다. 여러분들, 구유, 냄새나고 지저분한 짐승의 밥통이 바로 아기 예수님이 눕혀진 곳입니다. 예수님께서 "나는 생명의 빵이다."라고 말씀하셨지요. 빵은 우리말로 바꾸면 바로 밥이지요.

밥은 우리에게 생명을 유지 시켜줍니다. 예수님은 바로 우리에게 생명을 주는 우리의 밥이 되시기 위해서 세상에 오신 것입니다. 여러분들, '밥'이라고 하면 어떤 이미지가 떠오릅니까? 예를 들어, 누가 우리에게 '너, 나의 밥이야.'라고 하면 어떻게 느낍니까?

기분 나쁘지요. 우리 안에서는 즉시 "내가 왜 너의 밥이냐? 네가 나의 밥이지."라는 반응이 저절로 나오게 됩니다. 그렇습니다. 우리는 누구나 남의 밥이 되기 싫어합니다. 그런데, 예수님께서는 우리의 밥이 되어 주시기 위해 우리에게 오시는 것입니다. 이것이 성탄의 참 의미입니다.

오시는 그분을 맞이하면서 우리도 그분처럼 우리가 밥이 되어, 우리를 다른 사람들에게 내어주어야 하는 것이 성탄의 참된 의미가 아닐까 생각합니다. 그렇습니다. 가만히 생각하면, 우리는 서로 서로에게 밥이 되어 주어야 합니다. 예수님께서 우리의 밥이 되어 주시기 위해 오셨습니다.

우리는 모두 예수님처럼 되기를 원하는 사람들, 바로 그리스도인들이니까요. 밥이 된다는 것의 내면에 담긴 의미는 사랑이 된다는 것입니다. 예수님께서는 당신이 사랑이 되기 위해서, 아니 이 세상에 사랑의 씨앗을 뿌리시기 위해서 오셨습니다. 우리가 예수님처럼 남의 밥이 되기를 기쁘게 할 수 있다면, 사랑이 될 수 있다면, 사랑의 씨앗 하나를 심을 수 있다면, 성탄의 의미를 제대로 알아들은 것이 아닐까 생각합니다.

우리는 참으로 세상에 사랑을 나누고 사랑의 씨앗을 심어야 합니다. 요즈음 여러 가지로 세상 돌아가는 일을 보면서 "어떻게 진정 사랑하고 사랑의 씨앗을 심는 그런 일이 가능한가?"라는 물음을 던지게 됩니다. 때로 절망스럽기까지 느껴지는 세태입니다. 그러나 우리 지신에게 절망할지언정 하느님께 절망할 수는 없습니다.

성탄, 그분이 우리에게 오셔서 그것을 가능하게 해주실 것이라 믿기 때문입니다. 우리 자신이 아니라 오시는 그분을 통해 새로운 희망을 지니고자 하는 마음입니다. 여러분 모두에게 다시 한번 성탄 축하 인사드리며, 오시는 아기 예수님의 은총과 평화가 가득하시기 빕니다.

실, 만남의 고리

지난주, 예수, 마리아, 요셉의 성 가정 축일의 제2 독서를 들으면서 한 구절이 저에게 다가와서 말을 건넸습니다.

"사랑은 완전하게 묶어주는 끈입니다."

제가 '사랑의 끈'이라는 글을 쓴 기억이 있습니다마는 '끈'이나 '실'은 이 어주거나 연결하여 주는 역할을 하기에 단순한 물질이나 기능을 넘어서는 사색의 재료가 되나 봅니다. 이번 성탄에 미국에 사는 어느 은인에게 감사 의 표시로 작은 선물을 하나 보냈지요.

실을 천연 염색한 것이었습니다. 실이라기보다 종이 끈이라고 해야 맞 을 터인데, 받는 분은 그것을 실로 생각했나 봅니다. 그분이 다른 친구분의 나눔이라고 하면서 아주 좋은 묵상 나눔을 보내오셨습니다.

실이란 어디선가 시작하면 끝없이 갈 수도 있고
서로 떨어져 있는 것들을 이어주고

많은 것들을 모아서 묶어주기도 하지요.

한 줄일 때는 쉽게 풀어질 수도 있지만

여러 줄을 합치면 힘 있는 밧줄도 되고

마구 엉켰을 때는 답답하기도 하지만

차근차근 풀다 보면, 저절로 풀리기도 합니다.

실은 물건들만 묶어주는 것이 아니라, 사람들도 이어주지요.

사람과 사람의 실을 인연이라고 하지 않습니까?

사람들은 많은 인연의 실로 묶어져 있어요.

그 인연은 쉽게 끊어질 때도 있지만

어떤 인연은 다시 풀 수 없는 단단한 매듭이 되기도 하지요.

저는 수많은 인연의 실들이 저한테 닿기까지

지나온 시간들을 생각해 볼 때가 있습니다.

그 인연의 실타래는 어디서 시작됐을까요?

그리고 내 실타래는 어디까지 풀어져 갈까요?

제 어머니는 저녁이 되면 늘 손에서 실을 놓지 않으셨지요. 겨울이면 목도리나 장갑, 스웨터 등을 떠 주셨지요. 식구가 많으니, 손에서 실을 놓을 틈이 없으셨지요. 제가 서품받을 때는 저에게만 아니라 함께 서품받는 다른 동료 두 신부에게도 각종 색의 띠를 떠 주셨지요.

어머니가 떠 주신 스웨터는 정말 따뜻하고 예뻤답니다. 그 스웨터를 어머니가 떠 주셨다고 하면, 아무도 믿으려고 하지 않을 정도로 정교하고 아름다운 디자인을 지니고 있었지요. 저는 오늘 은인이 보내 주신 실에 대한 묵상 글과 함께 실, 어머니, 인연 등의 단어가 뜻하는 의미를 세세 건네는 무언의 대화를 듣습니다.

토마스 머튼은 아주 재미있는 말을 했습니다. 그는 어느 날, 루이빌이라는 도시를 걷다가 문득 자기가 거리를 지나가는 모든 사람을 사랑하고 있다는 것을 알게 되었다고 합니다. 그는 특히 여성들이 지닌 아름다움에 대해 이렇게 이야기했습니다.

"나는 단순히 그들이 지닌 미가 아니라 그들이 지닌 인간성, 여성성을 아주 예민하게 의식한다. 내가 특별한 기준으로 정말 아름다운 누군가를 보았다고는 생각하지 않는다. 그러나 설명할 수 없는 미가 거기에 있다. 어쩌면 내가 다른 삶의 양식에 봉헌하지 않았다면, 그 내밀한 미를 알아채지 못했을지도 모른다.

이 세상의 모든 여인 안에 있는 가장 순수한 것을 아무런 두려움 없이 바라보고, 그들이 햇살이 비치는 거리를 걸어갈 때 그들의 마음이 지닌 내밀한 미를 맛보고 느낄 수 있는 것은 어쩌면 정결 서원을 통해서일지도 모른다. 하느님의 눈에 그들이 지닌 미는 아주 내밀하고 선하고 사랑스럽다."

토마스 머튼은 거리를 지나가는 사람들이 자기와 깊이 하나로 연결되어 있다는 것을 알아채게 되고, 그들을 사랑한다고 고백하게 됩니다. 저는 감히 그 모든 사람을 사랑한다고 말하는 경지까지는 몰라도, 저도 우리가 서로 얼마나 깊이 사랑이라는 끈, 불교 표현으로는 인연이라는 끈으로 연결되어 있는지는 압니다.

저에게 실로 띠를 만들어 준 어머니만, 단순히 모자(母子)라는 인연으로 연결하여 있는 것이 아닙니다. 만난 적이 없지만, 이 글을 읽는 사람은 누구나 저와 같은 주제를 놓고 서로 묵상을 하는 것이니, 그것이 바로 만남입니다. 사랑이며, 인연입니다.

　지난 한 해 동안 저와 알게 모르게 만남을 지녔고, 인연으로 연결되어 있던 모든 사람에게 깊은 감사를 드립니다. 새해에도 우리가 나누는 사랑의 끈, 인연의 끈이 더욱 튼실해지기를 소망합니다.

예수님과 마조 도일

오늘 복음은 예수님께서 안식일에 고향 마을 회당에서 가르치시는 대목입니다. 예수님의 말씀을 듣고 많은 고향 사람들이 처음에는 무척 놀랍니다. 가만히 묵상 안에서 그분의 지혜에 탄복하고, 그분이 행하신 기적에 대해 경탄하는 사람들의 모습을 그냥 바라보시기 바랍니다.

우리 삶에서 놀라고 경탄할 수 있음은 매우 중요합니다. 바로 깨어 있다는 의미이기 때문이지요. 황동규 시인은 '수련'이라는 시에서 "이적 앞의 놀람 또한 살아 있는 것의 속뜻이 아니겠는가."라고 썼습니다. 그런데 예수님의 고향 사람들의 그 놀람이 진정 살아 있음, 깨어 있음의 증표가 아니었다는 것이 안타깝습니다.

그들은 처음에는 놀랐지만, 곧이어 자기들의 놀람을 부정합니다. 진정 깨어 있었던 것이 아니라, 고정관념에 매여 있었기 때문입니다. 예수님의 말씀, 행적보다 원래의 직업, 누구의 아들, 누구누구의 형제 등의 틀 안에 집어넣습니다. 그리고 그가 누구인지를 다 안다고 단정합니다.

참으로 깨어 있음, 살아 있음은 바로 우리가 아직 모른다는 것, 예수님에 대해 모른다는 것을 받아들이는 열려있는 마음입니다. 우리가 예수님에 대해 알고 있다는 생각, 바로 고정관념이 진리를 볼 수 있는 눈을 가리게 함을 묵상합니다. 고향 사람들을 보시며 예수님께서는 그들한테 믿음이 없음에 놀라셨습니다.

이 대목을 묵상하며 우리에게 그런 열려있는 마음, 진정한 믿음이 있는지 새삼 돌아봅니다.

중국의 선사 중에 아주 유명한 마조 도일이라는 사람이 있습니다. 그는 어린 나이에 출가하여 머리를 깎았고 구족계를 받아 스님이 되었지요. 어느 날 당대 유명한 스님인 회양 스님을 만났는데, 회양 스님은 도일 스님이 인물이라는 것을 한눈에 알아보고는 물으셨지요.

회양을 스승으로 하여 10년간 수행을 한 후, 강서로 가서 방장이 됩니다. 그 후 중국에서 가장 유명한 선사로 수많은 제자를 둡니다. 그는 유명 인사가 된 후, 고향을 방문합니다. 성철스님과 같은 유명한 스님이 나온 것이 자랑스러웠습니다. 대대적인 환영을 합니다. 그의 이웃이었던 할머니 한 분이 이렇게 말했다고 합니다.

"나는 대단한 인물이 온다고 이렇게 난리가 난 줄 알았더니, 다름 아닌 쓰레기 청소부 마 씨 아들 녀석이 왔구면."

이 말을 들은 마조 도일은 장난 반, 감상 반으로 즉흥시를 지었다고 합니다.

권커니 그대여,

고향일랑 가지 마소.

고향에선 누구도 성자일 수 없나니

개울가 옛 할머니

아직도 옛 이름만 부르누나!

오늘 복음에서 예수님께서도 "예언자는 어디에서나 존경받지만, 고향과 친척과 집안에서만은 존경받지 못한다."라고 말씀하시지요. 예언자나 성자가 고향에서 존경받지 못하는 것은 동서고금을 막론하고 마찬가지인가 봅니다. 왜 그럴까요? 그만큼 인간이 자기가 지닌 선입관을 버리기가 쉽지 않기 때문이 아닐까요?

새 술은 새 부대에 담아야 하는데, 참 그게 쉽지 않아요. 우리가 무엇인가에 대해 이미 알고 있다는 생각이 진리를 보는 눈을 가리게 합니다. 저 사람은 쓰레기 청소부의 아들이고, 저 사람은 목수의 아들이라는 선입관이 마조 도일이 지닌 보리심이나 예수님이 지닌 사랑의 마음을 보지 못하게 합니다.

고향 사람들이 믿지 않는 것에 놀라셨던 예수님의 마음을 헤아려 보며 내 마음 안에는 과연 새 술을 담을 새 부대를 마련하고 있는지 돌아봅니다. 우리가 사람이나 사물을 바르게 보기 위해서는 무엇보다 선입관을 버려야 하겠습니다. 진실은 눈에 보이는 것이 아니니까요.

마음의 눈으로 보아야 할 터이니, 우리가 마음의 눈을 감지 않도록 늘 깨어 있어야 하겠지요.

부르심에 대한 응답, 순명

오늘 우리가 듣는 두 개의 독서와 복음의 공통된 주제가 있다면, 그것은 아마도 신앙인으로서 삶의 길에서 겪게 되는 도전, 부르심에 대한 응답, 결단, 현실에 대한 안주가 아닌 끊임없이 열려있는 마음, 열고자 하는 자세, 한마디로 순명이 그것일 것입니다.

제1 독서로 창세기의 아브라함의 부르심에 대한 응답으로 길을 떠나는 이야기를 듣고, 제2 독서에서 '우리는 하늘의 시민입니다. 그리고 그곳에서 구세주로 오실 주 예수 그리스도를 고대합니다.'라고 말하는 바오로의 필리피인들에게 보내는 서간을 들었습니다.

복음에서 주님의 거룩한 변모 사건에서 '너희는 그의 말을 들어라.'라는 하늘로부터 들려오는 거역할 수 없이 순명하는 말씀을 듣습니다. 신앙인의 길은 온전히 하느님께 의탁하는 여정입니다. 어쩌면, 하느님께서는 인간을 지으실 때 인간 깊은 곳에 당신을 향한 그리움을 심어놓으셨는지도 모릅니다.

그 갈증이 없는 사람은, 다만 그 갈증이 잠을 자는 것이지요. 영원한 세계를 갈망하는 인간의 갈망은 동서고금을 막론하고 보편적이라고 말할 수 있겠습니다. 인간 역사에서 가장 오래된 서사시로 길가메시라는 문헌이 있습니다. 기원전 3000년경, 우룩을 다스리던 왕 길가메시의 서사시 일부를 들려드리겠습니다.

"제가 이 먼 여행을 한 것은 '머나먼 곳'이라고 불리는 당신을 만나려고 세상을 헤매었고 여러 번 위험한 고비를 넘겼으며 바다를 건넜고 마침내 여기에 이르렀습니다. 오, 아버지, 당신께 삶과 죽음에 관해 묻고 싶습니다. 어떻게 하면, 제가 영원한 삶을 찾을 수 있겠습니까?"

이 서사시는 영원한 것을 갈망하는 인간의 모습을 잘 드러내 주고 있습니다. 또한, 너무나도 유명한 성 아우구스티누스의 "님 위해 우리를 내시었기에 님 안에 쉬기까지는 우리 마음이 찹찹하여 마지 않삽나이다."라는 고백도 바로 우리가 궁극적으로 길을 떠나는 존재이며 그 종착역은 하느님, 그분이라는 것을 보여 줍니다.

"네 고향과 친척과 아비의 집을 떠나 내가 장차 보여 줄 땅으로 가거라."

아브라함을 부르시는 하느님의 이 말씀은 당시의 상황을 미루어 볼 때, 죽음을 의미하는 결단을 요구하는 말씀입니다. 함께 모여서 공동으로 자기들의 생명과 재산을 보호하던 고대사회에서 그 씨족을 떠난다는 것은 곧 죽음을 의미하였습니다. 아브라함은 온전히 하느님께 대한 신뢰로 고향을 등지고 길을 떠났던 것입니다.

아브라함은 무엇을 찾아 고향을 떠난 것입니까? 다만, 하느님의 부르심에 응답하기 위해서 떠난 것입니다. 실제로 젖과 꿀이 흐르는 땅이 아니라 오히려 두려움이 가득 찬 미지의 땅이었습니다. 하느님에 대한 신뢰를 지니고 낯선 땅을 향해 길을 떠나서 아브라함은 우리 '신앙인들의 성조'가 된 것입니다.

이 아브라함의 이야기는 우리 신앙 공동체에 순명이 무엇을 의미하는지를 생각하게 합니다. 순명은 바로 아브라함에서부터 시작하여 신앙을 사는 모든 사람의 근본적인 태도입니다. 그리스도의 대답은 바로 아버지에 대한 '예'였고 그것은 마음 깊은 곳으로부터의 아버지에 대한 사랑이었습니다.

오늘 우리가 복음에서 듣는 예수님의 거룩한 변모 사건은 이 철저한 '예'에 대한 하느님의 보증이었습니다.

"이는 내 사랑하는 아들, 내 마음에 드는 아들이니 너희는 그의 말을 들어라."

아브라함에서 시작하여 예수님에 이르기까지 아니, 바로 우리 자신들에 이르기까지 '예', 바로 순명은 하느님께 온전히 신뢰하며 하느님으로부터 모든 것을 희망하는 태도입니다. 순명은 바로 신뢰와 희망입니다. 그것이 바로 오늘 우리의 신앙의 선조 아브라함에게서 우리가 배워야 할 삶의 태도입니다.

우리에게 역설적으로 들리시겠지만 순명은 인간이 어디까지 자신을 버릴 수 있는가, 또는 자기의 뜻을 희생할 수 있는가? 함을 증거하는 것이 아닙니다. 오히려 자유를 증거하는 것입니다. 우리는 자신의 의지에서 자유롭게 되고 하느님의 뜻을 추구하는 것에 자신을 맡길 때, 더 큰 자유를 맛보게 되기 때문입니다.

이 자유는 교회 안에서 일하고 계신 성령에 대한 완전히 열린 마음의 표현이기도 합니다. 구체적으로 말하면, 성령 안에서의 분별로 살아가면서 그분의 이끄심을 따르는 것입니다. 어떻게 성령의 이끄심을 알 수 있는가?

한마디로 기도해야 합니다. 우리는 모두 아브라함처럼 길을 떠나 목적지를 향해 가는 여정에 있습니다.

'예수님의 거룩한 변모 사건'은 그 여정, 때로는 고난의 여정이 너무 아득하게 느껴지는 제자들에게 미리, 목적지, 하느님 나라의 영광을 잠시 보여 주신 것입니다. 하느님의 인도 아래 그분이 목적하신 곳을 향해 가는 여정으로 삶을 이해했던 이스라엘 백성들은 성서를 통해 그 여정을 신앙의 언어로 노래했습니다.

오늘날 우리 교회 공동체도 마찬가지입니다. 함께 성서를 읽으며 그것을 묵상하고 그 안에서 성령의 이끄심을 발견해야 합니다. 그 고난을 겪어야 하는 제자들에게 미리 당신의 영광을 보여 주십니다. 우리도 때로 그 여정이 힘들게 느껴질 때 예수님께서 제자들에게 보여 주신 거룩한 변모 사건을 상기하며 위로를 받읍시다.

우리가 삶에서 체험하는 은총이 바로 이 거룩한 변모 사건입니다. 예컨대, 아픈 나의 손을 잡아 준 수녀님의 얼굴에서 위로를 느꼈다면, 저처럼 뇌졸중으로 아픈 신부에게 더 없는 평화를 받았다면, 바로 그 시간이 주님께서 우리의 삶의 순간을 스치는 거룩한 변모 사건일 수 있습니다.

차라리 눈먼 사람이라면

사순시기를 보내며 잠시 일상을 떠나서 고요함으로 들어가는 피정의 시간을 갖고 우리의 마음을 주님께로 모으기로 해요. 사순 4주의 복음 말씀이 요한복음 9장의 태생 소경 이야기입니다. 이 시점에서 교회가 우리에게 '소경으로 태어난 사람의 치유' 이야기를 듣게 하는 그 배려의 의미를 헤아려 봅니다.

요한복음의 이 이야기는 바로 우리 자신의 삶을 돌아보게 하는 이야기이기 때문이 아닐까요? 사순시기는 우리 자신을 돌아보며 주님을 향하는 때입니다. 가만히 눈을 감고 우리 자신에게 자문해 봅니다. 우리는 과연 누구인가? 우리가 눈먼 사람입니까? 아니면, 환히 볼 수 있는 사람입니까?

예수님의 말씀을 듣고 있던 바리사이파 몇이 "그러면 우리도 눈이 멀었단 말이오?" 하고 대들자, 예수님께서는 "너희가 차라리 눈먼 사람들이라면, 오히려 죄가 없을 것이다. 그러나 너희는 지금 눈이 잘 보인다고 하니 너희의 죄가 그대로 남아 있다."라고 말씀하십니다.

차라리 실제 육으로 눈이 멀었다면, 영적으로 눈을 뜨기가 더 쉬웠을 것이라는 말씀이겠지요. 태어날 때부터 눈먼 사람의 처지를 생각해 봅니다. 생의 처음부터 빛이 아닌 어둠 속에 살고 있던 사람입니다. 볼 수 없다는 것은 참으로 절망스러운, 희망이 없는 삶입니다.

예수님께서 길을 가시다가 이 눈먼 사람을 만나십니다. 그 소경을 보시고 다가가신 것이지요. 동행하던 제자들이 묻지요. 누구의 죄 탓입니까? 당시 병은 죄의 결과로 보았고, 이 사람은 태어나면서부터 소경이었으니까 부모의 탓이 아니겠는가 하는 당시 사람들의 죄가 대물림한다는 생각을 반영하고 있습니다.

또한, 제자들의 이 물음은 인간이 지닌 늘 풀기 어려운 고통의 문제를 제기하고 있습니다. 예수님께서는 "다만 저 사람에게서 하느님의 놀라운 일을 드러내기 위한 것이다"라고 말씀하십니다. 우리도 살아가면서 이해하거나 받아들이기 어려운 삶의 문제들, 고통을 직면할 때가 많이 있지요.

그때 예수님의 이 대답이 무슨 의미인지를 헤아리면서 우리 삶 안에서 하느님의 놀라우신 일들을 깨달으려고 노력해야 할 것입니다. 예수님께서는 소경을 치유하시면서 구체적인 행위를 하십니다. 땅에 침을 뱉어 흙을 개어서 소경의 눈에 바르신 다음 '실로암 연못으로 가서 씻어라.'라고 하십니다.

예수님께서는 그 소경이 청하기도 전에 그에게 다가가셨고, 그에게 치유의 손길을 내미신 것입니다. 예수님께서는 그 소경을 보시고 깊은 연민의 마음이 드신 것이지요. 저는 '손은 마음의 대행자'라는 말을 좋아합니다. 손을 내미신 것은 마음이 깊이 움직이셨다는 구체적인 표현이지요.

'소경은 가서 얼굴을 씻고 눈이 밝아져서 돌아왔습니다.'

이어서 우리가 듣게 되는 것은 이 사건에 대한 논쟁입니다. 신앙과 불신앙, 마음의 개방과 폐쇄, 의견의 엇갈림은 바로 우리가 하느님 앞에서 취하게 되는 태도의 두 노선이라고 말할 수 있겠습니다. 소경이 눈을 뜨게 된 기적은 분명히 예수님을 통해서 드러내 보이시는 하느님의 인간을 향한 초대입니다.

당신을 향해 마음을 열라는 하느님의 손짓이신 것입니다. 하느님께서 당신을 드러내 보이시고 우리를 초대하시는 그 표지 앞에서, 우리는 선택의 기로에 서게 됩니다. 그 표지를 받아들이면, 그 사람은 예수 그리스도에게서 하느님의 모습을 보게 되는 것이고, 바로 신앙으로 나아가는 것이며 영적으로 눈을 뜨게 되는 것입니다.

그 표지를 받아들이지 않으면, 그는 영적인 눈을 감습니다. 복음에서 표지를 거부하는 사람들의 전형적인 모습을 보게 됩니다. 그들이 바리사이파 사람들 가운데 일부였습니다. 그들은 이미 자기들이 진실을 볼 눈이 가려져 있습니다. 그들은 '그가 안식일을 지키지 않는 것을 보면, 하느님에게서 온 사람이 아니오'라고 말합니다.

소경이 눈을 뜨게 된 것을 부인하는 것이 아니라 그 기적의 행위를 안식일에 했다고 해서, 흙을 개는 행위는 안식일에 해서는 안 되는 39가지 규정에 포함되어 있거든요. 그들은 예수님을 인정할 마음이 조금도 없었습니다. 이미 죄인으로 단정을 내렸고, 그 단정 아래에서 모든 것을 바라보고 해석하는 것입니다.

그들이 소경이었던 사람을 다시 불러놓고 묻는 말에서 알 수 있습니다. "우리가 알기로는 그 사람은 죄인이오." 그들은 자기들이 알고 있는 것이 틀릴 수도 있다는 가능성에 대해 전혀 열어두지 않습니다. 이미 알고 있는 것으로 그만이라고 생각합니다. 그러니 진실을 보고 듣는 힘이 전혀 없지요.

그때도 듣지 않았고, 다시 물으면서도 들을 마음이 전혀 없음을 신랄하게 지적하면서 반문합니다. "당신들도 그분의 제자가 되고 싶습니까?" 그들의 닫힌 마음을 꿰뚫는 통쾌한 물음입니다. 우리도 대화한다고 하면서, 전혀 들으려고 하지 않고 우리의 생각을 강요하지는 않는지요? 이 대목에 붙여진 소제목이 의미심장합니다.

'바리사이파 사람들의 생트집.'입니다. 우리도 가끔 생트집을 부리지는 않는지요? 한편, 바리사이파 사람들 가운데 열린 마음을 지닌 사람들이 있었습니다. '죄인이 어떻게 이와 같은 기적을 보일 수 있겠소?' 하고 맞선 사람들입니다. 그들은 예수님께서 보여 주시는 그 기적의 표지를 받아들일 태도를 보입니다.

결단을 내려 예수님을 주님으로 받아들인 것 같지는 않습니다. 마음 한 구석의 양심은 이분이 틀림없이 죄인이 아니고, 오히려 올바른 말씀과 행동을 하셨다는 것을 알고 이분을 받아들여야 한다고 속삭입니다. 그런데 다른 한편으로 변화에 대한 두려움 때문에, 용기를 내지 못하는 사람들의 모습이지요.

마지막으로, 눈을 뜨게 된 소경은 자기에게 일어난 이 사건을 두고 점차 깊이 바라보고 그 의미를 깨달아 나간 사람의 모습을 보여 줍니다. 아마 처음에는 자기에게 일어난 그 사건이 홀린 듯, 정신이 없었을 것입니다. 그런데 사람들이 논쟁을 벌이는 것을 들으며, 과연 자기를 보게 해준 그분이 누구인가를 생각합니다.

그분은 하느님께서 보내신 사람, 예언자가 틀림없다고 생각합니다. 그후 그는 회당에서 쫓겨났고 그 소식을 들으신 예수님께서 그를 찾아오셨습니다. 다시 예수님을 만나게 됩니다. 이제 예수님을 다시 만난 그는 믿음에로의 초대에 응답합니다. '주님, 믿습니다'라고 말합니다.

이제 소경이 아닌 밝은 눈으로 예수님을 만났고, 그분을 보았습니다. 그리고 그분께 믿음을 고백합니다. 처음에 사람들이 질문에 "예수라는 분"이라고 대답했고, 그 후 바리사이파 사람들이 찾아와서 경위를 묻자, '그분은 예언자이시다'라고 했습니다.

이제 예수님을 뵙게 되었을 때, '주님'이라고 고백한 것입니다. 호칭의 변화는 예수님과의 관계의 변화와 믿음의 깊이를 상징적으로 담고 있습니다. 이 사람의 삶에서 주님을 만나면서 변화되는 그 과정은 신앙인으로서 삶의 체험 안에서 깊어져 가는 신앙의 성숙을 보여 주고 있습니다.

우리는 처음에 영적으로 멀었던 눈을 뜨게 해주신 예수라는 분에 대해 생각하게 됩니다. 점차 그분이 내 삶을 변화시켜 주신 예언자 같은 분이라고 생각하고 마침내 나의 주님, 내 일생을 걸고 따를 주님이라고 깨닫게 되는 것입니다. 이 모든 일이 그분을 만나는 과정 안에서, 그리고 비로소 그분을 깊이 만날 때 일어납니다.

우리가 이 사순시기를 보내면서 먼저 해야 할 일은 많은 희생과 극기가 아닙니다. 다만 그분을 만나는 것입니다. 그분이 복음서를 통해 가만히 우리에게 들려주시는 사랑스러운 목소리를 듣는 것입니다. 그분을 만나게 되면 우리에게 삶의 변화는 자연스럽게 따라옵니다.

그때 우리는 누구의 강요가 아니라 주님을 알고 사랑하기 때문에 그분을 따르는 삶인 희생과 봉사를 자발적으로 하게 될 것입니다.

용서는 잊는 것이 아닙니다

오늘 복음의 주제는 용서입니다. 하느님께서는 우리를 용서하십니다. 용서의 실질적인 측면은 무엇입니까? 용서하라고 하면 사람들이 말합니다. "그것은 불가능합니다." 저는 예수님께 여쭈어보았습니다. "제가 어떻게 해야 합니까? 용서란 과연 무엇입니까?"

사탄은 틈틈이 우리를 노립니다. 그는 우리가 용서하는 것을 원하지 않습니다. 그가 살며시 다가와서는 우리의 귀에 속삭입니다.

"그가 너에게 무엇을 어떻게 했는지 생각해 봐. 네가 어떻게 용서할 수 있니?"

그렇기에 많은 사람이 그의 종이 됩니다. 베드로가 예수님께 다가와 묻습니다.

"주님, 제 형제가 저에게 죄를 지으면, 몇 번이나 용서해 주어야 합니까? 일곱 번까지 해야 합니까?"

예수님께서 그에게 대답하셨습니다.

"일곱 번이 아니라 일흔일곱 번까지라도 용서해야 한다."

용서에 한계가 없다는 말씀입니다. 피정 중에 어떤 사람이 용서를 결심했습니다. 그는 어떤 신부님이 자기에게 큰 잘못을 했는데, 이제 그 신부님을 용서한다고 고백했습니다. 그런데 피정을 끝내고 집으로 돌아갔습니다. 그리고 나중에 다시 그 신부님을 보자, 다시 막 화가 났습니다.

그에게 어떤 용서가 있었던 것입니까? 피정 중에 용서했다고 한 것은 진정으로 용서한 것이 아니라, 다만 경험일 뿐이었습니다. 묵주기도를 하거나 기도를 하는 중에도 가끔 그 신부님이 자기에게 한 일이 생각납니다. 어떻게 그가 나에게 그렇게 할 수 있었는가? 다시 화가 솟구칩니다. 그러면 용서가 무엇입니까?

많은 사람이 용서는 잊는 것이라고 합니다. 그러나 용서는 잊는 것이 아닙니다. 20년 전에 누가 나에게 사람들이 보는 앞에서 뺨을 때렸습니다. 시간이 지난다고 그 일이 잊힙니까? 결코, 잊을 수는 없습니다. 잊고 싶다면 그 생각을 잊는 것이 오히려 낫습니다. 용서는 과연 무엇입니까? 분명히 알아야 합니다.

그 사건을 기억한다는 것입니다. 그리고 나에게 상처를 준 사람을 기억하면서 동시에 그 사람을 위해 기도해 주고 축복해 주는 것입니다. 그런데 사람들은 보통 기억만 합니다. '용서했어.'라고 하면서 그것을 기억만 하고, 땅에 묻었던 것을 다시 꺼냅니다.

헌 양말은 그것을 발에 신었든지 주머니에 넣었든지, 가지고 있으면 냄새가 납니다. 사람과 사건을 기억하고 거기서 멈춰서는 안 됩니다. 그 사건, 그것을 기억할 뿐만 아니라 기억하면서 동시에 기도하고 축복해 주어야 합니다. 성서는 우리에게 들려줍니다.

"그에게 기쁨과 행복을 돌려주십시오. 그의 일을 축복해 주십시오."

그러면 무슨 일이 일어납니까? 은총이 작용합니다. 은총으로 그 상처가 없어집니다. 강렬하던 상처와 고통이 없어집니다. 타이어에서 공기를 빼면 어떻게 됩니까? 그런 일이 일어납니다. 20년 전에 있었던 사건을 여전히 기억합니다. 그러나 더 이상 상처가 없습니다. 이제 아프지 않습니다.

그것이 어디로 갔습니까? 그 사건이 어디로 간 겁니까? 바로 성령께서 그것을 없애 주셨습니다. 용서는 은총 안에서 이루어지는 것입니다. 증오는 영혼의 병입니다. 어떤 약으로도 치유할 수 없습니다. 오직 은총만이 치유할 수 있습니다. 우리는 이것을 어디에서 배웁니까? 바로 십자가상에서 배웁니다.

우리는 예수님께서 용서하셨다는 것을 압니다. 용서하시기 위해서 그분도 기억하셔야 했습니다. 예수님께서 말씀하셨습니다.

"아버지, 저 사람들을 용서해 주십시오. 저들은 자기들이 무슨 일을 하는지 모릅니다."

이것이 우리가 십자가 아래에서 얻을 수 있는 보화입니다. 십자가 아래에서 앉아서 묵상하면 삶에 관한 진리를 얻게 됩니다. 저는 예수님이 얼마나 놀라운 분이신지 압니다. 바로 용서입니다. 인간에게 특징이 있다면, 첫째는 사랑입니다. 둘째는 용서입니다. 이것이 다른 것이 아닙니다.

용서는 바로 사랑하는 것입니다. 사랑이 있을 때, 용서가 가능합니다. 우리가 사랑하기 어렵다면, 용서에 관한 부분을 잘 살펴보아야 합니다. 용서하기 어려우면 당연히 사랑하기 어렵습니다. 오늘 용서가 정말 어렵다는 것을 알고 주님께 은총을 청합시다. 정말 어렵지만, 우리에게 용서할 힘을 달라고 청합시다.

4

믿
음

라자로, 부활의 예표

예루살렘에서 멀지 않은 동네 베다니아입니다. 그곳은 예수님에게 마치 제2의 고향과 같은 향수가 있는 곳이었으리라 생각됩니다. 왜냐하면, 마음을 터놓고 이야기를 나눌 수 있는 사랑하는 친구들이 있기에 언제든지 마음 내킬 때 찾아가서 마음의 긴장을 풀고 쉴 수 있는 곳이었기 때문입니다.

사람의 아들은 머리 둘 곳조차 없다고 하신 예수님입니다. 당신을 진심으로 아껴주고 따뜻하게 맞아주는 세 남매 라자로, 마르타, 마리아의 집은 예수님께 특별한 의미를 지니는 곳이었을 것입니다. 예수님에게는 계속되는 전도 여행, 영적인 갈증을 채우려는 사람들, 그런가 하면 생트집을 잡는 사람들이 있었습니다.

반대자들의 음모와 마주해야 힘겨움 등에서 오는, 요즈음 표현으로 가중되는 스트레스에서 벗어나 조용히 쉴 수 있는 곳이 필요하셨습니다. 마음을 편안하게 해주던 라자로의 집은 바로 그런 곳이었다고 느껴집니다. 오빠 라자로가 앓게 되자, 마르타와 마리아는 사람을 보내어 전합니다.

"주님, 주님께서 사랑하시는 이가 병을 앓고 있습니다."

서로 다른 방법으로이지만, 진심으로 예수님을 사랑하던 두 자매가 예수님께 다만 오빠가 앓고 있다는 것을 알릴 뿐 어떤 청도 드리지 않습니다. 주님이면서 친구였던 예수님에 대한 신뢰를 볼 수 있습니다. 오셔달라고 하지 않고 알리기만 하면 그분이 알아서 해 주시리라는 믿음입니다. 우리도 그런 신뢰를 지닐 수 있다면!

예수님께서는 계시던 곳에 이틀을 더 머무시고 나서야 '유다로 돌아가자.'라고 하십니다. 예수님의 마음을 헤아려 볼 수는 있습니다. 예수님께서는 그곳에서 하시던 일을 중단하실 수가 없었을지도 모릅니다. 사람들을 가르치시고 치유해 주시는 일로 쉴 틈이 없던 차에 그 전갈을 받으시고 갈등을 느끼셨을 수도 있겠습니다.

사랑하는 친구를 위해 이 사람들을 내버려 둘 것인가? 그럴 수는 없었을 것입니다. 한편, 그때는 이미 유다로 돌아가는 것은 죽음을 각오해야 했기에 두려움을 느끼셨을 수도 있습니다. 제자들이 '선생님을 돌로 치려고 했는데 그곳으로 다시 가시겠습니까?'라는 것으로 미루어 예수님을 죽이려는 음모와 시도가 있었습니다.

다시 돌아간다는 것은 당신의 때를 앞당기는 것이기도 하였습니다. 그러나 망설임과 두려움은 잠깐이고 예수님께서는 당신이 말씀하신 대로, 벗을 위하여 자기 목숨을 바치는 것보다, 더 큰 사랑은 없습니다. 벗을 위하여 기꺼이 목숨을 내놓을 각오로 유다로 향한 것입니다.

라자로가 죽은 것을 아신 예수님께서는 이제 유다에서 당신이 하실 일을 생각하시면서 가슴이 벅차올랐을 것입니다. 죽은 라자로를 살리시는 일은 지금까지 행한 어떤 기적과도 다른, 하느님만이 하실 수 있는 일입니다.

그 일은 하느님과의 일치가 이루어지시 않고는, 아니 당신이 하느님이 아니시고는 불가능한 일이었습니다.

이제 그것을 행하심으로써, 사람들에게 당신이 참으로 누구이신 지를 보여 주시고 믿게 하시려는 것이었습니다. 그 의미는 한편, 이제 당신의 때가 왔다는 의미이기도 합니다. 하느님께서 이루시는 완전한 구원의 기적, 당신이 죽으시고 하느님이 당신을 죽은 자들 가운데서 부활케 하셨습니다.

우리가 당신의 영원한 삶에 동참하게 하실 그때가 다가왔고, 그 예표로서 보여 주실 기적이 바로 라자로를 다시 소생시키는 일이었던 것입니다. 그것을 생각하시면서 제자들에게 그곳으로 가자고 말씀하시는 것입니다. 이 모든 일에 대한 예수님의 비장한 마음의 결의를 읽을 수 있습니다.

예수님께서 그곳에 이르러보니 라자로가 무덤에 묻힌 지 이미 나흘이나 지났습니다. 많은 사람이 오빠의 죽음을 슬퍼하고 있는 두 자매를 위로하러 와있었습니다. 당시 유대인들은 병자를 방문하여 위로하고 상을 당한 사람들을 찾아가서 마음으로부터 함께 하면서 위로하는 것을 인간의 가장 기본적인 의무라고 생각했었습니다

탈무드에 보면 이런 말이 있습니다.

"누구든지 앓는 사람을 찾아주는 사람은 지옥 불을 면하리라."

우리 옛날 따뜻한 시골의 인정이 느껴집니다. 예수님께서 오신다는 소식을 듣고, 마르타가 동네 어귀까지 나와 마중을 하지요. 전에 마르타는 분주하게 부엌에서 일하고, 마리아는 조용히 예수님 곁에서 말씀을 들었던 일을 상기해 봅니다. 사랑하는 방법이 이렇게 서로 다를 수 있다는 것을 알 수 있습니다.

마르타가 말합니다.

"주님, 주님께서 여기 계셨더라면, 제 오빠가 죽지 않았을 것입니다."

주님에 대한 믿음과 더불어 인간적인 원망도 가득 담긴 말이지요. 예수님을 뵙자 다시 슬픔이 밀려오면서 자기의 아픈 마음을 표현한 것이지요. 말하자면, 주님은 오빠 라자로를 사랑하셨으면서 전갈을 보냈을 때, 왜 바로 와주시지 않았습니까?라는 원망이 담겨 있습니다. 주님에 대한 깊은 신뢰와 믿음으로 말합니다.

"그러나 하느님께서는 주님께서 청하시는 것은 무엇이나 들어주신다는 것을 저는 지금도 알고 있습니다."

이것은 깊은 믿음입니다. 마르타의 주님에 대한 사랑은 이 놀라운 믿음으로부터 온다는 것을 알 수 있습니다. "네 오빠는 다시 살아날 것이다."라고 하시자 "마지막 날 부활 때에 오빠도 다시 살아나리라는 것을 알고 있습니다."라고 그녀의 믿음을 고백합니다.

이 믿음은 바로 우리 신앙의 핵심인 부활 신앙에 대한 고백입니다. 나아가서 마르타는 바로 우리 신앙의 가장 근원적인 고백, 바로 시몬이 그 고백을 통하여 베드로, 반석이 된 고백을 드립니다.

"주님은 바로 그리스도, 하느님의 아드님이심을 믿습니다."

이 두 가지는 가장 근원이며 핵심인 신앙 고백은 바로 우리 모든 그리스도인의 고백이며, 이 믿음으로 우리는 그분의 부활과 생명, 영원한 삶으로 동참하게 되는 것입니다. 참으로 우리가 그분을 믿을 때, 우리는 죽더라도 죽은 것이 아니라 영원한 삶으로 나아가는 것입니다.

그렇다면, 우리는 더 이상 죽음을 두려워할 필요가 없습니다. 우리의 삶에서 죽음이 두려움이 아니라면, 그 삶은 얼마나 힘 있고 충만한 삶이 되겠습니까? 마르타가 마리아에게 가서 주님께서 오셔서 너를 부르신다고 전하자, 마리아는 예수님께 달려갑니다. 가서 언니와 똑같은 말을 합니다.

더 깊은 사랑과 슬픔을 엎드려 우는 것으로 표현합니다. 이것을 보신 예수님께서는 눈물을 흘리시며 같이 우십니다. 예수님께서는 참 인간적으로 우실 줄 아시는 분이셨습니다. 그러나 마냥 울고만 있을 수는 없지요. 그분은 이제 당신이 해야 하실 일을 하십니다. 무덤으로 가서서 말씀하십니다.

"돌을 치워라."

아직 예수님께서 하시려는 일이 무엇인지 깨닫지 못하는 마르타가 말합니다.

"주님, 죽은 지 나흘이나 되어 벌써 냄새가 납니다."

마지막으로 사랑하던 라자로의 죽은 얼굴을 보시려는 줄 알고, 마르타가 말리려고 한 말이지요. 당시 유대인들은 사람이 죽으면 그 영혼이 사흘을 무덤 주변을 배회하다가 나흘째는 완전히 떠나는 것으로 생각했습니다. 나흘이 지나면 육신이 다만 부패물에 지나지 않는 것으로 간주했던 것입니다.

"아버지, 제 말씀을 들어 주셨으니 아버지께 감사드립니다."

우리는 깊은 신뢰에서 청하기도 전에 들어주신다는 것을 아시는 예수님의 하느님 아버지와의 완전한 일치를 봅니다. 기적의 힘은 당신 자신의 힘이 아니라 바로 이 아버지와의 완전한 일치, 신뢰의 힘입니다. 당신이 하시는 모든 일은 다 하느님 아버지의 영광을 위한 것입니다. 바로 거기에서 무한한 힘이 나오는 것입니다.

우리도 온전히 주님께 신뢰할 수 있다면, 우리 자신은 잊고 오로지 하느님의 영광만을 생각한다면, 얼마나 커다란 힘을 지닐 것인가!

"라자로야, 이리 나와라."

죽음도 거역할 수 없는 힘 있는 명령입니다. 그 명령에 죽었던 라자로가 터벅터벅 무덤 밖으로 걸어 나옵니다. 참으로 놀라운 기적이었습니다. 이 놀라운 기적, 하느님의 표징을 보고 많은 사람이 예수님을 믿게 되었습니다. 오늘 우리가 부활을 2주 앞두고 있습니다.

예수님께서 라자로를 살리신 기적 이야기를 복음으로 듣는 것은 이 사건이 바로 예수님 당신의 부활 사건에 대한 하나의 예표이기 때문입니다. 우리도 주 예수님께서 바로 부활이요 생명이라는 것을 믿는 마음으로 부활을 준비하기 위한 교회의 배려인 것입니다.

다시 한번 마음의 옷깃을 여미며 부활을 준비하기로 해요.

순교의 의미

오늘 복음에서 우리는 듣습니다. "정녕 자기 목숨을 구하려는 사람은 목숨을 잃을 것이고, 나 때문에 자기 목숨을 잃는 사람은 목숨을 얻을 것이다." 목숨을 잃는 사람이라고 하면, 무엇이 떠오릅니까? 저는 순교가 떠오릅니다. 그중에서도 '엔도 슈사쿠'의 소설 '침묵'이 떠오릅니다.

일본에서 선교하던 '페레이라 신부'가 배교했다는 소식이 들려옵니다. 그 소식을 듣고 제자였던 '로드리고' 신부는 사실 확인을 위해 일본 선교를 지원합니다. 겨우 들어가는 데는 성공하지만, 그 역시 체포되어 배교하라고 고문을 당합니다.

예수님의 얼굴이 새겨진 '성화'를 밟으라는 것이었습니다. 로드리고 신부는 처음에는 물론 거절합니다. 그런데 그가 거절하면 할수록, 그의 신자들은 더욱더 참혹한 고문을 받습니다. 결국, 자기 때문에 고통스럽게 죽어가는 교우들을 보면서 신부는 깊은 고뇌에 빠져들게 됩니다. 차라리 자기가 배교해서 죽어가는 신자들을 살려야 할 것인가? 아니면, 자신의 신앙을 위해 그들의 고통스러운 죽음을 못 본 척해야 하는가?

어느 것이 과연 참된 사랑인가? 깊은 고뇌 속에서 괴로워하고 있는 그에게 예수님의 음성이 들립니다.

"밟아라. 성화를 밟아라. 나는 너희에게 밟히기 위해 존재한다. 밟는 네 발이 아플 것이다. 하지만 그 아픔만으로 충분하다."

로드리고의 말이 이어집니다.

"주님, 당신의 침묵을 원망하고 있었습니다."

"나는 침묵하고 있었던 것이 아니다. 너와 함께 고통을 나누고 있었다."

마침내 로드리고는 성화를 밟습니다.

오늘 복음에서 주님께서는 제자들에게 말씀하셨습니다.

"누구든지 내 뒤를 따라오려면, 자신을 버리고 제 십자가를 지고 나를 따라야 한다."

자신의 뜻보다 주님의 뜻을 먼저 생각하라는 말씀입니다. 이것을 깊이 묵상하게 됩니다. 우리 선조들의 순교를 묵상합니다. 예를 들면, 순교성인 정하상을 떠올려 봅니다. 그는 당시 재상에게 올리는 글인 '상재 상서'라는 글을 남겼습니다. 이 글의 내용을 살펴보면 그가 어떤 신앙을 지녔으며 그의 하느님과 한국교회에 대한 사랑과 열정을 알 수 있습니다. 그의 말을 들어봅니다.

"인간이 이 세상을 살아가는 데 있어 털끝만 한 것도 다 하느님의 힘입니다. 낳으시고 기르시고 도와주시고 인도해 주십니다. 죽은 후에 받을 상은 그만두더라도 현재 받는 은혜가 이미 무한하여 비할 데 없으니, 우리가 마땅히 일생을 다하여 어떻게 받들어 섬겨드려야만 그 만분의 일이라도 보답할 수 있겠습니까?"

1839년 기해년 6월 정하상은 체포되어 순교의 월계관을 받게 됩니다. 하느님과 이웃에 대한 사랑으로 불타올라 한국천주교회의 부흥을 위해 애쓰던 그는 결국 순교로서 신앙의 탁월한 증거자가 된 것입니다. 오늘 순교의 의미와 오늘날 우리가 순교자들의 정신을 이어받습니다. 과연 어떤 삶을 살아야 하는지를 다시 한번 깊이 생각해 보아야겠습니다.

순교는 무엇보다도 신앙에 대한 증거입니다. 하나뿐인 목숨을 바쳐서까지 믿는 바에 대한 확신을 지니고 그것이 바른 행위라는 것을 다른 사람들에게 증거 하는 것은 참으로 하느님의 은총이 없이는 불가능한 일이었습니다. 순교는 참으로 커다란 사랑과 용기에서 나올 수 있는 결단입니다. 자기의 목숨보다도 하느님을 더 사랑하는 마음, 교회를 사랑하는 마음, 교회의 형제자매들을 사랑하는 마음과 그리고 그 사랑을 행동으로 옮길 수 있는 용기는 참으로 놀라운 것입니다.

이 또한, 하느님의 은총 없이 불가능한 행위입니다. 우리 자신들의 하느님과 이웃에 대한 사랑을 돌아보며 더 큰 사랑을 지닐 것을 다짐하며, 순교 성인들의 전구를 청해야 할 것입니다. 순교 정신은 한마디로 희생정신이라 하겠습니다. 희생이란 자기를 나누고 남을 위해 기꺼이 자기를 버리는 행위입니다.

오늘 우리의 이웃을 위해 나는 무엇을 희생할 수 있는지, 목숨을 바치지 않아도 되는 이 시대에 나는 내가 지닌 무엇을 나눌 수 있을 것인지 함께 생각해 봅시다.

열 처녀의 비유

우리는 복음에서 열 처녀의 비유를 들었습니다. 왜 예수님께서는 비유로 말씀하십니까? 무엇이 비유입니까? 비유란 천국의 이야기를 담고 있는 지상의 이야기입니다. 예수님이 들려주시는 비유의 언어는 매일 일상에서 볼 수 있는 이야기입니다. 하느님의 나라가 어떤 역할을 하는가?

하느님 나라의 특징이 무엇인가에 관한 이야기입니다. 비유는 하느님 나라에 관한 이야기입니다. 오늘 복음에서 들은 열 처녀의 비유는 천국이 지닌 어떤 의미를 내포하고 있습니까? 기다림에 관한 이야기입니다. 주님을 기다리는 것에 관한 이야기입니다. 우리가 어떻게 주님을 기다려야 하는지에 대한 이야기입니다.

이 비유를 잘 이해하기 위해서 여기에 등장하는 사람, 물건 등이 지닌 의미를 살펴봅시다. 먼저 신랑이 오는 것에 대해 살펴봅시다. 누가 신랑입니까? 바로 예수님입니다. 그가 도착하면 이제 잔치가 베풀어집니다. 열 처녀와 등잔, 기름 등이 나옵니다. 신랑, 잔치, 열 처녀, 등잔, 기름 등이 나오는데, 각각이 무엇을 상징합니까?

신랑이 오는 것은 예수님의 다시 오심을 상징합니다. 천국에 들어가는 것은 늘 혼인 잔치에 비유합니다. 우리는 그 시간을 모릅니다. 천국은 전혀 상상하지 못할 때 다가오는 것입니다. 그 신랑을 맞는 신부는 교회를 상징합니다. 이 비유에서 신랑을 맞을 열 명의 처녀가 있습니다.

혼인 잔치를 살펴봅시다. 당시 유대인들의 혼인 잔치는 오늘날 우리의 혼인 잔치와는 다릅니다. 결혼식 날 신랑은 친구와 함께 신부의 집에 가서 신부를 데리고 결혼식장으로 갑니다. 때로는 멀리 돌아서 시간을 끌다가 늦게 도착하는 관례가 있었습니다. 친구들이 그 부부를 치켜세워 주면서 시간을 보냅니다.

신랑은 보통 해가 지기 전에 결혼식장에 도착합니다. 그런데 아주 늦게 가기도 합니다. 이것을 재미로 여기는 것이지요. 시간을 더 많이 끌면 신부가 더 많이 기다려야 하니까, 그것을 재미로 여기는 겁니다. 신부가 기다리는 열망을 더 크게 갖도록 하기 위해서입니다. 어떤 신랑들은 그렇게 하는 것을 좋아합니다.

처녀들을 봅시다. 5명의 처녀는 여분의 기름을 준비했고, 5명은 준비하지 않았습니다. 그들은 등잔을 지니고 있습니다. 등잔이 상징하는 것이 무엇입니까? 바로 믿음입니다. 믿는 이의 믿음을 상징합니다. 그들은 등잔을 가지고 있는 것으로 충분하지 않습니다. 그 등잔에 기름을 채워야 합니다.

기름은 믿음의 행동, 그 행동의 결과입니다. 우리의 자선 행위나 선행 등입니다. 우리가 믿음이 있다고 말하는 것으로 충분하지 않습니다. 모두가 주님을 기다리고 있습니다. 그런데 많은 사람이 어리석은 처녀와 같습니다. 우리는 많은 좋은 것을 가지고 태어납니다. 부모에게서 신앙을 받았습니다.

어리석은 처녀들이 말합니다. "왜 우리가 짐스럽게 기름을 준비해서 가지고 갑니까? 신랑이 일찍 올 텐데 말입니다." 그가 해가 지기 전에 도착할 것이니, 기름이 필요하지 않다고 생각합니다. 이것은 자기만족의 신앙입니다. 일요일에 성당에 가고 성지순례에 가는 것으로 이미 충분하다고 생각합니다.

이 비유를 통해 예수님께서 우리에게 말씀하십니다. "자기 안주에서 벗어나라!" 어리석은 다섯 처녀의 잘못이 무엇입니까? 예수님을 과소평가한 겁니다. 자기 나름으로 예수님을 평가했습니다. 여분의 기름은 성령께서 주시는 것입니다. 기름은 성령께 의탁하는 것을 상징합니다.

우리는 믿음에서 성장해야 합니다. 그러면 기쁨에 차서 기름을 준비하고 기다리게 됩니다. 신랑은 예기치 않은 시간에 와서 문을 열라고 외칩니다. 때로 아주 늦은 시간에 오는 겁니다. 어리석은 처녀들이 늦은 시간에 신랑의 외치는 소리를 듣고서야 기름이 없다는 것을 알고, 지혜로운 처녀들에게 기름을 빌려달라고 합니다.

열 처녀는 겉모습으로 보면 거의 같게 보입니다. 모두 초대를 받았고, 모두 등잔을 지니고 있습니다. 그 차이는 신랑이 왔을 때, 드러납니다. 다섯 명은 기름이 있고, 다섯 명은 기름이 없습니다. 기름이 없는 사람은 잔치에 참여할 수 없습니다. 그 의미가 무엇입니까? 아무도 다른 사람이 준비시켜 주지 않습니다.

우리가 언젠가 예수님을 만날 것을 입니다. 문제는 오늘, 바로 지금 예수님을 만날 준비가 되어있는가? 하는 겁니다. 예수님께서는 우리가 항상 은총의 지위에 있어야 한다고 말씀하시는 겁니다. 지금 죄 중에 있어서는 안 된다고 말씀하시는 겁니다. 지금이 바로 우리가 자기 안주에서 벗어나야 할 때입니다.

튜린을 방문하신 분은 성 도미니코 사비오를 아실 겁니다. 돈 보스코 대성당에 그의 유품이 있습니다. 성 도미니코 사비오는 어린 나이에 죽은 성인입니다. 그가 친구들과 함께 놀고 있었습니다. 친구 중의 하나가 다른 친구들에게 질문을 던졌습니다. "만약 오늘 죽는다면, 너는 무엇을 할래?"

한 친구는 자기는 사제에게 달려가서 고백성사를 보겠다고 했습니다. 다른 친구는 자기는 부모님께 가서 작별 인사를 고하겠다고 말했습니다. 또 다른 친구는 집으로 가서 배부르게 음식을 먹겠다고 했습니다. 도미니코가 말했습니다. "나는 그냥 하던 대로 놀겠다."라고 답했습니다.

그 친구가 화가 나서 다시 물었습니다. "너, 정말 오늘 죽으면 뭘 할 거야?" 그가 말했습니다. "나는 계속 놀 거야." 친구는 도미니코가 자기를 놀리는 줄 알았습니다. 그것이 아니었습니다. 어린 도미니코의 대답의 의미는 그가 언제라도 준비되어 있다는 뜻입니다. 그는 준비가 되어있기에 걱정하지 않습니다.

그는 죽음을 두려워하지 않습니다. 그는 자신이 은총 지위에 있다는 것을 알고 있습니다. 어린 성인은 기름을 준비하고 있었습니다. 늘 기름을 준비하고 있게 해주십시오. 예수님, 당신이 오실 때, 우리는 당신을 속일 수 없습니다. 우리가 기름을 준비하여 가지고 있을 수 있도록 도와주십시오.

우리는 혼인 잔치에서 예수님과 함께 잔치를 즐길 수 있도록 도와달라고 청해야 합니다.

예수님과 성령

그리스도인이 바로 모두 한 성령 안에서 한 몸이 되었듯이, 서로가 하나로 연결되어 있습니다. 사실 지체는 많지만, 몸은 하나이듯이 그리스도인들은 모두 그리스도와 결합하였습니다. 그런데 그리스도교의 핵심에 계약이 있습니다. 바로 하느님과 인간이 맺는 계약입니다.

아브라함과 모세를 통해서 하느님과 이스라엘 백성 사이에 맺어진 계약이 구약이고, 예수 그리스도를 통해서 하느님과 인류가 맺어진 계약이 신약입니다. 구약이 법과 약속으로 이루어진 계약이라면, 신약은 바로 조건 없는 사랑으로 이루어지는 계약입니다. 그런데 사실 사랑이 계약이라기보다는 신비입니다.

왜냐하면, 사랑은 계약이 아니라 무조건적인 헌신이며 투신이고 희생이기 때문입니다. 그래서 저는 계약이라는 말보다는 신비라고 표현하고 싶습니다. 신경에서 가장 중요한 부분이 어떤 내용입니까?

"또한, 성령으로 인하여 동정 마리아에게서 육신을 취하시어 사람이 되섰음을 믿나이다."

사도신경에서는 "성령으로 인하여 동정 마리아께서 잉태되어 나시고" 이지요. 이 대목이 너무나 신앙의 핵심이고 신비이기 때문에 이 부분을 기도할 때, 우리가 어떻게 합니까? 경의를 표시하기 위해서 머리를 숙이지요. 사실 예전에는 사제가 미사 중에 이 구절을 기도하면서 제대를 향해 무릎을 꿇었습니다.

우리는 매주 미사뿐만 아니라 매일 기도드리면서도 이 내용이 단순하지만, 얼마나 우리 신앙의 핵심이며 깊고 심오한 신비인지를 헤아리지 못할 수 있습니다. 이 신비를 드러내는 성서 구절이 어느 대목입니까?

"성령께서 너에게 내려오시고 지극히 높으신 분의 힘이 너를 덮을 것이다. 그러므로 태어날 아기는 거룩하신 분, 하느님의 아드님이라고 불릴 것이다."

성령은 우리를 그리스도의 지체로 있게 만드시고, 우리를 그리스도 안에 있게 하십니다. 또한, 그리스도를 우리 안에 계시도록 하십니다. 사도 바오로는 때로 이 두 분을 서로 구별하지 않았습니다. 그리스도 안에 산다는 것과 성령 안에 산다는 것은 하나입니다.

하느님의 영이 여러분 안에 사시기만 하면, 여러분은 육안에 있지 않고 성령 안에 있게 됩니다. 누구든지 그리스도의 영을 모시고 있지 않으면, 그는 그리스도께 속한 사람이 아닙니다. 그러나 그리스도께서 여러분 안에 계시면, 의로움 때문에 성령께서 여러분의 생명이 되어 주십니다.

예수님을 죽은 이들 가운데에서 일으키신 분의 영께서 여러분 안에 사시면, 그리스도를 죽은 이들 가운데에서 일으키신 분께서 여러분 안에 사시는 당신의 영을 통하여 여러분의 죽을 몸도 다시 살리실 것입니다. 그리스도께서 우리 안에서 하시는 활동이 성령의 활동과 분리될 수 없습니다.

예수님께서 안식일에 고향 마을 회당에서 가르치시는 대목을 듣습니다. 묵상 안에서 그분의 지혜에 탄복하고, 그분이 행하신 기적에 대해 경탄하는 사람들의 모습을 바라보십시오. 삶에서 놀라고 경탄할 수 있음은 중요합니다. 깨어 있다는 의미이기 때문입니다.

황동규 시인은 '수련'이라는 시에서 "이적 앞의 놀람 또한 살아 있는 것의 속뜻이 아니겠는가."라고 썼습니다. 그런데 예수님의 고향 사람들의 그 놀람이 진정 살아 있음, 깨어 있음의 증표가 아니었다는 것이 안타깝습니다. 처음에는 그들도 놀랐지만, 진정 깨어 있었던 것이 아니라 고정관념에 매여 있었기 때문입니다.

예수님의 말씀, 행적보다 원래의 직업, 누구의 아들, 누구누구의 형제 등의 틀 안에 집어넣고 그가 누구인지를 다 안다고 단정합니다. 그러니 새로운 진리를 알아보고 받아드리는 힘은 전혀 없습니다. 참으로 깨어 있음은 바로 우리가 아직 모른다는 것, 예수님에 대해 모른다는 것을 아는 열려 있는 마음입니다.

중국의 선사 중에 아주 유명한 마조 도일이라는 사람이 있습니다. 실질적인 선의 창시자라고도 불리지요. 용모가 기이하여 소걸음으로 걸었고 호랑이 눈빛을 가졌다고 하는 인물이지요. 혀를 빼물면 코끝을 지났고 발바닥에는 법륜 문신 두 개가 있었다고도 합니다. 그는 어린 나이에 출가하여 스님이 되었지요.

어느 날 당대 유명한 스님인 회양(懷讓) 스님을 만났는데, 회양 스님은 도일 스님이 인물이라는 것을 한눈에 알아보고는 물으셨지요.

"스님은 좌선하여 무얼 하려오?"

"부처가 되고자 합니다."

회양 스님은 암자 앞에서 벽돌 하나를 집어다 갈기 시작했답니다.

그러자 도일 스님이 물었지요.

"벽돌을 갈아서 무엇을 하시렵니까?"

"거울을 만들려 하지요."

"벽돌을 갈아서 어떻게 거울을 만들겠습니까?"

"벽들을 갈아서 거울을 만들지 못한다면 좌선을 한들 어떻게 부처가 될 수 있겠소?"

"그러면 어찌해야 되겠습니까?"

"소가 끄는 수레에 멍에를 채워 수레가 가지 않으면 수레를 쳐야 옳겠는가, 소를 때려야 옳겠는가?"

도일이 대답을 못합니다. 그러자 회양이 게송을 하나 읊어줍니다. 그 게송을 들은 도일은 즉시 깨달음을 얻었다고 합니다. 그 게송이 이렇습니다.

마음자리엔 여러 씨가 뿌려져
하늘 소나기 맞으면 싹이 움트네.
삼매의 꽃은 모습이 없나니
어찌 이룸과 깨어짐이 있으리.

회양을 스승으로 하여 10년간 수행을 한 후 스승을 떠나 강서로 가서 방장이 됩니다. 그 후 중국에서 가장 유명한 선사로 수많은 제자를 두게 됩니다.

오늘 복음에서 예수님께서 아주 중요한 말씀을 하십니다. 그분께서는 두루마리를 펴시고 이러한 말씀이 기록된 부분을 찾으셨습니다.

"주님께서 나에게 기름을 부어주시니 주님의 영이 내 위에 내리셨다. 주님께서 나를 보내시어 가난한 이들에게 기쁜 소식을 전하고, 잡혀간 이들에게 해방을 선포하며 눈먼 이들을 다시 보게 하고, 주님의 은혜로운 해를 선포하게 하셨다."

그렇습니다. 더 이상 말이 필요 없습니다. 실제 그대로 예수님께서 주님의 영, 곧 성령이 내리셨고 성령에 의해서 가난한 이들에게 기쁜 소식을 전하셨습니다. 이제 해방을 선포하고, 주님의 은혜로운 해를 알리게 하셨습니다. 주님의 가르침은 참되어 우리의 어리석음을 깨우쳐 주십니다.

겨자씨의 비유

오늘 복음은 아주 유명한 비유를 듣습니다. 이 비유를 통해 우리의 삶과 죽음도 다시 한번 생각하는 시기이기도 합니다. 삶과 죽음에 대해 생각하며 우리는 자연스럽게 '하느님 나라'에 대해 묵상하게 됩니다. '하느님 나라'는 예수님 가르침의 핵심 주제이지요.

예수님께서는 처음부터 '하느님 나라'에 대해 가르치셨습니다. 그리고 이제 당신을 통해 '하느님 나라'가 다가왔다고 선포하셨습니다. 그리고 이 비유를 말씀하시지요. 이 비유가 무슨 뜻일까요? 겨자씨는 아주 작습니다. 여러분들, 보신 적이 있습니까? 보통 카레를 만들 때, 겨자씨를 넣는다고 합니다.

겨자씨, 비록 작지만, 여기에서 나무가 자랍니다. 예수님께서 하느님 나라를 겨자씨와 누룩에 비유하시는 대목을 들었습니다. 성경은 우리에게 겨자 풀을 겨자 나무라고 들려줍니다. 식물도감에 의하면, 겨자를 내는 식물은 일년생 풀이지 나무는 아니지요. 왜 성경에서 예수님은 겨자 나무라고 하셨을까요?

특히 중동 지역에서는 겨자 식물의 키가 3~4 m나 자라기 때문에 나무로 쉽게 착각할 수 있지요. 우리는 예수님의 가르침을 그대로 따르는 제자들이니, 우리도 그냥 겨자 나무라고 하기로 해요. 겨자 나무는 작은 씨앗이 자라나 2~3월쯤 이스라엘에서 가장 많이 볼 수 있는 꽃나무입니다.

파피라고 불리는 양귀비꽃처럼 갈릴래아 들판에서 흔히 볼 수 있는 꽃으로 크기는 예수님께서 말씀하신 대로 작아서 겨우 좁쌀만 하다고 합니다. 겨자 나무는 작고 둥근 열매 안에 작은 씨를 지니고 있는데, 향기롭지만 매운맛을 지니고 있습니다. 겨자 나무는 5월이 되면 정말 새가 깃들일 만큼 큰 나무가 된다고 합니다.

저는 예수님께서 하느님 나라를 겨자씨와 같다고 하신 의미를 묵상해 봅니다. 물론 작은 씨에서 큰 나무로 자라듯이 그렇게 하느님 나라가 시작은 미미해 보이지만, 장차 크게 확장된다는 뜻도 있겠지만, 씨가 씨로서 남아 있으면 결코 나무로 자랄 수 없다는 뜻도 있지 않을까? 하는 생각이 들었습니다.

밀알이 썩어야 한다고 하셨듯이, 우리도 우리 안에 진정 하느님 나라를 이루기 위해서는 우리가 새롭게 변화되어야 한다는 뜻도 내포하고 있다고 묵상이 되었습니다. 어쩌면 우리 자신은 겨자씨처럼 보잘것없어 보이는 작은 존재일지도 모릅니다. 그러나 그분이 우리를 새가 깃들만큼 큰 나무로 자라게 해주실 것입니다.

오늘 독서에서는 "성령께서는 나약한 우리를 도와주십니다. 우리는 올바른 방식으로 기도할 줄 모르지만, 성령께서는 몸소 말로 다 할 수 없이 탄식하시며 우리를 대신하여 간구해 주십니다. 마음속까지 살펴보시는 분께서는 이러한 성령의 생각이 무엇인지 아십니다."

'하느님 나라'가 눈에 보이는 것이 아니지요. 우리는 보이는 것을 희망하지 않습니다. '하느님 나라'는 결코 작은 것이 아닙니다. 겨자씨는 작지만, 겨자씨에서 나온 겨자 나무는 공중의 새가 깃들만큼 커집니다. 눈에 보이는 것이 전부가 아닙니다. '어린 왕자'에서 말하지요.

"정말 소중한 것은 눈에 보이지 않아."

그렇습니다. 정말 소중한 것은 마음의 눈으로 볼 수 있지요. 눈에 보이는 것에만 매달린다면, 정말 소중한 것은 잃어버리게 마련이지요. 우리 마음의 눈을 뜨고 눈에 보이지 않는 것을 보며, 그 안에서 힘을 얻고 우리를 겨자씨에서 겨자 나무로 자라게 하시는 주님께 온전히 의탁 드리기로 해요.

우리를 겨자씨에서 겨자 나무로 자라게 해주시는 그분께 다시 한번 하느님의 사랑을 깨닫고, 그분을 찾도록 초대하고 계십니다. 우리 잊지 않기로 해요. 참으로 중요한 것은 물질적인 것이 아니라 영혼이라는 것을.

기적의 메달

오늘은 '기적의 메달' 기념일입니다. 여러분, 모두 '기적의 메달'을 보셨지요? 모두 한 개 정도는 가지고 계실 것으로 생각합니다. M자와 막대기에 십자가 모습이 있는 작은 메달입니다. 1830년 11월 27일 파리에서 복되신 성모님께서 사랑의 자매회의 한 수녀인 성녀 카타리나 라부레에게 발현하신 사건을 기리는 날입니다.

성 빈첸시오 바오로에 의해 세워진 '자비의 수녀회'에 소속된 이 소성당은 불란서 파리의 시내 한복판에 자리잡고 있습니다. 라브레 수녀님는 1806년 5월 2일 프랑스의 부르고뉴의 작은 마을에 11남매 중 아홉 번째로 태어나서 1830년 24세의 나이로 '자비 수녀회'에 입회하였습니다.

본원에서 수련 생활 중 라브레 수녀님은 2번의 성모 발현을 지켜본 것입니다. 발현 당시 상아빛 흰 비단옷을 입었습니다. 성모님께서는 지구 모양의 작은 구(球)를 딛고 양손을 내려뜨리고 계셨습니다. 귀한 보석으로 꾸며진 그 손에서는 빛줄기가 당신이 딛고 계신 그 구(球)를 향해 흐르고 있었다고 합니다.

성모님께서 말씀하셨습니다.

"이 구(球)는 전 세계 특히 프랑스와 각 개인의 영혼을 나타내는 것이며, 눈부신 빛줄기는 나에게 청하는 이에게 부어 줄 은총을 상징하는 것이다."

이 발현 중에 타원형과 같은 후광이 복되신 성모님을 둘러싸기 시작했는데, 그 윗부분에는 이런 글귀가 적혀 있었답니다.

"오! 원죄 없이 잉태되신 마리아여, 당신께 호소하는 저희를 위하여 빌어 주소서!"

그때, 라부레 수녀님은 이런 이야기를 들을 수 있었습니다.

"지금 이 모양대로 메달을 만들어라. 이 메달을 지니는 사람마다, 특히 목에다 걸고 다니는 사람은 은총을 받을 것이며, 믿음을 갖고 그렇게 하는 사람에게는 더 풍부한 은총을 받을 것이다."

말씀이 끝나는가 싶더니, 곧 그 메달의 다른 쪽이 보이기 시작했습니다. 그 면에는 M자가 적혀 있었고, 가로놓인 막대기 위에는 십자가가 놓여있었습니다. 그 아래에는 두 개의 심장이 있었는데, 하나는 가시로 둘러싸여 있었으며, 다른 하나는 날카로운 칼에 찔려 있었습니다. 윗면에 12개의 별이 있었고요.

그러면 이 모든 것의 의미는 무엇일까요? 그 여인은 바로 성모님이십니다. 그런데 성모님은 모든 죄와 허물에서 벗어난 오묘하고 아름다운 여인이시기에 이것을 상기하기 위하여 그분은 상아빛 흰옷을 입으십니다. 그리하여 원죄 없이 잉태하신 마리아로 불리게 됩니다.

성모님 손에서 흘러나오는 눈부신 빛줄기는 인류의 어머니로서 우리를 위하여 하느님의 온갖 은총을 지니고 계심을 상징합니다. 물론 메달 뒷면은

M자는 마리아(Maria)를 나타내는 것입니다. 그 위에 십자가가 있음은, 바로 예수님의 십자가를 통해서 성모님의 위대한 신비가 나옴을 가리킵니다.

이들 두 개의 성심 중 하나는 예수님의 것이고, 다른 하나는 성모님의 것으로서 그 두 분 사이의 깊은 일치와 닮음을 가리키는 것입니다. 즉 그 성심은 골로타의 희생 안에서 서로 밀접히 일치해 있는 것입니다. 12개의 별은 복되신 성모님의 성덕과 12 사도입니다.

특별히 성모님을 여왕으로 모신 수많은 성인이 받게 된 영광의 왕관을 상징하는 것입니다. 라부레 수녀님은 많은 어려움을 겪고 난 뒤, 드디어 메달이 만들어져서 전 세계에 보급되었습니다. 너무나 많은 기적과 은총이 이 메달을 통하여 이루어졌으므로 사람들은 이 메달을 '기적의 메달'이라고 부르기 시작했습니다.

오늘 '기적의 메달' 기념일을 지내며 혼란과 가치관 위기를 겪는 이 시대, 코로나 19로 힘든 우리 모두에게 자비를 간절히 청합니다. 특히 우리나라에 평화의 모후이신 성모님께서 은총을 가득 부어 넣어 주시기를 청합니다.

미래를 향해

제가 지난해 어느 결혼식에 참석하게 되었습니다. 노인들은 서로 함께 그룹을 이루어 이야기를 나누고, 젊은이들도 서로 함께 그룹을 이루어 이야기를 나누고 있었습니다. 저는 노인들에게 인사를 하러 가서, 그들의 이야기를 듣게 되었습니다. 그들은 모두 과거에 관해 이야기하고 있었습니다.

1970년도에 내가 회사를 시작했고, 1980년에 내가 저 빌딩을 세웠고, 그 이듬해 어느 다리를 건설했다는 이야기, 내가 이런저런 일을 했다는 과거에 관한 이야기였습니다. 그런데 젊은이들이 모인 그룹에 가서 이야기를 들어보니까, 모두 미래에 관하여 이야기를 하고 있었습니다.

나는 엔지니어가 되고 싶고, 나는 의사가 되어 좋은 일을 하고 싶다는 등의 이야기였습니다. 이렇게 노인들은 과거에 대해, 젊은이들은 미래에 관해 이야기를 나누고 있었습니다. 왜 노인들은 과거에 관한 이야기를 합니까? 바로 미래에는 희망이 없다고 느끼기 때문입니다.

요엘 예언자에 의하면, 하느님께서 당신의 영을 부어주면 노인들은 꿈을 꾸며 젊은이들은 환시를 보리라고 합니다. 앞으로 나아갈 수 있게 된다고 합니다. 우리가 하느님의 영을 받으면, 미래에 대한 희망을 지닐 수 있게 됩니다. 많은 사람이 절망에 빠져 있습니다. 우리에게는 하느님의 영이 필요합니다.

에제키엘 예언자는 주님의 영에 이끌려 뼈로 가득 찬 계곡으로 가서 주님의 말씀을 듣습니다. 주님의 말씀을 따라 뼈들에게 예언을 하자, 마른 뼈가 살이 생겨납니다. 아직 숨이 없었지만 숨에게 말하자, 숨이 불어오고 생명을 얻게 됩니다. 생명이 죽어 있었습니다. 우리는 다시 생명을 얻기 위해 하느님의 숨이 필요합니다.

하느님이 보여 주시는 환시가 필요하고 나뭇가지가 필요합니다. 그러면 쓴맛을 단맛으로 바꿀 수 있습니다. 우리는 과거로 돌아가는 것을 멈추고 희망을 지니고 앞으로 나아가야 합니다. 하느님의 숨결을 얻어 다시 생명으로 바뀌어야 합니다. 우리는 롯의 아내를 본받으면 안 됩니다. 그녀는 뒤를 돌아보았고, 소금 기둥이 되었습니다.

과거의 부정적 삶의 경험에 매여 있으면, 소금 기둥으로 사는 것입니다. 이것은 하느님께서 원하시는 것이 아닙니다. 많은 사람이 소금 기둥으로 살고 있습니다. 왜 그렇습니까? 용서하지 못하고, 하느님께서 삶에 개입하시는 것을 원하지 않기 때문입니다. 우리는 하느님의 숨결로 일어서야 합니다.

과거에 일어났던 일이 우리가 앞으로 나아가는 길을 막지 못합니다. 아브라함이 어디를 향해 걸어 나갔습니까? 우리 여정에서 어떤 것도 하느님 나라를 향해 가는 길목을 막을 수 없습니다. 하느님께서 환시로서 나뭇가지를 보여 주실 것입니다. 우리가 멈추어 선 그곳에서 하느님께서 시작하십니다.

묵주기도

묵주기도에 관한 가장 일반적이고 전통적인 주장은 1214년 성 도미니코에 의해 도입된 기도라는 것입니다. 13세기경에는 교회에 이단이 아주 많았습니다. 많은 이단 때문에 교회에 진리의 신앙에서 많이 벗어나 있는 신자들이 많이 있었습니다. 교회가 아주 큰 어려움을 겪는 시기였습니다.

성 도미니코가 프랑스의 어느 숲속에서 3일 동안 계속 기도를 드리고 있었답니다. 그런데 어느 날 성모님께서 성 도미니코에게 발현하셨습니다. 그에게 묵주를 주시면서 이것을 잘 이용하면 이단을 물리치고, 진리의 교회로 돌아올 수 있도록 도움을 줄 것이라고 말씀하셨답니다.

성 도미니코가 이것을 실천했답니다. 정말 이 묵주기도를 통해 많은 기적이 일어나고, 교회가 이단에서 빠져나올 수 있게 되었답니다. 그때부터 묵주기도가 교회 안에서 아주 강력한 도구였습니다. 성 도미니코를 통해 묵주기도는 점점 세상 안에 널리 전파하게 되었습니다. 이것이 교회가 알고 있는 묵주기도에 대한 유래입니다.

많은 교회의 학자들이 이 전통적인 묵주기도의 유래에 대해 동의하지 않습니다. 그들은 묵주기도는 성 도미니코 개인에 의해서가 아니라 수 세기에 걸쳐 수천 명의 사람의 손을 통해 서서히 발전된 것이라고 합니다. 어떤 학자들은 9세기경에 주님의 기도와 성모송으로 엮어지게 되었다고 주장합니다.

수도자들은 보통 시편 150편을 암송했습니다. 일반 사람들은 그들이 암송하는 시편을 다만 들었습니다. 그러나 외울 수는 없었답니다. 많은 사람은 읽고 쓰는 것을 하지 못하는 문맹이었으니까요. 설령 수도자나 일반 사람들이 글을 알아도, 시편 150편은 너무나 길고 기도드릴 충분한 시간이 없었답니다.

수도자들이 기도할 때, 시편 대신 150번의 '주님의 기도'로 대체하여 드리기도 하였답니다. 그 '주님의 기도'를 여러 번 드리면서 시편을 대신 한 것이지요. 그런데 수도자들은 기도 시간이 충분하지만, 일반 신자들은 대부분이 농부들인데 '주님의 기도'를 150번 바치는 것도 시간이 너무 길어지지요.

카르투시오 수도회에서 일반 신자들은 150번을 50번으로 줄여서 기도하도록 권면해 주었답니다. 50번을 잘 기도드리기 위해서 주머니를 만들고, 거기에 작은 돌 50개를 넣어 그 돌을 하나씩 세면서 기도하였답니다. 어느 수도자가 작은 나무 조각을 50개를 줄에 꿰어서 만들었습니다. 그것이 묵주의 시초라는 것입니다.

처음에 50번의 '주님의 기도'를 하다가 중간에 성모송을 하는 것으로 바뀌게 되었고, 마침내 14세기에는 한 번의 주님의 기도와 10번의 성모송을 하는 것으로 틀을 잡았습니다. 15세기에는 '영광송'을 덧붙이게 했답니다.

먼저 '주님의 기도'를 한 번 드리고 '성모송'을 10번 드리고, '영광송'을 한 번 드렸습니다.

2번째 단으로 넘어가기 전에 성경에서 한 구절을 읽는 것으로 발전하게 되었다고 합니다. 어느 다른 학자는 50번의 주님의 기도를 할 때도, 그 사이 사이에 성경 구절을 읽곤 했다고 주장합니다. 그러나 분명한 것은 16세기에 들어와서 세 가지 신비, 환희, 고통, 영광의 신비가 확실하게 자리잡게 되었다는 것입니다.

중요한 것은 수도자들이 먼저 묵주기도를 드리기 시작했고, 일반적으로 세상에 보급하게 되었다는 사실입니다. 나중에는 '사도신경'을 넣게 되었습니다. 그리고 1917년 파티마의 기도, 구원송이 첨가되었습니다. 묵주기도는 서서히 오늘날의 기도 형태로 자리잡게 되었습니다. 묵주기도를 통해 수많은 기적이 일어났습니다.

어느 나라에서는 아주 놀랍고 강력한 기적이 일어나기도 하면서 이런 기적들에 의해 사람들이 묵주기도를 점점 사랑하게 되었습니다. 현대에 들어와서 첫째 신비인 '환희의 신비'와 둘째 신비인 '고통의 신비' 사이에 큰 공간이 비어있다는 것을 염두에 두기 시작했습니다.

첫째 신비인 '환희의 신비' 마지막 "예수님을 성전에서 찾으심을 묵상"하는 것에서 예수님의 공생활이 다 빠졌습니다. 바로 둘째 신비의 첫째 묵상, '겟세마니'로 바로 넘어가는 것에 대해 뭔가 부족한 것을 느끼게 되었습니다. 2002년에 다른 새로운 신비, 바로 '빛의 신비'가 보충되었습니다.

우리는 어떻게 묵주기도, 로사리오가 발전했는지를 살펴보았습니다. 묵주기도는 성서에 의한 기도라고 했는데, 2002년 빛의 신비가 보충됨으로써 완벽하게 성서적 기도의 모습을 갖추게 되었습니다. 로사리오는 원래 장미꽃밭을 뜻하는 라틴어, 로자리움에서 유래되었습니다.

묵주기도를 통해 우리는 장미 꽃다발을 성모님께 드리게 됩니다. 묵주 한 알 한 알이 바로 장미 한 송이입니다. 우리가 묵주기도를 드림으로써 우리는 성모님 머리에 장미 화관을 만들어 드리는 것입니다. 로사리오는 성경에 기반을 둔 기도입니다. 아주 강력한 힘을 지닌 기도입니다.

교황 요한 23세는 매일 묵주기도 15단을 드리신 것으로 알려져 있습니다. 교황 요한 바오로 2세는 묵주기도야말로 가장 아름다운 기도라고 여러 번 말씀하셨습니다. 묵주기도에 대한 글이나 문헌들이 얼마나 많이 쓰였습니까? 각각의 신비는 하나하나 얼마나 아름답습니까? 성경의 중요한 메시지를 가장 잘 요약하고 있습니다.

환희의 신비부터 살펴보십시오. 예수님의 잉태, 방문, 탄생, 성전 봉헌, 성전에서 찾으심, 세례받으심, 카나의 기적, 하느님 나라 선포, 변모 사건, 성체성사, 피땀 흘리심, 매 맞으심, 가시관 쓰심, 십자가 지심, 십자가에서 죽으심, 부활, 승천, 성령강림, 성모승천, 천상모후의 관을 쓰심, 하나하나 얼마나 아름다운지 모릅니다.

묵주기도를 드림으로써 우리는 성경을 묵상하는 것입니다. 묵주기도를 드림으로써 우리는 하느님의 말씀을 마음에 새기는 것입니다. 묵주기도를 잘하도록 권면합니다. 저는 묵주기도를 사랑합니다. 여러분도 묵주기도를 사랑하시지요? 교회는 성모님에 대한 여러 가지 좋은 신심 행위를 지니고 있습니다. 그중에서 가장 좋은 것은 묵주기도입니다.

하느님의 말씀

마태. 24, 34~35: 내가 진실로 너희에게 말한다. 이 세대가 지나기 전에 이 모든 일이 일어날 것이다. 하늘과 땅은 사라질지라도 내 말은 결코, 사라지지 않는다.

하느님의 말씀은 하늘에 든든히 세워졌고, 영원히 서 있습니다. 결코, 사라지지 않습니다. 그렇기에 성경은 다른 책과는 다릅니다. 성경은 두 가지 특징이 있습니다. 첫째, 꿀보다 더 달고, 둘째, 쌍날칼보다 더 날카롭습니다. 성 바오로는 이렇게 아주 명확하게 전합니다. 이것이 바로 우리가 성경을 지닌 이유입니다.

성경은 모두 하느님의 영감으로 쓰인 것이며, 우리 삶에 도움이 되고, 유익합니다. 하느님의 말씀에는 3가지 의미가 있습니다. 역사적 의미와 신학적 의미와 신비적 의미입니다.

첫째, 역사적 의미입니다. 역사적 의미라고 할 때, 그 뜻은 무엇입니까?

역사적 사실을 얻는다는 것입니다. 교회의 가르침은 단순히 역사를 위한 것이 아닙니다. 구원을 위한 것입니다. 우리 구원을 위한 영감을 지니고 있습니다. 예를 들어, 다윗이 이스라엘의 기름 부음을 받은 두 번째 왕입니다. 그것은 역사적 사실입니다.

둘째, 신학적인 의미라는 것은 예를 들어, "하느님은 사랑이시다."라고 말하는 등의 의미를 부여하는 것입니다. 하느님께서 사랑이신 분이라고 하면, 그것은 신학적인 의미를 부여하는 것입니다. 전임 교황이신 베네딕토 16세의 첫 회칙이 나왔을 때, 그 제목이 "하느님은 사랑이시다." 사람들이 놀랍니다. 그 제목이 아주 단순하니까요.

어떤 구루가 제자들을 데리고 3개월 동안 수련을 했습니다. 가르침은 재미있고, 훌륭했지만 너무나 단순했습니다. 그래서 제자 중의 한 사람이 스승에게 말했습니다. "스승님의 가르침은 너무 단순합니다." 그 구루가 말했답니다. "그래. 나의 가르침은 단순하다. 네가 원하면, 잘 해석해서 복잡한 것으로 만들어 보아라."

복잡한 가르침은 말하는 사람도, 듣는 사람도 무슨 말인지를 잘 모릅니다. 성 빈센트가 말했습니다.

"하느님에 대해 설교를 하려거든 아주 간단하게 하라. 그럴 수 없다면, 하느님에 대해 아예 가르치려고 하지 마라."

우리는 대개 역사적, 신학적 의미에서만 성경을 이해합니다. 성경을 통해 지식을 얻는 것은 좋습니다. 그러나 거기서 멈추어서는 안 됩니다. 더 나아가야 합니다. 신비적 의미의 차원까지 나아가야 합니다. 이런 차원은 내가 하느님과 개인적인 관계를 갖는 차원입니다.

오늘 그분께서 내게 아주 개인적으로 말씀하십니다. 그분은 나의 응답을 복말라하십니다. 내가 그분의 말씀을 듣고 응답해야, 삶에 의미를 부여할 수 있습니다. 이것은 나와 예수님의 개인적인 관계입니다. 역사적 의미나 신학적인 의미의 차원에만 머물면, 신자라고 할 수 없습니다. 유명한 신학자 칼 라너가 말했습니다.

"신학자가 되기 위해서 신앙이 필요한 것이 아니다."

믿은 것은 아는 것과 다릅니다. 마음에서 마음으로 전달되어야 합니다. 우리가 말씀을 들으면, 그 말씀에 대해 묵상하고 그 말씀을 통해 예수님과 일치를 이루어야 합니다. 제가 자캐오에 대해 강론을 했습니다. 자캐오가 나무 위에 올라간 것의 의미는 나무를 죄스러운 상태로 볼 수 있다는 내용의 강론이었습니다.

어부에게는 그물이 필요합니다. 무엇이 그물입니까? 하느님의 말씀입니다. 예수님께서는 그물을 사용하십니다. 예수님께서는 사마리아 여인에서부터 우도에 이르기까지 하느님께로 돌아오도록 하십니다. 불교도들이 말합니다. "하느님의 말씀이 우리를 어루만져 줄 수 있습니까?"

불교 경전은 철학이지만, 성경은 철학이 아닙니다. 철학은 우리의 지적인 부분을 어루만져 줍니다. 그 철학을 통해 우리는 삶의 태도를 바꿀 수 있습니다. 그러나 성경은 우리 삶과 연관이 되어있습니다. 단순한 철학이 아닙니다. 내 마음을 어루만져 주고, 그렇게 함으로써 내 삶을 바꿉니다.

그 신비적인 의미의 차원으로 내려오면, 우리 삶이 변화됩니다. 철학은 생각에 영향을 줄 수 있지만, 하느님의 말씀을 묵상하면 우리 삶과 깊이 연결되는 것을 알게 됩니다. 우리는 지식적인 차원에서부터 마음에서 녹아낼 수 있도록 해야 합니다. 우리는 이것을 깊이 묵상합니다.

자녀들의 빵과 강아지

우리는 가나안 여인의 믿음을 듣습니다. 우리 그리스도인으로서 가장 필요한 것은 무엇입니까? 바로 믿음입니다. 우리에게 진정 믿음이 있다면, 우리가 걱정할 것이 없습니다. 하느님께서 우리를 사랑하시고 우리가 필요한 것을 청할 때, 주신다는 온전한 믿음이 있다면, 우리는 기쁨 안에서 늘 평화를 누릴 수 있을 것입니다.

오늘 복음에서 우리는 놀라운 믿음을 지닌 여자를 봅니다. 그 여자는 이방인 가나안 부인이었습니다. 오늘 복음의 서두를 정확하게 옮기면, "예수께서는 거기서 떠나 띠로와 시돈 지방으로 물러가셨다."가 됩니다. 매끄러운 서두를 위해 '그때에'로 바꾼 것이지요.

'거기서 떠나'의 '거기'는 어디입니까? 바로 겐네사렛 땅입니다. 예루살렘으로부터 바리사이들과 율법 학자들이 예수님이 진도하고 계시던 겐네사렛으로 몰려와서 조상들의 전통을 지키지 않는다고 한바탕 논쟁을 벌인 후입니다. 예수님께서는 건네사렛을 떠나 어디로 가셨습니까?

티로와 시돈 지방으로 가셨습니다. 티로와 시돈 지방은 어디입니까? 티로와 시돈 지방을 이스라엘 영토 밖의 이방인들이 사는 외국 땅입니다. 바리사이들과 율법 학자들이 찾아와서 시비와 논쟁을 하고 간 후, 예수님께서는 이제 당신의 마지막 때가 다가오고 있다는 것을 직감으로 알았습니다.

예수님께서는 이 마지막 때를 준비할 조용한 시간과 장소가 필요했습니다. 이스라엘의 온 지역은 이미 예수님의 소문이 널리 퍼져있었기 때문에 조용히 보낼 장소를 찾을 수 없었을 것입니다. 예수님께서는 제자들과 함께 조용히 보낼 장소를 찾아 떠나신 것입니다. 요즈음으로 말하면, 피정을 떠나신 셈이지요.

거기까지 예수님에 관한 소문이 나 있었고 소문을 들은 어느 가나안 여자가 따라오며 외칩니다.

"다윗의 자손이신 주님, 저에게 자비를 베풀어 주십시오. 제 딸이 호되게 마귀가 들렸습니다."

자기의 마귀 들린 딸을 고쳐달라고 소리를 지르며 간절하게 청합니다. 예수님의 반응을 보면, 참으로 의아합니다. 예수님께서는 한마디도 대답하지 않으셨다고, 복음 사가가 전합니다. 처음에는 들은 척도 않으시고 침묵을 지키십니다. 제자들이 저 여자를 돌려보내라고 말합니다. 그런 후에 예수님께서 말씀하십니다.

"나는 오직 이스라엘 집안의 길 잃은 양들에게 파견되었을 뿐이다."

아주 단호한 거절입니다. 우리는 정말 의문을 지니게 됩니다. 연민 가득하신 예수님께서 간절하게 청하는데, 어떻게 그렇게 매정하게 거절하실 수 있는가! 우리가 아는 예수님의 모습이 아닙니다. 그런 냉정한 거절에도 불구하고, 그 여자는 물러나지 않고 와서 엎드려 절하며 예수님께 청합니다.

"주님, 저를 도와주십시오."

더욱 간절한 청입니다. 그런데 예수님께서는 더욱 놀라운 대답을 하십니다. 정말 믿기지 않는 대답입니다.

"자녀들의 빵을 집어 강아지들에게 주는 것은 옳지 않다."

여러분들, 상상해 보십시오. 여러분들이 이런 말을 들었다고 가정해 보십시오. 두말할 것 없이 이것은 엄청난 모욕입니다. 사람을 강아지라고 부른 것입니다. 우리는 의문을 지니게 됩니다. 예수님께서 해도 너무하신 것이 아닌가? 사람을 강아지라고 부르시다니! 이럴 수가 있는가?

성서학자들은 말합니다. 희랍어에 강아지라는 단어가 두 개 있는데, 하나는 페리아이고, 다른 하나는 쿠나리아입니다. 페리아는 개새끼에 해당하는 아주 모욕적인 단어입니다. 하지만 쿠나리아는 페리아와는 달리 귀여운 애완 강아지를 말하기에, 예수님이 표현하신 강아지가 그렇게 큰 모욕은 아니라고 주석을 답니다.

예수님께서 왜 그렇게 강아지라는 표현을 하셨을까? 생각해 봅니다. 아마 예수님은 이 여자가 참된 믿음을 지닌 사람이라는 것을 한눈에 알아보셨을 것입니다. 그리고 이 여자를 통해 믿음의 모범을 우리에게 보여 주시고자 하신 것입니다. 예수님이 말씀하신 대로, 여자는 참으로 놀랍고 장한 믿음을 지닌 사람입니다.

모욕에도 굴하지 않는 놀라운 믿음입니다. 이 여자가 대답하는 말을 가만히 들어보십시오.

"주님, 그렇습니다. 그러나 강아지들도 주인의 상에서 떨어지는 부스러기는 먹습니다."

참으로 놀라운 대답입니다. 예수님께서도 이 여자가 믿음을 지닌 사람이라는 것을 한눈에 알아보셨지만, 이 정도인지는 모르셨나 봅니다. 예수님께서 말씀하십니다.

"아, 여인아! 네 믿음이 참으로 크구나. 네가 바라는 대로 될 것이다."

바로 그 시간에 그 여자의 딸이 나았습니다. 믿음에 대한 응답입니다. 예수님께서는 우리가 진실한 마음으로 청하면, 그리고 우리가 그분께 대한 진정한 신뢰, 간절한 믿음을 지니고 있다면, 우리의 청을 들어주시는 분입니다. 이 여자가 지닌 믿음에 대해 우리가 생각해 볼 점이 몇 가지 있습니다.

우리는 압니다. 이 여자는 예수님을 만난 적이 없습니다. 다만 예수님에 관한 소문을 들었을 뿐입니다. 예수님의 말씀과 기적에 대해 생각했을 것입니다. 다시 말해, 그것에 대해 묵상했을 것입니다. 그리고 이는 분명 하느님이 하시는 일이라는 신뢰, 곧 믿음이 생겨난 것입니다. 이것은 바로 은총입니다.

이 여자의 믿음은 사랑에서부터 온 것입니다. 자기의 딸에 대한 사랑, 어떻게 해서든지 딸을 고치겠다는 사랑의 열망에서 온 것입니다. 모든 사랑은 하느님의 사랑을 반영하고 있습니다. 그 사랑은 침묵과 거부에도 굴하지 않습니다. 여자가 지니고 있었던 것은 사랑이었고, 그 사랑이 예수님의 마음을 움직이었습니다.

또한, 우리는 이 여자의 믿음이 예수님을 만나면서 조금씩 더 깊어지는 것을 발견하게 됩니다. 믿음은 서서히 성장합니다. 우리는 이것을 예수님을 부르는 호칭의 변화에서 알아챕니다. 처음에는 예수님을 '다윗의 자손'이라고 부릅니다. 그러나 예수님을 직접 뵙고 그분의 말씀을 들은, 여자는 이제 '주님'이라고 부릅니다.

예수님께서 원하신 것이, 바로 그것이었다고 생각합니다. 단지 위대한 사람에게 청하는 것이 아니라, 주님께 드리는 기도로서 청하기를 원하셨습니다. 처음에는 그냥 예수님을 따라왔습니다. 하지만 주님으로 알아보자, 곧 예를 드려서 꿇어 엎드려 도와달라고 청합니다. 이것은 단순한 청이 아니라 기도입니다.

우리가 주님께 드려야 하는 것도 단순한 청이 아니라, 찬미와 더불어 드려야 하는 기도일 것입니다. 우리는 이 여자가 지닌 거절에도 굴하지 않는 인내에 놀랍니다. 그것이 바로 우리가 지녀야 하는 기도의 자세일 것입니다. 우리가 간절함을 지닐 때, 그분의 선물로 우리에게 주어지는 것입니다.

예수님께서는 이 여자를 통해 우리에게 참된 믿음을 가르치시고자 하셨을 것입니다. 우리가 온전한 마음으로 청할 때, 그분이 꼭 들어주시리라는 신뢰입니다. 우리를 사랑하시는 그분의 사랑입니다. 우리도 이 이방인 여자, 가나안 부인이 지닌 그와 같은 믿음을 지닐 수 있는 은총을 청하도록 합시다.

사람의 아들이 오시는 날

루카 복음서 21장 25~36절은 사람의 아들이 오시는 날에 대해 말하고 있습니다. 우리는 대림 시기가 시작되기 전 여러 번 복음으로 "깨어 있어라."라는 말씀을 듣습니다. 예수님은 군중들에게 마지막 가르침으로 '깨어 기도하면서' 기다리라고 말씀하십니다.

예수님은 여러 번 성전에 오셨습니다. 이제 나귀를 타고 예루살렘에 입성하심으로써, 당신이 세상의 임금이라는 것을 상징적으로 보여 주십니다. 그리고 성전 뜰에서 상인들을 쫓아내시며, 하느님의 아들이심을 드러냅니다. 그리고 성전 파괴를 예언하고 계십니다. 우리가 기도하려는 이 대목은 특별한 의미를 담고 있습니다.

예수님은 당신이 짊어지실 고난의 십자가를 예감하며, 이 말씀을 하고 계십니다. 예수님의 아픈 마음과 사람들에 대한 연민의 마음을 헤아리며 기도합시다. 이 대목의 기도는 단순한 마음으로 하면 좋겠습니다. 그냥 단순한 마음으로 예수님의 말씀에 귀를 기울여 경청하십시오.

내게 들려주시는 예수님의 말씀을 들으면서 그 마음을 읽으십시오. 가만히 예수님 앞에 앉아 예수님의 말씀을 들으면서, 어떤 느낌이 드는지요? 어느 대목에서건 느낌이 떠오르면, 그 느낌 안에 머물면서 기다려 보십시오. 그 느낌을 통해 지금 주님이 우리에게 구체적이고 개인적인 말씀을 들려주실 것입니다.

예를 들어, 표징이 나타날 것이라고 하셨는데 구체적으로 어떤 표징일까요? 나의 일상에서 일어나는 평범한 일 안에 어떤 표징이 있을 수 있습니다. 해와 달과 별들에 표징이 나타날 것이라고 했지요. 바로 나의 일상 안에서 일어나는 일일 수 있습니다. 일상 안에서 하느님의 표징을 찾을 수 있습니다.

저는 지난여름 피정 중에 밤하늘의 별들을 바라보면서, 종종 아버지를 떠올리곤 했습니다. 제가 피정에 있을 때 세상을 떠나신 아버지는 자주 캄캄한 밤하늘의 별들 사이에서 제게 웃음을 짓고 계셨지요. 어머니를 먼저 보내시고, 오랜 병으로 고생하셨던 아버지가 이제 주님의 품 안에서 안식을 찾으셨다는 표징을 별을 바라보며 느낄 수 있었습니다.

비록 제가 사람의 아들이 구름을 타고 오는 것을 볼 수는 없었지만, 저는 그분이 주시는 평화 안에 머물 수 있었습니다.

예수님은 "무화과나무와 다른 모든 나무를 보아라."라고 말씀하십니다. 그 당시에도 팔레스타인 지역에 무화과나무가 아주 많았지요. 예수님은 언제나 일상과 주변에서 쉽게 접할 수 있는 것을 비유로 말씀하셨습니다. 우리는 주변에 있는 사과나무와 다른 나무들을 바라볼 수 있습니다.

"이 세대가 지나기 전에 모든 일이 일어날 것이다."

이 말씀은 글자 그대로 알아듣기보다는, 종말론적 말씀으로 알아들어야 할 것입니다. 지금 당장 그분이 우리 앞에 오시더라도 당당하게 맞이힐 수 있도록 깨어 있어야 합니다. 예수님은 우리가 늘 신랑을 맞이하는 열 처녀처럼 일상을 살아야 한다는 것을, 강조하고 계신 것이지요.

기도 안에서 우리의 마음을 그분께 향하도록 은총을 청하십시오. 예수님은 늘 우리의 마음을 가볍고 편하게 해주기를 바라십니다. 저는 이 기도에서 "그대들의 마음이 짓눌리지 않도록 하라."는 말씀에 오래 머뭅니다.

"무거운 짐을 지고 허덕이는 사람은 다 나에게로 오라. 내가 편히 쉬게해 주리라."

이 말을 가만히 되뇌어 보십시오. 우리가 삶에서 지는 가장 무거운 짐은 무엇일까요? 마음의 짐입니까, 아니면 경제적 곤란입니까? 그 어느 것이든 우리는 삶의 여정에서 누구나 자신의 짐을 지고 가야 합니다. 예수님은 우리가 무거운 짐을 지고 허덕이는 것을 바라지 않으십니다.

기도 안에서 안타까워하시는 예수님의 마음을 느껴보십시오. 예수님이 우리에게 바라시는 것은 마음의 평화입니다. 예수님께 평화를 청하십시오.

믿음을 청하는 기도

우리는 깊이 생각합니다. 예수님께서 그의 사도들에게 준 특별한 은총이 세 가지입니다. 바로 이것입니다. 첫째, 복음을 전하는 일, 둘째, 병자를 치유하는 일, 셋째, 마귀를 쫓아내는 일입니다. 이것이 예수님의 사도들의 뒤를 잇는 사제들에게 주신 힘입니다. 우리가 사제들을 위해 특별히 기도해야 합니다.

예수님께서 사제들에게 많은 것을 맡기셨습니다. 더 많은 것을 받은 사람은 더 많이 돌려주어야 합니다. 여러분들, 사제들을 위해 기도하십니까? 사제들을 위한 기도문이 있지요. 그 기도문으로 기도하는 데, 시간이 걸립니까? 짧은 기도로도 사제들을 도울 수 있습니다.

서로 믿음을 위해 기도해 주어야 합니다. 그리스도인으로서 사는 데 필요한 요소입니다. 믿음은 기도를 통해 성장합니다. 사람들이 제게 와서 가족을 위해 기도해 달라고 청합니다. 예를 들어, 남편을 위해 기도해 달라고 청합니다. 남편이 술을 끊을 수 있게, 책임을 질 수 있는 사람으로 변모하게 해 달라고 청합니다.

우울증을 앓고 있다고 기도해 달라고 청합니다. 이 기도지향들을 열거하면 성인 호칭기도처럼 많습니다. 우리는 이것 하나하나를 위해 기도지향을 가지고 기도해야 합니다. 우리가 예수님을 더 사랑할수록 그분을 더 잘 이해하게 됩니다. 제가 별 질문을 던지지 않고 기도를 다 해주었습니다.

이제는 저는 질문을 던집니다. "남편이 믿음이 있습니까?" 그러면 대개 "아니오."라고 답합니다. 그러면 저는 남편의 믿음을 청하는 기도를 드리라고 합니다. 믿음이 있으면, 다른 모든 것이 옵니다. 여러분들, 그 차이를 잘 보십시오. 우선 우리가 청해야 할 것이 믿음입니다.

성 아우구스티누스가 말했습니다. "님 위해 우리를 내시었기, 님 안에 쉬기까지는 우리 마음은 착잡하지 않삽나이다." 우리는 주님 안에서 쉬기까지는 쉴 수가 없습니다. 사마리아 여인도 마찬가지입니다. 그녀는 자기의 문제가 무엇인지를 몰랐습니다. 예수님을 만난 후에야 알게 되었습니다. 우리에게는 기도가 필요합니다.

양심, 당신의 법

　우리는 오늘 제1 독서인 신명기에서 모세가 세상을 떠나기 전에 이스라엘 백성들을 모아놓고 그들에게 들려주는 말씀을 듣습니다. 우리는 모세에게서 하느님의 법을 지키는 것이 어려운 일이 아니라는 가르침을 듣습니다. 하느님의 법은 바로 아주 가까이 우리의 입과 우리의 마음에 있다고 가르쳐줍니다.

　하느님의 법을 지키는 일은 하려고만 하면 언제든지 할 수 있는데 우리 자신을 속이면서 하지 않을 때, 우리는 스스로 죽음의 길을 걷는 것입니다. 성서는 내가 생명과 죽음의 길을 내어놓는다고 하면서 야훼 하느님을 사랑하는 것이 생명의 길이요, 그것을 저버리는 것이 죽음의 길이라고 하며 생명을 택하도록 충언합니다.

　그렇습니다. 하느님께서는 우리 마음 안에 당신의 법을 새겨 놓으셨습니다. 그것이 무엇입니까? 그렇지요. 바로 양심입니다. 제2차 바티칸 공의회 문헌은 이렇게 쓰고 있습니다.

"인간은 마음 깊은 곳, 바로 양심 안에서 인간 스스로 제정하지 않았지만, 지켜야만 하는 법이 있음을 발견한다. 그 목소리는 끊임없이 그에게 사랑하도록 부르며 선을 행하고 악을 피하도록 요청하며 바로 그 순간에 이것은 행하고 저것은 하지 말라고 내면으로부터 말해 준다.

이것이 바로 인간의 마음 안에 하느님께서 새겨 주신 법이다. 인간의 존엄성은 바로 이 법을 지키는 데 달려 있으며 바로 그것에 의해 심판받을 것이다. 양심은 바로 인간의 가장 내밀한 지성소이다. 내면 깊은 곳 하느님의 목소리가 반향 되는 거기에서 인간은 하느님과 오로지 홀로 대면하게 된다."

제가 이 부분을 다시 번역했습니다. 양심은 바로 하느님이 우리 내면 깊은 곳에서 우리에게 들려주시는 목소리입니다. 그런데 가끔 우리는 우리 자신이 정말 양심이 없는 것처럼 행동하기도 하고, 또 그런 사람들을 만나면 화가 나기도 합니다. 양심의 칼날이 너무나 무디어져서 감각이 없게 된 것이지요.

우리는 늘 양심의 칼날을 성서와 교회의 가르침이라는 숫돌에 갈아야 합니다. 그래서 자기 스스로 속이는 일이 없어야겠습니다. 하느님이 우리 앞에 내어놓으신 생명과 죽음, 축복과 저주 중에서 우리는 어떤 것을 택해야 하겠습니까? 두말할 필요도 없이 생명이요, 축복입니다.

그것은 우리가 스스로 택하는 것입니다. 아무도 우리를 대신해서 생명과 축복을 택해 줄 수가 없습니다. 우리가 하느님의 법을 따를 때, 생명을 택하는 것이고 축복을 택하는 것입니다. 우리 스스로 자신의 양심을 속이고, 눈앞에 보이는 꿀단지를 빨아 먹으려다가는 결국, 점점 더 깊이 꿀단지

속으로 빠져 파멸합니다.

양심은 오로지 하느님과의 내밀한 만남인 까닭에 아무도 대신할 수 없습니다. 그렇기에 누구에게 핑계를 댈 수가 없습니다. 여러분들 어떻게 하겠습니까? 생명입니까? 죽음입니까? 축복입니까? 저주입니까? 생명을 택하는 것은 오늘 복음 말씀에서 듣는, 하느님을 사랑하고 이웃을 내 몸처럼 사랑하는 것입니다.

누가 우리의 이웃이냐는 율법 교사의 질문에 예수님께서는 유명한 착한 사마리아인의 비유를 들려주십니다. 예수님께서 우리에게 들려주시는 가르침은 분명합니다. 아무도 우리가 사랑해야 할 이웃에서 제외된 사람은 없습니다. 우리의 도움이 필요한 사람이 바로 우리의 이웃입니다. 그 이웃에게 우리는 사랑의 손길을 내밀어야 합니다.

우리는 이런저런 핑계를 대면서 우리의 이웃을 애써 외면하려 하지는 않는지요? 마치 사제와 레위 사람처럼 못 본 척 그냥 지나치지는 않는지요? 참으로 하느님이 손수 우리의 마음에 새겨 주신 법인 양심을 따르기보다, 외적인 체면이나 어떤 관습을 더 중요시하지는 않는지요?

강도를 당해 반죽음을 당한 사람을 보고 그냥 지나갔던 사제의 경우는 틀림없이 내면 안에서는 그의 양심이 가서 도와주어야 한다고 속삭이고 있었을 것입니다. 그러나 다른 한편, 혹시 이미 죽었는지도 모르는데, 만약 죽은 사람이라면 시체가 가장 불결하기 때문입니다.

시체에 접근하면 정결례를 하는데, 일주일이 걸리고 그러면 나는 성전에 일주일 동안 갈 수 없습니다. 내가 성전의 당번인데 결국 분향제도 드릴 수 없고 등등의 외적인 관습, 인간의 법이 꿀단지처럼 그를 유혹했습니다. 그 유혹에 넘어가 그냥 지나쳤던 것입니다.

레위 사람도 마찬가지였지요. 당시 레위 사람들의 철칙이 안전제일이 우선이었다고 합니다. 괜히 여기서 머뭇거리다가는 나도 당할지도 몰라, 이 자리를 피하는 것이 상책이지 하면서 자기의 양심을 속이고 떠나갔던 것이지요. 사마리아 사람은 하느님께서 그의 마음 안에 새겨 주신 법에 따라, 가서 그에게 사랑의 손길을 내밀었던 것입니다.

사랑은 늘 용기이기도 합니다. 솔직하게 자기의 양심에 비추어서 바른 것을 행하는 용기입니다. 우리 모두 약한 인간입니다. 때로는 자기의 양심이 슬쩍 눈감아 주었으면 하고 바라는 유혹 앞에, 흔들리는 갈대입니다. 그러나 용기를 지닙시다. 용기를 주십사고 늘 주님께 기도합시다.

모든 일에서 하느님을 먼저 생각할 때 그 유혹을 이겨 나갈 수가 있습니다. 그리고 정말 중요한 것은 한번 유혹에 넘어갔다고 해서 스스로 절망에 빠지지 않는 것입니다. 다시 일어서면 됩니다. 일어나서 걸어갑시다. "너도 가서 그렇게 행하여라."라는 주님의 말씀을 들으며 우리의 마음을 새롭게 합시다.

세상의 소금

"너희는 세상의 소금이다. 그러나 소금이 제맛을 잃으면 무엇으로 다시 짜게 할수 있겠느냐? 아무 쓸모가 없으니 밖에 버려져 사람들에게 짓밟힐 따름이다. 너희는 세상의 빛이다. 산 위에 자리잡은 고을은 감추어질 수 없다. 등불은 켜서 함지 속이 아니라 등경 위에 놓는다."

오늘 복음 말씀입니다. 우리가 누구입니까? 세상의 소금이며 빛입니다. 소금은 음식이 맛을 내는 가장 기본적인 재료입니다. 소금이 없으면 음식의 맛을 낼 수 없습니다. 그런데 아프리카 사람들에게는 소금이 다른 역할도 합니다. 전기가 들어오지 않으니까 냉장고가 없습니다. 고기를 시서 한꺼번에 먹을 수가 없으니까요.

보관하기 위해 고기에다 소금을 뿌립니다. 소금에 절이는 것이지요. 우리에게는 냉장고가 있으니까, 그런 역할을 할 필요는 없습니다. 소금은 두 가지 역할을 합니다. 첫째, 맛을 내게 하고, 둘째, 음식이 썩지 않게 합니다. 우리의 믿음이 썩지 않게 보존해야 합니다.

하느님 나라의 가치를 보존해야 합니다. 우리 가족의 가치를 보존해야 합니다. 우리 믿음은 오늘 우리가 지켜야 할 뿐만 아니라 다음 세대에 전해 주어야 합니다. 세상의 소금이라고 할 때, 우선 가족의 소금이 되어야 합니다. 가족의 좋은 가치를 잘 보존해야 합니다. 그러면 다른 사람의 삶에 맛을 낼 수 있습니다.

안토니오 신부님이 4년 전 체코에서 치유 미사를 집전한 후에 그곳에 왔던 필립이라는 7살짜리 소년이 안토니오 신부님에게 와서 청소년 피정에 오고 싶다고 했답니다. 그는 안토니오 신부님에게 와서 말했습니다.

"신부님, 미사가 참 좋았어요. 제가 청소년 피정에 와도 되나요?"

안토니오 신부님은 그 소년의 상황을 잘 몰랐습니다. 그리고 7살은 피정에 참석하기에는 너무 어리다고 생각했습니다. 그냥 그를 돌려보냈는데, 그가 피정 봉사자들을 귀찮게 하여, 봉사자가 안토니오 신부님에게 그를 피정에 받아들여도 되는지 물었답니다. 안토니오 신부님은 그렇게 하라고 했답니다. 그런데 혼자 오기에는 너무 어렸습니다.

그의 집에는 신앙을 가진 자가 아무도 없었습니다. 아이가 피정에 오고 싶다고 조르자, 할 수 없이 그의 엄마가 함께 피정에 왔습니다. 아이 때문에 할 수 없이 그냥 와서 피정 강의 시간에 앉아 있으려고 생각했었답니다. 그런데 피정이 끝나면서 나눔 시간에 아주 아름다운 체험에 대해 나눔을 했습니다.

예수님께서 자기를 구원하시기 위해서 아들을 도구로 사용하셨다고 나누었습니다. 예수님께서 자기의 마음을 어루만져 주셨고, 육체적, 심리적 병을 치유하셨다고 말했습니다. 그 아이가 자기 가족사진을 제게 가지고 와서, 축복해 달라고 청했습니다. 아빠와 형과 누나를, 사진을 보고 축복해 달라는 것이었습니다.

안토니오 신부님이 축복해 주었답니다. 그다음 해에는 누나도 피정에 왔습니다. 그다음 해에는 형도 피정에 왔습니다. 그다음 해에는 아버지도 피정에 왔습니다. 올해 3개월 전에 체코에서 했던 피정에서는 그 아버지가 피정 조직에 함께했고, 성가대를 이끌어 주었습니다.

7살짜리 아이의 삶이 세상의 소금 역할을 했습니다. 4년 동안 이 가족이 어떻게 변화되었습니까? 이 모든 것이 7살짜리 소년으로부터 시작되었습니다. 안토니오 신부님이 필립에게 물었습니다.

"애야, 너는 어떻게 믿음을 갖게 되었니?"

그가 말했습니다.

"할머니께서 처음 저를 성당을 데리고 가셨어요."

필립 할머니가 믿음을 자식들에게 전해 주려고 했습니다. 하지만 자식들은 거부했었는데, 손자에게서 빛을 보았습니다. 이것이 바로 믿음의 아름다움입니다. 우리는 단순히 경제적인 존재가 아니라 영적인 존재이며, 세상의 소금이며 빛입니다. 빛은 어둠을 몰아냅니다. 그것이 빛의 특징입니다.

우리가 빛, 등잔을 어디에 보관합니까? 탁자 밑이 아니라 탁자 위에 둡니다. 예수님께서 "너는 빛이다."라고 하셨을 때, 그 의미는 무엇입니까? 우리의 임무는 산 위의 등불이 되어야 합니다. 그것이 필립이 가족들에게 한 일입니다. 소금과 빛, 이 두 가지는 서로 연결되어 있습니다. 그것은 우리 삶의 양 날개입니다.

소금과 빛이 되라는 것은 우리의 큰 소명입니다. 우리의 역할이 얼마나 중요한지를 알아야 합니다.

다른 사람이 되어 나가라

아론의 집 앞에 성 알폰소 신부님의 말씀이 쓰인 팻말이 놓여있습니다. 라틴어로 크게 쓰고 가로에 한국말로 작게 쓰여 있습니다.

Intrate toti (온전한 마음으로 들어오라)

Manete Soli (홀로 머물러라)

Exite Alii (다른 사람이 되어 나가라)

이 팻말을 보며 제게 처음에 든 생각은 '사람이 어떻게 다른 사람이 되어 나가겠는가?'라는 의문이었습니다. 인간 본성이야 쉽게 변하지 않는 것이지요. 알폰소 성인도 그런 뜻으로 말씀하신 것은 아닐 것입니다. 주님 안에 홀로 머문다면, 분명 그분의 은총으로 다른 사람, 더 성령으로 충만한 사람이 될 것입니다.

피정하시는 신부님들의 얼굴을 보면서 그런 느낌을 더 크게 받습니다.

며칠 지나면서, 정말 얼굴이 다른 사람처럼 환하게 피어오르는 것을 느낄 수 있습니다. 저도 이 피정 강의를 준비하고 실제 나누면서 제 안에 사도 바오로의 강한 힘을 느낍니다. 바오로가 주님 안에 홀로 머물면서 다른 사람으로 변모되어 가는 모습은 참으로 놀랍습니다.

바오로 자신의 힘으로는 도저히 불가능한 일을 주님께서는 놀라운 은총으로 이루십니다. 저는 제 묵상과 함께 주로 마르티니 추기경의 말을 되도록 충실하게 나누고 있습니다. 마르티니 추기경은 홀츠너라는 유명한 학자를 인용합니다. 홀츠너는 그의 저서 '사도 바오로'에서 이렇게 쓰고 있다고 합니다.

"바오로는 거센 파도를 일으키곤 하는 마음속의 분노를 거의 다스리지 못하는 인물이다."

바오로는 다혈질이고 성격이 거칠 뿐만 아니라 오늘날 신경정신과에서 진단을 받았다면, 워낙 성격이 까다롭고 예민하여 분명히 신경증에다 우울증까지 있는 것으로 결과가 나타날 수 있는 인물이었다고 합니다. 그런 바오로가 깊은 고독과 어둠 가운데서 주님과 함께 머무는 긴 시간을 보낸 후에 변모됩니다.

변모라는 단어를 쓰는 것은 마치 그리스도께서 타볼 산에서 변모되셨던 것처럼, 너무나 눈부신 놀라운 변화이기 때문입니다. 바오로는 고통과 이 둔 밤의 체험 안에서 그리스도의 반사하는 빛의 투명함에 이끌리게 되고, 투명하게 빛나는 모습으로 변모되어 간 것입니다.

마르티니 추기경은 바오로의 빛나는 변모의 특징으로 두 가지 내적인 특징과 세 가지 외적인 특징을 들려줍니다. 아주 간략하게 큰 줄기만 나눕니다.

내적 변모의 첫째 특징은 큰 기쁨과 내석인 평화라고 합니다. 바오로의 서간에서 아무리 심한 논쟁이 들어있는 내용일지라도 결국 드러나는 것은 기쁨과 평화입니다.

"우리는 온갖 고난을 겪으면서도 큰 위안을 받고 기쁨에 넘쳐 있습니다."(2고린. 7, 4)

바오로는 이 기쁨이 하느님에게서 오는 것이며 감히 지닐 수 없는 것이라고 고백합니다. 그 기쁨은 그의 성격이나 자질이나 노력에서 얻어지는 것이 아닙니다. 신경이 예민한 데다가 불같은 거친 성격의 소유자인 그가 기쁨과 내적인 평화를 누릴 수 있음은 초자연적인 은총이고 성령의 힘이 아닐 수 없습니다.

두 번째 특징은 '감사하는 마음'입니다. 바오로는 갈라디아서를 빼고 모든 서간을 감사의 기도로 시작하고 있습니다. 비난만을 위한 표현은 서간 전체에서 한 번도 없다고 합니다. 그는 어떤 것에서도 감사와 선을 찾을 수 있는 사람으로 변모된 것입니다.

세 번째 특징은 찬미입니다. 바오로의 기도는 우선 찬미의 기도입니다.

"우리 주 예수 그리스도의 아버지 하느님께 찬양을 드립시다."(에페. 1, 3; 2고린. 1, 3)

외적인 자세로서 첫 번째 특징은 지치지 않고 끊임없이 새롭게 시작하는 불굴의 힘이라고 합니다. 어떤 상황에서도 절망하지 않고 그분께 의탁하며 다시 시작할 수 있는 사람으로 변모되어 갔습니다.

두 번째 자세는 정신의 자유로움이라고 합니다. 다른 사람의 눈치나 평판이나 여론에 좌우되지 않고 소신껏 밀고 나갈 수 있는 정신의 자유로움을 지닌 사람으로 변모되어 갔습니다. 이 자유는 독단과는 다른 온전히 그리스도의 종이 됨으로써 가능한 자유이며 세상의 일들 앞에서 자유로운 것입니다.

마르티니 추기경은 바오로는 15년간의 온갖 고통을 겪은 후에야 그리스도의 마음에 드는 사목자로 변모되기 시작했다고 합니다. 마르티니 추기경은 우리도 바오로를 모델로 다른 사람으로 변모되어 갈 수 있다고 하며 구체적인 방법론을 제시합니다.

첫째가 바로 성령을 부어주시는 창으로 찔리신 그리스도의 마음에 대하여 관상하는 것이라고 합니다. 바오로 사도는 죽으시고 부활하신 그리스도에 대한 관상으로 살아가신 분입니다. 내일은 예수성심대축일이고 이제 모레 6월이면 예수 성심 성월입니다.

예수님의 마음을 관상하는 길만이 우리가 바오로처럼 예민한 신경증에 우울증까지 지니고 있다고 하더라도 기쁨과 내적인 평화를 지닌, 늘 감사하고 주님께 찬미 드리는 사람, 어떤 어려움도 이겨낼 수 있는 불굴의 힘을 지닌 사람, 참 정신의 자유로움을 지닌 사람으로 변모시킬 수 있을 것입니다.

죄의 특징

우리의 삶을 살펴보았습니다, 우리 삶을 잘 보아야 합니다. 우리는 스스로 죄책감이나 슬픔에 빠지지 않도록 조심해야 합니다. 우리는 죄책감을 가질 필요도 슬픔에 잠길 필요도 없습니다. 그것이 예수님께서 우리에게 원하시는 것이 아닙니다. 사람들이 제게 말합니다. "신부님, 우리는 진리가 무엇인지를 모릅니다."

우리에게는 가르침이 아주 중요합니다. 우리 삶의 방향을 제시해 주기 때문입니다. 아름다운 방법으로 이 가르침을 전해야 합니다. 제가 진리를 숨기고 적당히 듣기 좋은 말을 하면서 살 수 있습니다. 그러나 어느 날 예수님께서 저에게 물으실 것입니다. "해욱아, 너는 왜 나의 자녀들에게 진리를 가르치지 않았느냐?"

저는 예수님에게 그런 말을 듣고 싶지 않습니다. 제가 사제로서 책임을 다할 수 있게 되기를 바랍니다. 여러분들은 모두 천사이고 성인이며 아주 거룩하다고 합니다. 그것이 맞지요? 여러분들 중에 죄를 짓지 않으시는 분이 있습니까? 아, 죄인이라고요? 저는 여러분이 죄인이 아니고 아주 거룩한 사람들로 생각했습니다.

성 바오로는 자기는 죄인 중에 가장 큰 죄인이라고 말했습니다. 성 빈첸시오도 자기는 가장 큰 죄인이라고 말했습니다. 바오로는 말합니다. "모든 사람이 죄를 지어 하느님의 영광을 잃었습니다."(로마. 3, 23) 성경은 우리에게 모든 사람이 죄를 지었다고 말하고 있습니다.

우리가 어떻게 죄인이라는 것을 알아듣는가? 우리가 예수님께로 가까이 다가갈 때, 우리는 우리가 죄인이라는 것을 알아듣게 됩니다. 우리는 우리 삶에 대해 이 진실을 깨닫기를 원하지 않습니다. 진리를 숨기고 진실을 억압합니다. 이와 똑같은 일이 우리 영성 삶에 일어납니다.

예수님에게서 멀리 떨어져 있을 때, 고백성사가 별로 필요하지 않습니다. 우리가 하느님에게서 멀리 떨어져 있을 때, 이런 일이 일어납니다. 하느님께 가까이 갔을 때, 우리는 우리의 얼룩을 보게 되고 고백성사의 필요를 느끼게 됩니다. 사마리아 여인에게 일어난 일입니다.

그녀는 예수님께서 가까이 갔을 때, 자기에게 얼룩이 있다는 것을 알게 되었습니다. 예수님께서 사랑으로 그 얼룩을 지적하셨습니다. 사랑으로 지적하면 어려움에서 벗어날 수 있도록 도와줄 수 있습니다. 지금까지 사랑의 아름다움에 관해 보았습니다. 그런데 이제 우리 삶에 대해 더 구체적으로 보겠습니다.

묵시. 2, 1~5: "그러나 너에게 나무랄 것이 있다. 너는 처음에 지녔던 사랑을 저버린 것이다. 그러므로 네가 어디에서 추락했는지 생각해 내어 회개하고, 처음에 하던 일들을 다시 하여라. 네가 그렇게 하지 않고 회개하지 않으면, 내가 가서 네 등잔 대를 그 자리에서 치워버리겠다."

이것은 사랑에 관한 내용입니다. 이것이 하느님의 우리에 대한 사랑입니다. 이제 사랑의 부재에서 회심하여 다시 사랑으로 되돌아오라는 촉구입니다. 그런데 어떻게 사랑으로 돌아와야 합니까? 진정으로 회심하고 돌아와야 합니다. 회심은 모든 예언자의 가르침의 주제였습니다.

세례자 요한의 가르침의 주제도 회심이었습니다. 예수님께서도 공생활을 시작하시면서 하느님 나라를 선포하실 때, 먼저 "회개하라."라고 말씀하셨습니다. 많은 사람이 말합니다.

"저는 예수님께로 돌아왔고, 예수님 안에 살고 있습니다. 그런데 저는 행복하지 않습니다. 슬픕니다."

성당도 다니고 피정도 가고 나름대로 열심히 신앙생활을 하는데, 왜 행복하지 못합니까? 무엇이 부족합니까? 그들이 예수님께 돌아온 것은 맞습니다. 그런데 진정한 회개 없이 예수님께로 돌아왔습니다. 회심으로 돌아온 것이 아니라, 죄책감 때문에 돌아왔습니다.

그들이 회개했다고 주장하지만, 진정으로 내면으로부터 회개한 것은 아닙니다. 우리는 믿음과 경험의 차이를 보았습니다. 많은 사람은 자기들이 믿음이 있다고 생각하지만, 단지 경험을 한 것뿐일 수 있습니다. 죄책감과 회개는 다릅니다. 이 양자의 차이가 무엇입니까?

베드로와 유다를 비교해 보면 알 수 있습니다. 둘 다 죄를 지었습니다. 유다는 예수님을 배반했고, 베드로는 예수님을 부인했습니다. 그런 죄를 지은 후에 둘 다 울었습니다. 유다도 울었습니다. 왜 유다가 울었습니까? 죄책감 때문입니다. 그는 은전 30냥에 주님을 팔았습니다.

그는 축복이 아닌 붉 콩죽을 원했습니다. 그러나 곧 붉 콩죽에 실망했습니다. 그 붉 콩죽이 죄책감을 갖게 해주었습니다. 그는 죄책감 때문에, 나무에 목을 매어 죽었습니다. 베드로도 울었습니다. 그러나 그는 울면서 회개를 했습니다. 그의 눈물은 그를 죄책감에서 벗어나도록 도와주었습니다.

유다는 죄책감이 그를 나무에 목매달게 했습니다. 죄책감은 부정적인 감정입니다. 그러나 회개는 다릅니다. 긍정적입니다. 회개는 새 생명으로 나가도록 해 줍니다. 그리스 말로 회개는 메타노이아입니다. '가던 길을 돌아서 간다.'라는 뜻입니다. 유턴하는 것입니다.

이 유턴은 바로 마음과 생각의 변화를 말합니다. 자기가 잘못 살고 있다는 것을 알고 돌아서는 것입니다. 빛을 떠나 어둠으로 가고 있다는 것을 깨닫고 90도로 돌아서는 것입니다. 이 회심이 어떻게 이루어지는 '탕자의 비유'에서 탕자를 보십시오.

다시 보아라

지난주 창밖의 풍경을 바라보며 그 색상의 편안함에 제 마음이 차분히 가라앉는 것을 느꼈습니다. 제가 느낀 가을의 색은 짙은 고동색이 주조를 이루는 깊고 차분한 색이었습니다. 지금은 말 그대로 늦가을, 만추였습니다. 저는 신비스러운 색의 무게를 느꼈었지요.

오늘 복음에 나오는 장면이, 늦가을에서 초겨울로 들어서는 길목이 아닌가 생각됩니다. 아름드리 무화과나무들이 가로수처럼 늘어져 있는 예리고는 팔레스타인 지역에서는 드물게 기름진 땅을 지닌 부유한 도시입니다. 그 예리고의 무화과나무도 하나둘씩 잎을 떨어뜨리고 본래의 모습을 드러내는 때로 그려집니다.

오늘 복음에 나오는 길가에 앉아, 구걸하는 눈먼 거지의 삶을 생각해 보면, 예리고라는 부유한 도시의 이미지와 좋은 대조를 이룹니다. 도시는 부유함으로 치장을 하고 있다가 이제 옷을 벗음으로써 본래의 모습을 드러내게 됩니다. 눈먼 이는 어둠 속에 덮여 있다가 예수님을 만남으로써 빛의 세계로 가게 됩니다.

저는 이 대목을 기도하면서 마음속으로 자문한 적이 있습니다.

"네가 단 한 번이라도 소경의 삶을 깊이 생각해 보고 연민의 마음을 지녀보았느냐? 가까운 시각장애인 친구가 있는데 정말 네가 그 친구의 처지가 되어 헤아려 보았느냐?"

부끄럽지만 별로 기억이 없었습니다. 저에게 다시 자문해 보았습니다.

"네가 정말 그 처지, 앞을 볼 수 없는 어둠의 상황이 된다면 그저 숙명이려니 여기며 받아들일 수 있는가?"

저도 욥처럼, 분노하고 절규하고 항거하겠지요. 복음은 우리에게 들려줍니다.

"앞서가던 이들이 그에게 잠자코 있으라고 꾸짖었지만, 그는 더욱 큰 소리로 '다윗의 자손이시여, 저에게 자비를 베풀어 주십시오' 하고 외쳤다."

우리는 사람들에게 자신들이 소경의 처지가 되어 보고도 정말 그를 꾸짖을 수 있는지를 묻게 됩니다. 아무도 그럴 수 없겠지요. 우리는 늘 역지사지, 다른 사람들의 처지에서 생각해 보는 마음을 지녀야 할 것입니다. 우리가 알다시피, 시각장애인들은 청각에 무척 예민합니다.

그는 볼 수 없기에, 늘 들으려는 마음이 열려 있는 까닭이겠지요. 우리도 때로 눈을 감고 다만 말씀을 깊이 들으려는 자세를 지닐 필요가 있습니다. 그 시각장애인이 예수님과 사람들이 지나가는 소리를 듣고 무슨 일이냐고 묻습니다. 그가 묻는 물음에서 우리가 느낄 수 있는 것은 그의 예리한 직감입니다.

그는 자기에게 어떤 기회가 왔다는 것을 직감으로 알았습니다. 어떤 일이 있어도 이 기회를 놓치지 않으리라 생각하면서 부르짖었습니다. 그의 부르짖음은 바로 강한 염원입니다. 그 외침 앞에 다른 사람들의 꾸지람은 아무 문제도 되지 않습니다. 그는 더욱 큰 소리로 외쳤습니다. 저에게 이 외침은 바로 신뢰로 느껴집니다.

"당신은 하실 수 있습니다. 아니, 당신은 꼭 그렇게 해주실 것입니다. 저에게 자비를 베풀어 주십시오."라는 신뢰에 가득 찬 외침이고 이 외침을 예수님께서 들으신 것이지요. 이 외침을 들으신 예수님께서 깊이 마음이 움직이십니다. 예수님께서는 어려운 처지에 있는 사람에게 늘 연민을 느끼시는 분이지요.

마음속의 한이 큰 소리가 되어 나오는 그의 절규 앞에 깊은 연민을 지니시는 예수님의 모습을 떠올려 봅니다.

"내가 너에게 무엇을 해주기를 바라느냐?"

예수님께서는 모르시면서 물으시는 것이 아니지요. 분명한 바람을 표현하기를 원하시는 예수님이십니다.

"스승님, 제가 다시 볼 수 있게 해주십시오."

다시 볼 수 있다면! 단 한 번이라도 다시 볼 수 있다면 ! 그 간절한 염원은 바로 그의 존재와도 같은 깊고 무거운 무게였을 것입니다. 이 시각장애인이 지녔던 그 답답함, 억울함, 한이 깊이 그리고 무겁게 느껴집니다. 깊은 어둠의 심연 속에 있던 젊은이의 절규 앞에 우리도 깊은 연민을 느끼게 됩니다.

"다시 보아라. 네 믿음이 너를 구원하였다."

다시 보라는 예수님의 말씀이 떨어지자 곧 그는 다시 보게 되었다고 합니다. 그 기쁨이 얼마나 컸을까요? 놀라움입니다. 예수님의 말씀이 바로 구원이었습니다. 당신 말씀대로 그분이 참 빛이었습니다. 저는 오늘 묵상에서는 "다시 보아라."라는 말씀에 오래 머물게 되었습니다.

다시 보라는 말씀을 통해 그가 태생 시각장애가 아니라 전에 볼 수 있던 사람임을 알 수 있습니다. 예수님을 통해 새롭게 볼 수 있게 된 그 사람이 보게 되는 것은 단순히 전에 보던 것을 다시 보는 것이 아닐 것입니다. 모든 것을 믿음의 눈으로 보게 되는 것으로 느껴집니다. 그 믿음으로 이제 다시 보게 된 것입니다.

잎을 떨어뜨리고 나목이 될 때, 나무가 본래의 모습을 드러내게 됩니다. 이제 볼 수 없게 만들었던 어둠의 비닐을 떨어뜨린 그는 본래의 모습으로, 있는 그대로의 모습으로 세상을 바라보게 되지 않았을까 생각합니다. 예수님께서 그에게 보게 해주신 것은 단순히 눈으로 보는 것 너머의 어떤 것으로 느껴집니다.

오늘 복음 말씀을 통해 우리에게 들려주시는 말씀의 진수도 그런 것이 아닐까 생각합니다. 우리가 볼 수 있지만, 정말 우리가 보는 것이 제대로 보는 것일까요? 우리도 다시 보지 않으면, 다만 허상을 보는 것이 아닐까요? 예수님께서 오늘 복음 말씀을 통해 우리에게도 다시 보라고 말씀하시는 것 같습니다.

"네 믿음이 너를 구원하였다."

믿음은 바로 하느님이 자기의 염원을 들어 주실 것을 아는 믿음이고 자기에게 일어난 이 모든 것이 바로 하느님께서 하여 주신 것을 아는 믿음이기도 합니다. 오늘 복음 말씀 안에 머물며 우리도 그 시각장애인처럼 진정 다시 볼 수 있기를 청합니다.

갈릴래아, 빛의 마을

오늘 복음은 마르코 복음서 1장, 29~39절입니다. 그런데 오늘 복음을 제대로 이해하기 위해서 전체적인 맥락을 집어 보는 것이 필요합니다. 1, 14절이 오늘 복음 내용에 관한 전체적인 상황의 서두입니다.

"요한이 잡힌 뒤에 예수님께서는 갈릴래아로 가시어, 하느님의 복음을 선포하시며 이렇게 말씀하셨다. '때가 차서 하느님의 나라가 가까이 왔다. 회개하고 복음을 믿어라.'"

예수님께서 왜 갈릴래아로 가셨고, 복음 사가는 왜 굳이 예수님께서 갈릴래아로 가시어, 복음을 선포하셨다고 분명하게 장소를 지적했을까요? 우선 우리는 예수님의 마음을 헤아려 봅니다. 예수님께서는 요한이 잡혔으니, 틀림없이 곧 죽게 될 것을 아셨을 것입니다.

요한이 갈릴래아에서 회개하라고 외쳤습니다. 결국, 바른말을 해서 잡혀서 죽게 된다면, 당신이 걸어가야 하는 그 길도 결국은 죽음에 이르는 길이라는 것을 모르지 않으셨겠지요. 그런데 예수님께서는 오히려 요한이 잡혔다는 말을 들으시고, 나자렛을 떠나 갈릴래아로 가십니다.

요한이 잡혔다는 말을 들으시고 이제 당신의 때가 되었다는 것을 아신 것이지요. 요한은 자기가 해야 할 일을 다 했고 예수님에게 바통을 넘겨준 셈입니다. 요한은 누구보다도 자기가 누구인지를 분명히 알았던 사람이었지요. 자기는 다만 그의 길을 닦는 사람이었기에 바통을 넘겨주면서 홀가분한 마음이 아니었을까 생각합니다.

당시 갈릴래아 사람들은 호숫가를 중심으로 삶의 터전을 이루고 살고 있었지요. 호숫가는 사람들이 사는 삶의 터를 상징적으로 표현하고 있습니다. 당신의 고향, 보금자리였던 나자렛을 떠나 이제 사람들 가운데에 들어오신 것입니다. 떠남은 늘 새로운 시작을 의미하지요.

마르코 복음은 아주 간략하게 쓴 복음서라서 생략되어 있지만, 같은 내용을 서술한 마태오 복음에서는 이사서의 내용을 인용하면서 예수님께서 나자렛을 떠나 갈릴래아로 가신 사건을 두고 이렇게 노래합니다.

"즈블룬 땅과 납탈리 땅, 바다로 가는 길, 요르단강 건너편, 이민족들의 갈릴래아, 어둠 속에 앉아 있는 백성이 큰 빛을 보았다. 죽음의 그림자가 드리운 고장에 앉아 있는 이들에게 빛이 떠올랐다."

갈릴래아는 과연 어떤 곳이었을까요? 그곳의 사람들은 어떤 사람들이었을까요? 갈릴래아는 문화, 정치, 경제, 종교의 중심지였던 예루살렘과는 멀리 떨어진 곳이지요. 오늘날 우리나라로 치면 서울이나 수도권과는 멀리 떨어진 강원도 정도 되겠지요. 문화적, 정치, 경제적 중심지에서 떨어져 있으니 가난할 수밖에 없지요.

오늘 복음은 예수님의 공생활의 '첫 하루'라고 할 수 있는 대목입니다. 짧은 복음이지만 그 안에 예수님 공생활 전체의 축소판과 같은 내용을 담고 있어, 예수님의 하루 일상의 삶의 모습을 비추어 볼 수 있는 중요한 대목입니다. 짧게 정리하면, 이렇습니다.

예수님께서는 하느님 나라를 선포하시고 가르치시고 악령을 쫓아내시고 시몬의 장모 병을 고쳐주십니다. 그리고 문 앞에 모여든 온 고을 사람들의 병을 고쳐주시고, 다음 날 새벽 아직 캄캄할 때, 그곳에서 기도하셨습니다. 사실 사람들이 모두 찾고 있는 상황에서 다른 곳으로 가는 일이 쉽지 않습니다.

"다른 이웃 고을을 찾아가자. 그곳에서도 내가 복음을 선포해야 한다. 사실 나는 그 일을 하려고 떠나온 것이다."

복음서는 예수님께서 온 갈릴래아를 다니셨다고 전합니다. '유대 고대사'를 쓴 유명한 역사학자이며 한때 총독도 했었던 요세푸스에 의하면, 갈릴래아에는 약 240여 개의 크고 작은 마을이 있었다고 해요. 사실 큰 마을은 인구가 만 오천 명이 넘었다고 하니, 마을이라기보다는 도시라고 할 수 있겠지요.

예수님께서 눈이 오나 비가 오나 240여 개가 넘는 마을들을 두루 다니시며, 계속해서 '다음 동네에도 가야 한다.'라고 하셨던 것입니다. 머리 둘 곳 없는 방랑자가 되셨다는 것을 쉽게 가늠할 수 있겠지요. '이방인의 갈릴래아'라고 옮긴 부분은 좀 설명이 필요해요. 언뜻 들으면 갈릴래아는 이방인들의 땅으로 들리지요.

그것이 아닙니다. 갈릴래아는 원래 히브리말 '싸릴'에서 왔다고 합니다. 싸릴은 주변을 둘러싸고 있는 원이나 둘레를 의미한답니다. 갈릴래아는 원래는 '이방인들의 갈릴래아', 곧 이방인들의 주변이라는 말인데 줄여서 그냥 갈릴래아로 불렸던 것이지요.

이방인들의 나라로 둘러싸여 있다는 의미에서 갈릴래아로 불렸습니다. 그러다 보니 많은 이방인과 함께 공존하면서 사는 곳이 되었지요. 따라서 예루살렘을 중심으로 한, 유다 지방보다는 비교적 타민족이나 문화에 열려 있는 곳입니다. 예수님께서 유다가 아닌 갈릴래아에서 전도를 시작하신 의미를 헤아려 봅니다.

예수님의 가르침은 정통 유다이즘과는 전혀 다른 새로운 문화라고 할 수 있었지요. 예수님께서는 전도를 시작하시며 "회개하여라. 하느님 나라가 다가왔다."라고 하십니다. 이스라엘 사람들은 하느님 나라는 천지개벽으로 생각했어요. 바로 지금 여러분들 안에서 시작되고 있다고 하셨으니, 전혀 새로운 가르침이지요.

갈릴래아 사람들은 그 말씀을 귀담아듣습니다. 복음서에서 보는 것처럼 예루살렘에서 온 사람들은 제대로 듣기도 전에 트집부터 잡기 시작합니다. 마음이 닫혀 있으니 들릴 리가 없지요. 우리는 예루살렘에서 온 사람들이 아닌 갈릴래아 사람들처럼 예수님의 말씀을 귀담아 듣고 마음에 새겨야 하겠지요.

예수님께서는 하느님 나라는 멀리 있는 것이 아니라, 바로 우리 안에서 시작된다고 분명히 말씀하셨습니다.

탈렌트의 비유

오늘 복음은 탈렌트의 비유입니다. 우리가 이 구절을 잘 알고 있습니다. 사업가들은 이익이 있어야 사업을 성사시킵니다. 사업가는 어떤 일을 성사시키려고 하는데, 그 일에서 전혀 이익이 없으면 거래를 하지 않습니다. 그런데 예수님께서 여러분과 사업을 하시면서 거래를 할 때는 항상 손해를 보시는 분이십니다.

우리는 항상 이익을 보는 사람입니다. 그분이 자비하시기에 그렇게 해 주시는 것입니다. 오늘 복음의 비유를 '탈렌트의 비유'라고 했습니다. 이 비유는 예수님의 비유 중에서 아주 독특한 비유입니다. 예수님께서는 보통 비유를 드실 때 아주 일상적인 일, 주변에서 쉽게 마주치는 풍경이나 사물에서 비유를 드시지요.

예를 들면, 양, 겨자씨, 은전, 누룩, 포도원 등등. 그런데 오늘 비유는 유일하게 역사적 사실에 바탕을 두고 있습니다. 이 비유의 다른 버전을 보면(루카. 19, 11-27), 그 이유가 분명합니다. 다른 버전은 비유의 서두에서

"어떤 귀족이 왕권을 받아오려고 먼 고장으로 떠나게 되었다."고 하지요.

헤로데 대왕이 역사적으로는 B.C. 4년에 죽었어요. 역사학자들은 예수님의 탄생을 기준으로 하는 기원이 잘못되었다고 하지요. 예수님은 기원전 5년이나 4년에 태어나신 셈이니까요. 헤로데 대왕은 유언으로 나라를 삼등분하여 세 아들, 헤로데 안티파스, 헤로데 필립, 아킬라우스에게 나누어 주도록 했지요.

당시 팔레스타인 지역은 로마의 식민지였지요. 식민지이지만 우리나라가 일제의 식민지였던 것과는 달리, 정치적으로는 어느 정도 왕권을 인정하고 경제적으로 수탈하는 정책을 썼었지요. 곧 유다 지역에도 처음에는 총독을 파견하지 않고, 이스라엘의 자주권을 인정하여 왕권을 주었지요.

왕이 마음대로 나라를 자식들에게 나누어줄 수는 없고, 로마의 승인을 받아야 했지요. 헤로데 대왕은 남부 유대 지역은 아킬라우스가 다스리도록 유언을 남겼어요. 아킬라우스는 그 왕권을 승인받기 위해서 로마로 떠나게 되었던 것입니다. 당시 로마의 황제였던 아우구스티누스를 알현하고 왕권을 받아오기 위해서지요.

한편, 유대의 원로들은 아킬라우스가 왕이 되는 것을 원하지 않았어요. 그래서 50명의 사절단을 뒤따라 보냈지요. 로마 황제에게 "우리는 아킬라우스가 왕이 되는 것을 원하지 않으니, 차라리 총독을 보내 주십시오."라고 청했던 것입니다. 결과는 어떻게 되었을까요?

오늘 예수님께서 비유에서 말씀하신 대로입니다. 로마 황제 아우구스티누스는 아킬라우스를 왕으로 승인해 줍니다. 단 칭호는 왕이라고 하지 않았고, 결국 얼마 가지 못하고 쫓겨나게 되지만요. 왕이 되어 돌아온 아킬라우스가 어떻게 했겠습니까? 불을 보듯 뻔하지요.

비유에서처럼 원로들은 처형을 당합니다. 예수님의 비유를 듣는 사람들은 그 역사적 사건을 잘 알고 있었지요. 불과 30여 년 전에 일어난 사건이니까요. 예수님께서 들려주시는 이 비유의 핵심은 무엇일까요? 이 비유를 통해 전하고자 하는 예수님의 메시지는 과연 무엇일까요?

첫째는 하느님이 우리에게 주시는 신뢰를 말합니다. 종들에게 탈렌트를 맡겨 주시듯이 우리에게 삶을 맡겨 주십니다.

둘째는 우리 삶 안에 시험이 있다는 것입니다. 그 탈렌트, 다시 말해, 삶을 어떻게 사는가를 보신다는 것입니다.

셋째, 그 탈렌트, 삶에 따라 거기 상이나 상급, 보상이 따르게 된다는 것입니다. 비유에서 보면, 상급은 무엇보다도 더 많은 일을 할 수 있는 상급이지요. 언뜻, 가진 사람이 더 많이 갖게 된다고 하시는 말씀은 불공평한 것처럼 느껴지지만, 그것이 삶의 법칙입니다. 세상의 법칙이기도 하지요.

아주 단순하게 노력하는 그만큼 받게 되는 것이지요. 탈렌트는 무엇입니까? 탈렌트는 바로 하느님이 주신 선물을 말합니다. 제가 번역한 '할아버지의 축복'에서 보면, 레이첼 레멘은 늘 가족에게서 듣는 말은 "계단 조심해라. 물건 잃어버리지 말도록 조심해라. 차 조심해라." 등등. 조심하고 경계하라는 말이었답니다.

삶이 중요하고 가치가 있기에 잃어버리거나 잘못되어서는 안 된다는 것을 암묵적으로 나타내고 있다고 합니다. 그런데 정말 삶이 그렇게 소중하다면, 인생을 방어하고 지키는 것보다 오히려 즐기고 누리는 것이 더 현명할 것이라고 그녀는 말합니다. 인생을 즐기고 누린다는 것은 완성을 향해 나아가는 것입니다.

각자 나름대로 길을 따르고 때로는 예기치 못한 운명에 자신을 맡기면서 새로운 길을 향해 나아가도록 스스로 격려하는 일이겠지요. 그렇게 하려면 때론 위험을 감수해야 하지요. 지닌 것을 지키기 위해 수건에 싸서 둘 것이 아니라 그것을 가지고 활용해야 하지요.

하느님께서 원하시는 것은 바로 그것입니다. 당신이 주신 탈렌트, 선물로 주신 재능을 마음껏 발휘하면서 꿈을 펼쳐나가야 합니다. 우리에게 주어진 탈렌트를 가지고 즐기고 누리면서 살아야 합니다. 우리가 주어진 탈렌트를 감사하면서 그것을 더 가꾸고 늘려나가야 하겠습니다. 그것의 참된 의미를 깊이 생각합시다.

우리 삶의 광야

마태오복음 4장 1~11절은 예수님이 광야에서 받으신 유혹사건을 기록하고 있습니다. 세례를 받으신 예수님은 광야로 나가 기도하시면서 악마의 유혹을 받습니다. 예수님께서도 우리와 똑같이 유혹을 받으셨다는 것에서 위안을 얻으며, 그분 곁에 머물러 봅니다.

광야의 모습을 상상해 보십시오. 이스라엘의 광야는 메마른 땅이지만 사람이 살 수 없는 사막은 아닙니다. 하지만 척박한 붉은 색의 땅이지요. 그곳에는 몇 그루의 키 작은 나무와 들짐승과 바위, 그리고 동굴이 있습니다. 이제 여러분도 광야의 모습을 마음에 그려보십시오. 그리고 그곳을 향하십시오.

예수님은 성령의 인도로 광야로 나갑니다. 이 부분에 해당하는 마르코복음서 말씀을 원문 그대로 직역하면 '성령이 예수를 광야로 내몰았다.'입니다. 세례를 받으실 때 "이는 내가 사랑하는 아들, 내 마음에 드는 아들이다."라는 하느님의 음성을 들으신 예수님은 곧 광야로 내몰리셨습니다.

성령께서 무엇 때문에 예수님을 황량한 광야로 내몰았는지, 그 이유를 헤아려 보십시오. 답을 굳이 알려고 하지 마십시오. 답을 찾으려 애쓰기보다는 그 상황에 충분히 젖어 드는 것이 중요합니다. 성령과 일치 안에서 예수님처럼 우리도 광야로 내모는 성령의 기운을 느껴보십시오.

여러분의 의지를 잠재우십시오. 온전히 성령의 이끌림에 의해 행동할 수 있도록 자신을 비우십시오. 그리고 예수님이 가신 광야를 뒤따라가십시오. 예수님은 광야를 가시다가 목마름에 시냇물로 목을 축이시고, 바위에 걸터앉은 예수님의 모습을 그려보십시오. 그분은 광야에서 사십 주야를 단식하시며 지냅니다.

단식은 극기와 비움의 단련이기도 합니다. 자기 의지를 비우고 욕망을 잠재우면서 그분의 그릇으로 새로 태어나려는 노력이지요. 예수님의 극기와 비움 안에 동참해 보십시오. 그리고 성령으로 충만한 예수님께 다가오는 유혹 장면을 묵상해 보십시오. 예수님 곁으로 다가오는 유혹하는 자의 모습은 어떠합니까? 흉측한 괴물의 모습입니까? 오히려 가장 그럴듯한 모습은 아닌지요?

악마는 변장술의 천재라는 것을 잊지 마십시오. 은수자나 성자의 모습으로 나타났을 수도 있습니다. 유혹자와 함께한 예수님을 바라보십시오. 여러분 자신이 유혹받았던 때를 상기해 보는 것도 좋습니다. 악마의 유혹과 예수님의 대응 장면 하나하나에 머물러 보십시오. 유혹하는 자의 말과 행동과 그에 대처하는 예수님의 말씀과 행동을 지켜보십시오. 악마는 다정한 음성으로 예수님께 속삭입니다.

"당신이 하느님의 아들이면 이 돌들이게 빵이 되라고 해 보시오."

악마의 모습을 상상해 보십시오. 그는 예수님의 연민을 얻기 위해 불쌍한 걸인의 모습을 하고 있을 수도 있습니다. 그러나 예수님은 그가 유혹자임을 알아보십니다. 예수님께서 유혹하는 자를 어떻게 알아보실 수 있었는지 헤아려 보십시오. 그리고 그분의 말씀을 따라 해 보십시오.

"사람은 빵만으로 살지 않고 하느님의 입에서 나오는 모든 말씀으로 산다."

유혹자는 이번에는 거룩한 도시의 성전 꼭대기로 예수님을 데려가 뛰어내려 보라고 말합니다.

"당신이 하느님의 아들이라면 밑으로 몸을 던져 보시오."

이는 하느님의 권능을 자기 마음대로 시험하려는 유혹이지요. 우리가 삶에서 무수히 부딪치는 유혹입니다. 이에 대해, 예수님의 하시는 대답을 여러분도 따라 해 보십시오.

"주 너의 하느님을 시험하지 마라."

마지막으로 유혹자는 예수님께 세상의 부귀영화를 주겠다고 말합니다.

"당신이 땅에 엎드려 나에게 경배하면, 저 모든 것을 당신에게 주겠소."

그 말을 들은 예수님의 마음을 헤아려 보십시오. 그리고 단호하게 말씀하시는 그분의 목소리에 귀를 기울이십시오.

"사탄아, 물러가라."

마침내 이 말씀을 끝으로 악마는 사라집니다. 천사의 시중을 받으며 평화 안에 계시는 예수님의 표정을 바라보십시오. 예수님은 성령 안에서 유혹받으셨고 기도와 말씀으로 그것을 물리치셨습니다. 유혹은 우리가 하느님께 나아갈 수 있는 은총의 기회입니다. 우리도 성령에 온전히 순응하며 기도합니다.

유혹을 식별하고 주님의 평화 안에 머무는 사람이 될 수 있는 은사를 청하며, 유혹받으셨을 때의 예수님 모습을 잊지 않기로 해요.

낙타와 바늘귀

제1 독서 지혜서의 말씀에서 우리는 지혜와 비교하면, 재산은 아무것도 아니라고 생각한다는 말씀을 듣습니다. 복음에서는 부자 청년에게 하시는 예수님의 말씀을 듣지요.

"부자가 하느님 나라에 들어가는 것보다는 낙타가 바늘귀로 빠져나가는 것이 더 쉬울 것이다."

자, 우선 제1 독서의 말씀에 동의하십니까? 정말 지혜를 홀과 왕좌보다 더 낫게 여기고 재산은 지혜와는 비교할 수도 없는 아무것도 아니라고 생각합니까? 솔직히 우리 자신의 삶과 가치관을 돌아봅시다. 우리는 우리도 모르는 사이에 너무 물질만능주의에 빠져버린 것은 아닌지요?

겉으로는 안 그런 척하면서 속으로는 "실제로 세상을 살아보라고. 신부가 세상을 뭘 알겠어. 지혜가 있으면 뭐 해. 요즈음은 돈이 없으면 아무도 인간 대접 안 해주는 세상인걸. 뭐니뭐니해도, 돈이 최고지." 그렇게 생각하지는 않는지, 솔직히 가슴에 손을 얹고 생각해 보기로 해요.

자신 있게 나는 '아니다.'라고 말할 수 있는 분이 있으면, 제가 달려가서 큰절을 올리겠습니다. 저의 영적 지도 신부이셨던 고 정일우 신부님이 이런 이야기를 하셨어요. "요즈음 사람들에게는 돈이 하느님이야." 그분이 농촌 생활을 7, 8년 하셨지요. 정 신부님은 농부로서 농촌 사람들과 어울려 사셨지요.

그분에게 참 안타까운 것은 농부들도 모여 앉으면, 주로 하는 이야기의 주제가 돈이라고 합니다. 왜 그렇게 되었는지 그것이 참 안타까운데 현실이라고 합니다. 돈, 돈, 돈이 뭐길래? 광고에 "부우우자 되세~~~요.!"라는 대사를 기억하지요. 부자 되라는 말, 참 듣기 좋은 말입니다. 그렇지요?

오늘 부자 청년에게 하시는 예수님의 말씀을 어떻게 알아들어야 할까요? 부자가 되는 것이 죄일 리는 없는데, 왜 부자가 하늘나라에 들어가기가 쉽지 않다고 하셨을까요? 낙타가 어떻게 바늘귀를 빠져나가겠습니까? 구약성서 안에서 부는 분명히 하느님의 축복인데, 예수님께서는 왜 그런 말씀을 하셨을까요?

예수님의 이 비유를 곧이곧대로 들으면 도저히 불가능하니까, 가능한 방향으로 알아듣기 위해서 학자들이 재미있는 해석을 합니다. 두 가지의 그럴듯한 해석이 있어요. 하나는 이렇습니다. 성안으로 들어가는 문이 두 개가 있었어요. 낙타도 다닐 수 있는 커다란 성문이 있고, 그 옆에 사람들만 다닐 수 있는 조그만 문이 있지요.

예루살렘 성의 문들도 마찬가지이었지요. 예루살렘 성의 그 조그만 성문의 별칭이 '바늘귀'였다고 합니다. 그래서 예수님이 '바늘귀'라고 말씀하신 것은 실제 바늘귀가 아니라 우마차나 낙타는 통과하기 힘든 조그만 성문을 지칭하신 것이라고 해석하는 것입니다.

그렇게 되면 어렵기는 해도, 아주 불가능한 것은 아닐 수도 있겠지요. 어때요? 그럴듯하지요. 또 다른 해석은 이렇습니다. 희랍어로 낙타가 kamelos이랍니다. 그런데, 배에서 주로 쓰는 밧줄이 희랍어로 kamilos라고 해요. 희랍어의 특징의 하나가 모음에 대한 발음이 거의 구별하기 힘들고 서로 호환되어 쓰이기도 한다는 것이지요.

희랍어 안에서 i 발음과 e 발음이 거의 구별하기 힘들었대요. 둘 다 우리 말의 '에'에 해당하는 발음이지요. 그러니 실제 말을 할 때는, 거의 같은 발음으로 들린답니다. 이 대목에서 실제로 예수님이 말씀하신 것은 kemelos (낙타)가 아니라 kamilos (굵은 밧줄)을 지칭하신 것이라고 주장하는 것입니다.

실이 아닌 밧줄이 바늘귀를 통과하기가 쉽지는 않겠지만, 낙타보다는 그래도 통과할 가능성이 있지 않겠느냐는 것이지요. 어때요? 이 해석도 그럴듯하지요. 그럴듯하기는 하지만, 가능성을 두고 싶은 학자들의 인간적인 몸부림이고요. 제 생각에는 예수님께서 분명히 말씀 그대로 "부자가 하느님 나라에 들어가는 것보다는 낙타가 바늘귀로 빠져나가는 것이 더 쉬울 것이다."라고 말씀하셨어요.

왜 그렇게 말씀하셨을까요? 분명 부 자체가 문제는 아닐 것입니다. 부에 노예가 되는 마음이 문제이지요. 부자 청년은 바로 생명이신 분, 영원한 지혜이신 분을 만났습니다. 그는 그 부 때문에, 그만 울상이 되어 떠나갑니다. 그 청년을 보시며 예수님께서 이 말씀을 하셨다는 것을 생각해 봅니다. 지혜와 비교하면 재산은 아무것도 아니라는 것을 알았더라면, 예수님을 만났을 때 따를 수 있었을 텐데요.

참으로 안타깝지요. 우리는 어떻습니까? 나는 부자가 아니니까 해당 사항이 없다고요? 정말 그럴까요? 아니, 예수님은 안 따라가도 좋으니 부자만 되게 해 달라고요? 예, 부자 되세요. 그래도 부자보다 지혜를 지니기를 원하시는 분들을 위해 '아자!'를 외치며 예수님의 마음을 전합니다.

　"걱정하지 말라. 하느님께서는 무슨 일이나 하실 수 있다."

5

희
망

희망의 천사, 닉 부이치치

제가 오래전 중국 천진에 갔을 때, 동영상을 하나 보았습니다. 그 동영상을 보고 느낀 것에 대해 아이들에게 묻고, 그것에 관해 이야기를 나누었습니다. 그런데 이 동영상이 아이들에게 깊은 인상을 주었습니다. 저는 성찰의 하나로 때로 '희망'을 포기하지는 않았는지 돌아보는 것은 아주 중요하다고 생각했어요.

제가 이미 알고 있고, 그의 다른 동영상을 본 적이 있는데, 그날 왜 그렇게 그 동영상이 감동으로 다가왔는지를 생각했습니다. 이 동영상을 대림의 의미를 다시 새겨보는 계기로 삼을 수 있기 때문이 아닌가 싶습니다. 우리가 오시기를 기다리는 그분의 오심 안에 진정한 우리의 희망이 있기 때문일 것입니다.

닉 부이치치의 동영상을 아직 보지 않으신 분은 꼭 보시기 바라며, 닉 부이치치를 소개합니다. 닉 부이치치는 태어날 때부터 팔다리가 없는 중증 장애인이었습니다. 그는 학교에 가기 전까지는 부모의 사랑 안에서 행복한 아이였지요. 그가 자신의 장애에 대해 알게 된 건 학교에 입학한 여섯 살 무렵이었다고 합니다.

그전까지 집 밖에 나갈 일이 없었고, 자기가 남들과 다르다는 사실을 알지 못했습니다. 따라서 자신의 모습에 대해 비관하지도 않았다고 합니다. 물론 부모의 모습을 보면서, 자기가 다르다는 것을 전혀 알지 못하지는 않았겠지요. 그러나 자신의 모습이 그 다름이 얼마나 고통스러운 것인지를 뼈저리게 느끼게 해주었다고 합니다.

우리가 어렵지 않게 상상할 수 있듯이 학교의 다른 아이들은 그를 보고 '외계인'이라고 놀렸지요. 그가 어린 나이에 받은 상처가 얼마나 컸는지는 세 번이나 자살을 시도했다는 사실에서 쉽게 알 수 있습니다. 우리가 놀랍도록 밝은 닉 부이치치는 고통의 과정 없이 단순한 기적으로 하늘에서 떨어진 것도 아닙니다.

동영상에서 우리에게 보여 주는 지금 28세의 청년 닉 부이치치는 스케이트보드를 타고 서핑을 하며 너무나 신나게 드럼을 치고, 심지어는 골프 퍼팅까지 합니다. 그는 전 세계 30여 개국을 다니며, 지금까지 300만 명의 사람들에게 희망을 전했다고 합니다. 제가 자료를 찾아보니, 우리나라에도 다녀갔다고 하네요.

지금의 닉 부이치치가 오늘날 전 세계에 희망을 전하는 천사가 되기까지 얼마나 많은 절망을 뛰어넘어야 했는지, 얼마나 많은 고통을 겪어야 했는지는 우리가 상상하기 힘들 것입니다. 절망을 희망으로 바꾼 그의 삶, 아니 그의 존재 자체가 기적이 아닐 수 없습니다.

그가 처음 화면에 비치는 모습만을 본 사람들은 모두 너무 불쌍하다는 느낌을 지울 수 없을 것입니다. 그러나 그의 평화로운 얼굴, 웃음, 유머를 대하면서 처음 지녔던 불쌍하다는 느낌은 점점 감동과 놀라움으로 변하며, 그에 대한 깊은 존경심을 지니게 됩니다. 우리가 제대로 하지 못하는 많은 일을 합니다.

그는 불과 17세의 나이에 비영리단체 '사지 없는 삶'을 조직했다고 합니다. 19세 때 대중 앞에서 첫 연설을 시작한 이래, 지금까지 거의 십 년 동안 수많은 학생과 교사, 청년, 사업가, 여성 등 다양한 청중에게 희망의 메시지를 전해왔습니다. 전 세계 30여 개국에서 그가 만난 사람은 300만 명이 넘는다고 하니, 놀랍지요.

그의 열정은 어디에서 나올까요? 불가능처럼 느껴지는 것을 가능으로 만드는 그의 놀라운 힘은 어디에서 나올까요? 그는 희망을 전할 수 있는 것이 큰 기쁨이며 은총이라는 것을 자기 온몸으로 체험했기 때문일 것입니다. 그는 자신이 열정을 지니며 활동하는 것은, 그도 다른 사람들을 만나며 희망을 얻기 때문이라고 합니다. 그가 말합니다.

"언젠가 강연을 하다 저처럼 팔과 다리가 없이 태어난 19개월 된 아이를 본 적이 있어요. 아이의 어머니는 매일 기도했답니다. 아이에게 희망의 증거를 보여달라고요. 그 아이 어머니는 저를 보자마자 끌어안고 울면서 말하더군요. '당신은 기적 그 자체예요!' 저 역시 그런 사람들을 보며 용기를 얻습니다."

오늘 대림 제3주일은 기쁨의 주일이며 자선 주일이기도 했습니다. 자선이란 지닌 것을 나눔인데, 저는 대림 제3주는 무엇보다 기쁨을 나누는 주일이라고 생각합니다. 그리고 중요한 것이 바로 희망을 나누는 것입니다. 존재 자체로 희망을 나누는 닉 부이치치. 그의 얼굴의 표정은 그야말로 천사입니다.

환하게 미소를 띠고, 수많은 청중 앞에서 자기 삶의 희망을 나누는 그를 보며 저는 신체적 장애도 처절한 고통의 과정을 거치면, 축복이 될 수 있다는 사실입니다. 고통의 과정을 통해 어두움 너머 빛으로 이끄시는 그분의 은총에 절로 머리 숙이지 않을 수 없었습니다.

그를 절망을 이기고 희망으로 나아가도록 단순히 연민의 마음으로 보호해 주려고 하지 않고 고통을 통해 혼자 일어설 수 있도록 끊임없이 도전을 던진 그의 부모님에 대해서도 깊은 존경심을 지니지 않을 수 없었습니다. 100번을 넘겨져도 101번째 혼자 스스로 일어나도록 기다려 주는 것이 부모의 진정한 사랑입니다.

그의 부모님은 닉에게 그는 몸의 어느 일부가 없는 아이일 뿐이지, 다른 아이와 다르지 않다는 생각을 심어주었습니다. 그가 다른 사람들이 불가능할 거라 말했던 일들을 하나씩 이루어 가도록 도와주었습니다. 그를 일반 보통 아이들과 함께 중고등학교를 다니며, 처음에 놀리던 아이들과 진정한 친구가 되도록 이끌어 주었습니다.

그 친구들이 닉을 받아들이며, 닉은 진정한 우정을 통해 도움을 받을 줄 아는 사람입니다. 그래서 몇 배의 노력을 해야 했지만, 친구들의 도움으로 함께 학교를 다닐 수 있게 해주었습니다. 닉 부이치치는 놀랍게도 팔다리 없는 몸으로 일반 대학에 진학해 회계와 경영학을 전공할 수 있었습니다.

동영상에서 그가 머리와 몸만으로 골프를 하는 모습을 보여 줍니다. 퍼팅이지요. 수 없는 실패를 거듭하지만, 결국 공은 홀로 빨려 들어갑니다. 그의 몸에 붙은 작은 손의 역할을 하는 살붙이. 그 살붙이로 신나게 드럼을 치는 그는 진정 행복한 사나이입니다. 그를 행복하게 만드는 것이 무엇일까요?

그는 말합니다. "일시적인 것에 행복의 가치를 둔다면, 그 행복 역시 일시적인 것이 됩니다. 사람의 외모는 변하게 마련이고 돈은 있다가도 없을 수 있어요. 자신의 겉모습이나 통장 잔고가 아닌 내면에 가치를 두세요. 그 가치를 지켜나가는 건 자신의 몫입니다."

인생의 참가치를 발견한 닉 부이치치. 그가 쓴 책의 제목의 하나가 '허그'입니다. 허그는 껴안는다는 말이지요. 그는 인생을 껴안았고, 많은 사람을 껴안습니다. 그를 본 사람들은 그에게 다가가서 그를 껴안습니다. 동영상에서 그를 껴안으며 눈물을 흘리는 여학생의 모습이 인상적이었습니다.

그런 장애를 가지고 어떻게 그리 긍정적일 수 있냐고 묻는 사람들에게 그는 답합니다.

"바로 저의 가치를 알고 제가 바라봐야 하는 곳을 알기 때문입니다. 지금 폭풍의 한가운데 있다고 해서 그 안에 함께 있는 다른 사람을 돕지 못하는 것은 아닙니다."

그는 자기 존재의 진정한 가치를 아는 사람입니다. 그는 존재 자체가 장애를 지닌 다른 사람들에게 위로가 될 수 있다고 믿고 그 하나만으로도 자기가 열정으로 살아야 할 충분한 이유가 된다고 생각합니다. 그는 말합니다.

"삶이 고통스럽다고 자신의 가치를 잃어버리지 마세요. 살아 있다는 이유 하나만으로도 그와 비슷한 고통을 겪는 사람들에게 저보다 더 큰 위로를 줄 수 있습니다."

이 코로나 시기에 닉 부이치치는 저에게 희망이 무엇인지를 가르쳐 주었습니다. 팔다리가 없는, 겨우 1m가 조금 넘는 그의 모습이, 아니, 환하게 웃는 그의 미소가 얼마 동안 제 뇌리에서 사라지지 않을 것이며 저에게도 희망의 위대한 천사로 날아오를 것입니다.

희망의 예언자 예레미야

오늘, 어제 독서가 예레미야서였습니다. 그리고 복음은 씨 뿌리는 사람의 비유와 비유로 말씀하시는 의미였습니다. 저는 예레미야에 대한 제 기억을 다시 떠올려 보았습니다. 제가 예레미야에 대해 강론에서 나누던 이야기들이 기억 안에 어렴풋이 들어왔습니다.

우리가 구약성서에 등장하는 예언자 예레미야를 일반적으로 비운의 예언자 또는 눈물의 예언자라고 부르지요. 흔히 그를 슬픔의 예언자라고 하지만, 저는 '희망의 예언자'라고 부르고 싶습니다. 예레미야는 유다 역사의 가장 심한 격동기에 활약했던 예언자입니다. 그것도 40년이리는 긴 세월을 말입니다.

그가 남긴 대부분의 예언은 당시 정치 지도자들에 대한 비판과 그들이 행한 일에 대한, 결과로 일어나게 될 바빌론 유배에 관한 내용이었습니다. 그날의 독서 내용도 전체적인 맥락을 떠나 자구에 얽매이면, 다만 경고의 메시지로만 읽게 됩니다. 그러나 그의 예언의 핵심에는 언제나 희망이 담겨 있습니다.

유배의 상황을 놓고 보면 그런 엄청난 상황에서도 하느님이 유다 백성을 저버리신 것이 아니라 유배는 단지 회심을 촉구하기 위한 일시적인 벌이며, 결국 다시 돌아오게 된다는 희망의 메시지를 담고 있습니다. 이스라엘 역사에서 영적인 영향력을 발휘하였습니다. 이스라엘이 BC 586년에 예루살렘이 바빌로니아에게 함락됩니다.

많은 유대인이 바빌로니아로 끌려가는 수난을 당하면서도 다시 새로운 희망을 지니도록 해주었습니다. 지난 3세기 동안 혜성처럼 나타나 그 지역을 장악해오던 강대국 아시리아 제국이 갑자기 몰락하고, 수도 니느베가 BC 612년에 바빌로니아인들과 메디아인들에게 함락되었습니다.

새로 강자로 떠오른 것은 유명한 네부카드네자르을 내세운 칼데아 왕조가 다스리던 신바빌로니아 제국이었습니다. 유다는 아시리아 속국으로 있다가 아시리아가 몰락하자 우왕좌왕했습니다. 이때 예레미야는 제사장 집안에서 태어났습니다. 유다는 바빌로니아와 이집트 사이에서 양쪽에 빌붙다가 결국, 신바빌로니아에 멸망하게 됩니다.

예언하라는 하느님의 명령을 받은 그는 "아, 주 하느님, 저는 아이라서 말할 줄 모릅니다." 하느님은 말씀하십니다. "너는 내가 보내면 누구에게나 가야 하고, 내가 명령하는 것이면 무엇이나 말해야 한다." 그를 "모든 민족과 왕국에 내 말을 전할 나의 예언자"로 삼는다는 보증을 해주었습니다.

그는 자기가 본 환상들 가운데 하나인 북쪽에서 흘러오는 끓는 물을 상징으로 사용하여 그 결과는 멸망이 될 것이라고 선언했습니다. 조국의 어두운 미래를 예언한 예레미야는 치드키야 왕에게 체포되어 감옥에 갇히게 됩니다. 그런 상황에서도 사촌 형제인 하나므엘은 예레미야를 찾아와 자신의 밭을 사달라고 부탁합니다.

우리 속담에는 "사촌이 땅을 사면 배가 아프다."라는 말이 있는데, 사촌의 땅을 사는 것은 아픈 배가 나을 일이겠지요. 그러나 곧 나라를 잃고 바빌론에 포로로 잡혀가게 될 것을 아는 예레미야에게 밭을 사는 일은 다만 소가 웃을 일이지요. 이제 곧 온 땅을 빼앗기게 되는데, 밭이 무슨 소용이 있겠습니까? 그는 놀랍게도 그 밭을 삽니다.

여기 아주 상징적인 의미가 담겨 있습니다. 그가 밭을 산 것은 사촌의 사정이 딱해서가 아니라, 그 땅을 미래에 다시 찾을 수 있으리라는 희망 때문이었습니다. 곧 망할 나라의 밭을 사는 예레미야의 행동은 우리 평범한 사람 눈에는 어리석게 보입니다. 그러나 희망의 미래를 바라보는 그들에게서 우리는 진정한 지혜를 배우게 됩니다.

저는 예언자 예레미야를 좋아합니다. 예레미야서는 예언서로써 뿐만 아니라 문학작품으로도 유대 문학사에서 최고의 걸작이라고 합니다. 예언자로서 뛰어난 말솜씨로 유대 지도자들의 간담을 서늘하게 하는가 하면, 그 예언의 말씀을 두루마기에 받아 적은 작가로서도 탁월한 언어를 구사합니다.

그가 남긴 명언들이 문학작품에 많이 인용됩니다. 그런 그가 처음 예언자로 부르심을 받았을 때, "아, 주님 저는 아이라서 말을 할 줄 모릅니다."라는 것을 기억하실 것입니다. 주님께 붙잡힌 그는 자기가 원하지 않는 주님의 말씀을 전해야 하는, 가슴 아픔을 고백하면서 많은 기도문을 남기기도 한 인물입니다.

그의 기도문만큼 아름답고 절절한 시가 없습니다. 예레미야서에서 그의 기도문 하나를 인용합니다.

주님, 저는 압니다.

사람은 제 길의 주인이 아니라는 사실을.

인간은 그 길을 걸으면서도

자신의 발걸음을 가눌 수 없습니다.

주님, 저를 고쳐주시되 공정하게 해주소서

저를 진노로 다루지 마시어 저를 없애지 마소서. (예레. 10, 23~24)

저는 예언자로서의 그를 경탄하게 되지만, 한편 작가로서의 그를 존경합니다. 그는 자기의 저술이 하나씩 불에 타는 아픔을 겪지만, 절망하지 않고 다시 쓰는 일을 한 인물이기 때문이지요. 그에게는 진실한 조언자이며 충실한 서기가 되어 준, 바룩이라는 친구가 있었습니다.

예레미야가 묶여 있는 몸이라서 주님의 집에 들어갈 수가 없을 때, 친구 바룩을 불러 자기가 불러주는 대로 두루마기에 주님의 말씀을 받아 적게 합니다. 요시야의 아들 여호야킴 임금의 신하들이 이 사실을 임금에게 전하자, 임금이 그 두루마기를 가져다가 서기관 여후디에게 읽게 합니다.

여후디가 서너 단을 읽을 때마다 임금은 칼로 그것을 베어 화롯불에 던집니다. 때는 겨울이었고, 임금의 겨울 별장에서 이 일이 벌어집니다. 화롯불을 쬐면서 하느님의 말씀을 듣고 하나씩 그것을 화롯불에 던져 넣은 것입니다. 예언자는 그런 천벌을 받을 짓을 하고도 두려워하거나 제 옷을 찢지 않았다고 전합니다.

예레미야는 자신의 저술이 불타는 아픔을 겪지만, 절망하는 대신 다시 쓰는 희망을 택했습니다. 그렇게 해서 오늘날 우리가 아름다운 작품을 읽을 수 있습니다. 한 사람이 불러주고 다른 사람이 받아서 책을 써 내려가는 모습을 상상 안에서 그려보면 그들의 우정과 서로에 대한 격려가 진정 아름다운 하나의 그림이 됩니다.

노벨평화상 수상자이며 대표작 '흑야'를 쓴 작가 엘리 위젤은 이 대목을 우리에게 상기시켜 주면서 모든 작가에게 보내는 예레미야의 교훈이 여기 담겨 있다고 합니다. 엘리 위젤은 말합니다.

"처음 쓰는 것보다 다시 쓰는 것이 더 어렵지만, 더 중요합니다. 전수하는 것이 처음 발명하는 것보다 더 소중합니다."

올해는 특히 무더위가 심하고, 짜증스럽고 안타깝고 슬프고 분노를 느끼게 하는 뉴스를 많이 접하게 되면서 인간에 대해 실망하게 됩니다. 그리고 이 나라가 어디로 가고 있는가?라는 의문을 느끼기도 합니다. 코로나 19 사태가 우리를 힘들게 합니다. 경제적으로도 참 어렵습니다. 그래도 우리는 절망하지 말아야 합니다.

지금의 어려움을 잘 극복해 나가야 합니다. 어떤 상황에서도 절망하지 않고 다시 시작하는 용기를 가지는 것, 이것이 바로 예언자 예레미야가 우리에게 들려주는 희망의 메시지입니다. 바로 오늘, 아니 지금이 희망을 연주할 때입니다. 여러분 모두, 지금 희망을 연주할 때라는 것을 잊지 마십시오.

새를 들로 날려 보내라

지금 여주 도전리 산골에서 수녀님들 8일 피정 지도 중입니다. 저는 늘 피정 면담에서 시작 기도는 피정하시는 수녀님들에게 하도록 합니다. 짧은 기도이지만 그 모습을 보면 면담자의 마음 상태, 내면의 움직임, 하느님과의 관계 등을 느낄 수 있어 면담을 어떻게 이끌어 가야 할지 가늠하는데, 도움이 되기 때문입니다.

면담자들의 기도를 통해 제가 힘을 받기도 하고요. 오늘 아침 면담에서 어느 수녀님의 기도가 제 마음에 깊이 와서 하나의 울림이 되었습니다.

"주님, 새소리를 들었습니다. 아름다운 소리를 들으며 새가 보이지 않아도 거기 존재한다는 것을 알듯이, 제 마음을 울리는 소리를 들으며 당신의 현존을 깊이 체험합니다."

피정은 바로 주님의 현존을 깊이 체험하는 시간이지요. 오늘 복음은 예수님께서 나병 환자를 고쳐주시는 대목입니다. 이 대목을 묵상하면서 제 마음 안에 잔잔한 기쁨의 꽃이 피어올랐습니다. 이 대목이 저에게 예수님이 어떤 분이신지 다시 새롭게 깨닫게 해주기 때문이었습니다.

예수님 당시에 나병은 가장 끔찍한 병이었지요. 저주받은 자의 전형적인 표상이 바로 이 나병이었던 것이 잘 드러나 있는 영화가 유명한 벤허이지요. 많은 분이 벤허에서의 장면들을 생생하게 기억하실 것입니다. 나병에 걸린 사람들은 '죽음의 골짜기'라고 불리는 외딴곳에 따로 살아야 했습니다.

오늘 제1 독서인 레위기에서 듣는 것처럼, 나병에 걸린 사람은 옷을 찢어 입고 머리를 풀고 살아야 했습니다. 사람들이 모르고 그들에게 다가오면 '부정한 몸이오. 부정한 몸이오.'라고 소리쳐야 했답니다. 그런데 그 나병 환자는 '부정한 몸이오. 부정한 몸이오'라는 외침 없이 예수님께 갑자기 달려온 것입니다.

"주님! 주님께서는 하고자 하시면 저를 깨끗하게 하실 수 있습니다."

이 나병 환자는 놀라운 용기와 믿음을 지닌 사람이었습니다. 갑자기 나병 환자가 예수님 앞으로 달려와 절을 하는 장면을 떠올려 보십시오. 돌발적으로 일어난 일이라, 누구도 제지할 틈이 없었을 것입니다. 예수님께서는 깊은 연민의 마음이 일었습니다. 그리고 손을 내밀어 그의 손을 잡아주십니다.

손은 마음의 대행자입니다. 마음을 내밀어 그의 아픈 마음을 잡아주신 것이지요. 예수님의 행동은 당시 사람들이 보면, 기절할 만큼 놀라운 행동입니다. 절대 손을 잡을 수 없는 사람에게 손을 내미신 것입니다. 예수님께서는 큰일 날 일을 하신 것이오. 왜 그렇습니까? 단순히 전염될 위험을 감수하였기 때문이 아닙니다.

부정한 사람에게 손을 대면 부정해지기 때문입니다. 부정해지면 하느님께 가까이 나아갈 수 없습니다. 다시 정결 예식을 치러야 힙니다. 그러나 예수님에게 그는 부정한 사람이 아니었습니다. 그는 다만 한 인간, 병이 든 불쌍한 한 인간이었습니다. 그는 다만 도움이 필요한 한 영혼일 뿐이었습니다.

예수님께서 도움의 손길을 내미신 것입니다. 여러분, 잠시 나병이 낫게 된 그의 마음을 헤아려 보십시오. 죽었다가 다시 살아난 것입니다. 이제 참 자유를 얻은 것입니다. 제 묵상 중에 마치 날아갈 것 같은 그의 기쁨을 생각하니, 저도 기뻐서 뛸 것 같았습니다.

예수님께서는 가서 사제에게 보이고 예물을 드려 깨끗해진 것을 증명하라고 하십니다. 하나의 예식을 통해서 분명한 자유의 느낌을 주시고 자 하는 예수님의 배려입니다. 레위기 14장에 보면 '악성 피부병'을 정하게 하는 예식이 나옵니다. 가만히 들어보면 아주 재미있는 예식입니다.

사제가 진단해 보아서 그 문둥병 환자가 병이 나았으면, 그를 정하게 하는 예식으로 이렇게 하라고 합니다.

"살아 있는 정한 새 두 마리와 송백 나무와 진홍 털실과 우슬초 한 포기를 가져오게 하라. 사제는 생수를 그릇에 담아 놓고 죽은 새의 피가 떨어져 섞인 생수에다가 송백 나무와 진홍 털실과 우슬초 한 포기를 담근 다음 그 핏물을 그 사람에게 일곱 번 뿌려주며 정하게 되었다고 선언한다. 그리고 살아 있는 새를 들로 날려 보낸다."

이 예식이 행해지는 모습을 그려보십시오. 예식의 마지막이 그 정점입니다. 살아 있는 새를 들로 날려 보냅니다. 이 모습 안에 깊은 상징이 들어 있습니다. 나병 환자로 사는 것은 사실 죽음의 삶이었습니다. 아니, 죽음보다 더 처참한 삶이었지요. 이제, 죽음에서 삶으로의 부활입니다.

새가 되어 들로 날아가듯이, 이제 그는 참 자유인이 되었습니다. 잡혀 있던 새가 날아가는 모습, 그 이미지를 떠올려 보십시오. 그 해방감, 자유, 그 기쁨이 어떤 것인지를 느낄 수 있습니다. 예수님이 나병 환자에게 해주신 것이 바로 이 자유, 해방, 기쁨입니다.

예수님께서 아무에게도 말하지 말라고 하셨지만, 이 기쁨을 어찌 표현하지 않을 수 있었겠습니까? 이 자유, 이 해방감을 어찌 소리치지 않을 수 있었겠습니까? 그 나병 환자였던 사람은 이제 자유인으로 사람들에게 갔습니다. 예수님께서 오히려 그의 처지가 되셔서 동네에서 떨어진 외딴곳에 머물러 계십니다.

이 이미지도 예수님께서 누구이신지 드러내 보여 주시는 상징으로 느껴집니다. 바로 우리의 죄를 대신 지시는 어린 양이십니다. 우리에게도 어린 양이신 그분이 다가오셔서 치유의 손길을 내미시기를 염원합니다. 오늘 우리에게도 참 자유, 해방감, 기쁨, 희망을 주시기를 그 사람처럼 애원하며 기도합니다.

부활 성야, 그리고 세례

가장 거룩한 밤, 가슴 깊은 속으로부터 기쁨이 스며오는 밤, 이 밤을 여러분과 함께 지내면서 예수님의 부활을 선포합니다. 우리는 오늘 밤, 빛의 예식으로서 이 거룩한 밤을 시작했습니다. 우리 주님께서 죽음을 이기시고 생명을 되찾으신 거룩한 이 밤을 '그리스도 우리의 빛'이시라고 외칩니다.

빛이신 그분이 우리의 마음과 세상에 있는 어둠을 몰아내 주시도록 기도한 것입니다. 그리고 우리는 Exsultet, 부활 찬송을 들었습니다. 참으로 아름다운 찬송입니다. 오, 참으로 복된 밤, 하늘과 땅이 결합한 밤, 하느님과 인간이 결합한 밤! 이라고 외쳤습니다.

제가 음치라서 노래로 찬송을 드리지 못해 송구하지만, 노래 대신 읽기만 한다고 의미마저 반감되는 것은 아니라고 생각합니다. 이 밤은 하느님께서 우리에게 쏟아부어 주시는 은총이 별빛처럼 흘러내리는 밤입니다. 그분이 주시는 기쁨이 고요히 우리의 가슴 속을 흐르는 밤입니다.

제2부 말씀의 전례에서 우리는 여러 독서에서 태초부터 마련하신 이 밤

을 위한 준비로서의 구원으로서 신비의 말씀들을 들었습니다. 너무 많은 독서를 다 읽을 수 없어 생략했지만, 오늘 긴 독서를 듣는 이유는 이 밤에 구원사를 되새기기 위한 것입니다. 제3부에서 이제 세례식과 세례 갱신 식을 거행합니다.

마지막 제4부에서 세례로 다시 태어난 우리와 더 깊이 그리스도 안에서 한 형제자매가 된 영세자들과 함께, 주님의 만찬에서 거룩한 성체성사, 주님의 몸과 피를 함께 나누는 것입니다. 오늘 우리가 서간으로 들은 사도 바오로의 로마서 말씀처럼 우리는 세례를 받고 그리스도 예수와 함께 하나가 되는 것입니다.

세례를 받고 죽어서 그분과 함께 묻혔고, 이제 그분과 함께 새 생명을 누리게 되는 것입니다. 성사란 무엇입니까? 거룩한 일, 바로 하느님이 하시는 일입니다. 거기 하느님께서 하시는 일, 하느님의 눈에 보이는 표징입니다. 우리는 성사를 통해서 하느님께서 우리와 함께하심을 압니다.

성사란 하느님, 그분이 어떻게 우리에게 현존하시는지를 알 수 있기 위해서 바로 그분에 의해 우리에게 주어지는 눈에 보이는 표징입니다. 세례성사는 모든 성사의 기초입니다. 성사 안에서 주님께서 우리 인생의 아주 중요한 순간에 우리에게 다가오시고 깊은 인상을 주십니다.

우리가 세례의 의미를 더 생생하게 알아듣기 위해서 초대교회에서 세례성사를 어떻게 거행했는지 살펴보겠습니다. 초대교회에서는 세례에 대한 준비를 무엇보다도 오랫동안 기도함으로써 그 의미를 되새겼습니다. 그리고 이것을 인생의 더없이 중대한 결단으로서 받아들였습니다.

세례는 그리스도에 대한 전적인 투신을 의미했습니다. 한 다리만 교회 공동체에 걸치겠다고 생각하는 사람들은 받아들일 수가 없었습니다. 박해

시대였기 때문에 언제라도 그리스도를 증거하기 위해서 생명을 내걸 각오를 해야 했습니다. 세례성사는 바로 오늘 부활 성야에 은밀하게, 그러나 장엄하게 거행되었습니다.

성 주간이 되면 함께 모여서 세례를 준비하면서, 기도하고 단식했습니다. 예비자들은 미사에서 성찬의 전례에는 참석하지 못하다가, 이 거룩한 밤에 세례를 받고서 이제 비로소 주님의 식탁에 처음으로 참여하는 기쁨을 누리게 되었던 것입니다. 세례를 받게 될 사람들은 말씀의 전례가 끝나면 세례를 받을 못, 또는 강물로 인도됩니다. 남녀가 서로 다른 못으로 인도됩니다.

세례를 받을 사람들은 모두 옷을 벗습니다. 이것은 하나의 깊은 의미가 담긴 상징적인 행위입니다. 그들의 묵은 죄와 세상의 쾌락, 애착 등을 모두 벗어버린다는 상징이었습니다. 김종환이 부른 '사랑을 위하여'라는 노래에 이런 가사가 있지요.

"너의 사랑 앞에 옷을 벗었다. 거짓의 옷을 벗어 버렸다. 너를 사랑해. 저 하늘 끝에 마지막 남은 진실 하나로 너를 사랑해."

이 노래는 예비자들의 주제가가 되어야 할 것 같습니다. 가사를 이렇게 바꾸어서 말입니다.

"예수님의 사랑 앞에 우리는 옷을 벗었다. 거짓과 죄의 옷을 벗어 버렸다. 이제 주님을 사랑해. 우리의 마음을 다해 우리 가슴 속 진실 모두로 주님을 사랑해."

그리스도가 무덤에 묻히셨듯이 물속에 우리의 자아, 죄를 묻는 것을 드러내는 강한 상징입니다. 그냥 물속에 잠겨 있습니까? 아니지요. 나옵니다. 머리를 쑥 내밀고 나옵니다. 그리스도가 이 밤에 무덤을 헤치고 부활하셨듯이 우리도 이제 세례를 통해, 또는 세례 갱신 식을 통해 그리스도의 부활에 동참하는 것입니다.

예비자들이 물속에서 나오면 사제가 선포합니다.

"나는 성부와 성자와 성령의 이름으로 …에게 세례를 줍니다."

세례 후 영세자는 준비된 흰 옷을 입었습니다. 흰옷은 그리스도와 더불어 그리스도 안에서 새로운 삶을 살겠다는 새로운 출발을 상징합니다. 이어서 기름 바르는 예식이 뒤따랐습니다. 기름 바른 후 머리에 손을 얹는 안수가 있었습니다. 견진 성사가 이어졌던 것이지요.

다만 한국에서는 아직 주교 회의에서 견진을 분리하도록 결정했지만, 조만간에 원래의 의미를 되찾아 바뀔 것이라고 희망합니다. 기름 바르는 것은 직분을 수여하고 손을 얹어 안수하는 것은 보증해주고 인준해 주시는 성령이 내려오셨음을 나타내고 있습니다. 그다음에 다 함께 성찬의 전례에 들어갔습니다.

우리가 간단히 초대교회의 세례의 예식을 살펴보면서 여러분들이 알 수 있듯이 세례, 견진, 성체성사가 전체로서 이어집니다. 세례, 견진, 성체성사는 하나의 입문성사였던 것입니다. 성체성사는 주님의 만찬에 초대되어 함께 주님의 몸과 피를 나누어 먹고 마시는 잔치입니다.

다시 한번 부활을 축하드리면서, 여러분들과 함께 이 기쁨을 나눕니다. 수님께서 부활하셔서 우리와 함께 계시면서 우리에게 빛이 되어 주시고 길이 되어 주시는데, 우리가 세상 안에서 두려워할 것이 무엇이 있겠습니까? 우리 그리스도인들은 삶의 깊은 곳으로부터 기쁨을 사는 사람들입니다.

그분이 우리의 죄를 용서하시고 허물을 씻어주셨기에, 그분이 우리를 죽음의 구렁텅이에 버려두지 않으시고 영원한 삶으로 초대하셨기에, 그분이 우리를 죽기까지 사랑하셨고 죽음을 쳐부수셨기에 우리는 그분의 부활 기쁨 안에서 기쁘게 사는 것입니다.

우리 함께 가장 오래된 그리스도인들의 노래를 부릅시다. 에페소서 5장 14절입니다.

"깨어나라, 잠자는 이여, 그리스도께서 그대를 비추시리라."

지푸라기의 행운

대림 제3주입니다. 오늘 무슨 날이지요? 기쁨의 날, 기쁨의 주일이기도 합니다. 제대 앞의 대림환을 바라보십시오. 대림초가 세 개 켜졌고, 세 번째 초는 분홍빛, 또는 장밋빛이지요. 장밋빛 초가 켜진 것은 기쁨을 상징하며 그렇기에 오늘을 장미 주일이라고도 합니다.

한국천주교회는 이 기쁨을 나누는 대림 제3주를 자선 주일로 정해서 소외된 사람들과 함께 서로 나누도록 권고합니다. 저는 이날이 무엇보다 우리가 가진 것을 나누는 날, 바로 기쁨을 나누는 날이라고 생각합니다. 함께 기쁨을 나누고 또한 우리가 기쁘게 사는 모습을 이웃과 함께 나누어야 하겠지요.

입당송과 화답송은 우리에게 기뻐하라고 외치고, 제1 독서의 이사야 예언서는 "주님께서 나에게 기름을 부어주시어 주님의 은혜 해를 선포하게 하셨다."라고 말합니다. 제2 독서인 1 테살로니카에서 "형제 여러분, 언제나 기뻐하십시오. 끊임없이 기도하십시오. 모든 일에 감사하십시오."라고 외칩니다.

바오로는 1 테살로니카의 "언제나 기뻐하십시오. 모든 것을 분별하여, 좋은 것은 간직하고 악한 것은 무엇이든 멀리하십시오."라는 말이 어떻게 들리니까? 우리 그리스도인들은 근원적으로 기쁨을 사는 사람들, 좋은 것은 간직하고 악한 것은 멀리하는 사람들입니다.

만약 우리의 삶이 기쁘지 않다면, 우리 자신을 돌아보아야 합니다. 우리가 얼마나 우리 자신을 나누면서 사는가를 솔직하게 돌아보아야 합니다. 우리 삶을 돌아보면, 기쁘고 즐거운 일보다 슬프고 고통스러운 일이 많게 느껴지는 것이 현실이지요. 그러나 우리는 기쁠 수 있습니다.

오늘 복음에서는 세례자 요한은 우리에게 말합니다. "나는 그리스도가 아니다. 나는 이사야 예언자가 말한 대로 주님의 길을 주님의 길을 곧게 내는 자다." 그는 속옷 두 벌을 가진 사람은 한 벌을 없는 사람에게 주고, 먹을 것이 있는 사람도 남과 나눠 먹어야 한다고 선언합니다.

옛날 어느 나라에 Mr. Straw라는 사람이 살았습니다. Straw는 우리말로 지푸라기이지요. 하여 그를 지푸라기 씨라고 부릅시다. 지푸라기라고 하면 어떤 이미지가 연상됩니까? 좀 힘없고 금방이라도 쓰러질 것 같고, 왠지 쓸모없는 어떤 것이 떠오르지요?

지푸라기 씨는 제대로 먹지도 못해서, 너무나 깡마르고 약해서 금방이라도 쓰러질 것 같은 정말 볼품없는 지푸라기 같은 사람이었습니다. 그러나 그는 아주 착한 마음을 지닌 사람이었지요. 자기가 지닌 것이 거의 없으면서도 자기보다 더 어려운 처지에 있는 사람을 만나면, 무엇이든지 선뜻 내어주는 그런 사람이었습니다.

어느 날 그는 신전에 가서 행운의 여신에게 자신에게도 행운을 달라고 기도했답니다. 기도 중에 환청을 듣는 듯 어떤 소리가 들려오는 것 같았습니다. 기도 중에 졸다가 "이 신전에서 나가 제일 먼저 손에 잡히는 것이 너에게 행운을 가져올 것이다." 하고 말하는 여신의 목소리를 들었습니다.

그는 꿈이 아닌가 생각했지만, 금방 들은 목소리가 너무나 생생하게 느껴졌지요. 그는 기뻐서 신전을 뛰어나가다가 그만 계단에 굴러 땅바닥에 넘어졌습니다. 먼지투성이의 땅바닥에서 일어나려다가 문득 손에 잡히는 것이 있었습니다. 지푸라기였습니다. '하필 지푸라기를!'이라고 푸념이 흘러나왔지요.

그는 쓸모없는 지푸라기가 자신에게 행운을 가져올 것이라고는 생각되지 않았지만, 애써 자기가 들은 목소리를 믿고 싶은 마음에 지푸라기를 들고 신전을 나와 길을 걸었습니다. 그런데, 잠자리 한 마리가 계속 따라오면서 지푸라기에 앉으려고 했습니다. 그 잠자리를 잡아서 지푸라기에 매달고 계속 길을 걸었습니다.

얼마쯤 걷다가 아이를 데리고 오는 꽃 파는 여인을 만나게 되었습니다. 아이는 걷기에 지쳐 칭얼거리고 있다가 지푸라기에 매달린 잠자리를 보며, 금방 얼굴이 환해지며 그 잠자리를 갖기를 원했습니다. 지푸라기 씨는 선뜻 그 아이에게 잠자리가 매달린 지푸라기를 아이에게 주었지요.

아이의 엄마인 꽃 파는 여인은 너무나 감사하면서, 장미 한 다발을 건네주었지요. 지푸라기 씨는 또 계속 길을 걸어갔습니다. 어떤 젊은이가 수심에 싸인 얼굴로 지나가는 것을 보고 말을 길었습니다. 젊은이는 사랑하는 여인에게 구혼하려고 하는데 마땅히 줄 선물이 없어서 근심에 차 있노라고 말했습니다.

지푸라기 씨는 얼른 장미 다발을 건네주면서, 그것을 여인에게 주라고 했습니다. 젊은이는 기뻐하면서 자기가 가지고 있는 오렌지 세 개를 주었지요. 오렌지를 손에 들고 지푸라기 씨는 길을 걸었습니다. 이번에는 무거운 수레를 끌고 가는 상인을 만나게 되었지요. 상인은 너무나 갈증이 나서 죽을 지경이었습니다.

지푸라기 씨는 구슬땀을 흘리고 있는 그 상인을 보자, 그만 연민의 마음이 일어 그에게 다가가서 오렌지를 주며 갈증을 풀라고 했지요. 상인은 고마워하면서 자기가 가진 가장 좋은 비단 한 필을 선물로 주었답니다. 이제 비단 한 필을 손에 들고 걸어가던 지푸라기 씨는 마침 그 나라의 공주를 만나게 됩니다.

공주는 아버지인 임금의 생신을 맞아 옷을 지어드리기 위해 좋은 비단을 사러 가는 길이었지요. 지푸라기 씨가 들고 있는 비단을 본 공주는 지푸라기 씨에게 그 비단을 자기에게 팔 수 있겠냐고 물었지요. 지푸라기 씨는 기꺼이 공주에게 그 비단을 거저 드리겠노라고 답했지요.

그 말을 들은 공주는 기뻐하면서 자기가 지닌 아주 좋은 보석을 선물로 주었답니다. 이렇게 하루 사이에 지푸라기 하나가 아주 귀한 보석으로 바뀌어 있었답니다. 지푸라기 씨는 그 보석을 팔아 기름진 밭을 샀답니다. 그리고 열심히 농사를 지으면서 아주 행복하게 살게 되었습니다.

사람들은 지푸라기 하나가 지푸라기 씨에게 엄청난 행운을 가져다주었다고 말한답니다. 그럴까요? 그것이 단순히 행운일까요? 아니지요. 우리는 압니다. 그의 다른 사람과 기꺼이 자기 것을 나누고자 했던 그 마음이 그에게 행운을 가져다준 것을.

우리는 오늘 자선 주일을 맞아 우리가 지닌 것을 이웃과 함께 나누고자 하는 구체적인 결심을 해야 합니다. 우리가 지닌 것을 나눌 때 실은 더 많은 것을 받게 된다는 것을 알게 됩니다. 사랑의 산수, 연민의 산수, 나눔의 산수에서는 나눌수록 수가 증가하는 마술이 이루어집니다. 경험해 본 사람은 알지요. 아니라고요?

물론 아닐 때도 있지요. 그러나 나눔을 자꾸 하다 보면, 마술이 이루어지는 것을 깨닫게 되고 기뻐하실 것입니다. 오늘 하루 아주 기쁘게 지내시고 기쁨을 여러 사람과 나누시기를 바랍니다.

열린 마음

오늘 복음은 예수님이 어떤 분이셨는지를 아주 잘 보여 주고 있는 대목입니다. 예수님께서 참으로 열린 마음을 지니신 분이셨습니다. 새로움에 대한 열린 마음, 변화에 대한 열린 마음, 도전에 대한 열린 마음, 모든 것에 대해 열려있는 마음을

지니신 분이셨습니다.

사람들이 예수님께 선생님의 제자들은 왜 단식을 하지 않느냐? 고 따지지요. 예수님께서 잔칫집에 온 신랑 친구들이 신랑과 함께 있는 동안에야 단식할 수 없지만, 이제 신랑을 빼앗길 날이 올 것이고 그때는 그들도 단식하게 될 것이라고 말씀하십니다.

예수님께서는 당신이 바로 혼인 잔치에서의 신랑이고, 제자들이 신랑의 친구들이라고 말씀하십니다. 어느 나라에서나 혼인 잔치는 가장 큰 기쁨의 축제이지요. 당시 이스라엘에서 신혼부부는 오늘날처럼 신혼여행을 가는 대신 일주일 동안이나 잔치를 베풀면서, 친한 친구들을 초대하여 함께 마

시고 먹으면서 지냈답니다.

예수님께서는 이 잔치 동안에 어떻게 단식을 할 수 있겠냐?고 반문하십니다. 그렇습니다. 혼인 잔치가 열리는 이 기간은 기쁨을 함께 나누는 시간이지, 단식을 하는 때가 아니지요. 이 말씀의 의미를 잘 새겨들으면, 제자들이 당신과 함께 보내고 있는 이 시간은 혼인 잔치와 같은 기쁨과 축제의 시간이라고 말씀하시는 것입니다.

당신과 함께 있는 시간, 그 자체가 기쁘고 신나는 그런 때라는 말씀이지요. 그러나 예수님께서는 이제 신랑을 빼앗길 날이 오게 될 것이고, 그때는 그들도 단식하게 될 것이라고 분명하게 말씀하십니다. 이제 제자들이 당신과 함께 있지 못하게 되는 그런 날이 올 것이고, 그때는 그들도 슬퍼하게 될 것이라는 말씀이지요.

당신 앞에 놓여있는 십자가의 길을 예고하시며, 그때와 대비시키시는 의미도 담고 있습니다. 이어지는 낡은 옷과 새 천 조각, 낡은 가죽 부대와 새 포도주의 비유를 통해 우리도 당신처럼 열린 마음을 지녀야 한다고 가르치십니다. 두 비유는 당신의 가르침을 알아듣기 위해서 새로운 눈, 열린 마음을 지녀야 한다는 말씀입니다.

당시에는 오늘날처럼 포도주를 병에 담은 것이 아니라 가죽 부대에 담았지요. 그런데, 담근 지 얼마 되지 않은 새 포도주는 아직 가죽 부대 안에서도 계속 발효가 일어나게 됩니다. 그러면, 안에서 팽창이 됩니다. 가죽 부대가 오래된 것은 말라서 신축성이 없어졌기 때문에 터지게 마련이지요.

새 가죽 부대는 가죽이 아직 신축성을 유지하고 있어 안에서 발효가 일어나서 어느 정도 팽창이 되더라도 터지지 않고 유지할 수가 있는 것입니다. 우리의 사고나 마음도 새 가죽 부대처럼 신축성이 있을 때, 새로운 가르침이나 사상을 받아들일 수 있습니다. 그러나 딱딱하게 말라버린 가죽처럼 굳어져 있으면, 새로운 것을 받아들일 수가 없지요.

예수님께서는 당신의 가르침, 하느님과 하느님 나라에 대한 선포는 당시 이스라엘 사람들에게는 새로운 가르침입니다. 그것을 받아들이기 위해서 새로운 사고, 열린 마음이 필요하다고 말씀하시는 것입니다. 만약에 우리가 옛것이 좋다고 하면서 보수적인 사고에 묶여 있다면, 예수님의 말씀은 우리들의 모습을 돌아보게 합니다.

예수님 당시 이스라엘이 그러했듯이 지금 우리도 새로운 변화에 대해 열려있어야 할 때입니다. 지연이나 학연, 기득권 등에 매여 있지 않고, 변화하는 시대 정신을 읽고 열려있는 마음을 지녀야 할 때입니다. 교회도 예수님의 가르침을 새롭게 알아들으면서, 새로운 시대의 표징을 읽고 열린 자세를 지녀야 할 것입니다.

사마리아 여인과 주님의 목마름

오늘은 요한 복음서에서 듣는 사마리아 여인 이야기입니다. 사마리아 여인은 아주 중요한 인물입니다. 여러분들, 어렸을 적의 시골 동네 우물가를 상상해 보십시오. 동네 아낙네들이 물을 길으러 왔다가 서로 삶의 푸념들을 늘어놓기도 하며 잠시 쉴 수 있는 쉼터가 되어 주던 곳이 바로 우물가이지요.

한쪽에 돌담이 있고 한쪽에 나무 그늘 밑에 잠시 앉을 수 있는 돌덩이들이 놓여있는 풍경은 따뜻함과 그리움, 말하자면 어떤 향수를 담고 있지 않습니까? 예수님께서 사마리아 여인과 대화를 나누시던 야곱의 우물가도 옛날 우리 한국의 시골 동네 우물가와 그리 다르지 않았을 것입니다.

여행길에 지치신 예수님께서 거기서 잠시 쉬고 계셨는데, 그때 한 사마리아 여인이 물을 길으러 왔던 것입니다. 여인의 얼굴을 바라다보시고 그 얼굴을 통해 나타나 있는 마음속 깊이 자리하고 있는 상처와 그 고통을 아셨습니다. 그리고 가슴으로부터 연민이 우러나와 치유의 손길을 내미시기 위해서 말씀을 건네신 것입니다.

예수님께서 그렇게 하셨는지 어떻게 알 수 있습니까? 여인의 반응을 보면 우리는 알 수 있습니다. 놀랍게도 여인은 예수님께서 말씀을 건네시는 것에 응하고 함께 이야기를 나눕니다. 더구나 여인이 소위 외간 남자에게 응대한다는 것은, 당시 유대 사회의 풍토로 거의 있을 수 없는 일이지요.

이 여인의 마음을 헤아릴 수 있습니다. 이 여인은 아마도 처음으로 자기를 하나의 인격으로 대하는 한 남자를 만났을 것입니다. 남편이 다섯이나 있었지만, 예수님의 말씀대로 실제로 남편이라고 할 수도 없는 사람들이었습니다. 그들은 모두 자기를 하나의 인격으로 보다는 다만 생활의 도구로 대했던 것이지요.

복음에서 우리가 들은 대로 당시 유대인들과 사마리아 사람들은 서로 상종을 하지 않는 깊은 골이 있는 사이였습니다. 원래는 한 겨레였는데, 어쩌다가 그 지경에 이른 것입니다. 예수님과 여인은 물에 관해 이야기를 나눕니다. 예수님께서 '영원히 목마르지 않을 물'에 대해 이야기하실 때, 그것은 영적인 의미였지요.

인간은 누구나 영원에 대한 갈증을 지니고 있습니다. 그 갈증을 풀어줄 수 있는 진리, 삶의 진리에 대해 말씀하시는데 여인이 알아듣지 못하고 다시는 목마르지 않을 그런 물이 있다면 달라고 합니다. 다시는 물을 길으러 오지 않아도 될 것이라고 하면서 물이 있다면 달라고 합니다.

예수님께서는 바로 당신 자신을 두고 말씀하시는 것이었습니다. 당신이 바로 그 영원, 하느님에 대한 갈증을 채워 줄 수 있는 분, 아니 바로 하느님 자신이셨던 것이고 당신 자신을 나누시겠다고 하시는데 여인이 알아들을 영적인 귀가 없습니다. 여인이 못 알아듣는 것은 어쩌면 당연한 일이지요.

여인이 예수님과 나누는 대화를 보면, 그 여인은 마음을 열고 그 진리를 알고자 하는 갈증을 지니고 있었다는 것을 알 수 있습니다. 바로 그 갈증이 예수님을 진리를 지닌 분으로 알아보았고, 다 이해할 수 없었습니다. 다시 묻고, 듣고, 그리고 받아들였던 것입니다. 그리고는 고백합니다. 과연 당신은 예언자이십니다.

우리는 이 여인에게서 배웁니다. 우리가 알게 된 진리, 예수 그리스도에 대한 진리는 이웃에게 나누어야 할 진리라는 것을. 여인은 가서 예수님에 대해 증언했고, 그 사람들은 예수님을 찾아와 자기들과 함께 묵기를 간청합니다. 예수님께서는 기꺼이 그 청을 들어주셔서 거기서 이틀을 머무시며 그들을 가르치셨습니다.

함께 머물던 사람들이 예수님을 믿게 되었습니다. 그 마을 사람들이 한 말도 우리도 깊이 새겨들어야 할 아주 중요한 말입니다.

"우리는 당신의 말만 듣고 믿었지만, 이제는 직접 그분의 말씀을 듣고 그분이야말로 참으로 구세주라는 것을 알게 되었소."

이제 여인이 예수님을 선생님이라고 하지 않고 '예언자'라고 말합니다. 아, 이분이 내 마음을 다 알고 있는 예언자다. 그런데 더 나아가서 단순히 예언자가 아니라 메시아인가? 라는 물음에 이르게 됩니다. 예수님께서 놀랍게도 여인에게 당신이 바로 메시아, 구세주라는 것을 밝히십니다.

우리는 여기서 믿음이 생겨나고, 그것이 서서히 자라는 것을 볼 수 있습니다. 믿음은 과정을 통해 서서히 성숙해 나갑니다. 처음에는 믿음과는 멀리 떨어져 있었습니다. 그때는 예수님이 다만 유대인일 뿐입니다. 가까이 가서 대면하고 이야기를 나누면서 '선생님'으로 바뀝니다.

점점 더 가까이 다가가서 대화가 깊어지면서 '예언자'라고 부릅니다. 그

다음에 마지막으로 메시아, 구세주라는 것을 알아보게 됩니다. 이것이 믿음이 성장하는 과정을 보여 주는 표징입니다. 이 과정을 다시 봅시다. 예수님은 길을 가시다가 지치셨고 목말라하십니다.

예수님께서 무엇을 목말라 하시는 것입니까? 예수님의 목마르심은 아주 상징적인 의미입니다. 예수님의 목마름은 어떤 의미를 지닙니까? 여인은 과거에 대해 생각했습니다. 사람들이 자기에게 퍼붓는 험담을 생각하면 슬픕니다. 그냥 모든 것을 잊고 싶습니다. 예수님과 함께 과거로 돌아가서 바라보면 모든 것이 달라집니다.

우리도 예수님과 함께 과거로 돌아가서 바라보면, 거기에 희망과 치유가 있습니다. 우리가 그냥 과거를 바라보면 거기 죄책감이 있고, 그것 때문에 절망합니다. 예수님께서 우리 마음에 들어오시도록 해야 합니다. 우리의 가장 내밀한 부분을 예수님 앞에 내어놓고, 그분이 그것을 가져가시도록 해야 합니다.

사마리아 여인이 완전한 진리를 모르고 있었습니다. 그러나 사마리아 여인은 예수님께 당신은 예언자라고 고백했습니다. 예수님께서 그 여인의 마음 안으로 들어가셔서, 그 마음을 어루만져 주셨습니다. 그것으로 충분했습니다. 예수님께서는 아무것도 묻지 않으셨습니다.

여인은 물동이를 그대로 놔두고 마을로 뛰어갔습니다. 이 사마리아 여인의 변화를 보십시오. 여인은 마을 사람들을 피해서 정오에 우물에 물을 길으러 왔습니다. 그러나 이제 예수님을 만났을 때, 여인은 마을로 사람들을 만나러 뛰어갔습니다. 이것은 엄청난 변화입니다. 그 여인은 마을에 가서 말했습니다.

"여러분, 오십시오. 여기 제 과거를 모두 맞힌 사람이 있습니다. 와서 보십시오."

여기 사마리아 여인에게 일어난 일을 통해 두 가지 사실을 보게 됩니다. 우리는 그것을 잘 보아야 합니다.

첫째는 예수님께서 우리 죄를 용서하시거나, 때로는 우리의 병을 치유해 주신다는 사실입니다.

둘째는 예수님께서 단순히 죄를 용서하시거나 병을 치유하실 뿐만 아니라, 다시 사회에 적응하여 잘 살 수 있게 해주십니다. 우리 자리를 회복시켜 주십니다. 예수님과 함께 할 때, 우리는 다시 사람들과도 함께 할 수 있습니다.

성령께서 거기 계시며 활동하십니다. 그 여인은 물동이를 남겨 두고 달려갔습니다. 상징적인 의미를 담고 있습니다. 옛 습관을 버린 것입니다. 눈을 뜨게 된 사람이 겉옷을 남겨놓았습니다. 시몬 베드로와 다른 어부도 예수님을 따를 때, 배와 모든 것을 버리고 따랐습니다.

사마리아 여인은 고통받는 사람을 상징합니다. 그러나 이제 그 여인은 고통받는 사람이 아닙니다. 하느님의 사랑을 받는 사람입니다. 우리는 혼자가 아닙니다. 예수님이 우리와 함께 현존하십니다. 우리는 예수님의 현존을 어디에서 알 수 있습니까? 예수님께서는 바로 성체성사 안에 현존하십니다.

왜 우리가 예수님의 말씀을 쓰지 않게 느낍니까? 7분은 사랑과 함께 오시기 때문입니다. 사랑 안에서 우리를 용서해 주십니다. 사랑 안에서 우리에게 새 생명을 주십니다. 우리는 늘 기도하도록 합시다. 우리가 예수님을 볼 수 있고, 경험할 수 있도록 기도합시다. 그것이 우리 그리스도인이 지닌 신앙의 완성이 됩니다.

우리가 바로 영혼

제가 번역했던 레이첼 레멘의 글을 대하면서, 저도 이제 삶을 다시 바라보게 되었습니다. 그녀는 암 환자들을 상대로 30년 동안 일을 해오는 동안, 우리가 많은 강박관념이 쌓이는 것을 알게 되었다고 합니다. 저도 강박관념이란 단순히 시간에 쫓기거나 일이 많거나 하는 문제라기보다, 내면의 문제라는 생각이 듭니다.

레멘은 암 진단을 받고 큰 강박관념을 지닐 거라고 생각되는 암 환자들에게서 오히려 강박관념이 줄어드는 것을 경험한 후, 그녀는 크게 깨닫게 되었다고 합니다. 환자들은 고통의 순간, 오히려 참된 삶의 기쁨을 되찾는 것이었습니다. 병이나 고통이 온갖 걱정과 두려움을 유발하는 것은, 두말할 필요 없이 사실 자체입니다.

하지만 그들이 받는 강박관념은 건강했을 때보다, 오히려 줄어듭니다. 제가 뇌졸중을 앓고 난 이후에, 삶을 더 긍정적으로 볼 수 있게 되었습니다. 우리는 병이라는 고통을 통해 비로소 우리에게 가장 중요한 것이, 무엇인지를 알게 됩니다. 그때 우리 자신의 삶을 온전히 남을 위해 살고자 투신하게 되는 경우가 더 많습니다.

우리 자신의 내면의 가치를 깨뜨렸던 상황과 관계를 지속하기보다는, 필요한 변화를 위해 에너지를 쏟습니다. 저는 레이첼 레멘이 받은 편지에 놀라지 않을 수 없습니다. 유방암으로 항암 치료를 받는 여성이 자기 스트레스 수치의 변화를 알고, 무척 놀라게 되었다고 자기에게 편지를 보냈답니다.

"저는 처음으로 저 자신의 별을 바라보며 항해를 시작했습니다. 어처구니없게도 저는 그동안 제 별이 아닌 다른 별들을 따라 항해를 하고 있었지요. 다른 사람에게 키의 손잡이를 내어주고 방향을 조종하도록 했던 것입니다. 그동안 저는 저 자신의 의지와는 별도로 항해를 해 온 것입니다.

이제 저는 제 배가 어디로 향해야 할지 길을 찾았습니다. 이제 거기에다만 충실하려고 했습니다. 이것은 제 배이며, 제 별을 따라가야 하니까요. 선생님은 무슨 연유로 제가 전보다 더 평화로워졌는지 알고 싶어 하셨지요? 글쎄요, 아마 제가 이제 갈팡질팡하지 않고, 제 별을 따라 항해하고 있기 때문일 거예요."

그렇습니다. 우리 각자는 그와 같은 별을 하나씩 가지고 있습니다. 그리스도교에서 우리는 그것을 영혼이라고도 부르지요. 불행하게도 우리는 오직 깜깜한 암흑 속에서만, 자신의 별을 제대로 보게 되는 것입니다. 그래서 우리는 고통을 겪고 나서야 비로소 자신의 별을 따라가게 될 수 있습니다.

강박관념의 근본 원인은 윗사람이 못살게 굴거나 연인과의 관계가 깨지기 때문이 아닙니다. 우리 영혼의 감각을 잃었기 때문입니다. 강박관념을 없애기 위한 모든 방법은, 별 도움이 되지 않을 것입니다. 강박관념은 우리가 영적인 본성을 거스르면, 대가를 치르게 된다는 인식을 지닐 때만 비로소 해소될 수 있습니다.

사실 우리가 영혼을 지닌 것이 아니라 바로 우리가 영혼이라는 것을 깨달아야 합니다. 우리를 일깨우고 영혼의 감각을 깊게 해주는 여러 가지 방법들이 있습니다. 기도가 그중에 가장 좋은 방법입니다. 그 외 요가, 단식, 선 등의 방법이 있습니다. 많은 놀라운 일 가운데 하나가 상실했을 때의 체험입니다.

레멘은 자신에게 가장 중요한 것이라고 여겼던 모든 것을 상실한 사람들을 통해, 영혼의 힘이 얼마나 위대한지를 깨우쳤다고 합니다. 그녀의 이야기를 듣습니다. 몇 년 전, 환자 중 유방암을 앓고 있던 여자가 자기에게 꿈 이야기를 들려주었습니다. 그녀는 꿈에서 어떤 여자가 산을 만들고 있는 것을 바라보고 있었습니다.

꿈속의 여자는 구슬땀을 흘리면서 돌을 날라 산봉우리를 쌓고 있었습니다. 부지런히 돌을 담아 나르면서 종일 일을 하더니, 드디어 산을 만들었습니다. 산의 봉우리에는 흰 눈이 덮여 있는 멋진 산이었습니다. 그 환자는 산의 정상에 올라섰습니다.

"아주 놀라운 이미지네요." 레멘이 말했답니다.

"그래요. 그것은 제게 아주 익숙한 이미지예요. 바로 제 삶이지요. 하지만 저의 예전의 삶입니다. 저는 항상 일하고 또 일했어요. 저는 회사에서 점점 승진했어요. 저는 꿈속의 여자가 산의 꼭대기에 서 있는 것을 바라보면서 자만심을 느꼈습니다. 대단한 능력과 추진력이 감탄할 수 있다고 생각하면서요."

그녀는 잠시 말을 멈추더니 다시 시작했습니다.

"놀랍게도 산의 중턱에 커다란 구멍이 생겨났어요. 저는 산이 무너지기 시작하는 것을 볼 수 있었어요. 깜짝 놀라 그녀에게 피하라고 소리 지르려고 했어요. 그러나 목소리가 나오지 않았어요. 마침내 산꼭대기까지 무너져 내렸어요. 잠시 후면 여자에게로 산이 덮치려 하는 순간이었어요. 여자는 자기가 나는 법을 알고 있었다는 것을 깨달았지요."

그녀는 몹시 감동하고는 이 꿈이 그녀에게 어떤 의미를 지니고 있는지 물었답니다. 그녀는 살며시 웃으며, 우리가 힘이라고 생각하는 것과 실제로 우리가 지닌 힘은 다르다고 말했습니다. 영혼은 생각이나 신념이 아닙니다. 꿈과 음악, 예술, 그리고 부모가 되는 체험을 통해서, 그것은 아무런 대가 없이 우리를 일깨워 줍니다.

그것은 때로 우리 일상의 삶의 한 가운데에 갑자기 나타납니다. 영적인 체험은 배움을 통해 일어나는 것이, 아닙니다. 삶의 어느 순간 우리에게 발견됩니다. 그것은 우리에게 무상으로 주어지는 것입니다. 은총이라고 하지요. 그 은총은 전혀 기대하지 않을 때, 우리에게 살며시 다가옵니다.

많은 사람은 그러한 순간을 대수롭지 않게 흘려보내기도 합니다. 그것에 큰 가치를 두지 않거나 알아채지 못할 때도 있습니다. 하지만 바로 그것이 우리 삶을 바꿉니다. 어떤 것을 아는 데는 여러 가지 길이 있습니다. 때로 우리는 전혀 이해할 수 없었던 것을 순간에 깨닫게 됩니다.

우리가 그냥 평범한 일을 하면서도, 하느님의 숨결을 느끼는 일이 언제나 가능합니다. 아마 우리가 모두 진실한 자아를 가리키는 내적인 나침반을 지니고 있는지도 모릅니다. 우리가 그것을 따라가든 아니든, 그것은 언제나 우리를 본향으로 향하는 올바른 길을 가르쳐줍니다.

엠마오로 가는 길

루카 복음서 24, 13~32은 부활하셔서 엠마오로 가던 두 제자 앞에 나타나신 예수님 이야기입니다. 예수님께 모든 기대를 걸었던 제자들은 예수님이 십자가에서 죽는 것을 보고, 모든 것이 끝났다고 포기합니다. 제자들의 모습은 시련이 닥쳐올 때, 쉽게 좌절하는 우리의 모습이기도 합니다.

두 제자가 걸어가면서 이야기를 하고 있습니다. 그들의 걸음은 힘이 하나도 없습니다. 예수님께서 이 두 사람에게 다가와 동행합니다. 세 사람이 함께 길을 걷고 있는 이미지를 떠올려 보십시오. 그 길을 따라 함께 걸어도 좋습니다. 두 사람을 뒤따라 걷던 예수님이 그들에게 말을 건넵니다.

그들은 침통한 표정으로 걸음을 멈추고는, 멍한 표정으로 예수님을 바라봅니다. 그들이 힘없이 멈추어 서서 예수님을 알아보지 못한 채, 멍하니 바라보는 장면을 그려보십시오. 그들은 며칠 전, 예수님이 십자가에서 죽은 사건의 깊은 충격에서 아직도 벗어나지 못하고 있습니다.

허무감과 슬픔에 잠긴 이들의 얼굴을 떠올려 보십시오. 스승을 읽고 슬픔과 허탈감, 울분에 빠진 이들에게 예수님은 어떤 마음을 느끼셨을까요?

"나자렛 사람 예수님에 관한 일입니다. 그분은 하느님과 온 백성들 앞에서 행동과 말씀에 힘이 있는 예언자셨습니다."

'힘이 있는 예언자'라고 말하는 글레오파의 속마음을 헤아립니다. 그는 분명 예수님이 이스라엘을 로마의 압제에서 해방하여 주리라는 희망을 걸었습니다. 그런데 믿었던 스승은 죽었습니다. 큰 능력이 있는 예언자인 줄 알고 따랐다가 처참하게 죽는 모습을 보고, 절망에 빠진 글레오파가 바로 우리의 모습이 아닐까요?

부활하신 예수님은 차분하게 그들의 마음을 열어주십니다. 길을 가면서 성경 구절을 인용해 참 구세주가 어떤 분인지를 설명하고, 당신이 어떤 존재인지 상기시켜 주십니다. 길 위에서 부활하신 예수님을 만난 두 사람을 바라보면서, 우리의 긴 인생 여정을 떠올려 봅니다.

우리가 삶을 살아가면서 절망에 빠졌을 때, 예수님은 가만히 다가오셔서 우리의 마음을 열어주십니다. 우리에게 닥친 고난의 의미를 되새겨 주시는 분이 바로 부활하신 주님이십니다. 지금 우리에게 일어난 일에 대해 그 속에 담긴 의미를 찾아보라고 주님은 속삭여 주십니다.

제자들과 함께 식탁에 앉아 빵을 떼어 주시면서, 예수님은 비로소 당신의 존재를 깨닫게 해주십니다. 이것이 바로 기도의 열매입니다. 기도는 비쁘게 가던 길을 멈추고 서서 주님과 함께 식탁에 앉아 우리 삶을 되돌아보는 시간이지요. 이 기도의 시간에 주님이 우리에게 오셔서 빵을 떼어 주십니다.

그제야 우리의 눈이 열리게 되고 주님을 알아보게 됩니다. 그분이 우리 삶의 여정에 함께하셨다는 것을 깨닫게 되고, 그분이 말씀을 나누어주시는 순간 우리 삶은 충만해진다는 것을 알게 됩니다. 주님이 우리와 함께 계시면서 삶의 의미를 하나씩 풀이해 주실 때, 우리의 마음은 뜨겁게 차오릅니다.

우리의 삶이 영적으로 차오르는 순간 주님은 비로소 우리와 함께하십니다. 이제 두 제자가 느꼈을 감동의 순간에 머무르십시오.

"길에서 우리에게 말씀하실 때나 성경을 풀이해 주실 때 속에서 우리 마음이 타오르지 않았던가!"

함께 길을 가며 새로운 삶을 열어준 사람이 예수님이심을 깨닫게 된, 그들은 자신들이 느꼈던 감동을 되새깁니다. 그들은 예수님이 빵을 떼어 주실 때, 비로소 그것을 알게 되었습니다. 어떻게 빵을 떼어 주시는 모습에서 주님을 알아보게 되었을까요? 빵을 떼어 주시면서 "이는 내 몸이다."라고 하시던 예수님의 모습을 말입니다.

기도 안에서 어떤 깨달음이 옵니까? 깨달음이 아니라고 하더라도 어떤 강한 느낌이 오면 거기에 머무십시오. 제자들은 빵을 떼어 주시는 예수님의 행위를 통해 당신을 나누어주신다는 것을 알게 되었습니다. 그것이 생명의 빵이라는 것을 깨닫게 되었습니다. 예수님이 그들 앞에서 사라지셨지만, 늘 함께 계시는 것을 알게 되었습니다.

제자들은 예수님이 항상 그들과 함께 계심을 느끼며 곧바로 예루살렘으로 향합니다. 그들은 예수님이 예언하신 대로 부활하셔서 자기들과 함께하신다는 것을 믿게 되었습니다. 실의에 빠져 떠나오던 길을 그들은 환희에 젖어 다시 달려갑니다. 기쁨에 가득 차 힘차게 걸음을 내딛는 두 제자의 모습을 그려보며 그 기쁨 안에 머무십시오.

그들은 공동체로 다시 돌아옵니다. 이 이미지는 새로운 공동체, 곧 교회의 새로운 시작을 상징합니다. 그들은 길을 떠났고 길에서 부활하신 주님을 만났으며 이제 공동체로 다시 돌아온 것입니다. 다시 기쁨으로 가득 차 새로운 삶을 살게 됩니다.

아름다운 밤, 성모의 밤

아름다운 밤입니다. 왜 아름다운 밤입니까? 아름다운 꽃과 아름다운 시와 아름다운 음악이 있기 때문입니까? 아닙니다. 이 밤, 여러분들이 이곳에 사랑하기 위해, 기도하기 위해 모였기 때문입니다. 사랑만큼, 기도만큼 인간을 아름답게 하는 것은 없습니다.

'인간이 꽃보다 아름다워'라는 노래가 있지요. 인간이 진정 꽃보다 아름답다면, 그것은 바로 사랑하는 마음, 기도하는 마음이 있기 때문입니다. 사랑의 마음이 없으면, 거기 진정한 기도가 없지요. 기도는 사랑의 간절한 표현이지요. 오늘 밤에 우리가 성모님을 사랑하기 위해서, 성모님을 통해 기도하기 위해 이곳에 모였습니다.

이 밤에 우리가 성모님에게 드릴 수 있는 것이 무엇일까를 생각해 보았습니다. 아름다운 장미 꽃다발일까요? 장미 대신 화분을 준비하기도 했습니다마는 오래가는 꽃 화분일까요? 찬미의 노래일까요? 화려한 무대일까요? 아닙니다. 바로 사랑입니다. 기도입니다. 잘 사랑하고자 하는 간절한 바람, 바로 진실한 기도입니다.

우리가 누군가에게 선물을 줄 때, 가장 좋은 선물이 무엇일까요? 바로 선물을 받는 사람이 원하는 것이지요. 우리는 모두 성모님께 선물을 드리고 싶은 마음을 지니고 있습니다. 그것도 가장 좋은 선물을 드리고 싶어요. 저도 그렇게 하고 싶어요. 과연 성모님이 원하시는 것이 무엇일까 생각해 보았어요.

문득 그분의 메시지가 떠올랐어요. 구체적으로 그분이 원하신다고 하신 말씀을 다시 확인하고 싶어서, 어머니의 메시지가 담긴 책을 찾아보았어요. 성모님은 여러 곳에 발현하셨고, 특히 지난 40여 년간 메쥬고리예라는 곳에 계속 발현하시지요. 그곳에서 성모님이 무슨 말씀을 하셨는지를 듣고자 했고, 그 말씀들이 제 귀를 다시 생생하게 울렸어요.

이 아름다운 밤에 제 강론보다는 어머니의 메시지를 전하는 것이 마땅하리라는 생각을 하게 되었지요. 어머니는 40여 년 동안 한결같은 말씀들을 들려주십니다. 제가 다 들려 드릴 수 없어서 30여 년 전 5월에 하신 말씀들을 몇 개 택했어요. 30여 년이 성모 어머니 눈에는 찰라 이겠지요. 30여 년 전이나 지금이나 똑같이 말씀하고 계십니다.

1985년 5월 2일: "사랑하는 자녀들아! 오늘 너희들의 습관적이 아닌 마음을 다해 드리는 기도로 초대한다. 어떤 사람들은 기도 안에 들어올 뿐만 아니라 기도 안에 성숙하기를 원하고 있다. 그래서 나는 어머니로서 너희들의 마음속에 기도의 바람이 일 때까지 계속해서 기도하라고 권고하고 있다. 내 부름에 응답해 주어서 고맙다."

5월 9일: "사랑하는 자녀들아! 하느님께서 너희들에게 얼마나 많은 은총을 주시는지 너희는 도무지 알지 못하는구나. 성령께서 특별한 방법으로 작업하고 계시는 지금 이 시기에 너희들은 성숙하려는 노력을 하고 있지 않다.

너희들의 마음은 지상의 많은 것들에 쏠려 있고 이것들이 너희 마음을 잡고 놓아 주지 않고 있구나. 너희들 위에 성령이 내려오시도록 너희들의 마음을 모아 기도하여라. 내 부름에 응답해 주어 고맙다."

그해 5월 29일에는 예수께서 제자들에게 하셨던 말씀을 연상시키는, 거의 똑같은 말씀을 하십니다. "사랑하는 자녀들아! 오늘 나는 너희 모두를 너희들의 삶 속에서 이웃과 하느님과의 사랑으로 살도록 초대한다. 사랑 없이는 아무것도 할 수 없다. 사랑하는 너희들이 내가 너희들을 사랑하는 것처럼 열렬한 사랑을 하도록 간청한다."

성모 어머니께서는 이런 메시지를 주시면서 놀랍게도 "너희들 없이는 아무것도 할 수 없다."라고 하십니다. 우리의 도움이 필요하다고 하십니다. 뮌헨의 대성당에는 폭격 중에 팔과 다리가 떨어져 나가 버린 십자고상이 하나 있답니다. 어느 군인이 종이쪽지에 쓴 글이 아직도 그 십자고상 옆에 붙어 있답니다.

내용은 이렇습니다. "내 팔이 떨어져 나갔기 때문에 내게는 네 팔이 필요하다. 또 내 다리가 떨어져 나갔기 때문에 네 다리가 필요하다." 성모 마리아께서는 전쟁과 살인, 낙태, 폭력 등으로 얼룩진 세상을 바라보시면서, 마음이 다 떨어져 나가셨나 봅니다. 그래서 우리의 마음이 필요하다고 말씀하십니다.

성모 어머니는 자신의 마음을 선물할 사람을 찾고 계십니다. 우리가 모두 나는 이런저런 이유로 아직 아니고 다른 사람이 마음을 주기를 바란다면 어머니께서 얼마나 슬프실까요? 우리 오늘 성모 어머니께 단순히 꽃다발이나 노래가 아닌 우리의 마음을 선물합시다.

오늘 여러분들이 드리는 꽃다발이나 노래나 공연이 필요없다는 것이 아닙니다. 보다 더 중요한 것은 마음이라는 말입니다. 어머니께서 간절히 원하시는 대로 습관이 아닌 우리의 마음으로부터 기도하도록 다짐합시다. 이 아름다운 밤, 어머니께 우리의 마음, 우리의 사랑, 우리의 기도를 선물로 드립시다.

기다림, 문설주에 기대어

대림이라는 말이 무슨 뜻입니까? 임하시기를 기다린다는 한자어지요. 대림 시기는 말 그대로 '누군가 오시기를 기다리는 때'라는 뜻이지요. 누구를 기다립니까? 어린아이에게 물으면, 분명, "신부님 그것도 몰라요? 예수님이지요."라고 대답할 것입니다. 늘 아이는 어른의 스승이지요.

그렇습니다. 예수님, 우리의 주님을 기다립니다. 그런데, 소위, '어른 병'에 걸린 저는 다시 묻게 됩니다. 어떤 예수님을 기다리는가? 2000년 전 베들레헴 언덕

마구간에서 태어나신 아기 예수님이신가? 아니면, 마지막 날 다시 오실 '사람의 아들' 예수님이신가? 아니면, 부활하셔서 우리 안에 계신 스승 예수님이신가?

여러분들, 어떻게 생각합니까? 선지 선다형에 익숙한 우리는 빨리 머리를 굴립니다. 모르는 사람은 머리 대신 연필을 굴리지요. 그런데 답은 하나가 아닙니다. 우리의 모두입니다. 그분은 이미 오셨고, 와 계시며, 오실 분

이시기 때문입니다. 그분은 과거, 현재, 미래를 주관하시는 분이십니다.

가깝게는 우리 모두 다가오는 '성탄'을 기다립니다. 성탄은 분명, 2000년 전 일어난 과거의 사건입니다. 그러나 우리가 성탄을 기다리고 있다면, 그것은 단지 과거의 베들레헴이라는 어느 한 지역에서 일어났던 사건이 아니라, 이제 다시 일어나고 있는 사건이기도 하다는 것을 의미합니다.

그렇습니다. 성탄은 어제의 사건일 수만은 없고, 오늘의 그리고 내일의 사건이기도 합니다. 우리가 만일 성탄을 단지 예수님께서 2000년 전에 유다 고을에서 태어나신 탄신 일로 기념하고 축하한다면, 굳이 대림절을 가질 필요가 없을 것입니다. 우리는 이 대림 시기에 오셨던 분이 아니라 오실 분을 기다리고 준비하는 것입니다.

우리는 누군가를 기다릴 때, 무엇인가를 준비합니다. 귀한 손님이 집에 찾아오신다고 한다면, 우리는 집을 청소하고 대접할 음식 등을 준비합니다. 우리는 그분을 맞이하기 위해 어떻게 준비해야 합니까? 이 대림 시기에, 그분을 맞이하기 위한 준비로서 '회개하라.'라는 세례자 요한의 외침을 듣게 됩니다.

"회개하라. 하늘나라가 가까이 왔다."

'하느님 나라'는 이 세상 너머 어디엔가 있는 장소가 아니라 바로 주님의 오심을 의미합니다. 하느님 나라는 바로 오시는 그분, 주님의 가르침과 행동과 삶에서 시작되었기 때문입니다. 우리의 준비는 바로 회개입니다. 우리는 '회개'라는 말을 너무 많이 들었기 때문에 그 말에 거부감을 가지고 있지는 않은지요?

회개란 어원적으로 보면 '가던 길을 바꾸어 돌아선다.'라는 뜻입니다. 다시 말해, 하느님이 아닌 곳을 향해 가던 길을 돌아서서 이제 하느님을 향해 나아간다는 뜻입니다. 그렇기에 회개가 무엇인지 가장 잘 가르쳐 주고 있는 성서의 대목이 바로 우리가 너무나 잘 알고 있는 루카 복음서 15장의 '잃었던 아들'의 비유입니다.

그 비유에서 둘째 아들이 아버지의 집을 향해 돌아서는 그 발길이 바로 회개입니다. 비유에서의 아버지는 하느님이시고 하느님은 바로 사랑이십니다. 회개란 우리 자신조차 바로 사랑하지 못하는 우리가 남을 사랑하는 사람으로 바뀌는 것입니다. 밤에서 낮으로 바뀌는 때가 바로 회개의 때입니다.

어느 스승이 제자들에게 물었답니다.

"그대들 중에 누가 밤에서 낮으로 바뀌는 때가 언제인지 아는 사람이 있는가?"

어떤 제자가 답했습니다.

"새벽, 먼동이 트기 시작하여, 저 멀리에 있는 나무가 물푸레나무인지, 자작나무인지를 알아볼 수 있으면, 그때가 밤이 낮으로 바뀌는 때입니다."

스승이 말했습니다.

"아니다."

다른 제자가 답했습니다.

"새벽 어스름 동구 밖에 있는 밭에서 일하는 농부의 모습을 보고 친구인지 알아볼 수 있으면, 밤이 낮으로 바뀐 것입니다."

스승이 말했습니다.

"아니다. 잘 들어라. 그대들이 잠에서 깨어나 창문 밖에 지나가는 사람들을 보면서 그들을 형제요 자매로 알아본다면, 그때가 밤에서 낮으로 바뀌는 때이다."

회개에는 두 단계가 있습니다. 첫 단계는 우리 자신을, 우리의 삶을, 그리고 이 세상, 이 시대를 깊이 바라보는 것입니다. 우리 자신을 되돌아볼 때, 우리는 하느님 앞에 겸손하지 않을 수 없습니다. 우리도 비유에서의 둘째 아들처럼 하느님을 멀리 떠나 있었음을 우리의 마음을 아프게 했던 사람들을 용서하지 않았음을 깨닫습니다.

이 깨달음이 바로 하느님을 향해 발길을 돌리는 순간입니다. 우리가 하느님을 향해 발길을 돌리는 바로 그 순간에, 우리는 그분의 용서를 체험합니다. 우리가 그분을 향해 발길을 돌렸기 때문이 아니고, 그분이 바로 사랑이시기 때문입니다. 사랑은 용서를 포함하고 있기에 하느님은 사랑으로 우리를 용서하시는 것입니다.

아버지가 떠나갔던 아들을 꾸짖지 않으시고, 기쁨에 넘쳐 끌어안았습니다. 아들은 눈물을 흘렸을 것입니다. 우리도 하느님이 우리를 사랑하시고 무조건 용서하신다는 것을 깨달을 때, 안도의 숨을 쉬며 진정 행복을 느끼게 됩니다. 이 행복이 우리가 회개의 다음 단계로 나아가게 합니다.

회개의 둘째 단계는 바로 나눔입니다. 루카 복음서 19장의 세관장 자캐오의 이야기를 생각해 보십시오. 그는 예수님을 만나, 그분의 초대, 그분의 받아들임을 보고 감격하며 자기가 가진 것을 나누겠다고 합니다. 나눔이 없다면, 진정으로 회개한 것이라고 할 수 없지요.

우리가 하느님의 사랑과 용서를 체험할 때, 우리는 우리 자신과 우리가 지닌 것을 나누지 않을 수 없습니다. 우리 자신도 그분의 선물이고, 우리가 지닌 모든 것이 다 그분의 선물이요, 잠시 그분이 우리에게 맡겨 놓으신 것임을 알기 때문입니다.

회개의 둘째 단계는 실상 회개의 첫째 단계가 이루어지면 자연스럽게 따라옵니다. 그렇기에 저는 회개에 대해 말하면서 회개의 첫째 단계, 즉 우리 자신의 모습을 바르게 바라보는 것에 초점을 맞추고 그것을 강조하고자 합니다. 어떻게 우리 자신을 바르게 되돌아볼 수 있는가?

한마디로 하느님이 사랑이라는 것을 깨달을 때, 다시 말해, 하느님을 체험할 때입니다. 언제 우리가 하느님을 체험하게 됩니까? 바로 기도할 때이지요. 그렇기에 우리는 기도할 때 우리 자신을 바르게 볼 수 있습니다. 기다림, 대림은 멀리 계시는 분이 오시기를 기다리는 것만이 아닙니다.

실상, 이미 우리 안에 와 계시는 분, '항상 너희와 함께 있겠다.'라는 약속대로 늘 우리 안에 와 계시는 그분을 느끼고 체험하는 것입니다. 그것은 바로 기도를 통해서 일어납니다. 그러기에, 대림 시기는 무엇보다 기도하는 시기입니다. 문설주에 기대어 그분이 오심을 기다릴 것이 아니라 우리 마음의 문 안으로 들어가 거기서 주님을 만나시기 바랍니다.

놀라운 어머니

오늘 연중 제32주일입니다. 독서와 복음 말씀의 핵심 주제는 부활에 대한 믿음이네요. 그분의 아버지이신 하느님께서 그분을 죽음에 버려두지 않으셨습니다. 그분이 부활시켜 주셨다는 믿음, 그렇게 우리도 죽음으로 끝나는 것이 그분과 함께 부활하리라는 믿음, 그것이 우리 그리스도교 신앙의 핵심이지요.

오늘 제1 독서 마카베오기 하권의 말씀은 아주 감동적인 이야기이면서, 동시에 부활 신앙이 이미 유대인들에게 확고하게 자리잡고 있었다는 것을 잘 보여 주는 놀라운 내용입니다. '어머니와 일곱 아들의 순교 사화'로 알려진 이 이야기에서 일곱 형제도 훌륭하지만, 누구보다 어머니가 놀라운 분입니다.

마카베오기 저자도 "특별히 그 어머니는 오래 기억될 놀라운 사람이었다."라고 기록하고 있습니다. 어머니는 일곱 아들이 단 하루에 죽어가는 것을 지켜보면서도, 주님께 희망을 두고 있었기 때문에 용감하게 견디어 냈다고 전합니다. 자기 눈앞에서 자식을 잃는 고통보다 더 큰 슬픔은 없을 것입니다.

그 고통과 슬픔 앞에서 부모, 특히 어머니는 본능적으로 우선 아들을 살리려고 무슨 일이든지 하려고 하기 마련입니다. 그런데 일곱 아들을 둔 어머니는 자기 눈앞에서 일어나는 그 엄청난 고통을 담담히 받아들입니다. 아들 일곱이 한 사람 한 사람이 눈앞에서 죽어갑니다. 그 상황을 어떻게 그릴 수 있을까요?

지난주일, 10월 31일에 대전 우리 성서 모임에 가서 졸업식, 입학식 미사를 해주었습니다. 미사 전에 큰잔치가 벌어졌는데, 잔치의 가장 중요한 행사가 각 조로 나누어 성극을 하는 것이었어요. 그 성극 중의 하나가 바로 이 '어머니와 일곱 아들의 순교' 내용이었어요.

저는 이 놀라운 상황을 성극으로 어떻게 표현할 수 있을까 참 궁금했고, 관심 있게 지켜보았어요. 너무나 비극적인 상황이지만, 살짝 코믹을 넣으면서도 감동 있게 그려내는 성극에 큰 박수를 보냈지요. 다시 이야기로 돌아옵니다. 어머니는 아들 하나하나를 격려하면서, 아들 다섯이 죽어가는 것을 지켜봅니다.

보통 어머니 같으면 실성을 할 것입니다. 하지만 그 어머니는 끌려 나온 여섯째 아들과 막내아들에게 말합니다.

"너희가 어떻게 내 뱃속에 생기게 되었는지 나는 모른다. 너희에게 목숨과 생명을 준 것은 내가 아니며, 너희 몸의 각 부분을 제자리에 붙여 준 것도 내가 아니다. 그러므로 사람이 생겨날 때 그를 빚어내시고 만물이 생겨날 때 그것을 마련해 내신 온 세상의 창조주께서, 자비로이 너희에게 목숨과 생명을 다시 주실 것이다."

여섯째 아들마저 죽고 마지막으로 막내아들만 아직 살아 있었을 때, 안티오코스 임금은 막내아들에게 조상들의 관습에서 돌아서기만 하면, 부자로 만들어 주고 행복하게 해주며 벗으로 삼고 관직까지 주겠다고 합니다. 한 마디로 얼토당토않은 회유이지요. 말로 타이를 뿐만 아니라 약속하며 맹세까지 합니다.

막내아들마저 귀를 기울이지 않고 회유를 거부하자, 그 어머니를 가까이 불러 아들에게 충고하여 목숨을 구하게 하라고 설득합니다. 어머니는 아들을 설득해 보겠다고 임금에게 말하지만, 아들에게 몸을 기울이고 폭군을 비웃으며 말합니다. 이 말이 놀랍고 기가 막힙니다.

"아들아, 나를 불쌍히 여겨다오. 나는 아홉 달 동안 너를 배 속에 품고 다녔고 네가 이 나이에 이르도록 기르고 키우고 보살펴왔다. 얘야, 너에게 당부한다. 하느님께서, 이미 있는 것에서 그것들을 만들지 않으셨음을 깨달아라. 이 박해자를 두려워하지 말고 죽음을 받아들여라. 내가 그분의 자비로 형들과 함께 너를 다시 맞이하게 될 것이다."

확실한 부활에 대한 믿음을 지닌 어머니의 신앙은 그저 놀랍기만 합니다. 그 어머니에 그 아들입니다. 어머니의 말을 끝나기도 전에 아들은 임금의 명령에 복종하지 않고, 오로지 모세를 통하여 자기 조상들에게 주어진 법에만 순종할 뿐이라고 하여, 임금의 화를 나게 만듭니다.

이 이야기는 오래전에 돌아가신 저의 어머니를 다시 떠올리게 합니다. 어머니는 믿음이 깊은 분이셨습니다. 저와는 비교할 수 없이 깊은 믿음을 지닌 어머니이시지만, 과연 이 이야기에서의 어머니와 같은 그런 믿음, 아들들의 죽음을 보면서도 의연하실 수 있는 그런 믿음을 지니고 계셨을까? 혼자 부질없는 물음을 던져 봅니다.

저희도 일곱 형제이기 때문에 자연히 저희 형제들의 신앙도 돌아봅니다. 다른 형제들은 몰라도, 서는 도저히 고문을 이겨낼 것 같지 않습니다. 불로 달군 쇠꼬챙이를 보며 기겁을 하고 살려달라고 애원하였겠지요. 그저 박해가 없는 시대에 신앙생활을 한다는 사실만 감사할 뿐입니다.

오늘 제1 독서의 마카베오기는 제2 경전이지만, 아주 중요한 성경입니다. 우리가 바르게 알아야 할 것은 제2 경전이라고 해서 덜 중요한 성경이 전혀 아니라는 사실입니다. 일부 개신교에서는 외경이라고 하여 받아들이지 않지만, 개신교도 학계에서는 오히려 제2 경전이 얼마나 중요한 성경인지를 다 잘 알고 있습니다.

마카베오기는 이스라엘의 신앙이 위협을 받고 있을 때 쓰인 성경입니다. 마카베오기 저자는 그리스라는 새로운 문화가 들어오면서 신앙의 순수성을 잃어갈 때, 새롭게 하느님께 대한 믿음, 지금 당장 눈에 보이는 것보다 영원에 대한 믿음, 부활에 대한 믿음을 불러일으키려고 이 마카베오기를 썼습니다.

당시 모든 이스라엘 사람들이 '어머니와 일곱 아들'이 지닌 믿음을 지닌 것은 아니었지요. 오히려 많은 유대인이 죽음의 위협을 느껴 우상과 이방 관습을 받아들이게 되었지요. 이런 상황에서도 순교한 어머니와 일곱 아들의 이야기는 다시 한번 영원한 생명을 주시는 하느님에 대한 신뢰를 지니도록 격려합니다.

저는 이 이야기가 단순히 2200년 전의 어느 감동적인 이야기가 아니라고 생각합니다. 바로 오늘의 우리 신앙을 돌아보게 하는 이야기입니다. 오늘날 '돼지고기'에 해당하는 우상이 무엇인지를 헤아리면서, 우리에게 진정한 가치가 무엇인지를 다시 생각합니다. 죽음마저 전혀 두렵지 않은 신앙은 오늘날 우리에게도 절실합니다.

예수님의 거룩한 마음

예수 성심 대축일입니다. 이날은 예수님의 거룩한 마음을 느끼며 우리 마음에 그분의 마음을 깊이 새기고, 우리도 그분이 지니신 마음을 지닐 수 있도록 청하는 의미를 지니고 있겠지요. 저는 지금까지 예수님이 지니신 거룩한 마음은 그냥 사랑의 마음, 깊은 연민의 마음으로 이해하고 있었습니다.

오늘 복음을 묵상하면서 예수성심이라고 부르는 것은 단순히 그분이 거룩한 사랑의 마음을 지녔다는 의미보다, 더 깊은 뜻을 내포하고 있다는 깨달음이 왔습니다. 예수성심은 예수님께서 바로 하느님의 거룩함을 지닌 분, 바로 구원자라는 함축적인 의미를 담고 있다는 깨달음입니다.

오늘 예수성심대축일을 맞아 교회가 왜 '되찾은 양의 비유'를 복음으로 택하고 있는지를 헤아리면서, 문득 예수성심의 '서룩한 마음'이 바로 하느님의 마음이라는 깨달음이 온 것입니다. 구약성경에서 목자와 양 떼의 이미지는 하느님과 그분 백성의 관계를 나타내는 고전적인 표상입니다.

흩어졌거나 잃어버린 양들을 되찾아 온다는 의미는 구원을 나타내는 전통적인 은유였습니다. 예를 들어보지요. 예레미야 예언자는 우리에게 거짓 목자에 대해 들려주며 이제 참 목자를 세워 잃어버린 양을 되찾아 주실 거라고 예언합니다.

"불행하여라. 내 목장의 양 떼를 파멸시키고 흩어 버린 목자들! 주님의 말씀이다. 그러므로 주 이스라엘의 하느님께서 내 백성을 돌보는 목자들을 두고 말씀하신다. '너희는 내 양 떼를 흩어 버리고 몰아냈으며 그들을 보살피지 않았다. 이제 내가 너희의 악한 행실을 벌하겠다.'

주님의 말씀이다. 그런 다음 나는 내가 그들을 쫓아 보냈던 모든 나라에서 살아남은 양들을 다시 모아들여 그들이 살던 땅으로 데려오겠다. 그러면 그들은 출산을 많이 하여 번성할 것이다. 내가 그들을 돌보아 줄 목자들을 그들에게 세워 주리니, 그들은 두려워하지 않고, 그들 가운데 잃어버리는 양이 하나도 없을 것이다."

이렇게 예언자 예레미야는 하느님의 뜻을 저버린 불의한 거짓 목자, 유다 지도자들에 대해 경고하며 다윗의 자손이며 의로운 가지가 유다의 남은 자들을 구원하실 것이라고 말합니다. 이 말씀은 우선 바빌로니아에 포로로 잡혀갔던 유다의 남은 자들이 되돌아올 것을 드러내 주시는 말씀입니다.

더 깊은 의미는 훗날 참 목자이신 예수 그리스도께서 구원을 이루시리라는 의미를 함축하고 있습니다. 다음은 에제키엘 예언자의 경고에 이어지는 위로의 말입니다. 우선 거짓 목자에 대한 경고를 퍼붓습니다.

"나의 양 떼는 목자가 없어서 약탈당하고, 나의 양 떼는 온갖 들짐승의 먹이가 되었는데, 나의 목자들은 내 양 떼를 찾아보지도 않았다. 목자들은 내 양 떼를 먹이지 않고 자기들만 먹은 것이다." (에제. 34, 8)

이어지는 에제. 34, 11~ 16은 '좋은 목자'를 보내시어 양 떼인 이스라엘을 돌보시고 궁극적으로 구원을 이루시리라는 위로의 말씀들입니다.

　"주 하느님이 이렇게 말한다. 자기 가축이 흩어진 양 떼 가운데 있을 때, 목자가 그 가축을 보살피듯, 나도 내 양 떼를 보살피겠다. 내가 몸소 내 양 떼를 먹이고, 내가 몸소 그들을 누워 쉬게 하겠다. 잃어버린 양은 찾아내고 흩어진 양은 도로 데려오며, 부러진 양은 싸매 주고 아픈 것은 원기를 북돋아 주겠다."

　예수님은 단순히 사랑이나 깊은 연민을 지니셨기 때문에 거룩한 마음, 성심을 지니고 계신 것이 아니라 진정으로 잃어버린 양들을 되찾아 주실 수 있는 분, 구원자로서 거룩한 마음을 지니신 분이십니다. 우리가 길을 잃었다고 하더라도 걱정할 것 없습니다. 그분께서 우리를 되찾아 주실 것이기 때문입니다.

길

~~~

신경림 시인의 '길'이라는 시가 있습니다. 시인들뿐만 아니라 많은 사상가와 신앙인들에게도 '길'이라는 이미지는 인생, 삶을 나타내는 상징으로 즐겨 사용되어왔지요. 성 이냐시오를 사부님으로 모시고 사는 저희 예수회원들에게 '길'은 아주 친숙하고 우리 자신들의 정체성을 잘 나타내는 이미지이기도 하지요.

마치 예수님께서 당신 자신을 늘 '사람의 아들'이라고 부르셨듯이, 성 이냐시오는 자신을 늘 '순례자'라고 했습니다. 끊임없이 길을 떠나는 여정, 예수님의 체험을 자신의 것으로 새기면서 미지의 곳을 향해 떠나는 삶을 자신들의 성소로 인식한 성 이냐시오와 그의 초기 동료들에게 길은 아주 자연스럽게 다가오는 이미지였지요.

예수회의 '회헌'에 보면, "우리 수도회의 첫 번째 특징은 여행하는 것이다."(626)라고 되어있습니다. 예수회 '회헌'을 가장 잘 이해했던 예로니모 나달 신부는 "예수회원들에게 가장 원칙적이고 특징적인 삶의 방식은 집에 머무르는 것이 아니라 여행에 있다. 그들은 끊임없이 돌아다닐 때, 가장 평화롭고 쾌적한 집에 있다고 생각했다."라고 쓰고 있습니다.

저는 역마살이 낀 사람이라 여행을 아주 좋아합니다. 예수회 안에서 사도직도 한곳에 오래 하지 못하고 늘 필요한 곳에 땜빵을 하며 살아왔지요. 나달 신부에 의하면, 제가 예수회원이 될 성향을 타고났다고 해도 과히 틀린 말이 아니겠지요. 하하. 자만은 아니고 농담입니다.

제가 미국에 있을 때, 자동차로 미국본토를 한 바퀴 네모나게 돌은 적이 있지요. 그때 참 많은 사람을 만났어요. 인디언 보호 구역에 가서 인디언들을 위해 사목하는 예수회원들도 만났고, 여러 곳의 한인 공동체들을 방문하기도 했지요. 다음에 기회가 되면 작은 도시나 읍내만을 다니면서 성사를 듣고 미사를 해주고 싶다는 생각을 했습니다.

미국에서 여행하다 보면, 여행 안내소가 많이 있어요. 한 주에서 다른 주로 넘어가면 바로 여행 안내소가 나타나지요. 그 안으로 들어가면, 지도가 놓여있습니다. 그 지도에 빨간 X표가 있지요. 바로 현 위치를 나타내는 표시입니다. 지도를 보면서 현 위치가 어디인지 알 때, 지금까지 온 길이 올바른 길이었는지를 점검하고 다음 나아갈 길을 제대로 찾아 나갈 수가 있겠지요.

피정은 어쩌면 지나온 길을 돌아보고 앞으로 나아갈 길을 구상하는 빨간 X표와 같은 역할을 하는 것이 아닐까 생각합니다. 여행하다 보면 누구나 길을 잃고 헤매는 체험을 하지요. 저는 비교적 길을 잘 찾는 편이라서 어떤 친구가 '살아 있는 지도'라는 별명까지 붙어주기도 했습니다마는 원숭이도 나무에서 떨어진다는 말이 있듯이, 저도 더러 길을 잃고 낭패를 당할 때가 있지요.

대개는 나는 길을 질 찾고, 또 그 길은 내가 뻔히 알고 있다는 자민이 낭패의 원인이지요. 그런데 길을 잃고 헤맨 그 경험이 우리에게 지도가 필요하고, 특히 지도에서 빨간 X가 필요하다는 것을 알게 합니다. 저는 방금 말씀드린 대로 여행길에서는 비교적 길을 잘 찾고, 군에서 관측하사 출신입니다.

지도 읽는 법에 능숙한 편입니다마는 인생의 길에서는 늘 그렇지 못한 편입니다. 요즈음에는 더욱 인생길이 참 어렵고 마음의 길은 더구나 쉽지 않다는 것을 절감하고 있지요. 그런대로 인생의 길을 제대로 걸어왔는가 싶으면, 별안간 길이 저를 벼랑 앞에 세워 낭패를 당하기도 합니다. 혹은 막다른 길이 나와서 돌아가야 하는 경험을 하게 되지요.

신경림 시인은 "사람들은 이것이 다 사람이 만든 길이 거꾸로 사람들한테 세상사는 슬기를 가르치는 거라고 말한다."라고 합니다. 그렇습니다. 인생길에서 벼랑 앞에 서거나 막다른 궁지에 몰릴 때, 길 위의 빨간 X표는 우리에게 지나온 길이 어디에서 잘못되었는지를 다시금 깨달음을 얻게 되지요.

저는 오늘 이 시를 다시 읽으며 문득 길이 순순히 사람들의 뜻을 따르지 않고 때로는 벼랑 앞에 세우기도 하고, 제 허리를 동강 내어 저를 버리게도 하는 것이 얼마나 다행인가?라는 생각을 했습니다. 그때야 비로소 우리가 진실로 누구인가를 깨닫게 되기 때문이지요.

여러분들이 이 짧은 피정을 하면서 느끼고 깨닫는 것이 무엇입니까? 바로 길이신 그분, 예수님을 너무 잊거나 소홀하거나 적어도 우리 삶의 중심에 두지 않고 살아왔다는 자각이 아닐까요? 우리 삶이 우리가 만들거나 추구하는 길이 아니라 그분의 길을 따라 걸을 때, 우리가 바른길을 걸어갈 수 있다는 사실을 새삼 확인하게 되지요.

우리는 살아가다 보면 자신도 모르게 그분 뜻보다는 내 뜻을 추구하려고 하고, 내가 가야 할 길을 내가 잘 알고 있다고 생각하면서 살게 됩니다. 그러나 우리는 늘 물어야 합니다. 예레미야 예언자가 우리에게 들려주지요.

"예로부터 있는 길을 물어보아라. 어떤 길이 나은 길인지 물어보고 그 길을 가거라." (예레. 6, 16)

"길이 사람을 밖에서 안으로 끌고 들어가 깊이 들여다보게 한다는 것은 모른다."라고 한 시인의 성찰을 다시 새겨듣습니다. 이 구절이 깊이 제 마음에 와서 닿았습니다. 거기 오래 머물게 합니다. 가던 길을 멈추고 서서 돌아온 길을 돌아볼 때, 우리는 길이 우리를 안으로 끌고 들어가 스스로 깊이 들여다보게 한다는 것을 알게 되지요.

우리 삶에서 그렇게 하기 위한 이정표가 바로 빨간 X표이지요. 여러분들에게 인생이라는 지도에서 빨간 X표입니다. 그러나 길이 우리를 밖에서 안으로 끌고 들어가 스스로 깊이 들여다보게 하는 거기서 멈추어서는 안 되지요. 다시 세상 안에서 걸어가야 하는 길은 안에서 다시 밖으로 나가는 새로운 여정, 바로 사랑의 길입니다.

그분과 함께 그분이 걸어가신 길을 따라 사랑의 삶을 사는 길이지요. 밖에서 안으로 난 길, 안에서 밖으로 향하는 길, 이 두 길을 잘 조화시키며 길을 걸어갈 때 신경림 시인의 표현대로 "길은 고분고분해서 꽃으로 제 몸을 수놓아 향기를 더하기도 하고, 그늘을 드리워 사람들이 땀을 식히게도" 한 것입니다.

그분의 말씀, "나는 길이요 진리요 생명이다. 나를 거치지 않고는 아무도 아버지께 갈 수 없다."라는 말씀을 마음 깊이 새기고, 참 생명이며 진리로 이끄는 길 자체이신 그분을 따르며 우리도 다른 사람들에게 때로 작은 오솔길이 되어 사랑을 나누기로 해요.

주님 봉헌 축일

주님 봉헌 축일을 맞아 오늘 복음에서 듣는 아기 예수님의 봉헌과 더불어 우리들의 봉헌의 의미를 함께 생각해 보고 싶습니다. 온전히 인간으로 오셨을 뿐만 아니라 구체적으로 역사상의 한 사람, 바로 유대인으로 오셨던 예수님께서는 모세가 정한 법에 따라 하느님께 봉헌됩니다.

야훼 하느님께서 모세와 계약을 맺으시면서 분명하게 하신 것이 인간은 온전히 하느님께 속한다는 것이었습니다. 그 구체적인 상징으로 "어미의 태 중에서 나온 맏이는 모두 하느님께 바쳐야 한다."(탈출. 13, 2)라는 것입니다.

"주님께서 모세에게 이르셨다. 이스라엘 자손들 가운데에서 맏아들, 곧 태를 맨 먼저 열고 나온 첫아들은 모두 나에게 봉헌하여라. 사람뿐만 아니라 짐승의 맏배도 나의 것이다."

우리는 왜 그렇게 해야 하는가?라는 의문이 들 수 있습니다. 이미 모세도 훗날 사람들이 의문을 지니게 될 것을 알고 있었나 봅니다. 모세는 맏아들과 맏배의 봉헌 세칙을 백성들에게 주면서, 그 이유를 이렇게 설명합니다. "뒷날, 너희 아들이 '왜 그렇게 하십니까?'라고 물으면, 주님께서 하신 일을 상기시키라고 이르는 것입니다.

우리는 또 의문이 들지요. 그러면 주님이 그 바쳐진 봉헌물을 받으셔서 무엇을 하시는가? 당신 창고에 쌓아 두시나요? 아닙니다. 우리가 분명히 알아야 하는 것은 하느님께서는 당신에게 봉헌된 모든 것을 다시 인간에게 돌려주십니다. 우리는 하느님께 받은 것을 하느님께 돌려드리고자 하는 그 정신이 중요함을 알 수 있습니다.

하느님께서는 인간에게 모든 것이 당신이 주신 선물이라는 것을 압니다. 하여 늘 하느님께 돌려드리고자 하는 정신을 지니기를 원하시는 것입니다. 부모가 다 아이를 바쳐야 하지만, 다 돌려받습니다. 걱정하지 마십시오. 다만 부모는 아이를 돌려받는 속전으로 예물을 드리도록 규정했던 것입니다.(민수. 18, 14~16)

그 규정이 민수기에 있는데, 그 대목을 읽어 볼까요?

"이스라엘에서 바쳐지는 완전 봉헌물도 모두 너의 것이 된다. 사람이나 짐승이나 육체를 지닌 온갖 것들 가운데에서, 모태를 열고 나와 주님에게 바쳐지는 것도 모두 너의 것이 된다. 그러나 사람의 맏아들은 대속해야 한다. 부정한 짐승의 맏배도 대속해야 한다."

몸이 정결하게 되는 기간이 차면, 산모는 정결 예식을 하면서 드리는 번제물로 일 년 된, 양 한 마리를 바치도록 합니다. 속죄 제물로는 비둘기를 바쳤어요. 이 규정은 레위기에 있는데, 이 대목도 읽어 볼까요?

"몸이 정결하게 되는 기간이 차면, 아들이나 딸을 위하여 번제물로 바칠 일 년 된 어린양 한 마리와 속죄 제물로 바칠 집비둘기나 산비둘기 한 마리를 민남의 어귀로 가져와서 사제에게 주어야 한다. 사제는 그것을 주님 앞에 바쳐, 그 여자를 위하여 속죄 예식을 거행한다."

그다음 구절에 보면, 이런 내용이 있습니다.

"그러나 양 한 마리를 바칠 힘이 없으면, 산 비둘기 두 마리나 집 비둘기 두 마리를 가져다가, 한 마리는 번제물로, 한 마리는 속죄 제물로 올려도 된다."

양 한 마리를 번제물로 바칠 힘이 없는 가난한 사람들은 양 대신 산비둘기 한 쌍이나 집비둘기 새끼 두 마리를 바칠 수 있었던 것이지요.(레위. 12) 예수님의 부모는 가난한 사람들이었고, '가난한 이들의 예물'로서 번제물로도 양이 아닌 비둘기를 바칩니다. 예수님께서 가난한 사람들 안에 오심을 보여 주는 하나의 예표이지요.

예수님의 부모는 유대인으로서 이 모든 규정을 따르러 성전에 갔고, 거기서 의롭고 경건하게 살면서 이스라엘의 구원을 기다리고 있던 '마음이 가난한 사람들'을 대표하는 인물인 시메온과 안나를 만나게 됩니다. 시메온은 성령의 인도로 즉시 아기 예수님이 누구인지 알아보았고, 기쁨으로 하느님을 찬미합니다.

시메온의 축복의 말에 이어지는 예고는 어머니 마리아의 마음을 찌르는 칼날이었을 것입니다. 어머니 마리아가 아기를 두고 "주님의 구원을 제 눈으로 보았습니다."라는 말을 듣고 감격하고 있을 때, 당신은 '이 아기가 사람들의 반대 받는 표적이 되어, 당신의 마음은 예리한 칼에 찔리듯 아플 것'이라고 듣습니다.

저는 바로 이것이 예수님과 어머니 마리아뿐만 아니라 봉헌된 삶의 길을 따르는 우리 모두에게 주어지는 예고가 아닌가 생각합니다. 어머니 마리아께서는 이 모든 일을 하느님께 봉헌해 드렸습니다. 다시 말해, 마리아께서는 시메온의 예언의 말을 늘 가슴에 새기면서 사셨습니다.

그러기에 예리한 칼에 찔리듯 가슴이 아픈 수많은 일을 겪으면서 그때마다 그 안에서 하느님의 뜻을 찾고, 자기 자신의 모든 것을 하느님께 봉헌해 드렸던 것입니다. 이것이 또한, 봉헌의 삶을 사는 우리가 모두 해야 하는 일이지요. 수도 삶을 '봉헌된 삶', 또는 '축성된 삶'이라고 합니다.

오늘 주님 봉헌 축일은 수도자들의 '봉헌 생활의 날'이기도 합니다. 고요한 바오로 2세께서 이날을 '봉헌 생활의 날'로 제정하여, 자신을 주님께 봉헌한 수도자들을 위한 날로 삼았습니다. 그러나 수도 삶을 사는 수도자의 특별한 봉헌의 삶도 있지만, 저는 우리 모든 그리스도인이 세례 안에서 이미 하느님께 봉헌된 사람들이라고 생각합니다.

그리스도인은 나름대로 봉헌의 삶을 살아간다고 생각합니다. 우리가 모두 처음부터 하느님께 속한 사람들이고, 하느님께 봉헌된 사람들이며 따라서 마리아가 아기 예수님을 봉헌하면서 들으셔야 했던 같은 예고를 듣게 마련이라고 생각합니다. 우리 인간 삶의 여정에 늘 아픔과 슬픔이 따르기 마련이라는 말이지요.

하느님께 봉헌되고 하느님을 증거 하는 삶을 살 때, 거기에 십자가가 따르기 마련입니다. 문제는 우리가 삶에서 지고 가야 하는 십자가가 우리에게 주어졌을 때, 그 안에서 하느님의 뜻을 찾으며 그것을 얼마만큼 기꺼이 받아들이면서 사는가? 하는 것입니다.

주님 봉헌 축일을 지내며, 우리 신앙의 참 모범이신 어머니 마리아께 전구를 청합니다. 우리 삶에서 감당하기 힘든 고통이나 슬픔이 닥쳐올 때, 칼날에 찔리듯 아픈 마음을 그냥 하느님께 봉헌하며 묵묵히 사셨던 어머니를 띠올립니다. 우리의 삶의 모든 희로애락을 주님께 봉헌해 드릴 수 있도록 그분께 도우심을 청합시다.

어머니 마리아께서는 언제나 우리에게 필요한 용기를 주시면서 우리의 아픈 가슴을 어루만져 주시는 분이십니다.

6

영
화

늑대와 함께 춤을

"옹기장이의 그릇이 불가마에서 단련되듯이 사람은 대화에서 수련된다. 나무의 열매가 재배 과정에서 드러내듯이 사람의 말은 마음속 생각을 드러낸다."

저는 성서의 이 말씀들을 묵상하면서 자연과 인디언들 속에 동화되어 살아가는 한 백인의 이야기를 감동적으로 그린 영화, '늑대와 함께 춤을' 떠올렸습니다. 케빈 코스트너가 이 영화를 기획했지만, 제작자들의 호응이 없어 자신이 직접 프로덕션을 설립하여 제작했습니다.

케빈 코스트너는 이 감독 데뷔 작품으로 상업적인 성공과 함께, 아카데미 7개 부문(작품, 각색, 감독, 편집, 촬영, 음악, 음향)을 석권했습니다. 골든 글로브 3개 부문과 베를린 영화제 곰상을 수상하면서 로버트 레드포드, 워렌 비티, 리처드 어텐브로에 이어 배우 출신으로 4번째 아카데미 감독상 수상자가 되었습니다.

영화의 배경은 남북전쟁이 벌어지고 있던 1863년이지요. 부상한 후, 다리 절단의 위험에 처했던 북군 장교 존 던바는 차라리 죽음을 택하고자 전투를 벌이고 있는 군인들 사이를 말을 타고 질주합니다. 양팔을 벌리는 그의 모습은 마치 십자가에 매달린 예수님처럼 처절하면서도 자유로운 이미지로 각인되어 있으리라 생각됩니다.

전혀 의도와는 달리 이 사건으로 북군은 전투에서 승리하고 던바는 자신이 원하는 곳으로 갈 수 있는 특권을 부여받게 됩니다. 존 던바가 원한 곳은 인디언 부족들 간의 전투가 계속되고 있는 다코타 평원이었습니다. 그는 상관에게 "그 국경이 머지않아 사라질 것이므로, 그 이전에 가서 살고 싶다."라는 말을 던지고 떠납니다.

그가 안내하는 마차꾼의 도움으로 도착한 곳은 국경지대의 세지윅 요새입니다. 그러나 그곳은 황무지나 다름없는 곳이며, 집 한 채만 달랑 있을 뿐이었습니다. 그 곳을 안내해 준 마차꾼은 오는 길에 포니족 인디언들에게 처참하게 살육당합니다. 던바는 황량한 통나무집에서 혼자 기거하면서 후속 부대 기병대를 기다리지만, 전혀 연락이 없습니다.

던바는 계속 일지를 기록해 나가며 전쟁의 소용돌이를 잠시 잊고 현실을 떠나 평화의 평원에 도피해 있는 사람처럼 낮과 밤이 바뀌는 것을 관찰하며 노동과 명상의 하루하루를 보내고 있었습니다. 그에게 유일한 벗이라곤 갖고 간 한 필의 말과 늑대 한 마리뿐이었지요. 늑대가 바라보는 가운데 불을 피워 놓고, 춤을 추는 장면은 압권이라고 생각합니다.

어느 날 수영을 즐기던 존 던바는 말을 도둑질해 가려던 수우족 인디언 한 사람과 만나게 됩니다. 존 던바는 자기의 목숨을 노린 것은 아니었지만, 처음 부딪친 인디언들이라 무척 겁을 냅니다. 존 던바는 자신이 직접 인디언을 찾아보기로 하고 오두막을 떠납니다. 우연히 부상한 인디언 복장의 백인 여자를 발견하고는 인디언 부락에 데려다줍니다.

수우족 인디언들은 부족회의를 한 후 다시 그 백인을 만나러 가기로 합니다. 수우족의 거룩한 사람으로 불리는 제사장인 차는 새는 존 던바를 찾아옵니다. 그와 대화를 하려고 했으나 잘 통하지 않지요. 그러나 버펄로의 흉내를 내는 몸짓 언어로 서로 통하게 되는 그들은 곧 서로가 악의가 없다는 것을 알고 관계를 맺어 나가게 됩니다.

존 던바가 구해준 백인 여자는 어려서 붙잡혀와 거의 영어를 모릅니다. 다시 기억을 되살리며, 그들 사이의 다리 역할을 하게 됩니다. 풍부한 경험을 가진 현명한 인디언 추장 '열 마리 곰', 용감한 청년 '머리에 부는 바람', 그리고 인디언이 된 백인 여자 '주먹 쥐고 일어서'는 서로를 아끼며 가정과 부족에 충실한 사람들로 평화롭게 살아가고 있었습니다.

백인들의 침략을 늘 두려워하며, 언제 백인들이 올 것인지를 존 던바에게 묻습니다. 그는 처음에는 백인들은 그냥 지나갈 뿐이라고 얼버무려버리지요. 버펄로 떼를 기다리는 수우족은 식량 걱정에 빠져 있었지요. 그런데 어느 날 잠을 자던 존 던바는 수많은 버펄로 떼가 나타난 것을 발견합니다. 그 장면은 정말 장관이지요.

여러분들도 기억하실 것입니다. 새벽 안개 사이로 달리는 버펄로 떼의 모습은 장관이지요. 존 던바는 그들과 버펄로 사냥을 하게 됩니다. 이때부터 그는 '늑대와 춤을'이라는 이름을 얻게 되고, 그들과 한 가족처럼 지내게 됩니다. 존 던바가 집 근처에 늑대와 함께 춤을 추는 것을 본 인디언들에 의해, 그는 '늑대와 춤을'이라는 이름을 얻게 된 것이지요.

역사적으로 볼 때 이 수우족은 아주 선량한 인디언으로 알려져 있답니다. 버펄로 떼를 사냥하여 겨울을 지내지만, 대자연 속에서 하느님이 주신 자신들의 땅을 사랑하며 평화롭게 살고 있었지요. 수우족 인디언들은 백인들이 점점 다가오고 있음을 느끼고 있었습니다. 드디어 '늑대와 춤을'에게 다시 물어봅니다.

'늑대와 춤을'은 이제 진정한 인디언들의 친구로서 모든 것을 숨기지 않고 다 털어놓습니다. 마치 하늘의 별처럼 많은 백인 기병대들이 머지않아 이 평화로운 인디언 지역을 침범할 것이라고 말하는 그의 마음은 무겁습니다. 족장 '열 마리 곰'은 오랫동안 간직해온 물건을 꺼내 보입니다. 그건 군인들이 쓰던 투구였습니다. 그는 말합니다.

"나의 할아버지의 할아버지 때도 백인들은 우릴 공격해왔다. 그때 우리는 용감하게 싸워 그들을 물리쳐냈다. 그러나 백인들의 침략성은 끝없이 이어져 내려온다."

족장 '열 마리 곰'은 이제는 백인들에게 대항하기 힘들다는 것을 깨닫고 겨울을 나기 위해 다른 곳으로 이동하기로 합니다. 이때 '늑대와 춤을'은 자신이 그동안 써왔던 소중한 일기장을 두고 온 것을 알고, 오두막으로 돌아옵니다. 인디언 복장을 한 존 던바는 미국 기병대에 포로로 잡힙니다. 그리고 배반자라는 낙인과 함께 온갖 폭행을 당하고 후방으로 후송되어갑니다.

'늑대와 함께 춤을'이 며칠째 돌아오지 않자, 추장은 몇 사람을 보내지요. 수우족 인디언들은 기병대들이 통과하는 길목에서 기다리고 있다가 그들을 습격하고 '늑대와 함께 춤을'을 구출해냅니다. '늑대와 함께 춤을'은 수우족 인디언들에게로 돌아와 아내와 뜨거운 재회를 하지요.

'늑대와 함께 춤을'은 자신 때문에 수우족 인디언들이 결국 기병대에 붙잡히게 될 것으로 생각하고 아내와 함께 수우족을 떠납니다. 그 후의 일은 자막으로 처리됩니다.

"13년 후, 그들의 마을은 폐허가 되었고, 그들의 버필로도 사라졌다. 마지막 남은 수우족은 네브래스카 로빈슨 요새에서 백인에게 항복했다. 평원의 위대한 기마민족 문화는 사라지고, 서부 개척은 역사 속으로 소리 없이 묻혀갔다."

북미평화협상이 결렬되었습니다. 트럼프의 독특함이 드러나는 방식으로 결렬된 것을 생각하며 많은 상념이 떠오릅니다. 한반도의 평화는 어떻게 되는가? 암담하기만 합니다. 그래도 우리는 희망을 잃지 않아야 합니다. 저는 미국이 진정 여러 민족으로 구성된 진정한 United States, 다양한 민족을 평등하게 받아들이는 나라가 되기를 바랍니다.

평화롭게 살던 인디언들이 왜 고향 땅에서 쫓겨나서 다른 곳으로 가게 되고, 오늘날 인디언 보호 구역에서 대부분이 알코올 중독자로 살아가야 하는가? 사실 백인들은 미국이라는 나라를 총으로 세웠으니, 그들의 문화라는 것이 총의 문화일 수밖에 없습니다.

이 영화도 대부분이 총을 갖고 대하는 정부가 이제는 인디언들을 보호 구역에 살게 하면서 생활비를 주어 알코올 중독자가 되게 할 것이 아니라, 진정한 원주민으로 인정하고 존중하면서, 아름다웠던 그들의 문화를 되살릴 방법을 모색해야 하리라고 생각합니다.

피아노와 피하 해변

제가 이곳, 길고 긴 구름의 나라, 뉴질랜드에서 송년 인사를 드립니다. 이곳 풍경을 나누었던 기억을 지니고 계신 분들이 많이 계시리라 생각됩니다. 여러분들, 오래전 영화, '피아노'를 기억하시냐고 물었고, 그 영화에 대한 감상 겸 줄거리를 올렸습니다. 제가 그 영화 '피아노'의 배경이 된 피하 해변에 낚시갔다가 사진 작품 몇 마리를 건져 올렸다고 하며 사진을 나누었었지요.

제가 다시 그곳 피하 해변에 갔고, 한여름의 해변과는 다른 느낌의 가을 해변 사진을 올리며 그 후 카페에 오신 분들을 위해 영화, '피아노'를 다시 나눕니다. 이미 그때 글을 읽으신 분들은 다시 '피아노'를 감상하시기 바랍니다. '피아노'는 1993년에 나왔으니, 꼭 20년 전, 제인 캠피온 감독의 오스트레일리아 영화입니다.

제인 캠피언이라는 여성 감독의 작품으로 여성 특유의 섬세한 연출이 돋보이는 수작입니다. 여성적인 감각으로 모든 관점을 여성의 심리나 시각에서 본 페미니즘적인 직품이라는 비판도 받지만, 남성인 저에게도 깊은 인상으로 남아 있습니다. '피아노'에서 아다 역할을 연기한 홀리 헌터는 94년에 아카데미 여우주연상을 받았습니다.

영화의 배경은 19세기 말입니다. 당시 뉴질랜드는 영국의 식민지이며, 미개척지이었습니다. 여주인공 아다는 6살 때 무슨 이유에선지 말하기를 그만두고, 침묵이라는 베일 속으로 숨어버린 인물입니다. 그녀는 15세 때 가정교사의 아이를 낳은 미혼모이기도 하지요. 어린 시절부터 스스로 침묵을 선택한 아다는 피아노와 딸 플로라를 통해 세상과 의사소통합니다.

침묵 속에 사는 아다는 뉴질랜드에서 땅을 사 모으는 신흥 부자에게 시집을 오게 됩니다. 아직 20대 초중반의 아다는 얼굴도 모르는 남자와 결혼하기 위해 뉴질랜드로 오게 되는 것이지요. 그녀를 데리러 온 남편 스튜어트는 피아노를 가지고 정글을 건너갈 수 없다는 이유로, 아다에게는 소중한 물건인 피아노를 해변에 내버려 둔 채 집으로 향하지요.

해변에 버려진 피아노가 아주 인상적인 모습으로 기억의 언저리를 파도의 건반으로 제 가슴을 두드리네요. 아다는 해변에 버려진 피아노를 옮기기 위해 얼굴 문신을 했고, 남편의 친구이며 이곳 원주민인 베인즈의 도움을 받게 되지요. 베인즈는 그 피아노를 정글 안에 가져다 놓고, 아다에게 갈등을 느끼게 하는 제안을 합니다.

그것은 그녀가 피아노를 치는 것을 허락하는 대신, 그녀를 어루만지는 등의 자신이 원하는 어떤 행동이든 할 수 있도록 허락한다는 것이었습니다. 오히려 아다는 남편보다는 글도 읽을 줄 모르는 원주민에게 사랑을 느낍니다. 그리고 이로써 아다와 베인즈 그리고 스튜어트의 관계는 파국으로 치닫게 됩니다.

외면으로 보이는 영화의 구성은 진부한 삼각관계 이야기이지만, 여성 감독 제인 캠피온은 '피아노'라는 영화를 통해 시대와 공간이 여성에게 주는 억압, 특히 성적인 억압을 다루고 있습니다. 주인공 아다는 이름도 성도 모르는 남편과 아버지의 교환수단이 된 것이지요.

그녀의 목소리는 입술을 통하지 않고 손가락의 움직임에 따라 열정적인 피아노 소리로, 종이 위에 연필로 쓰는 글로 연인의 몸을 쓰다듬는 손길로 표현됩니다. 그런데 그런 자기표현이 남편에게는 충분히 위협적입니다. 남편이 그녀의 손가락을 잘라버리는 것은, 그 위협에 대한 나름대로 방어 수단인 셈이지요.

영화 '피아노'는 남성에 대한 여성의 가치가 무엇인지, 공감을 얻을 수 있는지를 생각하게 하는 영화입니다. 피하 비치는 오클랜드 서쪽 해안가에 있는 아름다운 해변입니다. 그 해변을 배경으로 '피아노'를 찍었다고 하지만 가장 인상적인 장면은 역시 비치 위에 놓여있던 피아노, 그리고 라이언 락(사자 바위)이 아닐까 싶습니다.

쇼생크 탈출과 희망

저는 영화 '쇼생크 탈출'을 아주 좋아합니다. 영화 제목이 '쇼생크 탈출'이지만, 이 영화는 단순히 탈출에 관한 영화가 아닙니다. '쇼생크 탈출'의 영어 제목은 The Shawshank Redemption입니다. 잘 알다시피 Redemption은 구원이라는 뜻입니다. '쇼생크 탈출' 은 삶과 희망, 나아가 구원의 문제를 다루고 있습니다.

1994년 스티븐 킹의 중편 소설 '리타 헤이워드와 쇼생크 탈출'이라는 원작을 바탕으로 당시 신인이었던 프랭크 다라본트라는 감독이 직접 대본을 쓰고, 새롭게 만든 영화입니다. 주연은 팀 로빈스과 모건 프리먼이 맡았었습니다. 그리고 두 사람은 이 영화로 일약 스타가 되었습니다.

'쇼생크 탈출'은 주인공 앤디 듀플레인의 삶과 운명, 감옥생활과 감옥에서의 탈출에 관한 이야기입니다. 하지만 궁극적으로 우리의 삶에서 희망이 얼마나 위대한 것인지를 보여 주는 영화입니다. 다시 말해 우리가 희망을 버리지 않을 때, 거기 진정한 구원의 손길이 있다는 것을 보여 주는 영적 내용의 영화입니다.

일명 '레드'라고 불리게 된 레딩, 배우 모건 프리먼의 목소리를 통해 우리는 앤디 듀플레인이라는 희망의 상징을 만나게 됩니다. 앤디 듀플레인이 운명의 장난으로 부딪쳐야 하는 극한의 상황, 그 상황에서 그의 삶과 삶에 대한 그의 태도는 진정 하나의 묵상 거리였습니다.

영화는 아내와 아내의 정부를 죽였다는 억울한 누명을 쓰고 복역하게 되는 앤디 듀플레인에 대한 이야기지만, 세상의 축소판인 감옥에서 벌어지는 인간 군상을 통해, 우리는 진정 누구인가를 되묻게 됩니다. 앤디 듀프레인은 쇼생크 교도소에 전혀 어울릴 것 같지 않은 인물입니다.

회계사이며 젊은 나이에 은행 부행장으로 꽤 빠르게 출세한 인물입니다. 앤디가 입소하던 날, 레드는 내기를 겁니다. 가장 먼저 울음을 흘릴 인물로 그는 앤디를 꼽습니다. 그러나 영화는 전혀 다른 앤디의 모습을, 다시 말해 어떤 상황에서도 '절망은 없다. 도전하리라. 그리고 승리하리라.'라고 말하는 상황을 보여 줍니다.

앤디는 아내와 아내의 정부를 살해한 혐의로 재판을 받는데, 너무 솔직한 것이 문제였습니다. 아내를 죽이고 싶어서 총을 소지했지만, 실제로 살해할 마음은 없었습니다. 총은 강에 버렸다고 그는 진술합니다. 경찰이 강을 뒤졌지만, 총은 발견되지 않았습니다.

판사는 이 사건을 주도면밀하게 계획된 살인으로 보고, 죽은 두 사람의 삶을 대신해서 앤디에게 두 번의 종신형을 선고합니다. 앤디는 자신의 무고함을 주장하지만, 받아들여지지 않습니다. 그는 쇼생크라는 악명 높은 교도소에 수감됩니다. 그리고 19년이라는 긴 수감생활을 시작합니다.

감옥에서 중요한 전환점이 되는 것이 레드와의 만남입니다. 감옥 안에서 앤디는 온갖 험한 일을 겪게 되지만, 친구 레드의 도움으로 취미생활도 하면서 서서히 적응해 갑니다. 앤디는 취미로 돌공예를 하기 위해, 교도소 안에서 무슨 물건이든지 다 구할 수 있는 레드에게 망치를 구해 달라고 부탁을 합니다.

앤디는 레드에게 구한 돌 망치를 숨깁니다. 레드는 돌 망치 같은 도구는 흉기나 탈옥 도구로 쓰일 수 있기에 염려했지만, 그는 그것이 너무 작아 안심합니다. 물론 교도소 간수들은 앤디가 레드에게 돌 망치를 구한 것을 몰랐습니다. 성경책 안에 숨겼기 때문입니다.

교도소장은 앤디에게 성경 안에 구원이 있다고 말합니다. 그러자 앤디는 그렇다고, 자기도 거기에서 구원을 찾았다고 말합니다. 이것은 묘한 여운을 남기는 대화입니다. 레드와 야외작업을 하던 앤디는 야외작업 경비를 서던 간수장 해들리가 자신의 유산상속 문제에 관해 이야기하는 것을 듣고는, 앞으로 나섭니다. 처음에는 해들리가 그를 죽일 기세이지만, 그는 정확한 세무 지식으로 해들리의 유산상속 문제를 해결해 줍니다.

앤디가 그 대가로 청한 것이 참으로 상징적입니다. 일이 제대로 성사되면, 동료들에게 시원한 맥주 한 잔 대접해 달라는 것입니다. 간수장 해들리는 교도소에 첫 입소한 뚱보 죄수를 폭행해 죽일 만큼 잔인한 사람입니다. 그런 자에게서 지붕 위에서 편히 앉아 맥주를 얻어 마신다니, 재밌는 발상입니다. 그런데 정작 앤디는 술을 끊었다며, 맥주를 마시지 않습니다. 다만 의미심장한 웃음으로 동료들을 바라볼 뿐입니다.

앤디는 자신의 세무에 관한 지식 덕분에 교도소에서 특별한 대우를 받습니다. 간수장 해들리가 앤디를 동료 간수에게도 소개해 주고, 교도소장에게도 소개하면서 그의 검은돈을 세탁해 줍니다. 교도소장의 이해타산과 맞아떨어진 앤디는 도서 업무를 돕게 되고, 죄수들의 검정고시를 지도하는 특혜를 누립니다. 그러던 어느 날 아주 젊은 죄수 하나가 쇼생크에 들어왔습니다. 이름이 토미였습니다.

앤디는 그에게 정성껏 기초부터 가르칩니다. 앤디는 교도소의 젊은 죄수들이 공부할 수 있게 도와주는 일에 보람을 느낍니다. 토미는 전에 머물던 교도소에서 떠벌리던 어느 죄수의 이야기를 기억해 냅니다. 앤디가 억울하게 누명을 쓰고 있음을 알게 되어, 앤디에게 그 이야기를 들려줍니다.

그는 앤디가 무고하게 누명을 쓰게 되었다는 사실을 입증할 수 있는 결정적인 증인이었습니다. 앤디는 교도소장을 찾아가 토미에게서 들은 이야기를 하며, 자신의 무죄를 입증할 수 있는 기회를 달라고 청합니다. 교도소장이 앤디의 청을 들어줄 리 없습니다. 오히려 앤디를 독방에 가둔 뒤, 간수장 해들리를 시켜 토미를 살해합니다.

자신의 무죄를 입증할 수 있는 토미가 살해당한 것을 안 앤디는 이미 구상하고 있던 탈옥을 구체화시킵니다. 앤디는 친구 레드에게 교도소 바깥에서 다시 만날 꿈에 관한 이야기합니다. 희망에 관한 이야기입니다. 레드는 현실성 없는 헛된 희망이라고 말하지만, 앤디는 아주 의미심장한 말을 합니다.

계속 죽음을 향해 질질 끌려갈 것인가, 아니면 희망의 삶을 위해 노력할 것인가의 선택입니다! 앤디는 희망을 이야기합니다. 레드에게 말합니다. 자신의 꿈은 태평양에 접한 멕시코의 어느 해변 마을에서, 호텔과 요트를 가지고 살겠다고 합니다. 그 정도는 억울하게 수감생활을 한 자신에게 과분한 것이 아니라고 말합니다.

앤디는 친구 레드에게 약속해 달라고 청합니다. 만약, 출소하면 어느 곳을 찾아가라고 말합니다. 나중에 출소한 레드는 그곳을 찾아가 앤디의 편지를 발견합니다. 여행을 할 수 있는 돈과 함께 말입니다. 편지의 한 대목이 바로 이 영화의 주제이지 싶습니다.

"레드. 기억해요. 희망은 좋은 것입니다. 아마 가장 좋은 것인지도 모르지요. 그리고 좋은 것은 결코, 사라지지 않는답니다."

영화 '벤허'

'기생충'이 아카데미 상 4개 부문을 받아서 모두 흥분하고 있습니다. 정말 '기생충'의 쾌거를 축하하며 이 기회를 계기로 영화에 대한 이미지를 다시 새롭게 합니다. 저는 기념으로 아카데미 수상 11개 부문을 휩쓸었던 영화 '벤허'를 다시 보았습니다. 한 1년 전쯤, 영화 '벤허'를 보고 감상문을 썼었습니다.

오랜만에 영화 벤허를 다시 보게 되었습니다. 유다 벤허 역의 찰턴 헤스턴은 그 영화로 일약 스타가 되었습니다. 때는 서기 26년이었습니다. 예루살렘의 명문가 대부호 유다 벤허는 어머니 미리암과 여동생 틸자, 충직한 종 시모니데스와 시모니데스의 딸이자 벤허를 좋아하는 에스더와 함께 매우 행복한 삶을 살고 있었습니다.

벤허는 어렸을 적 친한 친구였던 로마인 메살라가 있었습니다. 그가 로마로 떠난 뒤 몇 년만에 유대 땅의 군사령관이 되어 돌아옵니다. 친구가 다시 돌아온다는 소식을 들은 벤허는 그와 반가운 해후를 하게 됩니다. 그러나 메살라는 다만 로마의 영광과 황제의 권력을 추종하는 사람으로 바뀌어 있었습니다.

유대 민족의 자유와 사상을 따르는 벤허는 옛날의 우정이 이제는 한낱 물거품이 되었음을 확인합니다. 메살라는 벤허를 회유하여 로마가 시대의 대세임을 내세우지만, 벤허는 이를 거부합니다. 로마냐, 유다냐를 놓고 선택하라는 메살라의 말에 자기는 차라리 그의 적이 되겠다고 선언합니다. 유대에 새로 부임한 총독 발레리우스 그라투스가 행진을 합니다.

그의 일행이 벤허의 집 앞을 지나고 있을 때, 벤허는 바라만 보았습니다. 그런데 옥상에서 이를 보던 벤허의 동생 틸자의 실수로 지붕에 있던 기와장이 흘러내려 총독 옆에 떨어지지요. 호위 병사들은 벤허와 그의 가족을 총독 살해미수 혐의로 체포합니다. 벤허는 단순한 사고였다고 총독을 해칠 마음이 없었다고 항변합니다.

메살라는 냉정히 거부합니다. 메살라는 거기 와서 살펴보고 벤허의 무고함을 알았습니다. 가장 친했던 친구를 곤경에 빠뜨림으로써, 유대 백성들에게 제국에 대한 두려움을 주려 합니다. 벤허는 갤리선으로 끌려가고, 어머니와 여동생은 감옥에 갇힙니다.

죄수들은 작은 마을에 들릅니다. 병사들과 죄수들은 물을 먹으며 목을 축였으나 벤허는 물을 마시는 것도 허용되지 않았습니다. 쓰러져 의식을 잃어가던 벤허에게 한 청년이 물을 떠다 줍니다. 바로 예수님입니다. 로마 군인은 물을 주지 말라고 외쳤으나 예수님의 얼굴을 보고 압도되어, 그대로 내버려 둡니다.

유다 벤허는 보통 1년도 버티기 힘든 갤리선에서 3년을 넘게 채웠고, 퀸투스 아리우스의 선단에 배치됩니다. 아리우스는 황제로부터 마케도니아

해적들을 소탕하라는 명을 받았습니다. 노예들의 상태를 점검하던 중, 아리우스는 유다 벤허가 보통 이상의 사람임을 알고, 그에게 자신의 검투사가 될 것을 제안합니다. 해적과의 전투 직전 아리우스는 노예들에게 채우는 벤허의 쇠사슬을 풀어줍니다.

적선이 벤허의 배에 돌진하고, 벤허는 동료 노예들의 결박을 풀어줍니다. 아리우스는 해적과 싸우다가 바다에 빠지고, 벤허는 뛰어들어 함선 파편 위로 건져냅니다. 아리우스는 배가 가라앉는 것을 보고 자결하려 하지만, 벤허는 그를 막습니다. 망망대해를 떠가던 중 둘은 로마 선단에 의해 구출되고, 아리우스의 생각과는 달리 로마 선단이 해적들을 완벽히 소탕하였음을 알게 됩니다.

아리우스는 벤허를 자기 수양아들로 삼습니다. 로마에서는 아리우스를 맞이하는 환영 행사가 펼쳐지고, 황제를 알현한 자리에서 아리우스는 벤허가 무고하게 노예가 되었음을 호소합니다. 황제는 국가소속 노예인 벤허를 아리우스의 개인 노예로 소속을 변경시켜 줍니다.

노예에서 권세가의 아들로 신분 상승을 하였지만, 벤허는 여전히 유대로 돌아가 가족을 만나겠다는 생각에 가득 차 있었습니다. 벤허는 어느 날 아리우스에게 고향으로 가겠다고 이야기합니다. 아리우스는 만류하였으나 결국, 그를 보내 줍니다. 벤허는 다시 유대 땅에 돌아옵니다.

벤허는 예루살렘으로 가던 중 아랍 족장 일데림과 그의 집에 머무르던 여행자 발타사르를 만납니다. 발타사르는 오래전 별의 인도를 받아 유대에서 태어난 아기 예수님에게 예물을 바친 사람 중 하나였습니다. 그는 이제 성인이 되었을 예수님을 찾고 있었습니다. 일데림은 벤허가 뛰어난 전차수임을 알고 자신의 말을 몰아 로마인들의 경주에 나가 이겨 달라고 요청합니다.

벤허는 로마인 선수가 메살라임을 알았지만, 자기 방식으로 그를 상대할 것이라고 말합니다. 벤허는 집에 돌아왔습니다. 옛집의 모습은 거의 폐허가 되어있었습니다. 종이었던 시모니데스, 그의 딸 에스더와 다시 만납니다. 시모니데스는 메살라에게 끌려가 심문을 받아 다리를 못 씁니다. 에스더는 그런 아버지를 돌보느라 결혼도 하지 않았고, 아직도 벤허를 사랑하고 있었습니다. 벤허는 메살라를 찾아가 자기가 살아 돌아왔음을 보여줍니다.

감옥에 갇힌 어머니와 여동생을 자신에게 돌려보내 줄 것을 청합니다. 만약 그렇게 하면 자기가 품었던 복수의 맹세를 철회할 것이라고 말합니다. 메살라는 두 사람을 석방할 것을 지시하고, 부관은 지하 감옥으로 가 둘의 생사를 확인합니다. 두 사람은 살아 있었으나 나병에 걸려있었습니다. 두 사람은 벤허 몰래 에스더와 만나게 되고 벤허가 살아 돌아왔음을 알았습니다. 그러나 그들은 벤허에게 자신들이 죽었다고 말하라고 부탁한 뒤, 나환자 계곡으로 향합니다.

에스더는 벤허에게 두 사람이 투옥 중 죽었다고, 거짓말을 합니다. 벤허는 분노에 차올라 복수의 방법을 찾게 되고, 전차경주에 참여하기로 합니다. 전차경주는 새로 부임한 총독 본시오 빌라도 앞에서 이루어집니다. 메살라는 바퀴에 칼날을 장착한 그리스 전차를 몰고 나옵니다. 그는 벤허와 수위를 다투면서 벤허의 전차를 부수기 위해 전차를 접근시킵니다. 그 장면이 얼마나 멋있었는지요. 그러나 역으로 자신의 전차 바퀴가 이탈했고 차량은 대파되었습니다.

말에게 끌려가다가 다른 전차에 깔리면서 메살라는 치명상을 입습니다. 벤허는 우승하고 아랍인과 유대인들의 영웅으로 열광적인 환호를 받습니다. 경기 후 벤허는 죽어가는 메살라를 찾아갑니다. 그 사이 메살라는 벤허에게 어머니와 여동생은 죽지 않았고, 그들이 나환자 계곡에 있다고 알려줍니다.

두 사람, 어머니와 여동생의 거처를 알게 된 벤허는 나환자 계곡으로 찾아갑니다. 벤허는 자신의 가족과 옛 친구를 로마가 망쳤다고 생각합니다. 그러나 메살라에 대한 증오를 이제 로마 제국에 대한 증오로 바꿉니다. 에스더는 벤허에게 당시 예수님의 '원수를 사랑하라'라는 말을 듣고 자신과 아버지도 증오에서 풀려났다고 얘기합니다.

한편 빌라도는 벤허를 불러 그가 유대 민족에게 칭송받고 있어 로마 제국에 큰 위협이 되고 있다면서 유대 땅을 떠나라고 협박합니다. 그러나 벤허는 빌라도에게 자신은 유대인이고 로마인이 아니라고 선언합니다. 아리우스가 준 반지를 돌려주면서 상속자로의 지위를 포기합니다. 다시 벤허와 만난 발타사르는 랍비가 자신이 찾던 그분이라고 알려줍니다. 벤허는 나환자 계곡을 다시 찾아가 어머니와 여동생을 만납니다.

벤허와 에스더는 미리암과 틸자를 데리고 기적을 행한다는 예수님에게 그들을 데려갑니다. 예수님은 새 총독 본시오 빌라도 앞에서 재판을 받고 있었으며, 십자가형을 선고받습니다. 십자가를 매고 처형장으로 가는 그를 구경하기 위해 나온 군중들 틈에서 벤허는 예수님이 과거 자신이 죽어갈 때, 물을 주던 그 청년이었음을 알게 됩니다. 그는 쓰러진 예수님에게 물을 떠다 줍니다.

물이 깊은 상징을 담고 있습니다. 예수님은 십자가에 매달려 죽음을 맞습니다. 천둥 번개가 치면서 비가 쏟아지는 중에 미리암과 틸자의 나병이 깨끗하게 낫는 기적이 일어납니다. 벤허는 예수님의 죽음을 옆에서 지켜보

앞으며 "그의 목소리가 내 손에서 칼을 빼앗아 가는 것을 느꼈다."라고 고백합니다. 그렇게 영화는 끝이 납니다.

제게 다시 한번 깊은 감동이 몰려 왔습니다. 벤허는 루 윌리스의 '벤허: 그리스도의 이야기'를 영화한 작품으로 20세기 최고의 종교 영화로 손꼽힙니다. 원작 소설은 예수 그리스도의 삶을 조명하지만, 영화는 유대인 벤허의 삶을 따라갑니다. 윌리엄 와일러 감독은 휴머니즘을 통해 종교적인 메시지를 끌어내는 방식을 취하고 있습니다.

벤허가 고난을 극복하고 예수님에 대한 믿음을 갖게 되는 과정을 그리고 있는데, 이 영화의 백미는 전차경주 장면입니다. 그러나 더 중요한 것은 한 사람이 어떻게 모든 것을 용서하고 칼에서 손을 놓게 되었는가 하는 것입니다. 오늘 다시 영화 '벤허'를 보며 줄거리를 되새겨 봅니다. 벤허가 바라보던 십자가형이 집행되는 골고다에 갔던 어머니와 동생에게 기적이 일어납니다. 문둥병이 깨끗이 나았던 것입니다.

이렇게 이야기는 주로 벤허의 고난과 그것을 극복하는 과정에 초점이 맞추어져 있습니다. 그러나 보이지 않는 손을 감싸고 있는 것을 느낄 수 있습니다.

영화 '닥터 지바고'

며칠 전 아카데미 수상작 시리즈로 영화 '닥터 지바고'를 다시 보았습니다. 몇십 년 전의 감동이 되살아났습니다. 그때는 정말 감동적인 영화가 많았습니다. '아바리아의 로렌스'와 함께 이 영화는 러시아 혁명이라는 대 로망이 전개되는 작품으로 카를로 폰티가 제작한 영화로 아카데미 5개 부문을 받은 영화입니다.

감독은 데이비드 린이 맡았습니다. 많은 사람의 마음을 사로잡았던 라라의 테마는 1960년대 후반부터 70년대에 학창시절을 보낸 사람들의 마음속에 살아 있는 감동스런 음악입니다. 시베리아의 눈 속에서 영화 속 주인공들의 모습은 한 폭의 그림입니다. '닥터 지바고'는 보리스 파스테르나크의 소설을 영화화한 것이지요.

'닥터 지바고'는 러시아 혁명기를 헤쳐나가는 지성인의 비극을 그리고 있는 파스테르나크의 유명한 소설입니다. 그는 혁명에 대한 냉소적이고도 비판적인 묘사를 그리고 있습니다. 사랑에 대한 아주 감수성이 풍부한 터치를 통해 본래 가시고 있던 인간의 자유와 디불어 진정한 삶을 다시 생각하게 하는 작품입니다. 보리스 파스테르나크는 러시아 모스크바의 유대계 가정에서 태어났습니다.

그의 아버지는 저명한 화가였고, 어머니는 당대에 이름을 날린 피아니스트였다고 합니다. 그는 어느 정도 부모님에게서 예술가의 기질을 타고난 겁니다. 파스테르나크는 어린 시절에 어머니를 따라 음악을 공부했었습니다. 그는 대학에서 철학을 공부하기도 했지만, 그것 역시 자신에게 맞지 않는다는 사실을 깨닫습니다. 그리고 문학 작가의 길을 걷게 됩니다.

그는 1958년에 노벨 문학상 수상자로 결정되지만, 정부의 압력으로 인해 수상을 거부하게 되기도 했습니다. 시인이었던 보리스 파스테르나크의 유일한 장편소설인 닥터 지바고는 1955년에 완성되지만, 러시아 혁명의 이데올로기를 부정하였다는 이유로 출판이 거부되었습니다. 1957년 고국인 소련이 아닌 이탈리아에서 출간하게 됩니다.

이 작품은 20세기 초 러시아 격동의 시기를 배경으로 하고 있는데 1905년, 1917년 2월 및 10월 혁명과 제1차 세계대전, 백군과 적군의 내전 등 굵직한 역사적 사건들을 다루고 있습니다. 영화의 줄거리는 대략 이렇습니다. 주인공은 당연, 유리 지바고입니다. 또 하나의 주인공은 라라입니다. 유리 지바고는 시베리아의 부유한 실업가 가정에서 태어났습니다. 그러나 아버지를 일찍 여의고 10세 때, 어머니마저 세상을 떠납니다.

고아가 된 지바고는 친척인 어느 부유한 가정에서 자랍니다. 바로 그로메코 가의 외동딸 또냐와 함께 자랍니다. 그는 의사가 되었고, 양아버지 '알렉산드르'는 자기 딸 '또냐'와 결혼을 시킵니다. 반면에 또 하나의 주인공인 라라는 남편을 여읜 어머니와 함께 살아가고 있습니다. 어머니는 남편의 친구인 변호사 꼬마로프스키와 내연 관계를 맺고 있었습니다.

그는 열여섯에 불과한 라라에게 흑심을 품습니다. 그는 그녀를 범하기에 이릅니다. 라라는 크리스마스 파티가 열린 저녁에 어느 유명한 집안에서 꼬마로프스키에 대한 분노로 그를 총으로 쏩니다. 마침 파티에 참여했던 유리 지바고는 그 현장에서 라라를 목격하게 됩니다. 가까스로 목숨을 건진 꼬마로프스키는 자신에 대한 추문이 알려지게 될 것을 두려워합니다.

이 사건을 묻어두고 라라를 처벌 위기에서 건져 줍니다. 후에 라라는 파샤라는 남자와 결혼하고, 함께 유라친이라는 곳으로 가서 함께 교사생활을 합니다. 그때, 제1차 세계대전이 터지면서 유리는 군의관으로 징집됩니다. 동유럽의 전선으로 향하게 되고, 그곳에서 운명의 여신처럼 유리는 간호사가 된 라라를 만나게 되었습니다. 라라는 남편 파샤 전쟁에 참전했는데 전사했는지도 모른다는 소식을 듣고, 자기 남편을 찾아왔던 것입니다.

6개월을 의사와 간호사로서 일을 함께한, 두 사람은 자연스럽게 서로에게 이끌리게 됩니다. 그런데 러시아에서 혁명이 발생했다는 소식이 들리고, 전쟁은 끝납니다. 유리는 모스크바로, 라라는 유라친으로 돌아갑니다. 모스크바로 돌아온 유리 지바고는 아주 낯선 풍경을 보게 됩니다. 정권을 장악한 소비에트가 자신과 장인인 알렉산드르 같은 지식인들을 미워합니다.

결국, 모스크바에서 시베리아로 가는데, 그들은 기차를 타고 가며 고국의 내전 상황을 목격합니다. 유리 지바고는 군대에 체포되어 조사를 받는데, 그 부대의 지도자는 스뜨렐리니코프라는 남자였습니다. 그는 유리를 풀어줍니다. 그는 전사했다고 알려진 라라의 남편인 파샤였습니다. 파샤는 스뜨렐리니코프라는 가명을 사용하며 열혈 혁명당원이었습니다.

그는 부대의 지휘관까지 된 것이있습니다. 유리 지바고와 그의 가족은 근처의 유라친을 기착지로 하여 바리키노에 도착, 그곳에서 생활을 시작합니다. 유리 지바고는 근처 도시인 유라친의 한 도서관에서 우연히 라라를 만나게 됩니다. 라라를 내심 그리워하던 유리 지바고는 그녀와의 부적절한 관계를 이어나가게 됩니다.

그는 가족들에 대한 죄책감을 느끼면서도 그것을 멈추지 못합니다. 그러던 어느 날 유리 지바고는 홀로 다니다 빨치산 부대에 끌려갑니다. 군의관의 죽음으로 의사가 필요했기 때문입니다. 가족들에게 알리지도 못하고 빨치산 부대에 끌려간 그는 부대를 따라 동쪽으로 계속 이동하게 됩니다.

그곳에서 그는 빨치산 부대의 실상과 고통받는 민중의 모습을 뼈저리게 느끼고, 마침내 도망쳐 나옵니다. 갖은 고생 끝에 그는 다시 유라친에 돌아와서 가족들의 소식을 듣게 됩니다. 농업 분야의 권위자인 장인 알렉산드르가 당국의 소환을 받음에 따라 모두 모스크바로 이동했다는 소식이었습니다. 유라친에서 그는 모스크바에 있는 가족들의 행방을 수소문하면서, 라라와 다시 만납니다.

마침내 아내 또냐의 편지를 받게 되는데 가족들은 국외 추방되었고, 파리로 가게 되었다면서 앞으로 다시 만나지 못할 것 같다는 소식이었습니다. 유리 지바고와 라라에게 꼬마로프스키가 찾아옵니다. 그는 그들이 당국으로부터 위험인물로 찍혀 있으니 자신과 함께 극동지역으로 피신하자고 제안합니다. 라라는 어린 딸 때문에 흔들리지만, 유리 지바고는 그것을 단호히 거절합니다.

유리 지바고와 라라는 바리키노로 피신합니다. 하지만, 꼬마로프스키는 포기하지 않고 바리키노까지 쫓아와 유리 지바고를 설득합니다. 라라의 남편 파샤이었던 스뜨렐리니코프는 처형당했다며, 라라만이라도 자신과 함께 가게 해달라고 합니다. 유리 지바고는 결국 라라에게 나중에 뒤쫓아 가겠다고 하고, 그녀를 꼬마로프스키와 함께 떠나보냅니다.

유리 지바고는 한 남자의 방문을 받는데 그는 라라의 남편 파샤였습니다. 파샤는 괴로움과 피로감으로 결국 자살을 택하고 맙니다. 극심한 고생으로 인해 그의 건강은 이미 악화되었습니다. 어느 날 그는 전차에서 내린 후 쓰러져 죽고 맙니다. 그의 장례식에는 극동에서 돌아온 라라가 참석합니다. 그 이후에 그녀의 소식이 끊기는 것으로 이 영화는 마무리됩니다.

이 영화를 다시 보면서 빠뜨릴 수 없는 것이 눈 덮인 설경, 이리가 울부짖는 밤, 그러면서 시를 쓰는 유리 지바고의 모습입니다. 이 영화는 주제는 바로 사랑입니다. 혁명의 와중에서도 사랑은 변할 수 없습니다. 숱한 역사의 파도 속에 휩쓸려 헤매는 유리 지바고와 라라의 비극적인 사랑을 그린 작품입니다.

유리 지바고와 라라에게도 역사의 어두운 그림자가 드리워져 있습니다. 공산주의로 바뀌었지만, 그들의 삶은 더 끔찍해졌습니다. 유리 지바고는 비록 고아가 되었지만, 모스크바의 지식인 가정에서 자란 상류 계급과 그 문화의 전형적인 인물이었습니다. 그래서 뛰어난 의사이면서도 감수성이 유연해 철학이나 문학을 연구하였습니다. 이 장편의 마지막에 24편의 시가 발표된 것처럼 시를 쓰기도 합니다.

시인의 눈으로 자연과 역사를 바라보는 관점이 이 작품을 이해하는 열쇠가 되기도 합니다. 결국, 시를 좋아하는 민족임을 암시합니다. 유리 지바고는 자신을 혼돈 속으로 휘말려 들게 한 전쟁과 혁명을 하나의 운명으로 받아들이고, 그 속에서 정신적 독립을 지키려 합니다.

인간의 정신과 감정, 창조성을 강조한 이 영화는 데이비드 린 감독의 또 다른 영화 '아라비아의 로렌스'를 함께 작업한 필리스 달튼이 맡았습니다. 북구의 추운 환경에 가장 잘 어울리는 모피가 다양하게 선보인 이 영화에서 영감을 얻어, 크리스찬 디올이나 입생 로랑 같은 유명 디자이너들은 '지바고 룩'을 발표했다고 합니다.

영화 '체인질링'

며칠 전에 10여 년 전, 감동적인 영화 '체인질링'을 다시 보았습니다. '체인질링'은 2008년 미국에서 만든 미스터리 영화 중 걸작으로 꼽히는 작품입니다. 유명한 클린트 이스트우드가 연출, 공동 제작, 음악을 맡았었지요. 마이클 스트러진스키가 각본을 맡았습니다. 이 영화는 아동 범죄, 여성 권한 제한, 정치적 부패, 정신병 환자들에 대한 학대, 폭력의 영향 등을 다루고 있습니다.

바로 1928년에 벌어진 실제 사건을 영화화한 것이지요. 또 하나의 유명한 배우 안젤리나 졸리 주연인 이 영화는 정말 눈부시게 만들었습니다. 주인공 안젤리나 졸리는 영화에서 아들과 만났지만, 그녀가 찾던 아이가 아니라는 걸 바로 알았지요. 그녀는 경찰과 시 관계자들에 이것을 입증하려 하나, 그녀가 어머니로서 부적절하다고 비난을 받습니다.

클린트 이스트우드는 안젤리나 졸리의 얼굴이 1920년대 배경에 적합할 것이라고 보고, 그녀에게 의뢰합니다. 감동적인 영화에는 대개 두 가지 부류가 있습니다. 하나는 가슴을 따뜻하게 해주는 영화이고, 다른 하나는 눈물과 삶의 아픔, 분노 등으로 가슴을 뜨겁게 만들어 주는 영화입니다. 사람들은 흔히 영화를 본 후, 가슴이 따뜻해 온다는 느낌을 받습니다. 그러나 영화를 본 후에는 쉽사리 그 평가를 하기 어렵습니다.

바로 그 영화 속에 담긴 삶의 모습이 너무도 아프고 안타깝기에, 그리고 우리 삶의 아픔이 있기에 영화를 보는 동안 수없이 많은 감정을 경험합니다. 클린트 이스트우드 감독은 이렇게 가슴을 자극하는 영화를 만드는 감독입니다. 보기에도 훤칠한 키에 강한 인상의 소유자 클린트 이스트우드 감독입니다. 그는 감독으로서의 역량을 제대로 보여 주는 하나입니다.

그에게 첫 번째 아카데미 최우수 작품상과 감독상을 안겨준 '용서받지 못한 자'는 뛰어난 작품입니다. 아카데미 시상식의 작품상 및 감독상 후보에 오른 '미스틱 리버'는 클린트 이스트우드의 인간과 삶에 대한 깊이 있는 시선을 그야말로 날카롭게 전달한 작품들이라 할 수 있습니다.

그의 작품들은 인간과 삶에 관한 이야기를 하고 있습니다. 그는 다시금 그의 진가를 확인시켜 주었고, 그야말로 영화가 보여 줄 수 있는 깊이 있는 시선과 뜨거운 감동이 무엇인가를 실감하게 해주었습니다. 그리고 다시금 그러한 시선으로 관객에게 찾아온 그의 영화 '체인질링'은 그의 가슴과 손길을 그대로 느낄 수 있도록 해주는 아름다운 영화입니다.

홀로 아들을 키우고 있는 어머니 '크리스틴 콜린스', 그녀에게는 9살 난 아들만이 삶의 유일한 이유이자, 희망입니다. 바쁜 생활로 인해 그녀는 어린 아들과 함께하지 못함을 항상 안타까워합니다. 아들과의 약속을 지켜주지 못하고 일을 하러 나간 크리스틴은 급하게 집으로 돌아왔지만, 아들은 온데간데없이 사라졌습니다.

영화 '체인질링'은 1928년, 미국 LA를 배경으로 하고 있습니다. 인정받는 직장까지 지닌, 당당한 '싱글맘'인 크리스틴 콜린스라는 여성을 주인공으로 한 '체인질링'은 안젤리나 졸리가 극적인 연기를 한 작품입니다. 그녀의 대단한 연기에 매료되었습니다. 어머니의 강한 의지와 세상과 맞서는 역할을 눈부시게 표현했지요.

영화 '체인질링'이 관객들에게 더욱 뜨겁게 다가오는 것은 바로 실화라는 점입니다. 아들의 실종과 함께 경찰서로 달려간 크리스틴은 실종 사건의 경우 24시간 후에야, 신고가 가능하다는 황당한 답변만을 듣고 집으로 돌아오게 됩니다. 그리고 하루하루를 고통과 악몽 속에 지내오던 크리스틴은 5개월 만에, 경찰로부터 아들을 찾았다는 연락을 받습니다.

그토록 간절하게 기다렸던 아들이었지만, 크리스틴의 삶은 그로 인해 더욱 큰 고통 속으로 빠지게 됩니다. 경찰이 데려온 아이는 바로 아들이 아니었기 때문입니다. 아들을 찾았다는 안도감도 잠시뿐이었습니다. 상식적으로 이해할 수 없는 경찰의 태도와 상황의 변화는 관객들에게도 커다란 분노와 답답함을 느끼게 합니다.

크리스틴은 그가 아들이 아님을 말하지만, 경찰은 아무도 그것을 인정하려 하지 않습니다. 오히려 그녀에게 아들의 양육을 회피하려 한다고 비난하고, 정신병 환자로 몰아 병원에 강제수용합니다. 경찰은 공권력을 남용하기에 이르는 1928년의 LA는 지금의 모습과도 닮아있기에, 영화 '체인질링'이 보여 주는 현실은 더욱 애타기만 합니다.

자신들의 실수를 인정하려 하지 않는 경찰은 끊임없이 터무니없는 설명과 이론들로 크리스틴을 설득하려 합니다. 거기에 굴복하지 않는 그녀에게 가하는 공권력 역시 잔인하기까지 합니다. 어머니로서의 진심과 아픔은 생각하지 않고, 오직 자신들의 권위 세우기와 거짓을 넢으려고만 애쓰는 경찰의 모습은 어처구니조차 없습니다.

영화 '체인질링'은 실종된 아들을 찾기 위한 어머니의 이야기에서 시작하지만, 결국 이 영화는 이 순간부터 관객들 역시 극중 크리스틴과 함께 분노하게 하고, 아파하도록 만듭니다. 자칫 무겁고 딱딱해질 수 있는 이야깃거리를 어머니로서 역할을 보여 줍니다. 이것이 영화 '체인질링'의 가장 큰 힘이라 할 수 있습니다.

평소 LA 경찰의 부정과 비리를 고발하는 데 늘 함께 해왔던 브리그랩 목사는 크리스틴의 안타까운 사연을 알게 되고, 그녀를 돕는 데 앞장서기로 합니다. 브리그랩 목사의 도움으로 기자들에게 진실을 알립니다. 그리고 아들을 찾기 위해 하나씩 준비해 가는 크리스틴은 더 이상 두려움과 슬픔에 아파하던 그 모습이 아닙니다.

그녀는 누구보다 강한 어머니요, 진실을 위해 거짓된 사회와 맞서는 당당한 인간인 것입니다. 여기서 관객들은 안젤리나 졸리가 보여 주는 진심어린 연기에 놀라게 됩니다. 영화 '체인질링'의 크리스틴 콜린스로 찾아온 안젤리나 졸리는 전혀 다른 느낌입니다.

커다란 눈망울에 맺힌 눈물은 그녀를 뜨거운 모성애의 어머니로 만들어 주었고, 강렬하고 당당한 표정은 강인한 의지와 정의로 가득 찬 여성의 모습을 멋지게 표현해냈습니다. 안젤리나 졸리 특유의 허스키하고 나지막한 목소리는 극중 크리스틴의 다급하고, 애타는 심정을 잘 드러내 줍니다.

무엇보다 안젤리나 졸리의 표정과 눈빛만을 클로즈업하여 극중 크리스틴의 심리를 보여 주는 몇몇 장면은 그녀의 연기가 주는 힘과 매력을 유감없이 보여 줍니다. 특히, 실제로도 입양 등을 통해 아이들의 엄마로서도 강한 인상을 심어주고 있는 그녀이기에 영화를 통해 전달되는 모성애가 더욱 뜨겁게 와서 닿는지도 모릅니다.

나지막한 허스키 보이스와 차분하고 강한 눈빛 연기로 관객들의 가슴을 뭉클하게 울려주는 그녀의 진정성이 묻어나는 연기야말로 영화 '체인질링'이 전해 주는 가장 큰 감동요소라 해도 과언이 아닙니다. 크리스틴과 브리그랩 목사의 노력을 강압적으로 무마시키려던 경찰은 의외의 사건이 등장함으로써 새로운 국면을 맞이하게 됩니다.

영화의 분위기 역시 이 사건과 더불어 변화를 맞이하게 되는데, 자칫 무료하고 지루하게만 전개될 수 있는 이야기의 양상을 긴장감 넘치도록 해주는 전환점이라고 할 수 있습니다. 강제 수용된 정신병원 내에서 갖가지 인권유린과 협박에 시달리던 크리스틴은 뜻밖의 사건으로 인해 또 다시 어렵고도 험난한 싸움을 시작하게 됩니다.

한 여성의 실종된 아들을 찾기 위한 노력은 일순간 부패한 사회에 대한 저항이 되고, 그것은 다시 세상을 변화시키게 되는 도전으로 커지게 된 것이지요. '크리스틴 콜린스' 사건은 일파만파로 LA시민들에게 알려지게 되고, 그녀 개인의 문제가 아닌 LA 시민 전체의 문제가 되기에 이르는 것입니다.

짧은 법정 스릴러로서의 긴장감까지 더해주는 후반 30여 분의 이야기는 그래서 더 흥미롭고, 통쾌하게 다가옵니다. 클린트 이스트우드 감독의 작품들은 그가 배우로서 내뿜었던 카리스마보다 더욱 강렬하고, 진한 맛을 우려냅니다. 영화 '체인질링' 역시도 그 깊은 맛을 관객들 스스로가 느끼고, 빠져들 수 있게 합니다. 그리고 그녀의 진심어리고, 뜨거운 연기는 그 맛을 더욱 진하게 해줍니다.

사람들은 영화를 통해 다양한 생각을 하고, 또 그것을 표현히는 방식 역시 모두 다릅니다. 하지만 사람들이 가슴으로 느끼고, 얻는 것은 크게 달라지지 않는 법이지요. 뜨거운 진심이 담긴 영화를 통해 경험하게 되는 가슴의 힘은 더욱 그러합니다.

　클린트 이스트우드 감독, 안젤리나 졸리의 영화 '체인질링'은 오랜만에 그것을 경험하게 해줄 것입니다.

두 교황

영화 '두 교황'은 교황 좌에서 사임함으로써 현직에서 물러난 교황 베네딕토 16세와 그 뒤를 이은 교황 프란치스코의 뒷 에피소드를 담은 이야기입니다. 사실에 근거를 두고 있으면서, 많은 것들을 극화한 재미있는 영화입니다. 이 영화의 시작은 교황 요한 바오로 2세의 서거로 인해, 바티칸에 추기경들의 모임인 콘클라베입니다.

2005년 폴란드 출신으로 27년간 교황으로 재직한 요한 바오로 2세의 선종으로, 새로운 교황을 뽑기 위한 콘클라베가 이루어집니다. 20세기 최고의 가톨릭 신학자로 요한 바오루 2세 교황 재위 기간 오랫동안 교황청 신앙교리성 장관직을 맡았고, 평생 가톨릭 신앙 수호에 매진해 왔던 라칭거 추기경이 선두 주자로 나섭니다. 라칭거 추기경은 오랫동안 신학 교수로 아주 유명한 분입니다.

콘클라베에서는 요한 바오로 2세의 후계자로 알려진 라칭거 추기경이 예상을 뒤엎고, 계속되는 접전 끝에 드디어 흰 연기를 내뿜으면서 새로운 교황으로 선출됩니다. 교황 베네딕토 16세이지요. 콘클라베에서 이변이 벌어진 것은 너무 보수화된 천주교에 대한 반발로 개혁의 필요성이 제기됐고, 그 중심인물이 바로 베르고글리오 추기경이었음을 보여 줍니다.

베네딕토 16세 즉위 후 6년이 지난 2012년 베르고글리오 추기경은 교황에게 "추기경에서 사퇴하고 싶다."라는 내용의 사퇴서를 보냅니다. 아무리 기다려도 소식이 없자 베르고글리오 추기경은 직접 바티칸으로 가서 이를 해결하고자 로마로 떠납니다. 그때 마침 교황청에서 만나자는 연결이 옵니다.

콘클라베 이후 6년 만의 재회는 바티칸 아닌 교황의 여름 별장, 호수를 한눈에 내려다보는 카스텔 간돌포, 두 사람은 둘만의 시간을 갖습니다. 그 이전의 한 대목이 의미심장합니다. 콘클라베를 위해 바티칸에 온 아르헨티나의 베르고글리오 추기경은 서민적이고, 예수회 출신답게 농담을 좋아하는 유쾌한 성격입니다. 두 사람은 화장실에서 첫 대면을 하는데 베르고글리오 추기경이 흥얼거리자, 라칭거 추기경이 "그게 무엇이냐?"고 물어봅니다.

베르고글리오 추기경은 환한 웃음으로 스웨덴 그룹 아바의 '댄싱 퀸'이라고 합니다. 머리를 흔드는 라칭거, 추기경이 품위 없이 '뽕짝'을 흥얼거린다는 표정으로 나갑니다. 카스텔 간돌포, 그곳에서 교황과 추기경은 교회에 관한 여러 가지 문제에 대해 설전을 벌이고 교황은 추기경의 은퇴를 허락하지 않고 피합니다. 오히려 교황은 자기가 사임을 할 테니, 교황 자리를 맡아 달라고 말합니다.

이에 추기경은 절대 그럴 수 없다고 말합니다. 자기 자신의 과거 잘못에 대해 솔직하게 고백합니다. 아르헨티나는 과거 군사정권이 정부를 장악하자 많은 시민과 신부들이 이에 저항해 목숨을 잃었습니다. 그리고 베르골리오 신부는 예수회를 지키기 위해 군부에 협력했었습니다.

함께 교황과 식사를 하는 줄 알았는데, 교황은 혼자, 추기경도 혼자 식사를 하고 추기경은 응접실에서 무료함을 달래기 위해 혼자 축구를 시청합니다. 교황도 응접실로 와서 대화를 나눕니다. 베네딕토 16세는 베르고글리오 추기경을 만나 동성애, 이혼, 피임 등 세속적인 문제에 날카로운 질문을 던집니다. 날카로운 질문에 베르고글리오 추기경은 겸손하지만, 당당하게 맞섭니다.

베네딕토 16세는 베르고글리오 추기경의 답변이 세속적이고 상대주의며 인기영합주의라며 이는 정통 교리에 어긋나는 '타협'임을 강조합니다. 이에 대해 베르고글리오는 교회도 '변화'해야 함을 역설합니다. 두 사람이 서로를 탐색하고 이해하는 대화를 이어가던 중, 교황의 만보기에서 "멈추지 마세요. 계속 움직이세요."라는 경고음이 울리자 대화는 멈춥니다. 그것이 묘한 사인처럼 느껴집니다.

다음날 교황이 급한 일로 바티칸에 돌아가야 해서 두 사람은 헬기에 동승합니다. 추기경은 사퇴를 재차 간청하지만, 교황은 외면합니다. 바티칸에서도 두 사람의 대화는 이어갑니다. 그런데 내용은 뜻밖의 방향으로 바뀝니다. 이미 말씀드린 대로 교황은 추기경에게 사임을 알리면서, 후임을 맡아달라고 합니다. 뜻밖의 내용에 놀란 추기경입니다.

한 사람의 문제가 아닌 12억 신도의 문제이며, 교황 권위의 문제이기에 절대로 안 된다고 반박합니다. 그러자 교황은 '그것은 타협'이라며 추기경을 몰아세웁니다. 교황은 바티칸은행으로 대표되는 재정부패와 사제들의 연이은 성 추문은 자신의 힘으로 해결될 수 없다며, 개혁적인 추기경이 맡아야 함을 강조합니다. 교황의 뜻이 워낙 확고했지만, 추기경도 자신의 어두운 과거, 아르헨티나 군부 독재 시절 당당히 나서지 못하고 신부들을 보호해 주지 못한 전력을 들어 사양합니다.

베르골리오 신부는 군부 독재 시절 예수회를 위해 일했고, 결국, 많은 사람을 지켜내지 못했습니다. 그 이후 그에 대한 평가가 서로 갈리게 되었습니다. 베네딕토 16세는 베르골리오 추기경의 죄를 사해줍니다. 베네딕토 16세 역시 교회를 둘러싼 추문들에 대해 제대로 처리하지 못함을 고백하고 추기경이 교황의 죄를 사합니다. 베르골리오 추기경은 본국으로 돌아갑니다.

베네딕토 16세는 교황 자리를 사임하며, 베르골리오 추기경이 교황으로 선정되고 프란치스코 교황이 됩니다. 교황이 된 프란치스코는 압도적인 지지 속에 교황이 되고, 소탈한 행보를 이어 갑니다. 영화 마지막은 베네딕토 전 추기경과 함께 월드컵 경기를 보는 모습을 보여 주며 끝이 납니다.

시티 오브 갓, 눈먼 자들의 도시를 감독한 페르난도 메이렐레스 감독이 연출한 이 영화는 탁월합니다. 안소니 홉킨스와 조나단 프라이스의 연기를 감상할 수 있는 작품으로 실제 있었던 베네딕토 16세의 사임과 새로운 교황이 선출되는 과정을 일반인들이 잘 알 수 있도록 보여 주었습니다.

80세가 넘는 나이에도 불구하고, 엄청난 양의 대사를 외우고 연륜이 묻어나는 최고의 연기를 펼친 안소니 홉킨스와 조나단 프라이스의 뛰어난 작품입니다. 교황은 '우리는 신과 함께 있지만, 신이 아닌 인간'이라며, 과거에 잘못은 누구나 저지르는 일, 하느님은 다 용서하신다고 하면서 추기경의 잘못을 사해줍니다. 그러면서 "하느님은 전임 교황의 잘못을 시정하기 위해 새로운 교황을 보냅니다."라고 합니다.

교황의 뜻을 확인한 베르고글리오 추기경, 이 두 명의 교황의 나눔이 압권입니다. "두 명의 교황이 있게 되느냐?"고 묻자 베네딕토 16세는 명확하게 말합니다. 자신은 사라지고, 영원히 '침묵의 화신'으로 남겠다고 합니다. 베르고글리오 추기경에게 고해성사를 부탁하며 무릎을 꿇으려 하자, 추기경은 의자에 앉아서 고해성사를 듣습니다.

밀실에서 대화를 나누던 두 사람은 간식으로 피자를 먹고, 한 번도 대중 앞에 서지 않던 베네딕토 16세는 바티칸 대성당 관광객 속으로 들어가서 신도들과 어울립니다. 비서가 말리려 하자 베르고글리오 추기경은 "교황님이 이제야 어울리는 법을 배웠다."라고 하며 가만 놔두라고 합니다. 2013년 2월 베네딕토 16세는 라틴어로 된 사임서를 낭독합니다.

영화 '두 교황'은 사임하려는 교황과 추기경에서 사퇴하고 평범한 신부로 살아가려는 두 사람의 내밀한 대화 속에서 교황이 누가 적임자를 확인해가는 과정을 그린 영화입니다. 지상 최고의 권위인 교황에서 내려오려는 사람, 추기경을 사퇴하는 두 종교인이 던지는 화두와 진실의 언어는 상대방을 최대한 존중하면서 우아하게 주고받는 말들의 교향곡으로 울려 퍼집니다.

영화는 '두 교황'의 다른 이면을 보여 줍니다. 사실 베네딕토 16세는 그의 신앙과 믿음, 학문적 깊이와 성품 등으로 보수적이고 권위적인 교황으로 널리 알려져 있습니다. 그러나 지구 온난화, 빈부갈등, 교회의 세속화에 대해 누구보다 큰 관심과 해결을 위해 노력한 분으로 2009년 6월 29일 '진리 안의 사랑'이란 회칙을 반포한 교황입니다.

영화에서는 베르고글리오 추기경의 어두운 과거를 상당 부분 보여 줍니다. 베네딕토 16세가 자신의 뒤를 이어 교황이 되라고 하자 추기경은 아르헨티나 군부 독재에 철저히 저항하지 못하고, 신부들을 보호하지 못한 전력을 들어 교황이 될 자격이 없다고 한 점이 바로 그것입니다. 두 사람의 진솔한 면, 과거에서 자유가 없는 점까지 말합니다. 이 모든 것이 그만큼 두 사람의 치열한 삶을 살아왔음을 보여 주는 것입니다.

가장 인간적인 면모의 프란치스코 교황과 동시대를 함께 한다는 것은 축복입니다. 가장 보수적이면서 교리에 엄격했다고 생각하는 분이 오히려 더 인류의 문제에 매달려 왔다는 사실은 가슴 뭉클하게 하는 대목입니다. 성서 구절이 생각하게 합니다.

"내가 너와 함께 있으니 두려워하지 말라" (이사. 41, 10)

영화 '두 교황'은 주연 배우들의 탁월함이 잘 드러난 작품입니다. 베네딕토 16세를 완벽 재현한 안소니 홉킨스는 '양들의 침묵'의 닥터 한니발로 유명하지요. 현 프란치스코 교황은 도플갱어로 알려진 조나단 프라이스는 영화 '캐리비안의 해적', 드라마 '왕좌의 게임' 등 연극, 뮤지컬, 영화, 드라마를 넘나드는 연기파 배우로 잘 알려져 있습니다.

러빙 빈센트, 화가 빈센트의 죽음 1년 후

오늘 애니메이션 영화, 그러나 전혀 다른 방식의 영화, 러빙 빈센트를 소개합니다. 무려 100명이 넘는 화가들이 이 영화를 위해 5만 6천 장의 그림을 그렸습니다. 일반적으로 애니메이션의 가장 활발한 나라는 바로 일본과 미국입니다. 작품의 대중적인 인기, 시장의 규모 등에서 압도적입니다. 화려하고 유명하지 않을 뿐이지, 다른 나라에도 훌륭한 애니메이션 작품들이 숨어있습니다.

이 영화는 네덜란드 영화입니다. 실존했던 인물이, 과연 어떤 시점에 따라 혹은 어떤 면모와 어떤 인간관계를 조명하느냐에 따라 상황은 바뀌지요. 러빙 빈센트는 살아생전 수많은 편지에서 그가 즐겨 쓰던 편지의 끝에 쓰던 말입니다. 러빙 빈센트는 살아생전 단 한 점의 그림만을 팔았던 화가 빈센트의 죽음 1년 후, 아르망은 그의 그림을 사랑했던 아버지의 요청에 따라, 반 고흐에 관한 추적 여행을 합니다.

빈센트 반 고흐를 추모하는 가장 예술적인 방식으로 고흐의 그림으로 완성된 독창적 애니메이션을 만들었지요. 수많은 사람에게 영감을 준 그의 작품이 탄생하기까지 화가가 인내했던 고통과 환희의 시간이 조용히 우리 마음 깊은 곳을 두드립니다. 특히 1월에 이 영화를 추천합니다. 인디언들은 1월은 마음 깊은 곳에 머무르는 달이라고 합니다. 누군가는 꿈틀대는 붓의 맥박, 아픔으로 피어나는 예술 현장이라고 했습니다.

괴팍하고 정신병자인 화가로 알려졌지만, 그의 내면적인 고뇌와 외로움 속에 살아간 반 고흐의 이야기를 미스터리 형식과 독특한 애니메이션 구성을 통해 완성했습니다. 누군가는 영화 끝나고 엔딩 크레딧이 올라갈 때까지 쉽게 일어나지 못했다고 합니다. 사실 모두가 그랬지요. 고흐의 그림을 좋아하는 사람에게는 최고의 영화일 듯합니다.

물론 미스터리적 전개로 시작해 모호한 결론에 이르기까지의 과정이 장르적 관점에서 봤을 때, 아쉽게 느껴질 수도 있습니다. 다양한 면모를 지닌 고흐의 그림 속 인물들을 그대로 살려냄으로써 아주 구체적인 재미를 더하며 영화는 예술가가 지닌 숙명적인 삶과 고뇌를 다루며, 고흐가 지니고 있었던 내면적 아픔에 동참할 수 있도록 합니다.

여기 하나의 물음을 던집니다. "당신은 그의 삶에 대해 무엇을 알고 있습니까?" 살아생전 단 한 점의 그림만을 팔았던 화가 '빈센트'의 죽음 후 1년입니다. '아르망'은 '빈센트'가 마지막으로 살았던 장소로 찾아가 미상의 죽음을 추적해 나가며 영화는 전개됩니다.

'빈센트'를 그리워하는 여인 '마르그리트'가 등장합니다. '빈센트'를 가장 가까운 곳에서 지켜봤던 '아들린'과 '빈센트'의 비밀을 알고 있는 닥터 '폴 가셰'가 있습니다. '아르망'은 그들의 이야기를 듣고, 인간 '빈센트'에 대해 몰랐던 놀라운 사실들을 알게 되지요. 1890년 7월 27일, 한 남자가 황혼이지는 프랑스의 작은 시골 마을 오베르의 중심가에서 쓰러졌습니다.

수척한 괴상한 이 남자는 총상으로 피가 흐르는 배를 움켜쥐고 있었습니다. 그는 당시에 잘 알려지지 않았으나, 현재에는 세계에서 가장 유명한 예술가 빈센트 반 고흐였습니다. 고흐의 비록 비극적인 죽음은 이미 널리 알려져 있으나, 왜 그가 총상을 입었는지는 여전히 미스터리로 남아 있습니다. 그의 삶과 죽음에 관한 이야기를 무려 5만 6천 장에 달하는 수려한 유화로 표현한 애니메이션 영화입니다.

저는 이 영화를 특히 좋아합니다. 한 예술가의 고뇌를 애모하며 동경합니다.

'세 번째 살인'이라는 영화

고레에다 히로카즈 감독의 숨 막히는 스릴러 신작 '세 번째 살인'이라는 영화를 보고 난 후 그 영상이 떠올라 잠을 이룰 수 없었습니다. 진실이 무엇인지 알 수 없는 상황에서 과연 누가 누구를 심판할 수 있을까요? 고레에다 히로카즈 감독은 법정 스릴러 영화 '세 번째 살인'을 통해 우리에게 넌지시 묻습니다. 시게모리는 재판에서 늘 이기는 아주 유능한 변호사입니다.

눈 덮인 인적 없는 공터에서 미스미는 자신을 해고한 공장 사장과 단둘이 만납니다. 섬뜩하게도 그를 그 공장의 사장을 살해합니다. 미스미는 이번 사건으로 법의 심판을 받게 됩니다. 시게모리가 미스미의 변호를 맡게 됩니다. 계속 그는 변호인들과 접견을 할 때마다 다시 증언을 번복합니다. 시게모리는 늘 이기는 변호사이지요. 하여, 그는 점점 사건에 몰두하게 됩니다.

자신을 해고한 공장 사장을 잔인하게 살해한 혐의로 사형이 확실시된 미스미의 변호를 맡게 된 시게모리. 이 둘의 묘한 연기력에 감탄하게 됩니다. 그는 원한으로 인한 고의적인 살인임을 증명하려고 애씁니다. 고의적인 살인임을 입증해서 미스미의 형량을 낮추는 전략을 짜지요. 만날 때마다 달라지는 미스미의 진술은 사건을 점점 복잡하게 만듭니다.

두 사람이 함께 찍은 사진으로 미스미의 과거, 피해자의 딸 사키에와 미스미의 관계가 드러나지요. 사건은 점점 미궁에 빠집니다. 살인 구형만 막을 수 있으면 된다고 생각했던 시게모리는 미스미와 만날수록 점점 혼란을 느낍니다. 이것을 바라보는 관객도 '도대체 진실이 무엇'인지에 대한 갈피를 잡을 수 없지요.

우리가 믿는 것이 진실이 아닐 수도 있다는 것입니다. 끝내 영화는 진실을 밝혀내지 못하고, 그 누구도 진실을 제대로 말해 주지 않습니다. 진실이 무엇인가? 하는 문제와 그 진실에 대한 해석과 의미를 담고 있기에 영화는 아주 복잡해집니다. 미스미의 첫 범죄를 맡았던 판사가 시게모리의 아버지였던 것을 통해 시게모리는 진실의 여부와 함께 사건을 재조명하면서 이야기는 복잡해집니다.

감독 고레에다 히로카즈는 주로 가족 이야기, 특히 아버지의 문제를 깊이 있게 다루는 사람으로 유명한 분이지요. '그렇게 아버지가 된다.'(2013) '바다마을 다이어리'(2015) '태풍이 지나가도'(2016) 등 고레에다 감독이 말하는 가족, 그리고 아버지 이야기가 주로 주제이지요.

아버지에게 성폭행당한 딸, 범죄자가 된 후 30년 동안 딸을 만나지 못한 아버지, 바쁜 삶 때문에 딸과 같이 살지 않는 아버지 이야기를 통해 각각은 그 의미를 되새기게 합니다. 그러나 역시 본 주제는 '인간이 인간을 심판하는 게 옳은 것인가?'에 대해 사형제도라는 쉽지 않은 문제를 다루면서 우리에게 깊이 고민하게 만듭니다.

'세 번째 살인'은 다른 스릴러 영화와 달리 전율과 공포는 별로 없지만, 접견실 창 하나를 사이에 두고 시게모리와 미스미가 주고받는 대화와 눈빛이 전혀 예사롭지 않습니다. 후쿠야마 마사하루는 묵직한 연기로 이야기의 중심을 이끌고 나가고 야쿠쇼 코지는 특유의 연기로 서로 절정을 이룹니다. 접견실에서 후쿠야마와 야쿠쇼 얼굴이 절묘하게 겹쳐지는 그 순간, 오래도록 잊히지 않을 강한 인상을 새깁니다.

변호사 시게모리와 살인을 한 미스미를 통해 우리는 혼란을 겪으며, 정의를 집행하며 가장 객관적인 사법체계가 흔들립니다. 과연 법과 정의, 양심의 문제는 서로 상충하지 않는가? 이 때문에 사건을 묘사하면서, 사건 자체를 조사하는 과정보다 등장인물의 관계에 더 깊이 몰두하게 됩니다.

이 영화는 확실한 결말을 내어주지 않은 채, 시게모리와 미스미의 대화가 정점을 이루고 있습니다.

하
느
님
의
사
람
들

성 보나벤투라!

오, 복된 일이 있을지어다. 어린 시절 우연히 성인 프란치스코를 만난 그는 오, 보나벤투라는 말을 듣습니다. 보나벤투라는 "복된 일이 있어라."라는 뜻입니다. 그 후 그의 이름이 보나벤투라가 되었지요. 그는 17세에 프란치스코회의 작은형제회의 수도자가 되어 파리에서 공부한 뒤 파리 대학교 교수로 탁월한 업적을 남겼습니다.

작은형제회의 총장으로 선출된 그는 자신의 수도회 설립자인 아시시의 프란치스코 성인의 전기를 완성하였으며, 철학과 신학 분야의 권위 있는 저서도 많이 남겼습니다. 그런 그가 죽기 전에 마지막으로 유명한 말을 남기었습니다.

"내가 지금까지 쓴 책을 모두 합쳐도, 정성스러운 마음을 바친 성모송 한 번만도 못합니다."

그 말을 들은 동료 수사 신부님 한 사람이 말하기를 "이제 죽기 전에 바른말 한 번 하는구면."이라고 했답니다. 그의 동료 신부님도 과연!이라는 말이 나오게 합니다. 중세 신학의 두 기둥 토마스 아퀴나스와는 절친 사이였습니다. 당시 교황이 두 신학자가 성체 찬미가를 짓게 합니다.

겸손했던 그는 토마스의 성체 찬미가를 들은 그는 찬탄을 쏟으며 자신이 쓴 것을 찢었다고 합니다. 토마스 아퀴나스는 논리적이고 체계적인 사람이고, 그에 반해 보나벤투라는 심리적이고 영적인 사람입니다. 아, 저는 그의 성체 찬미가를 들을 수 없는 것이 안타까울 뿐입니다.

요한 크리소스토모

    오늘 우리는 성 요한 크리소스토모의 축일을 지냅니다. 요한은 동방 콘스탄티노플의 주교였지요. 서기 349년 시리아의 안티오키아에서 태어난 그는 이미 그리스도교 신자가 되기 전에 안티오키아에서 철학, 법학, 수사학, 신학을 두루 섭렵했습니다. 374년경에 성 바실리오의 지도로 수덕 생활을 시작하였습니다.

    서기 386년 사제로 서품을 받은 이후에는 주로 뛰어난 강론으로 크리소스토모, 즉, 금구(황금의 입)라는 이름을 얻게 됩니다. 신약성서에 관한 연속 강론을 하여 큰 반향을 불러일으킨 것이 계기가 되었지요. 주교가 된 이후에는 교회 개혁에 착수하게 되지요. 주로 성직자와 신자들의 생활 관습에 대한 개혁이었지요.

    탁월한 사람이 개혁까지 하게 되니, 보수 진영의 기득권 사람들이 가만히 둘 리가 없지요. 그는 시기와 모함에 결국 교회 법정에서 단죄를 받고 주교직에서 면직되고 몇 번의 유배를 당하다가, 결국 서기 470년 유배지에서 세상을 떠났습니다. '매일의 성인'의 저자 레너드 폴리는 이렇게 말합니다.

"안티오키아 출신의 위대한 설교가인 요한을 둘러싸고 있는 애매모호와 흥미진진함은 대도시에서 살던 위대한 사람의 생애답다. 시리아에서 12년 동안 사제로서 봉사한 다음, 콘스탄티노플로 온 요한은 자신이 제국의 가장 큰 도시의 주교가 됨으로써 황제의 계략에 의한 희생자가 되었음을 알았다."

주교가 된 것이, 정치 권력의 희생자가 된 것이라고 표현하는 것이 재미있지요. 요한은 사막 생활을 하는 동안 얻은 위장병으로 고통을 받으면서 주교직을 수행하기 시작했다고 합니다. 비록 그의 신체는 약했지만, 혀는 강했답니다. 그는 강론에서 가난한 이들과 재산을 나누어 쓰는 구체적 단계를 제시했다고 합니다.

그의 강론에 보수 진영에서 주로 그를 모함하기 시작했지요. 그는 좋은 포도주와 훌륭한 음식을 몰래 실컷 먹는다고 비난도 받았다고 합니다. 고위층의 사람들에게도 영적 지도를 해주었고, 특히 어떤 여성에게 영적 지도를 해준 것을 빌미로 삼아 위선자라고 험담을 하기도 했답니다. 우리는 인간이 얼마나 치사할 수 있는지 보게 됩니다.

레너드 폴리에 의하면, 요한을 공공연하게 비난하던 두 명의 대표적인 인물들은 알렉산드리아의 대주교 테오필로와 에우독시아 황후였다고 합니다. 테오필로 대주교는 콘스탄티노플 주교의 세력이 커지는 것을 두려워하여, 황후는 궁정 생활의 사치를 복음적 가치와 대조시키는 그의 강론에 분개하고 있었기 때문이었다고 합니다.

빌라도와 헤로데가 서로 반목하던 사이였지만, 예수님을 죽이는 것으로

화목한 사이가 되었듯이, 알렉산드리아의 대주교 테오필오로와 에우독시아 황후는 요한 크리소스토모를 모함하기 위해서 서로 손을 잡게 됩니다. 우리는 여기서 재미있는 인간 심리를 봅니다.

테오필오로와 에우독시아 황후를 중심으로 한 요한을 미워한 보수 진영의 사람들이 그를 어떻게 곤경에 빠뜨릴지에 대한 방법을 의논하면서 골머리를 앓았다고 하며, 이런 이야기가 전해지고 있습니다. 그들은 요한 크리소스토모를 미워하지만, 어떻게 곤경에 빠뜨릴지 그 방법을 찾을 수가 없었답니다.

만일 그를 계속 주교 자리에 앉힌다면, 그는 너무 훌륭한 주교가 될 것입니다. 만일 그를 유배 보낸다면, 그는 그리스도의 수난에 참여하면서 그리스도를 더욱 닮게 하는 좋은 기회라고 생각할 것입니다. 그를 죽인다면, 그는 하느님을 위해 순교의 영광을 갖게 될 것입니다. 오히려 그에게 가장 큰 순교의 영예를 준 꼴이 될 것입니다.

그들은 그러니 서로 요한을 어떻게 하면 좋겠느냐?고 모의했다고 합니다. 그들은 순교의 영예는 주기 싫었는지, 유배의 방법을 택했지요. 우리는 무엇이 요한을 반대자들이 어떤 방법으로도 그에게서 삶의 기쁨을 빼앗을 수 없었는지를 생각하게 됩니다. 그는 온전히 그리스도 안에 있었기 때문일 것입니다.

우리는 오늘 요한 크리소스토모의 축일에 그의 삶을 되돌아보며 우리가 온전히 그리스도 안에 있을 때 어떤 반대자들도 우리에게서 진정한 삶의 기쁨을 빼앗을 수는 없다는 것을 묵상합니다.

성 베네딕토 아빠스

전 교황님이 누구이지요? 베네딕토 16세이지요. 베네딕토의 이름을 받은 교황님이 16명이나 되는 것입니다. 성 베네딕토가 얼마나 존경을 받는 대 성인인지를 가늠할 수 있는 하나의 예가 되지 않을까 생각했습니다. 우리가 잘 알다시피 베네딕토는 처음으로 공식적인 제대로 된 수도회 규칙서를 만든 분입니다.

베네딕토 이전에도 수도원이 있었고, 나름대로 간단한 규범들이 있었지만, 베네딕토는 처음으로 공동생활에 관한 규칙과 규정, 규범을 제정한 사람입니다. 그렇기 때문에 일반적으로 그를 서방 수도회의 아버지라고 부릅니다. 동방에는 이미 4세기에 성 대 바실리오가 세운 수도원 등이 있었습니다.

서방에도 이미 4세기에 성 안도니오를 비롯하여 이십트의 사막을 중심으로 여러 곳에 은수자들을 모아 공동수도 생활을 한 예는 있지만, 아직 수도회 규칙을 명문으로 확립해 놓지 않았었지요. 그가 수도 생활을 혁신할

만한 기초가 되는 규칙을 만들었기에 그가 세운 베네딕토 수도회를 서방 수도회의 시초로 보는 것입니다.

그는 480년경 이탈리아 중부의 농촌 도시 누르시아에서 태어나 고향에서 오늘날로 말하자면, 초, 중, 고등학교를 졸업하고 수도 로마에 유학하게 됩니다. 당시 로마는 가톨릭교회뿐만 아니라 학문의 중심지였습니다. 올바른 신앙과 학문을 닦고자 하는 꿈을 안고, 로마로 간 그는 그곳에서 크게 실망합니다.

당시 로마는 퇴폐로 흐르고 있었나 봅니다. 그는 퇴폐적인 도시 생활에 환멸을 느낍니다. 그는 학문을 연마하고자 했지만, 로마는 학교조차도 사치와 향락의 기풍이 만연했고 영성 생활에서도 배울 점이 별로 없었습니다. 그는 로마는 자기가 있을 곳이 여기가 아니라고 하며 다시 엔피데라는 작은 도시로 옮겼습니다.

그곳에는 소수의 열심한 사람들이 모여 경건한 공동생활을 하고 있어 그도 그들과 함께 생활하면서 수덕을 쌓으며 나름대로 영성 생활, 수도 생활을 했습니다. 그런데 그곳에서 어느 날, 그의 기도로 기적이 일어나는 사건이 생기고, 짧은 시간 안에 그에 관한 소문이 많은 사람에게 퍼졌습니다. 그는 이 사건에 당황합니다.

그는 자기가 원하지 않았던 일이 일어남에 따라, 사람들을 피해 수비야코의 산중으로 들어가 홀로 은수 생활을 시작합니다. 그가 어디로 갔는지를 안 사람은, 로마노 수사뿐이었습니다. 그가 베네딕토에게 먹을 것을 가져왔고, 베네딕토는 오로지 기도하며 은수 생활을 3년 정도 하게 됩니다. 베네딕토는 악마의 유혹으로 아주 심한 정결에 관한 유혹을 당하게 됩니다.

그때 그는 옷을 벗고 가시덤불에 뛰어 들어가 마구 뒹굴어 온몸이 상처

투성이가 됨으로써 간신히 그 유혹을 이길 수 있었다고 합니다. 그 뒤 다시는 그러한 유혹을 당하지 않았다고 하네요. 특별한 은총을 받은 것이지요. 베네딕토가 혼자 은수 생활을 하던 수비야코는 산중이었습니다. 산중에서 온전히 고독 속에서 묵상만을 하며 3년 동안의 시간을 보낸 것입니다. 그는 그렇게 3년간 은수 생활을 하다가 깨닫게 됩니다.

자기 혼자 열심히 고독 속에서 기도하는 것이 최선이 아니라는 깨달음이지요. 그는 혼자의 은수 생활이 전부가 아니라는 것을 깨닫고 그곳에서 가까운 곳에 사는 농부, 아이들을 모아 교리를 가르칩니다. 그런데 차츰 그의 이름이 알려졌습니다. 그리고 그에게 배우고자 하는 사람들이 모여와서 가르침을 구합니다. 같이 살기를 원하자 그는 그들을 위해 작은 하나의 수도원을 세우고 그들의 원장이 됩니다.

어느 날, 그곳에서 멀지 않은 곳에 있던 비코바로 수도원의 원장이 서거하게 됩니다. 그러자 그 수도원의 수사들이 이미 이름이 알려지게 된 베네딕토를 찾아와 후임 원장이 되어달라고 간곡히 청하게 됩니다. 베네딕토는 처음에는 거절하지만 결국 그들의 간청에 못 이겨 마침내 수락하게 되지요. 그런데 그 수도원에 와 보니, 규율이 문란하고 심지어는 퇴폐의 기운마저 있었기 때문에 수도원을 철저히 개혁하려고 합니다. 그러나 그의 시도는 잘 먹혀들지 않았습니다.

그는 수도원을 개혁하려고 했지만, 그곳 수사들에게는 그의 엄격함이 맞지 않았습니다. 그들은 새 원장인 베네딕토를 싫어하게 되었지만, 자기네들이 모시고 왔기 때문에 그냥 내칠 수는 없었나 봅니다. 그들 중의 몇이 바로 베네딕토를 살해하려는 흉계였습니다. 수도 생활을 하던 사람들이 그런 일을 꾸몄는지 놀랍기만 합니다.

그들은 점심 식사 때 포도주에 독약을 섞어서 이를 베네딕토에게 권했습니다. 베네딕토는 포도주를 마시기 전에 십자가 표시를 하니, 즉각 그 잔이 산산조각이 납니다. 그는 그들의 음모를 알게 되고, 그 수도원을 떠나 수비야코에 돌아옵니다. 수비야코에서 다시 수도 생활을 시작하지요. 그의 수도원은 날로 번성해져 수도자의 수는 더욱 증가했습니다.

그는 자신이 임명한 원장의 지도로 12개의 수도원을 조직하고, 일과표로 노동을 했습니다. 수비야코는 점점 영성과 학문의 중심이 되었습니다. 그런데 어느 날 그는 인근의 본당 사제이던 플로렌시오라는 자가 그의 활동을 트집 잡습니다. 자기의 사목에 방해를 준다는 것이지요. 그는 결국 수비야코를 떠납니다. 그는 그곳을 떠나 서기 525년경에 남쪽 몬테 카시노(Monte Cassino)로 가서 거기서 수도 생활을 계속하게 됩니다.

당시 몬테 카시노 인근의 주민들은 우상을 신봉하고 그 산 위에서도 우상을 세우고 있었답니다. 그래서 베네딕토는 아폴로에게 헌정된 이방인 신전을 없애고, 그들을 그리스도교로 개종시킵니다. 530년경에는 성 요한 세례자의 성당과 성 마르티노 성당과 수도원을 세우게 됩니다. 하여 그곳 몬테 카시노가 서방 수도원의 발생지가 되었으며, 성 베네딕토 수도회의 총본부로 자리잡게 된 것이지요.

베네딕토가 몬테 카시노에서 수도 생활을 하자, 그의 성덕과 지혜 그리고 기적에 대한 명성이 퍼져나가 또 다시 많은 제자가 몰려온 것입니다. 그는 수도자들을 단일 수도원 공동체로 조직하고, 상식을 존중하면서도 올바른 금욕생활, 기도, 공부 그리고 한 명의 원장 아래 있는 공동체 생활을 규정하는 규칙을 쓰게 됩니다. 그것이 모든 다른 수도회 규칙의 기초가 된 그 유명한 베네딕토 규칙서입니다.

그 규칙서로 그는 '서방 수도 생활의 사부'라는 이름을 얻게 되었습니다. 그 규칙서는 공동생활을 명백히 규정하고, 순명을 최대의 덕으로 삼고, 재산의 사유를 금지하고, 일평생 한 수도원에 머무를 것과 교회의 가르침에 따를 것을 명하고 특히 전례를 중요시하여 수도 생활의 중심으로 성무일도를 안배했습니다. 이것이 서방교회 수도 생활의 기초가 된 것입니다.

베네딕토는 남자를 위해 수도원을 세워 규칙을 작성했을 뿐 아니라 자기의 여동생 스콜라스티카 및 그의 동료들의 부인들을 위해서도 수도회 규칙을 정해주며, 많은 도움을 베풀어 주었습니다. 스콜라스티카는 서로 도와주면서 아름다운 완덕의 길을 걸었습니다. 베네딕토가 남자 수도회, 수사들의 아버지라면, 스콜라스티카는 수녀들의 어머니라고 할 수 있지요.

베네딕토는 서기 547년 3월 21일 몬테 카시노에서 선종했습니다. 그는 제대 앞에 서서 팔을 벌리고 기도하면서 선종했다고 전해집니다. 오늘 우리는 그의 축일을 지내며, 모든 수도 생활을 하는 사람들을 위해 기도합니다. 오늘날과 같은 자기표현 시대에 순명으로 온전히 자기 뜻이 아닌 장상의 뜻을 따르는 것은 쉬운 일이 아닙니다.

우리는 생각합니다. 수도 생활, 공동체 생활을 하는 모든 사람을 위해 기도합니다. 자기 소유를 지니지 않는 청빈과 평생 독신으로 사는 정결을 서원을 통해 수도 생활을 하는 것도 결코 쉬운 일이 아닙니다. 성 베네딕토의 전구를 빌고, 모두의 기도를 청합니다.

토마스의 고백

~~~~~~

요한복음 20장 24~29절은 직접 눈으로 보고 만져 보지 않고서는 믿을 수 없었던 토마스의 불신과 주님을 뵙고 나서 이어지는 "저의 주님, 저의 하느님!"이라는 고백에 대한 기록입니다. 우리도 토마스처럼 "저의 주님, 저의 하느님!"이라고 고백할 수 있는 은총을 청하기로 합니다.

예수님과 제자들이 최후의 만찬을 나누었던 이층 다락방입니다. 전승에 의하면, 제자들은 예수님께서 잡히실 때 줄행랑을 친 이후 다락방에 모여 숨어있었다고 합니다. 베드로를 비롯해 제자들이 공포에 떨면서 문을 꼭꼭 걸어 잠그고 외부의 움직임에 촉각을 곤두세우는 모습을 그려보십시오. 부활하신 예수님은 시공을 초월한 분이시지요. 문이 잠겨 있지만, 거침없이 그 방으로 들어오십니다. 그리고 그들 한가운데 서며 인사합니다.

"평화가 너희와 함께!"

여러분도 제자들과 그곳에 있다고 상상하면서 예수님이 들려주시는 '평화'라는 말에 귀를 기울이십시오. 이어서 제자들에게 당신의 손과 옆구리를 보여 주시는 모습을 그려보십시오. 못 박힌 자리와 창으로 찔린 자리를 보여 주시며 당신이 그들의 스승임을 확인시켜 주시는 모습을 바라보십시오. 주님을 다시 뵌 그들은 기뻐서 어쩔 줄 모릅니다.

토마스는 부활하신 예수님께서 나타나셨을 때 함께 있지 않았습니다. 다른 제자들이 주님을 뵈었다는 말을 듣고 내 눈으로 보기 전에는 믿을 수 없다고 외치는 토마스를 보면서 어떤 느낌이 드는지요? 토마스의 모습은 오늘 우리의 모습이기도 합니다. 무엇이든 눈으로 확인하거나 과학적으로 검증되지 않은 것은 믿지 않는 현대인의 모습을 그대로 반영하고 있지요. 토마스의 모습을 보며 그가 어떤 사람인지 느껴보십시오.

우리는 성경의 다른 대목을 통해 토마스가 용기와 열정을 지닌 제자라는 것을 알 수 있습니다. 라자로의 소식을 듣고 예수님께서 "그에게로 가자."라고 하셨을 때 토마스는 동료들에게 "우리도 주님과 함께 죽으러 가자."라고 말했습니다. 이처럼 사랑과 열정을 지녔던 토마스가 제자들과 함께 있지 않은 이유를 잠시 헤아려 보십시오.

그는 예수님께서 예루살렘에서 처형을 당하자 깊은 절망에 빠졌을 것입니다. 그 역시 다른 제자들처럼 줄행랑을 놓았지요. 한때 큰소리쳤던 일을 생각하면 동료들에게 면목도 없었을 것이고 한편 커다란 슬픔에 빠져 숨어 있었겠지요. 하지만 두려움과 외로움을 견딜 수 없어 동료들한테 돌아왔을 것입니다. 이제 예수님께서 다시 나타나셔서 토마스에게 하시는 말씀을 들어보십시오.

"네 손가락을 여기 대보고 내 손을 보아라. 그리고 의심을 버리고 믿어라."

주님을 뵌 토마스는 고백합니다.

"지의 주님, 저의 하느님!"

참으로 감동적인 장면입니다. 그 감동 안에 머물면서 토마스의 사건을 통해 우리의 느낌을 바라보십시오. 토마스는 열정적 성격이며 희의론자였지요. 그렇기에 눈으로 보고 손으로 만져 보기 전에는 결코 믿지 못하겠다고 한 것입니다. 그만큼 그는 정직한 사람이었을 것입니다. 추호도 의심하지 않는 믿음이란 흔하지 않습니다.

아마도 그런 믿음은 거짓 포장된 믿음일 수도 있습니다. 우리는 인간이기에 어느 정도 회의하고 의심하면서 믿으려고 노력합니다. 그러한 과정에서 주님의 은총으로 믿음이 깊어지는 것이지요. 어쩌면 의심하는 과정을 거치는 것이 우리 신앙인의 참모습일지도 모릅니다.

이성적인 판단을 거치지 않은 맹목적인 믿음은 위험할 수 있으니까요. 우리도 토마스의 정직함을 지닐 수 있도록 주님께 청하십시오. 또한, 토마스는 자신의 눈으로 확인하게 된 다음에는 철저하게 주님께 투신합니다. 그는 주님을 뵙자 그분께 다가가 고백합니다.

"저의 주님, 저의 하느님!"

온 마음으로 주님께 전적인 신뢰를 드리는 토마스의 투신에 오래 머물러 보십시오. 여러분도 토마스처럼 그렇게 투신하고자 하는 원의가 생기면, 그 원의를 고백하십시오. 우리도 예수님께서 죽음에서 부활하셨다는 것을 받아들이기 힘들어 숱한 의심을 지닐 수 있습니다. 그러나 우리의 삶에서 생각지도 않았던 은총을 체험할 때 "저의 주님, 저의 하느님!"이라고 고백하게 됩니다.

다시 한번 그런 은총을 주시도록 청하면서 기도를 마칩니다.

유다, 그는 왜 예수님을 배반했는가?

오늘 복음에서 주로 거론되는 인물은 유다입니다. 이스카리옷 유다는 누구입니까? 그도 예수님께서 밤을 새워가며 기도하신 후에 뽑으신 열두 사도 중의 하나였습니다. 예수님께서는 그에게 사랑과 신뢰를 주었습니다. 그에게 특별히 살림살이를 맡기기까지 하셨지요. 그 유다가 스승이신 예수님을 은전 30냥에 팔아넘깁니다. 인간에 대한 비애를 느끼게 됩니다.

내일 주님 만찬 성 목요일 미사의 복음에서도 유다에 대해 듣지만, 유다가 내일 복음의 핵심 주제는 아닙니다. 하여 오늘 유다에 대해 말씀드리고자 합니다. 다만 유다에 대해 말씀드리려고 하니, 내일 복음의 한 대목을 언급하지 않을 수 없습니다. 내일의 복음은 요한복음서입니다.

요한복음서는 우리에게 "만찬 때의 일이다. 악마가 이미 시몬 이스카리옷의 아들 유다의 마음속에 예수를 팔아넘길 생각을 불어넣었다."라고 전합니다. 이 구절에 대한 이해가 필요합니다. 제가 오늘 굳이 유다에 대해 말씀드리는 까닭은 바로 이 구절 때문에, 유다의 역할에 대해 의문을 지니는 사람이 많기 때문입니다. 이 구절을 잘못 이해하여 유다는 하느님의 구원 계획이 성취되기 위해 어쩔 수 없이 희생된 희생 제물과 같은 존재라고 생각하는 사람들이 있습니다.

유다의 배반이 없었으면 어떻게 구원사가 이루어졌겠는가? 그러니 유다는 구원사에 몫을 한 존재로 생각하여 유다를 단죄하거나 비난할 수 없다고 생각하는 사람들도 있습니다. 바로 지난주에도 제가 어느 교우와 이야기하다가 이 대목에 대한 의문에서 질문이 나왔습니다. 유다가 구원사에 중요한 역할을 하지 않았느냐는 질문이었습니다.

그렇습니까? 아니지요. 만약 그렇게 생각한다면, 그것은 악을 합리화시키는 또 하나의 악의 유혹일 수 있습니다. 하느님은 우리를 자유로운 존재로 지으셨습니다. 누구나 악의 유혹에서 제외된 사람은 없습니다. 악의 유혹 앞에서 그 넘실거리는 잔을 마시느냐 그것을 거부하느냐는 전적으로 우리에게 달려 있습니다. 악마가 유다의 마음속에 예수를 팔아넘길 생각을 불어넣는 유혹을 했을 때, 그는 거부해야 했습니다.

'영신 수련'에 보면 악령이 우리에게 접근하는 세 가지 예가 있습니다. 그 내용은 또 하나의 특강 제목이니까 여기서 자세히 설명할 수는 없지만, 핵심만 말하면, 이렇습니다.

첫째, 바가지를 긁는 여인네, 둘째, 거짓 연인, 제비족, 셋째, 군대의 작전 사령관의 전술로 우리에게 유혹한다고 합니다.

첫째, 악마를 바가지를 긁는 여인네에 비유하는 것은 약자에게 강하고, 강자에게 약하다는 뜻입니다.

둘째, 거짓 연인이라는 비유는 악마는 늘 겉으로 드러나지 않고 은밀하게 행동한다는 것입니다.

셋째, 작전 사령관의 비유는 작전 사령관이 쓰는 전술의 요점은 강한 곳은 더 강하게 방비하도록 하고 약한 곳은 방치하도록 유인한다는 것입니다. 악마가 유다에게 접근했던 방법은 틀림없이 세 번째, 바로 작전 사령관의 전술로 다가와서 유혹한 것으로 생각됩니다.

유다는 어쩌면 잘못된 방법이지만 나름대로 가난한 사람들을 돕겠다는 마음이나 정의감을 지닌 사람이었던 같습니다. 여인이 300데나리온 어치의 향유를 예수님 발에 부어드렸을 때 어떻게 생각했어요? 저것을 팔아 가난한 사람들에게 나누어주면 크게 도움이 될 텐데 그런 낭비를 하는가? 라고 했지요. 물론 성서는 유다가 정말 가난한 사람들을 생각해서가 아니라 도둑이었기 때문이라고 전하지만 그는 나름대로 가난한 사람들을 위한다는 생각은 지니고 있었고 그것은 그의 강점이라고 할 수 있지요.

악마는 유다에게 그것, 바로 가난한 사람을 위하는 생각은 계속 지니게 합니다. 정작 더 중요한 인간적인 사랑, 주님을 위하는 마음은 약해지도록 유인하는 방법을 쓴 것입니다. 쉽게 말해, 민중을 위해 별 도움이 될 것 같지 않은 예수님을 배반하고 그 대가로 받은 돈을 네가 하고 싶은 일에 쓰면 좋지 않겠니? 하고 악마가 유혹했고, 그는 그것에 넘어갔습니다.

선과 악, 성령의 이끄심과 악령의 유혹을 분별하지 못하고 유혹에 넘어간 것은 누구의 책임입니까? 전적으로 유다, 자신의 책임입니다. 그러면, 유다는 왜 그런 유혹을 받고 그것에 넘어갔는가? 제가 생각할 때, 그는 진정으로 예수님을 사랑한 것이 아니었기 때문입니다. 세상적인 것을 추구했기 때문입니다. 그는 진정으로 사랑을 추구한 것이 아니라, 진정으로 하느님의 뜻을 찾은 것이 아니라 자기의 뜻을 추구했기 때문에 유혹의 잔이 달콤하게 보였던 것입니다.

우리가 분명히 알아야 할 것은 유다의 배반이 필수 불가결한 것이 아니었다는 사실입니다. 유다의 배반이 없었어도 구원사는 이루어집니다. 그것은 하느님이 하시는 일입니다. 구원사에 대해 조금 더 이야기하면, 내일부터 시작되는 성삼일 전례를 보면, 예수님을 통해 이루어지는 사건들은 너무 극적이라서 마치 한 편의 드라마를 보는 것 같습니다. 그러나 이것은 하느님의 각본에 의해 짜인 연극이 아닙니다. 모두 리얼, 실제상황이에요.

하느님께서 우리 인간에게 온전한 자유 의지를 주셨다는 것을 간과하면 안 되지요. 유다의 죄는 합리화 할 수 있는 것이 아닙니다. 유다가 한, 배반은 온전한 그의 자유 의지로 한 행위입니다. 저도 유다에 대해 안타까움을 넘어 연민의 정까지 느껴집니다. 우리가 인간 유다에 대해 연민을 지닐 수는 있겠지만, 유다의 죄가 합리화될 수 없습니다.

오늘 복음에서 보십시오. 유다가 얼마나 교활합니까? 예수님을 넘길 적당한 기회를 노리는 그가 "스승님, 저는 아니겠지요?"라고 말합니다. 그냥, 침묵을 지킬 일이지, "저는 아니겠지요?"라고 묻다니, 교활할 뿐만 아니라, 참 뻔뻔하지요. 유다도 원래 그런 사람이 아니었지만, 악의 유혹에 빠지면 그렇게 됩니다.

예수님께서 긍정도 부정도 하지 않으시고, 다만 "네가 그렇게 말하였다."라고 대답하십니다. 그 예수님의 마음을 헤아리며 유다와 같이 악마의 유혹에 빠지는 일이 없도록 합시다.

집어라, 그리고 읽어라!

어제는 성녀 모니카 축일이었고, 오늘은 성 아우구스티누스 축일입니다. 어제는 어머니, 오늘은 아들입니다. 여러분들, 성 아우구스티누스하면 가장 먼저 어떤 이미지가 떠오릅니까? 아마 그의 저서 '고백록'이 아닐까 생각합니다. 학창 시절이나 젊은 시절 그의 '고백록'을 읽어 보지 않으신 분은 아마 거의 없으시겠지요.

성 아우구스티누스는 그의 저서 '고백록'을 통해 자신의 삶 전체를 이야기하지만 가장 근원적으로 바로 우리 인간이 누구인가를 고백합니다. 우리 인간은 근원적으로 하느님을 향한 존재입니다. 하느님 모상을 따라 창조된 존재로서 근원적으로 하느님을 갈망합니다. 그분의 은총으로 그것을 깨닫습니다. 우리 인간은 근원적으로 어디를 향하고 있습니까? 인간의 마음이 갈망하는 것은 무엇입니까? 그것은 바로 영혼의 안식이며 영원이고, 하느님입니다.

인간의 마음은 하느님 모상, 바로 사랑으로 창조된 까닭에 근원적으로 사랑이신 그분을 향하게 합니다. 인간은 쉼을 갈망하지만, 근원이신 분, 영원이신 분, 사랑이신 분, 그분 안에 쉬기까지는 편히 쉴 줄 모릅니다. 아우구스티누스가 했던 말 중에서 가장 유명한 말이 바로 이 말이지요.

"오, 하느님. 당신께서는 우리를 당신을 향해 발돋움하도록 지으셨습니다. 그래서 우리 마음은 당신 안에서 쉬게 될 때까지 진정 편히 쉴 줄을 모르나이다."

성 아우구스티누스는 진정 인간이 순례의 여정, 나그네의 길에서 어떤 존재인지를 깊이 깨달은 사람입니다. 그는 인간이 '갈망하는 존재'라는 표현을 씁니다. 그는 자기의 체험을 바탕으로 인간 안에는 이 세상의 그 어떤 것으로도 채울 수 없는 갈증, 바로 영혼의 목마름, 영원을 향한 동경이 들어있다는 사실을 알게 되었습니다.

그는 젊은 시절부터 무엇인가를 찾고 있었습니다. 오랜 방황은 그런 욕구가 채워지지 않는 결핍에서 온 것이라고 저는 생각합니다. 우리 인간의 영혼은 갈증을 느끼도록 지어졌는지도 모릅니다. 우리 인간의 마음은 영원에 대한 갈증, 바로 하느님을 향하도록 지어졌습니다.

아우구스티누스는 늦게야 자기가 그토록 방황했던 이유를 깨닫고 외쳤던 것입니다. "저는 너무 늦게야 당신께 왔나이다." 그러나 그는 늦은 것이 아니었습니다. 그것이 바로 그에게서는 하느님의 때였습니다. 하느님께서는 그를 기다리고 계셨습니다. 하느님의 사랑을 체험한 그는 이제 갈증을 풀게 됩니다. 영원히 목마르지 않을 물을 찾은 것이지요.

막스 블러거라는 시인은 아래의 시를 읊었습니다.

내 마음은

누군가가 날려 보낸 비둘기,

다리에 고리를 달아 날려 보낸 비둘기,

비둘기는 집으로 돌아가야 하리라.

집으로 난 길을 찾아야 하리라.

날개가 찢어졌다 하더라도,

눈이 멀어 버렸다 하더라도

아우구스티누스가 그 옛날 깨달았던 것, 바로 우리는 그분께로 돌아가야 한다는 것을 시로 표현한 것이지요. 아우구스티누스는 고백록에서 이렇게 말합니다.

"집으로 돌아오라는 당신의 목소리가 등 뒤에서 들렸습니다. 그런데도 저는 평화를 모르는 이들이 외치고 떠드는 곳에 서 있으라 당신의 음성을 제대로 들을 수 없었습니다."

한편 그는 바로 자기가 그토록 찾던 인간 존재의 본질을 알려 주는 그 목소리를 들었을 때, 그가 지니고 있던 영원에 향한 동경은 더욱 강하게 솟아 나오는 체험을 하게 됩니다. 그는 자신과 하나가 되고자 하는 갈망, 하느님의 사랑을 받고자 하는 깊은 염원을 지니게 됩니다. 하여 그는 '고백록'의 끝부분에서 이렇게 기도합니다.

"내 영혼의 힘이신 주님, 제 영혼 안으로 들어오셔서 그것이 당신과 하나 되게 해주소서. 그래야 제 영혼이 당신의 것이 될 것입니다. 주 하느님, 우리에게 평화를 주소서 당신은 우리에게 모든 것을 주셨으니, 이제 안식의 평화를, 안식일의 평화를, 저녁이 없는 평화를 주소서."

우리가 잘 아는 것처럼 아우구스티누스는 젊은 시절, 이단이며 유물론

적 이론을 가르치는 마니교에 빠졌고, 환락과 쾌락을 추구하는 삶을 살았습니다. 그러나 늘 마음 한구석에는 어떤 갈망, 말하자면, 영원에 대한 갈망이 있었습니다. 그것이 채워지지 않기 때문에, 어떤 알 수 없는 불안이 거듭 그의 마음을 엄습했습니다. 이 불안감은 그에게 "너의 지금 삶의 모습을 돌아보라. 과연 그것은 옳은 것이냐? 어쩌면 그것은 옳은 것이 아닐 것이다."라고 말하는 것이었습니다.

어느 날 그는 집 정원에 앉아 있었습니다. 바로 그때 하나의 표징이 그의 마음에 화살처럼 들어와 박혔습니다. 그는 그때의 일을 다음과 같이 쓰고 있습니다.

"그때 내 귀에는 남자아이의 목소리 같기도 하고 여자아이의 목소리 같기도 한 소리가 '집어라. 그리고 읽어라! (Tolle, lege) 손에 들고 읽어라!'라고 노래 부르듯 말하는 소리가 들렸습니다. 그건 이웃집에서 들려오는 목소리였습니다. 나는 마음에 울림이 오는 것을 느낄 수 있었습니다.

나는 긴장된 얼굴로 아이들이 하는 놀이 중에 이런 노래를 부르면서 하는 놀이가 있는지를 묻기 시작했습니다. 나는 하느님의 말씀이 성경을 펴 들고 내 눈이 맨 처음으로 닿는 그 구절을 읽으라고 하였습니다. 나는 자리에서 일어났습니다. 나는 서둘러 성경을 펼쳐 들고 침묵 가운데 읽었습니다. 그곳이 바로 로마서 13장 13~14절이었습니다.

'대낮에 행동하듯이, 품위 있게 살아갑시다. 흥청대는 술잔치와 만취, 음탕과 방탕, 다툼과 시기 속에 살지 맙시다. 그 대신에 주 예수 그리스도를 입으십시오. 그리고 욕망을 채우려고 육신을 돌보는 일을 하지 마십시오.'" (로마. 13, 13~14)

나는 더 이상 읽으려 하지 않았습니다. 그럴 필요도 없었습니다. 왜냐하면, 바로 이 첫 문장에서 확신이 하나의 빛줄기처럼 내 마음 가운데로 쏟아져 들어왔으며 모든 의심의 먹구름이 사방으로 흩어져 버렸기 때문입니다. 아우구스티누스는 바로 그 시간 이후 그의 삶 모든 것이 변화되었습니다.

이제 그리스도를 따르고 그분을 전하기 위한 삶의 길이 시작된 것입니다. 그동안 아우구스티누스는 끊임없이 의심했고 고민했으며 결국 긴 우회로를 통해 하느님을 만나게 된 것입니다. 그런 그의 모습은 우리 신앙인들에게 큰 묵상 거리를 던져 줍니다. 그의 고백록에서 잘 드러나 있는 진정한 믿음, 그의 회심은 맹목적인 것이 아닌, 수많은 회의와 갈등을 통해 얻게 된 믿음입니다.

우리가 지금 숱한 의문과 갈등을 지니고 있더라도 조금도 실망할 필요가 없습니다. 그분께서 아우구스티누스를 이끌어 주셨듯이 우리도 이끌어 주실 것입니다. 그는 '고백록'의 마지막 부분에서 자기가 그리스도인으로서 부르심을 받은 기쁨에 넘쳐 우리 그리스도인들을 향해 이렇게 외칩니다.

"그러니 너희 거룩한 불, 고귀한 불들이여, 사방으로 퍼져나가라! 너희는 세상의 빛이니라!"

그는 우리 그리스도인들이 성경의 첫 부분을 기억해야 한다고 합니다. 바로 창세기의 첫 부분에 하느님께서 말씀하시기를 "빛이 생겨라!"라고 하시자, 빛이 생겼다는 부분입니다. "그 빛들이 곧, 너희들이다! 너희들이 바로 이 빛들이다! 그러니 너희 거룩한 불, 사방으로 퍼져나가라! 너희는 세상의 빛이니라!"

이것은 우리 그리스도인이 바로 세상의 빛이 되라는, 아니 빛으로서의 존재를 깊이 인식하고 빛으로서 살라는 의미입니다. 우리는 이 말씀이 바로 그리스도께서 제자들에게 하신 말씀이라는 것을 알고 있습니다. 그는 우리에게 그분의 제자라는 것을 상기시키며 우리가 세상의 빛이 되어야 한다고 알려 줍니다.

성녀 모니카의 영적 지도자였던 암브로시우스 주교를 영적 스승으로 모시면서 그의 가르침을 따르게 됩니다. 아우구스티누스가 쓴 '고백록'은 모두 스승의 영향을 받은 것입니다. 그는 자기 스승 암브로시우스의 시를 통해 깊은 위로를 받았습니다. 그 암브로시우스의 시를 나누며 오늘 축일을 지내는 아우구스티누스를 기리고자 합니다.

하느님, 당신은 만물의 창조자
하늘 위에 계신 통치자
대낮을 아름다운 빛으로 장식하시고
밤에는 평온한 잠을 주시며
피곤한 몸에 안식을 주시고
내일을 위하여 생기를 주시며
지친 영혼에 안식을 주시어
번뇌도 아픔도 다 사라지게 하나이다.

부드러운 미풍이 스칠 때

〜〜〜

　오늘은 성 필립보와 성 야고보 사도 축일입니다. 예수님의 열두 제자 가운데는 야고보가 두 분이 있습니다. 그래서 조금 헷갈리지요. 한 사람은 우리에게 더 잘 알려진 제베대오의 아들이자 사도 요한의 형제인 야고보이지요. 이분은 일반적으로 '큰 야고보'라고도 부릅니다. 다른 하나는 흔히 '작은 야고보'라고도 합니다.

　필립보와 야고보 두 사도가 왜 함께 축일을 지내는지는 저도 확실히 모릅니다. 두 분 모두 예수님께서 밤을 새워 기도하시고 난 후에 뽑으신 12사도에 속하지만, 예수님 당시에는 뚜렷한 두각을 나타내거나 특별히 거론되는 인물들은 아니라는 공통점이 있기는 합니다. 설마 그런 이유로 두 분이 함께 축일을 지내지는 않겠지요.

　전승에 의하면, 필립보 야고보 두 사도 모두 나중에 예수님의 부활을 증거하고 예수님을 위해 순교하였다고 전해지고 있는 사람들입니다. 필립보는 오늘날 터키 땅이 된 프리기아 지역에서 선교하다가, 대략 62년을 전후로 순교합니다. 야고보는 필레스티니 지역과 이집트에서 선교하다가 순교한 것으로 알려져 있습니다.

필립보 사도는 베싸이다 출신으로 안드레아나 베드로와 마찬가지로 예수님의 직접적인 부름을 받고 제자가 되었습니다. 요한 복음서에 의하면, 그는 나타나엘 혹은 바르톨로메오라는 이름으로 예수님께로 이끈 사람이기도 합니다. 또 성경의 어느 대목에 등장하지요?

예수님께서 오천 명을 먹이신 기적에서 필립보가 말하지요. 겨우 보리빵 5개와 물고기 두 마리밖에 없다고 말합니다. 야고보 사도는 12사도의 하나이지만, 예수님께서 승천하신 이후에 아주 두각을 드러내며 초대교회를 이끈 분입니다. 야고보 서간을 집필하였고, 예루살렘의 초대교회 주교로 활동하신 분이지요.

오늘 복음을 보면, 필립보 사도는 하느님 나라에 대한 깊은 열망을 지니고 있었습니다. 그래서 예수님께 친히 하느님 아버지를 만나 뵙게 해 달라고 간청하지요. 예수님께서는 자기를 보았으면 하느님 아버지를 만나 뵌 것이라는 말씀을 하십니다. 예수님께서는 바로 하늘에 계신 하느님 아버지와 지상에서 활동하고 계신 당신이 하나라는 사실을 분명하게 말씀하십니다.

그동안 필립보 사도가 자신과 함께 생활해 왔던 그 모든 것이 바로 하느님 아버지와 같이 생활한 것이라고 밝히십니다. 당신 안에 아버지가 계시고, 아버지 안에 당신이 계시다고, 두 분은 서로 하나라고 말씀하십니다. 이 말씀을 어떻게 알아들어야 합니까? 김치만두가 김치에게 사랑을 고백했습니다. 뭐라고 했겠어요? 답은 "네 안에 내가 있다."입니다.

이 유머의 원조가 바로 예수님입니다. 이 고백을 통해 우리에게도 사랑

고백을 하시는 것입니다.

"내 안에 너희가 있고 너희 안에 내가 있다."

우리도 필립보처럼 하느님 아버지를 만나 뵙고 싶은 열망을 지니고 있습니다. 그런데 이미 하느님께서는 우리가 모시는 예수님을 통해 우리 안에 와 계십니다. 우리가 이 미사에서 우리는 하느님 안에 함께 있는 것입니다. 그러면 미사 때만 그분이 우리와 함께 계시는가? 바로 우리 삶의 자리에 하느님께서 같이 계십니다. 예수님 말씀대로 마치 거울을 통해 보듯 얼굴을 맞대고 그분을 뵙게 될 날이 있을 것입니다.

우리들의 삶을 깊이 돌아보게 된다면, 하느님께서 우리와 같이 계셨음을 깨달을 수 있습니다. 우리 삶의 자리에서 아주 부드러운 미풍이 스칠 때, 그분이 우리의 얼굴을 쓰다듬으시는 것인지도 모릅니다.

성녀 루치아

오늘은 성녀 루치아 축일이네요. 오늘 루치아를 본명으로 지닌 분들께 축일 축하드립니다. 성녀 루치아는 성녀 아가다, 성녀 아녜스, 성녀 체칠리아와 더불어 미사 통상문 중 성인들을 기억하는 감사송에 기록될 정도로 교회 안에서 널리 알려지고 공경을 받는 성녀입니다. 성녀는 로마의 박해시대가 거의 끝나갈 무렵에 순교하게 되어 깜깜하던 밤하늘에 빛나는 별이 된 성녀입니다.

루치아라는 이름이 빛이란 뜻인데, 박해시대에 교회의 빛이 된 성녀에게 어울리는 이름입니다. 성녀의 부모님은 모두 독실한 신자였는데, 아버지가 일찍이 세상을 여의었습니다. 어머니 에우티키아는 혼란스러웠던 시대에 딸을 지켜주고자 어느 귀족의 청혼을 승낙했답니다. 당시는 그곳에서도 우리나라처럼 부모가 혼사를 정했으니까요.

루치아는 홀로 하느님께 자신을 봉헌하기로 하고 이미 마음 안에서 동정을 지키겠다는 서원까지 발했었지요. 하느님께 봉헌하기로 했다는 사실을 어머니에게 말씀드리면, 오히려 어머니의 마음을 상해 드릴 뿐이라고 생각했습니다. 어머니가 병에 걸려 도무지 낫지 않았답니다.

어느 교우가 50년 전에 순교한 성녀 아가타에게 청하면 병이 잘 낫는다고 일러 주면서, 성녀의 무덤을 참배하라고 권고합니다. 이 말을 들은 어머니는 루치아의 부축을 받아 그 무덤을 참배하게 됩니다. 그곳에서 성녀의 전구를 청하자 놀랍게도 병이 깨끗하게 나았습니다.

성전으로 전해오는 말에 의하면, 그때 성녀 아가타가 루치아에게 나타나 이렇게 말했다고 합니다.

"당신은 당신 스스로 하느님께 청하여 어머니의 병을 고칠 수 있는데, 왜 굳이 저에게 전구를 청합니까?"

루치아의 어머니는 병이 낫게 되자 기뻐하며 진심으로 하느님과 성녀 아가타에게 감사 기도를 드렸습니다. 루치아는 지금이 자기의 비밀을 털어놓을 기회라 생각하고 어머니께 말씀드렸습니다.

"어머니! 이러한 큰 은혜에 보답하기 위해 제가 좋은 일을 해야 하지 않겠습니까? 실은 제가 오래전부터 평생 동정을 지키겠다고 하느님께 저 자신을 봉헌하며 서원을 했습니다. 그러니 제발 제가 이 서원을 지키며 일생을 보내도록 허락해 주십시오."

어머니는 딸의 말을 듣고 놀랐지만, 원래 믿음이 깊은 사람이었습니다. 그녀는 기적적인 치유의 은사까지 받았던 터라 승낙했습니다. 루치아는 결혼 준비를 위해 마련한 재산을 당장 가난한 사람들에게 나눠주자고 했지만, 그것은 반대하면서 자기가 죽은 후 루치아 마음대로 하라고 했답니다.

그러나 루치아는 어머니께 말씀드렸습니다.

"어머니, 좋은 일을 어머니 살아생전에 하시는 것이 더욱 하느님의 뜻에 맞는 셋이고 그 공로도 더 크지 않겠습니까?"

루치아는 결국 어머니를 설득시켜 결혼 준비로 장만한 재물을 모두 가난한 사람들에게 나누어주었습니다. 그런데 루치아와 결혼을 하려던 귀족은 이 이야기를 듣고 분개하여, 그녀가 가톨릭 신자라고 파스카시오 지사에게 밀고하였습니다. 참 치사한 남자이지요? 그런 남자랑 결혼하지 않은 것은 얼마나 다행인지요!

루치아는 즉시 재판정에 끌려가 배교를 강요당했습니다. 루치아는 의연하게 배교를 거절할 뿐만 아니라 오히려 그리스도교의 교리를 설명하면서 선교를 했습니다. 파스카시오 지사는 고문을 하겠다고 위협했습니다마는 루치아는 말했습니다.

"주님께서는 우리가 재판정에 끌려갈 적에 '무슨 말을 어떻게 할까?' 하고 미리 걱정하지 말라고 하시며, 말할 것은 그때마다 마음에 임하시는 성령께서 가르쳐 주시리라 하셨습니다. 그러므로 나에게는 당신의 고문이 어려울 것이 하나도 없습니다."

그러자 파스카시오 지사는 조롱하는 어조로 묻습니다.

"네 마음속에도 그 성령이라는 것이 산단 말이냐?"

루치아가 대답했습니다.

"네, 그렇습니다. 성스러운 신앙을 지닌 순결한 마음속은 곧 성령의 궁전입니다."

그러자 파스카시오 지사가 말했습니다.

"그렇다면 네 정조를 빼앗고 그 궁전을 파괴해 주마!"

지사는 루치아를 굴복시키기 위해 부하를 시켜 그녀를 윤락여성들의 소굴로 끌고 가게 하였습니다. 바로 그때 루치아가 하늘을 우러러 주님의 도

우심을 청하자, 놀랍게도 그녀의 몸은 힘센 장정 대여섯 명이 밀고 끌어도 꼼짝달싹 안 합니다. 그뿐만 아니라, 몇 마리의 소를 매달아 끌어 보았으나 조금도 움직이지 않았다고 합니다.

지사인 파스카시오는 어찌할 바를 몰라 주위에다 장작을 쌓고 사정없이 불을 질렀습니다. 불길은 거세게 타올랐으나 루치아는 불 속에서도 타지 않고 하늘을 우러러 기도드리는 모습으로 있었다고 합니다. 당황한 지사는 결국 형리를 시켜 목을 베도록 했습니다. 그녀는 참수를 당하여 순교자들의 반열에 들게 되었습니다.

오늘 성녀 루치아 성녀의 축일을 지내며 우리 순교 선조들을 생각하게 됩니다. 순교의 피로 거름을 주며 성장한 한국교회가 성녀 루치아가 빛이 되어 로마 땅을 비추었듯이, 이제 이 땅을 비추는 빛이 되기를 기도합니다.

필리포스

우리가 독서로 사도행전 8장의 말씀을 들었습니다. 에티오피아 내시 이야기입니다. 내시가 성경을 읽고 있었지만, 무슨 이야기인지 알아들을 수가 없었습니다. 그래서 슬펐습니다. 그때 필리포스는 다른 마을에서 복음을 전하고 있었습니다. 그런데 성령께서 필리포스를 데리고 오십니다.

필리포스가 내시에게 다가가서 묻습니다.

"지금 읽으시는 것을 알아듣습니까?"

내시가 대답합니다.

"누가 나를 이끌어 주지 않으면 내가 어떻게 알아들을 수 있습니까?"

필리포스는 이것을 설명해 줍니다. 그 설명을 들은 내시는 세례를 받기를 원합니다. 그래서 수레를 세우고 물가로 내려가서 세례를 받습니다. 내시가 눈이 열리게 됩니다. 바로 그때 필리포스가 사라집니다. 마치 엠마오에서 예수님께서 사라지신 것처럼, 필리포스도 사라집니다. 필리포스가 어디로 갔습니까?

왜 그가 사라진 것입니까? 그는 예수님이 아닙니다. 다만 예수님의 제자입니다. 필리포스가 왜 사라졌습니까? 어디로 갔습니까? 사라지는 것, 이것이 제자들의 의무이며 특징입니다. 제자들은 다만 사람들이 예수님을 알게 해주고, 그들이 눈을 뜨도록 도와주는 사람입니다. 필리포스가 내시에게 일단 예수님을 전해 준 다음 사라져야 했습니다. 성령께서 잡아채듯 데려가신 것이지요.

이제 예수님께서 인도하시도록 맡겨드리는 것입니다. 필리포스는 다만 예수님의 손에 든 도구일 따름입니다. 예수님이 그 사람들과 함께 사시면서 그들을 이끄시도록 해야 합니다. 거기 필리포스가 남아 있으면 안 됩니다. 그러면 사람들이 큰 혼동을 하게 됩니다.

이것이 사제들에게 좋은 교훈을 줍니다. 부모들에게도 좋은 교훈을 줄 수 있습니다. 눈을 뜨게 해주고 사라져야 합니다. 필리포스는 무대 뒤로 사라진 것입니다. 예수님을 전해 준 다음에 머물러 있으면 어떻게 되겠습니까? 여러분들에게 혼동만 주는 것입니다. 제자는 다만 제자로서 머물러야 합니다.

예수님을 보여 주고 커튼 뒤로 사라져야 한다는 것을 잊지 마십시오. 우리의 소임을 다하고 그것으로 만족해야 합니다. 사도 바오로는 달릴 길을 다 달렸다고 말했습니다. 우리는 뭔가 하느님을 위해 아름다운 일을 해야 합니다. 우리는 다만 예수님이 우리를 사용하시도록 해야 합니다. 우리가 예수님의 삶을 살아야 합니다.

우리가 예수님의 삶을 살려면, 예수님의 삶에 참여해야 합니다. 우리는 오늘날에도 이 사명을 계속해야 합니다. 그러기 위해서 우리는 늘 기도하고 깨어 있어야 합니다.

흑인의 사도, 성 베드로 클라베르

오늘은 흑인의 사도, 예수회 성인 베드로 클라베르 축일입니다. 그는 스페인의 바르셀로나 근교 베르두에서 농부의 아들로 태어났습니다. 그는 바르셀로나 대학교에서 공부한 다음 1602년 8월 7일 예수회에 입회하여 1604년까지 타라고나에서 수련을 받았습니다. 그는 마요르카섬의 몬테시온 예수회 대학에서 1608년까지 철학을 공부하면서 같은 알폰수스 로드리게스 수사를 만났습니다. 둘은 만나자마자, 하느님 안에서 깊은 일치를 이룹니다.

성 베드로 클라베르와 성 알폰수스 로드리게스 수사는 나이 차가 30년도 넘지만, 그들의 관계를 예수회 안에서는 '아름다운 우정'이라고 부릅니다. 제가 젊은 수사였을 때, 이 두 사람의 우정에 관한 책을 읽고 깊이 매료되었던 기억이 새롭습니다. 알폰수스 로드리게스 수사는 성공한 양모업자의 아들로서 23세 때 부친의 가업을 상속받았습니다. 그런데 사업이 번번이 실패하였습니다.

가업이 기울고 뜻밖에도 아내와 어린 두 아이가 죽었지만, 그는 결코 하느님을 원망하지 않았습니다. 그는 오히려 "주님! 당신은 제가 지닌 모든 것을 빼앗아 가시렵니까? 정녕 그러시다면 제 몸까지도 당신께 바치겠나이다."라고 말했다고 합니다. 그는 나이 40세 때 예수회에 평수사로 받아 달라는 청원을 드렸습니다. 예수회는 망설임 끝에 그를 평수사로 받아들였다고 합니다.

평수사로서의 간단한 양성을 마친 그는 마요르카섬의 몬테시온 대학으로 보내졌고, 그곳에서 40년간 대학교 문지기 수사로 일하며 수도 삶을 산 분입니다. 그는 대학의 문을 드나드는 사제들 앞에서 늘 무릎을 꿇어 강복을 청한 겸손한 사람입니다. 그는 또한 모든 방문객에게 몸을 굽혀 공손히 친절을 베풀었습니다.

많은 사람이 알폰수스 로드리게스 수사와 접하게 되자, 점차 그를 존경하게 되었다고 합니다. 알폰수스 로드리게스는 신비에 관한 놀라운 감성을 지니고 있었습니다. 그의 탁월함을 알아본 사람은 베드로 클라베르입니다. 베드로 클라베르는 알폰수스 수사에게 반하게 됩니다. 그리고 그와 자주 이야기를 나누게 되었습니다.

그들은 평생 서로를 흠모하는 우정을 맺게 됩니다. 클라베르는 후에 자기는 알폰수스 로드리게스 수사로부터 완덕에 대한 놀라운 수덕 신학을 배웠다고 고백합니다. 성 베드로 클라베르는 흑인 노예의 성인으로 불립니다. 그가 흑인 노예들에게 선교하게 된 연유는 성스러운 알폰소 로드리게스의 권고 때문이었습니다.

로드리게스 수사는 클라베르에게 신대륙으로 가서 선교하라고 권고하였고, 그의 권고를 받아들인 클라베르는 선교사가 되려는 소망을 품게 되었습니다. 클라베르는 1612년부터 1615년까지 콜롬비아의 수도인 보고타에서 신학을 공부하고, 1616년 카르타헤나에서 사제품을 받았습니다. 당시 콜롬비아는 스페인의 식민지였고, 카르타헤나는 노예 매매의 중심지였습니다.

성 클라베르는 그곳 콜롬비아 인디오들의 처참한 상황을 접하고, 그들의 삶의 상황을 개선하고자 노력하였습니다. 그는 서아프리카에서 끌려온 노예들이 집단 수용되는 지역에서 주로 활동하면서 음식물과 의약품을 공급하였습니다. 그는 정기적으로 수용 막사를 방문하여 나병에 걸린 노예들을 돌보아 주면서 그들의 벗이 되었습니다.

그는 40여 년 동안 흑인 노예들을 위하여 헌신하였는데, 그가 세례를 준 흑인 노예만도 30만 명이 넘는다고 합니다. 그는 또한 노예들을 방문하여 고해성사를 주었고, 전 생애를 흑인 노예들을 위해서 살았습니다. 그는 평생 스승이며 친구인 로드리게스를 그리워했으며, 과로로 지칠 때마다 로드리게스를 떠올리며 힘을 얻곤 했습니다. 그는 스스로 엄격한 수도 삶을 살았고, 살아 있는 동안에 이미 초자연적 은혜를 받아 예언도 하였고, 또 기적을 행하는 능력도 있었다고 합니다.

그는 1851년 교황 비오 9세에 의해 복자품에 오른 뒤, 1888년 교황 레오 13세에 의해 시성되었습니다. 교황 레오 13세는 1896년에 성 베드로 클라베르를 흑인 노예들을 선교하는 선교사들의 수호성인으로 선포하였습니다. 현재 그는 아프리카와 아메리카, 특히 콜롬비아 선교의 수호성인이며 흑인의 사도로 불립니다. 그는 누구보다 사람들의 마음을 읽는 법을 알았고, 많은 사람의 마음의 친구가 되어 주었습니다.

베드로 클라베르는 그의 흑인 형제자매들에게 다가가서 손을 잡아주는 일이 단순히 좋은 강론을 하는 것보다, 더 효과적인 선교의 방법이 될 수 있음을 알았습니다. 그는 제게 아주 마음에 와서 닿는 말을 남겼습니다.

"우리는 그들에게 입으로 말하기 전에 우리 손으로 말해야 합니다."

8

강
의

너 어디 있느냐?

제가 나름대로 오늘 함께 나누는 강의의 제목을 "너 어디 있느냐?"로 붙였습니다. 제목이 전체 강의를 대변하는 것은 아니고 다만 출발점으로 삼는 상징적인 의미로서 붙인 것입니다. 여러분들, 영성이라는 말 많이 듣고 또 쓰시지요. 이 영성이라는 말, 얼마만큼 이해하면서 쓰고 있는지요? 저 자신도 참 잘 모르겠습니다. 누가 영성이 무엇이냐고 물으면 한마디로 명쾌하게 답을 줄 수 없는 것이 마치 죄진 느낌입니다.

영성 신학을 공부했다는 주제에 그 의미도 제대로 모르는가? 영어는 spirituality인데요. 한국말에 '영(靈)', 영어에 'spirit'이 들어가는 것으로 미루어 영, 즉 성령과 관계가 있는 것은 확실합니다. 어떤 관계입니까? 제 나름대로 이런 생각을 합니다. 우리 일상 삶이 바로 영, 성령께서 함께 계시면서 일하시는 터가 아니겠는가? 우리가 일상 삶을 살아가면서 어떻게 성령의 이끄심을 인식하면서 바르게 살아갈 것인가 하는 방법을 제시할 수 있겠는가?

한마디로 영성이란 우리가 살아가는 길에 대한 제시 내지는 안내라고 할 수 있겠지요. 어떤 영성이라도 지도처럼 실제 지형에 따라 고도가 표시되고 방향이 제시되어 있지 않으면 길을 안내할 수 없습니다. 한편, 우리에게 중요한 것은 우리가 정말 우리의 삶 안에서 영성이 필요하다는 것을 인식하는 것입니다. 여행자가 지도가 필요하다는 것을 인식하는 것입니다.

유명한 철학자이며 신학자였던 마르틴 부버는 이에 대해 적절한 이야기 하나를 우리에게 들려줍니다.

감옥에 갇혔던 한 유대교 랍비와 간수장이 나눈 대화입니다. 깊이 사색에 잠겨 있는 고요한 랍비의 모습에 간수장이 깊이 감명을 받았습니다. 나름대로 생각이 깊었던 간수장은 랍비에게 말을 붙이고 자기가 평소에 지니고 있던 성서의 몇 가지 의문점에 대해 랍비에게 묻습니다.

"하느님이 전지전능하시다면 모든 것을 다 아실 터인데 왜 아담에게 '너 어디 있느냐?'라고 물으시는지요?

그 물음을 우리가 어떻게 이해해야 합니까?" 랍비가 되묻습니다.

"당신은 성서가 영원하다는 것, 모든 시대, 모든 세대, 모든 사람이 성서 안에 담겨 있다는 것을 믿습니까?"

"네, 믿습니다."

"좋습니다. 하느님께서는 모든 시대 안에게 모든 사람에게 묻는 것입니다. 네가 사는 세상 안에서 너는 어디에 있느냐? 너에게 주어진 나날들, 네가 살아온 삶 안에서 너는 어디쯤 와 있느냐? 하느님은 당신에게 이렇게 묻는 것입니다.

"그래, 네가 46년을 살았는데 너는 진정 어디쯤 가고 있는 것이냐?"

간수장이 자기의 나이가 언급되는 것을 듣자, 깜짝 놀라고는 온몸을 추스르더니 랍비의 어깨를 두 손으로 잡고는 "그렇군요. 하느님께서 제게 묻고 계시는 것이군요." 그의 가슴이 떨리고 있었습니다. 하느님께서는 당신 자신이 어떤 새로운 것을 알기를 기대하면서 아담에게 너 어디 있느냐?라는 물음을 던지시는 것이 아닙니다.

오히려 아담이 자기 자신을, 자기의 행위를, 자기 삶의 모습을, 자기의 처지를 바라보도록 질문을 던지십니다. 성서가 살아 있는 하느님의 말씀, 영원한 진리의 말씀이라면, 하느님께서 오늘 우리에게 던지시는 물음도 똑같습니다. 우리가 우리의 삶을 돌아보고 우리 삶에 관해 책임을 지기 위해, 물음을 던지십니다.

"너 어디 있느냐?"

우리의 마음, 우리의 내면을 살펴보는 것이 영성 생활의 출발점입니다. 우리가 "너 어디 있느냐?"라는 고요하고 조용한 목소리를 대면하지 않는 한 우리는 영원히 암흑의 길을 헤매는 길 잃은 양입니다. 아담은 이 물음을 듣고 자기가 잘못되었다는 것, 길을 잃었다는 것을 인정하고 하느님 앞에 고백합니다. '너 어디 있느냐?'라는 물음은 우리의 인생, 삶이라는 지도안에서 마치 빨간 X표와 같습니다. 빨간 X표는 우리가 어디에 서 있는지를 표시해 줍니다.

우리가 우리 자신의 위치를 알 때, 우리는 바르게 앞으로 나아갈 수 있습니다. 피정을 retreat라고 하지요. 후퇴이지요. 일상 삶에서 잠시 후퇴하여 우리 자신을 돌아보는 시간이지요. 오늘날 우리 그리스도인들이 이 '너 어디 있느냐?'라는 물음에 직면할 때, 우리는 우리의 삶이 이전보다는 훨씬 복잡하고 아리송하다는 것을 느끼게 됩니다.

우리는 제한된 시간과 여력 안에서 어떻게 사는 것이 그리스도인으로서 올바르게 사는 것인가? 라는 물음에 답을 찾기가 그리 쉽지 않다는 것을 느낍니다. 평신도들이 겪는 어려움과 물음, 내적 갈등 등을 예를 들어봅시다. 많은 평신도가 기도에 대해서 알고 싶어 합니다. 기도 생활을 더 깊이 배우고 싶습니다. 그러나 시간을 내기가 쉽지 않지요. 직장에서 업무에 시달리다가 집에 돌아오면 우선 피곤하니까 쉬고 싶습니다.

가족과 더 시간을 보내야 하는데, 혼자 기도한다고 하는 것이 옳은가? 라는 의문이 듭니다. 내가 레지오 단원이라고 하면, 봉사활동을 하는 것이 주어진 과제입니다. 여기서 갈등이 생깁니다. 레지오 활동을 한다고 집을 비우고 나가는 것이 과연 내 남편과 아이들에게 충실히 아내로서, 엄마로서 역할을 하는 것인가? 라는 의문이 드는 것이지요. 어떻게 교회 활동과 나의 신앙생활, 그리고 아버지로서, 남편으로서 역할에 조화를 이룰 수 있는가?

예를 들면, 제가 어릴 때 아주 친하던 친구가 있습니다. 그가 어렸을 적에는 성당에 아주 열심히 했는데, 지금은 냉담을 하고 있다고 제게 고백합니다. 저는 그 친구가 냉담한다는 말에 충격을 받았습니다. 그 친구는 조그만 사업을 하는데, 사업상 하루 적어도 한 번 이상의 거짓말을 하지 않을 수 없고, 그런 상태에서 성당 다니려니까 죄의식 때문에 너무나 괴롭다는 것이 이유였습니다.

과연 어떻게 살아야 할 것인가? 어떻게 나의 시간과 여력을 사용할 것인가? 복잡다단한 세상, 급변하는 세상을 사는 평신도들이 겪는 갈등은 적지 않습니다. 평신도들은 생각합니다. 성직자나 수도자들은 마음이 편할 것이라고. 정말 그렇습니까? 수도자들은 어떤 의미에서 세상을 등진 사람들이니까 평신도들이 겪는 어려움과는 무관한 삶을 삽니까?

이닙니다. 그들이 결코 세상과 동떨어진 삶을 사는 것이 아니지요. 다만 조금 다른 문제들을 지니거나 때로는 다른 관점에서 문제들을 대처해야 하는 것뿐이지요. 어쩌면 성직자나 수도자들이 겪는 갈등과 어려움은 더 커다란 도전을 요구하는지도 모릅니다. 그들은 세상에서 분리된 사람들이 아닙니다. 교회가 세상에서 분리되지 않은 것처럼, 똑같습니다.

제2차 바티칸 공의회는 이 점을 분명히 하여 교회가 나아가야 할 방향을 제시합니다. 공의회는 교회가 더 이상 세상보다 더 높은 곳에 자리를 잡고 세상을 가르치는 한마디로 말해 진리의 배분자가 아니라 세상 안에서 세상과 더불어 진리를 찾아 나가는 '순례자'라고 표현합니다.

성직자, 수도자들이 겪는 내면의 갈등들을 살펴보면, 그들이 겪어야 하는 도전들이 결코 작은 것이 아닙니다. 내게 주어진 과중한 사도직에 나는 어떻게 대처해야 하는가? 할 일은 태산같이 많고 나를 도와줄 사람은 없습니다. 정말 묵상 시간을 마련하기가 힘듭니다. 내가 일의 노예가 되기 위해 수도회에 들어왔는가?라는 물음을 수없이 던집니다.

어느 한 면으로 치우쳐서 다른 면이 소홀히 되지 않고 조화를 이루면서 산다는 것이 평신도이건 수도자이건 우리 모두에게 주어진 숙제입니다. 조화를 이루는 과정에서 끊임없는 자기 성찰이 요구됩니다. 이것을 위해서 우리의 삶을 전체적으로 바라볼 수 있는 삶의 양식, 곧 영성이 필요합니다. 이것을 전체적인 영성이라고 합니다.

전체적인 영성이란 우리가 참으로 복음적 사랑을, 복음적인 가치를 올바르게 살아가는지를 비추는 어떤 것입니다. 우리 그리스도인의 목표가 완덕에 이르는 것이라면 전체적인 영성이 추구하는 것이 바로 우리의 삶을 조화를 이루면서 완덕으로 나아가는 데 안내의 역할을 하는 것입니다. 바른길을 따라가지 않으면 완덕, 또는 거룩함을 추구한다는 것이 오히려 인간적으로 미성숙하거나 조화를 이루지 못한 성장을 초래할 수가 있습니다.

어떤 사람들은 그들이 겪어야 하는 인생의 폭풍이 지나갈 때까지만 단지 얼마 동안 자신들의 닻을 내려놓기를 원합니다. 어디입니까? 교회라는 바다 안입니다. 다시 말해 종교를, 성숙을 체험해야 할 어른으로서 삶의 고뇌를 회피하는 도피처로 생각하거나, 이용하려고 합니다. 역사적으로 볼 때, 아니 지금도 어떤 교회의 지도자들은 잘못하면 벌을 내리시는 두려운 이미지의 하느님을 각인합니다. 그리스도인들의 삶의 풍요로움과 활력을 빼앗음으로써, 자기들의 권위 아래 사람들이 의존하게끔 하기도 합니다.

전체적인 영성이 평신도이거나 수도자, 성직자이거나 모든 그리스도인의 신앙과 매일의 삶을 연결하여 나가도록 이끌 것입니다. 전체적인 영성을 통해 우리는 인간적인 것과 완덕 내지는 거룩함 사이의 괴리를 메워 나갈 수 있습니다. 전체적인 영성이 그리스도인으로서 그리고 온전한 인격체로서의 인격을 도야해 나가도록 이끌 것입니다.

예수회의 유명한 역사 신학자인 휴고 라너는 이렇게 말합니다.

"성숙한 그리스도인이란, 영혼과 육체, 머리와 가슴 사이의 괴리를 극복하고 온전히 통합된, 다시 말해 조화를 이룬 사람이다."

건강한 영성이란 온전한 인간됨 없이 이루어질 수 없습니다. 말하자면, 건강한 영성 생활이란 인간적인 것을 존중해야지, 그것에 반해서 완덕이나 거룩함만을 추구하거나 신앙생활에만 전적으로 투신할 것을 요구하지 않습니다. 전체적인 영성이 그리스도인으로서 완덕을 향해 나가면서, 인간으로서 성숙하게 하는 마음을 지니게 할 수 있는 어떤 것을 말합니다.

전체적인 접근이라는 말을 좀 더 구체적으로 이해해 봅시다. 전체적이라는 말 최근에 영성뿐만 아니라, 여러 분야에서 적용해서 쓰는 말입니다. 예컨대, 의학, 치료요법, 인간학, 심리학, 교육, 교리 등 다양한 분야에서 적용하는 새로운 접근방식입니다. 공통된 의미는 연관성, 연대성, 실재를 구성하는 여러 가지 측면들을 모두 연관하여 이해하고자 하는 것입니다.

이 전체적인 접근이라는 개념의 뉘앙스를 포착하기 위해 여러 가지 분야에서 어떻게 쓰이는지 살펴봅시다. 먼저, 의학에서 요즘 전체적인 의학이라는 말을 쓰는데 이것은 이제 의학이 관심의 초점을 전체로서의 인간(total person)에 두고자 하는 의미이지요.

예컨대, 단지 병이 난 부위나 기능이 마비된 부분을 비인간적으로 다루는 수술, 제거, 치료 등에 그치지 않고 한 사람의 전체적인 건강을 위해서 어떤 장기적인 계획이 세워져야 하는가를 보는 접근입니다. 고장 난 기관을 고치는 것으로 축소하지 않고 전체로서의 인간을 대하고자 하는 열망을 대변하고 있습니다.

의학이 관심의 초점을 가져야 하는 것은 치료보다는 예방이라는 것이지요. 건강은 적절한 식이요법과 운동으로 개인이 스스로 돌봐야 한다고 봅니다. 심리학자들이 인간 계발, 심성계발에 전체적인 접근방식을 이야기합니다. 인간의 인격을 이루는 모든 복합된 측면을 인식하고 계발해야 한다고 강조합니다.

융에 의하면, 참으로 성숙한 인간이란 영혼과 정신 안의 여러 측면의 통합을 이룬 사람이라고 하면서 동양의 음과 양의 조화의 개념을 말합니다. 이 통합 내지는 조화는 일생을 거친 노력을 통해 이루어 나가는 것이지요. 이 과정 안에서 어떤 극적인 순간을 겪게 되는데 우리는 그것을 mid-life crisis(중년기 위기)라고 하지요.

융에 따르면, 한 사람의 일생의 오후에 갑자기 도전을 받게 되는데 그것은 그 사람의 오전에 이루어져야 했습니다. 그런데 그 미성숙했던 부분이 노출되면서 겪는 위기라고 합니다. 그런데, 사실 이 위기를 오히려 전체 인격으로써 아무도 인간적인 성숙을 다 이루었기 때문에 더 성숙할 필요가 없는 사람은 없습니다.

한 사람이 믿음을 지니게 되고 자라게 되는 것은 근본적으로는 성령이 하시는 일입니다. 그러나 언제나 우리가 잊지 말아야 하는 것은 하느님께서는 혼자 일하시지 않습니다. 바로 인간과 더불어, 인간을 통해서, 교리교사들을 통해서 일합니다. 이제 더 이상 예비자들에게 그리스도, 하느님, 교회에 관한 지식만 전달할 수 없습니다.

이제 전체적인 접근방식이라는 말에 대해 이해가 되셨으리라 생각합니다. 그러면, 전체적이라는 말이 영성과 연결될 때 무슨 의미입니까? 전체적인 의학이 그러하듯이 전체적인 영성도 전체로서의 한 인간, 영혼과 육체의 단일성, 조화를 중시합니다. 전체적인 인간 개발이 그러하듯이 전체성, 조화성을 위한 계속적인 노력이 필요합니다.

전체적인 영성은 우리에게 물음을 던집니다. 어떻게 하느님께서 우리 삶의 모든 측면, 모든 분야에서 우리를 이끄시고 사랑하시는가? 영성이라는 말 자체가 성령의 인도를 받아서 따라 사는 우리 삶의 양식이라고 할 때 우리 삶의 모든 분야가 바로 끊임없이 활동하시는 성령의 장이라는 것을 전제합니다. 과거의 영성들은 나와 하느님과의 관계, 나의 영혼 상태에 국한 시켰습니다.

대조적으로 전체적인 영성은 나라는 인간 존재의 전체성, 다시 말해 나와 다른 사람들과의 관계, 나의 일, 일터에서 마주치는 크고 작은 일들, 직장과 가정과 교회 안에서 일어나는 일과 관계들을 나 포함시킵니다. 전체적인 영성의 접근방식에서 볼 때, 영성을 아주 간단히, 삶 그 자체와의 공존이라고 정의할 수 있습니다.

우리가 영성이라고 할 때, 기도와 밀접한 관계가 있는 것이 사실입니다. 많은 다양한 그리스도교 영성들이 기도가 무엇인지에 대해 말하고 또 그 기도의 방법을 제시합니다. 그러나 영성이라고 할 때 기도, 또는 기도와 관계되는 어떤 것만을 말하는 것은 아닙니다. 많은 사람이 영성을 단지 기도나 신앙, 또는 거룩함에 이르는 것으로 생각합니다.

영성이라는 말의 그 중심에 하느님의 영, 성령께서 계시지만 또한 우리의 영, 즉 영혼도 관계한다는 의미를 내포하고 있습니다. 우리가 어떤 일을 한다고 할 때, 그 모든 일 안에서 바로 우리의 영혼도 함께 합니다. 우리가 어떤 것을 바라본다고 할 때, 바로 우리의 영혼의 시각으로 바라보는 것이지요. 인간은 영혼과 육체가 분리될 수 없이 하나로서 한 인간이 되는 것이지요.

따라서 우리의 삶 안에서의 선택은 늘 영적이며, 우리의 영성은 그 자체로 세상 안에서의 삶에서 드러납니다. 우리가 지닌 영성에 따라 그 영성이 우리 일상 삶의 모든 영역 안에서 모든 부분을 변화시킬 수 있습니다. 우리가 지닌 영성에 따라 바꿀 수 있는 용기를 갖게 합니다.

현대는 과학 기술의 발달과 자본주의의 영향으로 물질 만능주의로 치닫고 있는 듯이 보입니다. 인간이 모든 것의 척도가 되고 모든 것을 이루어낼 수 있을 것으로 보입니다. 우리는 책상 앞 컴퓨터 앞에서 우리가 원하는 것을 모두 얻을 수 있을 것 같은 착각에 빠지는 것도 무리가 아닌 것처럼 보입니다. 그러나 어떻습니까?

여러분들이 여기에 와서 있다는 것이, 물질로는 채울 수 없는 영적인 갈증을 느끼는 존재라는 증거이지요. 인간은 육적인 존재인 동시에 영적인 존재, 한 인간인 까닭에 영적인 갈증, 삶의 궁극적인 의미와 무한에 대한 동경, 절대자에 대한 추구를 지니고 있습니다. 절대자 하느님에 대해, 그리고 하느님과의 관계에 대해 알기를 원합니다.

우리는 어떻게 눈을 뜨고 세상을 그리고 하느님을 바라보아야 하는지를 잘 모릅니다. 영성은 이것을 바라보게 하는 길입니다. 이제 영성이 인간의 모든 삶의 영역과 연관된다는 것을 이해하셨으리라 생각합니다. 영성은 단지 기도나 전례 등 종교 활동 안에 국한된 것이 아니라 인간 성장, 인간 개발의 모든 측면과 연결되어 있습니다.

삶의 양식으로서 전체적인 영성은 우리에게 질문을 던집니다. 우리의 제한된 시간과 능력과 자원 안에서 어떻게 우리는 그리스도인으로서 삶을 전체적인 인간으로서 이 세상 안에서 세상과 더불어 통합시킬 수 있는가? 쉽게 말하면, 그리스도인으로서 살면서 어떻게 참으로 하느님이 창조하신 본래의 인간다움을 신앙 삶 안에 통합시킬 수 있습니까?

성 이레네오는 말합니다. 하느님의 영광은 인간으로서 온전히 사는 것이고, 우리의 성소, 인간으로서의 성소는 바로 끊임없는 인간 성숙으로의 투신이라고. 인간 생명이 바로 창조주 하느님의 선물인데, 그분은 우리를 창조사업의 협조자가 되도록 부르셨습니다. 창조의 의미를 생각합니다. 하느님을 위한 아름다운 어떤 것으로 우리 자신을 가꾸어 나가는 것입니다.

그것이 바로 하느님의 부르심이고 우리는 거기에 응답해야 합니다. 우리가 끊임없이 성장을 체험하고자 하는 내적 갈망을 부인한다면 그것은 하느님의 부르심에 응답하지 않겠다는 거부입니다. 왜냐하면, 우리가 참 인간으로서 성장되어 가는 과정 안에서 하느님은 부르심으로서, 사랑으로서 현존하시기 때문입니다.

강의를 간단히 정리하면, 전체적인 영성은 인간으로서의 계속적인 (ongoing) 성장을 신앙인으로서의 성숙에 본질로서 파악한다는 것입니다. 그리스도인으로서의 영성 생활이 건전한 인간 성장의 체험을 바탕으로 하지 않고 이루어질 수 없는 것입니다. 어느 현자의 말을 음미하면서 이 강의를 마치겠습니다.

"만약 그대가 19살 난 몸 위에, 40살 먹은 머리를 붙여놓으려 한다면, 그것은 괴물을 만드는 것이다."

용서와 화해는 가능한가?

오늘 남북통일 기원 미사를 드립니다. 오늘 복음의 주제가 뭐예요? 예, 맞습니다. 용서입니다. 여러분들, 용서가 참 쉽지요. 아니라고요? 왜 안 쉬워요. 그냥 하면 되지 않나요? 그게 잘 안 된다고요? 그렇습니다. 저는 마르티니 추기경이라는 분과 투투 대주교라는 분의 용서와 화해에 대한 이해를 여러분들과 나누면서 참 쉽지 않지만, 그 용서가 가능한 것인가를 보고 싶어요.

먼저 마르티니 추기경입니다. 마르티니 추기경은 프란치스코 교황님처럼 예수회원이면서 추기경이 되셨고, 살아 계신 동안에 늘 다음 교황 제1순위로 물망에 오를 정도로 존경을 받던 성서학자였습니다. 제가 잠시 고 마르티니 추기경이 되어, 일인칭으로 말씀드리겠습니다.

저는 용서와 화해에 대한 이해는 먼저 하느님에 대한 바른 이해에서 시작된다고 보기 때문에 시편 51, '미세레레'를 중심으로 용서와 화해에 대한 의미를 말씀드리겠습니다. 다윗이 수하 장군이었던 우리야의 아내 밧세바와 정을 통하고 그 사실을 감추기 위해서 우리야를 교묘하게 적군의 손에 죽게 합니다.

어느 날 예언자 나탄이 다윗에게 찾아와서 하나의 비유 이야기를 들려주면서 다윗의 죄를 밝히고 그를 꾸짖습니다. 그러자, 다윗이 "내가 야훼 하느님께 죄를 지었소."라고 고백합니다. 시편 51은 이에 대한 통회와 용서를 청하는 다윗의 노래입니다.

이 시편에서 다윗은 "당신께, 오로지 당신께 죄를 얻었나이다."라고 말합니다. 우리에게 언뜻, 이 표현은 터무니없는 것으로 들립니다. 다윗은 교묘하게 자기 수하 사람을 죽이고 그 아내를 빼앗았으니, 인간에게 참으로 못 할 짓을 한 사람인데 어떻게 오로지 하느님께만 죄를 지었다고 할 수 있는가?

왜 그럴까요? 이것은 인간이 저지르는 모든 잘못과 죄가 궁극적으로 하느님과의 관계로 귀결됨을 보여 줍니다. 인간은 사랑이신 하느님에 의해 창조된 존재이지요. 이 사랑을 거부하는 죄를 지음으로써 하느님과의 관계를 깨뜨린 것입니다. '미세레레'는 하느님 앞에서 그 죄를 인정하고 고백하는 인간의 길을 보여 주고 있습니다.

그리스도인으로서의 용서와 화해의 길은 먼저 자신의 잘못, 죄, 부족함, 약함을 인정하는 데서 출발하며 거기서 용서와 사랑 자체이신 하느님과 만남을 통해 이루어지게 됩니다. 우리는 예수님을 모른다고 세 번이나 부인한 베드로의 모습에서 죄를 인정하고 아파하는 것이 무엇인지를 보게 됩니다.

닭이 우는 순간에 예수님께서 돌아서서 베드로를 바라보시자 베드로는 어떻게 했습니까? 밖으로 나가 슬피 울었습니다. 베드로는 왜 울음을 터뜨렸는가? 바로 그 순간에 베드로가 스승의 눈을 바라보며 느낀 것은, 그에 대한 한없는 연민이었던 것입니다. 나는 저분을 부인하는데 저분은 죽기까지 나를 사랑하고 계신다는 깨달음이 왔던 것이지요.

그다음에는 투투 대주교님입니다. 투투 대주교님이라고 들어보셨어요? 넬슨 만델라는 누구인지 아시지요? 남아프리카 공화국의 대통령을 하신 분이지요. 투투 대주교님은 성공회 대주교님으로 남아프리카 공화국에서 흑인과 백인 사이의 화해를 이루는데, 결정적인 역할을 하신 분입니다.

남아프리카 공화국에서 흑인인 만델라가 정권을 잡았지만, 그 정권은 흑인을 잘살지 못하게 굴었던 백인들에게 복수하지 않고 용서와 화해를 이루어냈어요. 이 놀라운 일을 하는 데 바로 투투 대주교님이 가장 큰 역할을 하신 것이지요. 투투 대주교님은 개인에 대해서 뿐만 아니라, 사회적인 가해에 대해서도 어떻게 용서가 이루어지는 것을 보여 주신 분이십니다.

투투 대주교님의 체험을 바탕으로 용서와 화해에 대한 의미를 이해하고자 잠시 이번에는 제가 투투 대주교님이 되어 말씀드립니다.

저는 투투라고 해요. 여러분들, 만나서 반가워요. 저는 용서와 화해는 관계 회복에로의 과정이라고 생각해요. 관계가 깨어졌고, 다시 회복되기 불가능해 보일 때, 가해자는 그 사실을 인식하고 진정으로 용서를 청할 마음을 지니는 것이 용서의 과정에서 필요합니다.

우리는 그것이 쉽지 않다는 것을 압니다. 잘못했다고 인정하는 것이 얼마나 어려운지를 우리는 잘 압니다. 아마도 세상에서 가장 어려운 일인지도 모르겠습니다. 끔찍한 일이나 행위를 저지른 사람들이나 공동체나 사회가 자기들이 그런 일을 했다는 것을 인정하려 들지 않는 것은 전혀 놀랄 일이 아닙니다.

일부 독일인들은 나치가 무슨 일을 저질렀는지 모른다고 말합니다. 남아프리카 공화국의 백인들이 같은 식으로 무지를 주장하면서, 그 무지라는 데서 도피처를 구하려고 했었습니다. 그러나 결국, 그들은 자기들의 잘못을 인정했고 우리는 용서와 화해를 이룰 수 있었습니다. 우리가 남에게 상처를 줄 수 있다는 사실, 그리고 우리의 죄스러움과 약함을 인정하려 하지 않는 경향이 있습니다.

용서와 치유의 과정이 시작되기 위해서는 우선 가해자가 사실에 대한 인식과 인정이 요구됩니다. 관계가 깨어진 그 기본적인 원인이 무엇인지를 아는 것이 중요합니다. 예를 들어, 어떤 부부에게 불화가 생겼는데, 남편이 잘못했다는 사과 대신에 한 바구니의 꽃을 들고 와서 아내에게 주었다면 겉으로 평온을 되찾은 것처럼 보이겠지요. 그러나 그렇지 않습니다.

그들은 당장 일어날 수 있는 다툼이 두려워서 진실을 직시하기를 피했기 때문에 상처의 골을 더 깊게 만들게 됩니다. 이것이 예언자 예레미야가 경고한 것이지요. "내 백성의 상처를 건성으로 치료해 주면서 '괜찮다, 괜찮다' 하는구나. 사실은 괜찮은 것이 아닌데."(예레. 6, 14) 아름다운 꽃바구니는 곧 시들 것입니다.

이것은 마치 갈라진 틈을 종이를 붙여 메꾸는 격이지요. 어느 날 종이가 벗겨지고 다시 메꾸기에는 틈이 너무 많이 벌어져 있는 것을 발견하고는, 아주 쉽게 화해를 얻으려고 했다는 것을 깨닫게 될 것입니다. 진정한 화해는 결코, 싼값에 얻을 수 있는 것이 아닙니다. 하느님께서도 인간과 화해하기 위해서 당신의 외아들을 죽음에 부치셔야 했던 것입니다.

용서와 화해는 있는 그대로의 모습을 드러내는 과정에서 이루어지는 것이지, 일어난 일이 없었던 것처럼 그냥 덮어두는 것이 아닙니다. 진정한 화해란 돌이키기조차 끔찍했던 일, 고통과 진실을 드러나게 해줍니다. 그러기에 거기 위험이 따르지만, 결국, 상황을 진실하게 다룰 때만이 진정한 용서와 화해, 그리고 치유가 일어납니다.

예를 들어, 정부 당국이 가해자였던 남아프리카 공화국의 경우가 그랬었지요. 우리는 피해자가 가해자를 용서함으로써 화해와 치유가 일어날 수 있다는 것을 믿었고 참으로 경이로운 용서의 과정을 목격하면서 감사를 드렸던 것입니다. 용서하는 과정에서, 사람들에게 고통과 상처를 받았던 사실을 잊으라고 요구해서는 안 됩니다.

오히려, 그 사건이 다시 일어나지 않기 위해서 그것을 기억하는 것이 중요합니다. 용서란 일어났던 일 자체를 눈감아 주는 것이 아니며, 오히려 그것을 진지하게 다루면서 축소하지 않는 것을 의미하기 때문입니다. 용서란 감상적인 것이 아니라 성장의 체험인 것입니다.

여러분, 투투 대주교님이 용서가 아무런 노력 없이 저절로 일어나는 것이 아니고 싼값에 얻을 수 없는 것이라고 하시면서 하느님께서도 인간과 화해를 이루시기 위해서 당신 외아들을 죽음에 부치셔야 했다는 말씀을 들으며 어떤 느낌이 드십니까?

오늘 복음에서 예수님께서 일곱 번뿐 아니라 일흔일곱 번이라도 용서하라고 하시면서 조건 없이 용서를 베풀어야 한다고 하셨습니다. 언뜻 들으면 투투 대주교님은 용서의 과정에는 반드시 전제조건으로 가해자의 회개와 잘못의 고백이 있어야 한다고 말씀하시는데 예수님 말씀과는 좀 다른 것이 아닌가 생각이 들기도 하지요? 다시 투투 주교님께 물어볼까요?

저 투투가 분명히 말씀드리지요. 제가 가해자의 고백과 용서 청함이 없이는 용서가 일어날 수 없다고 말씀드린 것은 아닙니다. 다만 가해자의 진정한 회개와 잘못의 고백이 용서의 과정에 얼마나 중요한지를 말씀드린 것입니다. 회개와 고백이 없어도 용서가 가능한 것임을 예수님께서 보여 주셨지요. 예수님께서는 당신을 십자가에 못을 박는 사람들이 용서하기를 기다리지 않으셨습니다.

주님께서는 그들이 못을 박는 그 순간에 이미 그들을 용서해 주시도록 아버지께 기도드리셨고, 심지어는 그들이 하는 일이 무슨 일인지 모르고 한다고 아버지 앞에서 변호해주셨습니다. 용서의 행동 안에서 우리는 우리의 믿음을 표명하는 것입니다. 그 사람과의 관계에서 우리가 새롭게 시작할 수 있다는 믿음 말입니다. 예수님의 말씀대로 우리는 일곱 번씩 일흔 번, 다시 말해, 제한 없이 용서를 베풀어야 합니다.

이것이 참으로 어려운 일이지만 용서와 화해의 과정을 통해 참으로 관계가 새로워짐을 체험합니다. 저는 많은 사람이 용서한 후에 진정한 해방감을 느꼈다는 체험을 나누는 것을 들었습니다. 용서란 과거의 사건을 다루는 일처럼 보이지만 실은 미래를 위한 행위입니다. 용서가 없이 새로운 미래가 없기 때문입니다.

정말 투투 대주교님, 멋있는 분이지요? 헨리 나우엔 신부님은 '상처받은 치유자'라는 말을 했어요. 상처받은 사람이 그 상처 받는 경험을 했기 때문에 더 좋은 치유자가 될 수 있다는 말이지요. 투투 대주교님께서 보여 주신 용서를 통한 화해에의 노력은 많은 사람에게 깊은 감명을 주었습니다. 그 공로로 노벨평화상을 수상하기도 했지요.

상을 받으신 것이 중요한 것이 아니라, 그분의 흑인과 백인 사이의 용서와 화해를 위한 행동이 인권과 평화를 위해 노력하는 많은 이들에게 희망을 안겨주었다는 것이 중요해요. 바로 오늘 우리가 남북통일 기원 미사를 드리면서 희망을 지니는 이유이기도 합니다. 서로 잘못한 것만 지적하면 절대 용서와 화해가 이루어지지 않지요.

지금 현 상황에서 남과 북이 서로 용서와 화해를 이루고 평화 통일을 하는 것이 별로 희망이 없어 보이지만 그래도 우리는 희망을 잃지 말아야 합니다. 격이 안 맞는다는 등의 형식에 매이지 말고 진정 대화를 하고자 하는 노력, 진정성을 보일 때, 서로 용서와 화해는 이루어져요.

물론 쉽지 않아요. 그래도 불가능한 것이 아니라 가능한 거예요.

어머니 마리아와 성령, 그 사랑의 일치

그리스도교는 종교학적으로 계시종교이며 타력 종교이며 계약의 종교입니다. 그리스도교의 핵심에 계약이 있습니다. 바로 하느님과 인간이 맺는 계약이지요. 아브라함과 모세를 통해서 하느님과 이스라엘 백성 사이에 맺어진 계약이 구약이고, 예수 그리스도를 통해서 하느님과 인류가 맺어진 계약이 신약이지요. 구약이 법과 약속으로 이루어진 계약이라면 신약은 바로 조건 없는 사랑으로 이루어지는 계약입니다. 그런데 사실 사랑이 계약이라는 말은 어폐가 있습니다.

왜냐하면, 사랑은 근원적으로 계약이 아니라 무조건적인 헌신이며 투신이고 희생이기 때문입니다. 그래서 저는 계약이라는 말보다는 신비라고 표현하고 싶습니다. 어머니 마리아는 바로 사랑의 계약, 신비의 눈에 보이는 표지입니다. 바로 마리아를 통해서 새로운 사랑의 계약, 신약의 시작이 되는 강생의 신비가 이루어집니다. 우리는 마리아를 이해하기 위해서 먼저 마리아와 성령의 관계를 제대로 알아야 합니다. 마리아와 성령이 맺는 관계도 사랑의 계약, 신비입니다.

우리가 그리스도인으로서 마리아를 우리 신앙의 어머니요, 모범으로 따르며 바른 신앙생활을 하기 위해서 성령과 그의 배필이신 마리아가 이루는 일치를 이해하고 그리스도가 바로 이 사랑의 일치로부터 인간이 되시어 오셨다는 사실을 깊이 이해해야 합니다. 신경에서 가장 중요한 부분이 어떤 내용입니까?

"또한, 성령으로 인하여 동정 마리아에게서 육신을 취하시어 사람이 되셨음을 믿나이다."

사도신경에서는 "성령으로 인하여 동정 마리아께서 잉태되어 나시고" 이지요. 이 대목이 너무나 신앙의 핵심이고 신비이기 때문에 이 부분을 기도할 때, 우리가 어떻게 합니까? 경의를 표시하기 위해서 머리를 숙이지요. 사실 예전에는 사제가 미사 중에 이 구절을 기도하면서 제대를 향해 무릎을 꿇었습니다. 우리는 미사뿐만 아니라 매일 기도드리면서도 이 내용이 단순하지만 얼마나 우리 신앙의 핵심이며 깊고 심오한 신비인지를 헤아리지 못할 수 있습니다.

강생의 신비를 한마디로 표현하고 있는 이 대목의 내용을 우리가 제대로 깊이 이해한다면 하느님의 인간에 대한 깊은 사랑에 기쁨의 눈물을 흘리며 바치게 되는 부분입니다. 이 신비의 중심에 성령과 어머니 마리아의 깊은 일치가 있습니다. 이 일치는 강생의 신비를 위해 2000년 전에 일회적으로 단 한 번 이루어진 사건이 아닙니다. 이 신비를 드러내는 성서 구절이 어느 대목입니까?

"성령께서 너에게 내려오시고 지극히 높으신 분의 힘이 너를 덮을 것이다. 그러므로 태어날 아기는 거룩하신 분, 하느님의 아드님이라고 불릴 것이다.”

공동번역에서 '감싸 주실 것이다'라고 옮긴 부분을 새 성경이 '덮는다'라고 옮겼는데 원문은 깊이 일치를 이루어, 하나가 된다는 의미를 나타내는 단어를 사용하고 있다고 합니다. 이 일치가 강생의 신비 때에 단 한 번 이루어지고 과거의 사건이라면, 마리아는 다만 역사 속의 한 인물에 불과할 것입니다. 그것이 아닙니다.

하느님께서는 성령이 마리아를 단 한 번 감싸 주시거나 그 힘이 덮어서 일치를 이루게 하신 것이 아니라, 바로 그 일치 안에서 이루어지는 강생의 신비를 통해서 매 순간 우리를 구원하고 계시는 것입니다. 구원은 강생의 신비에서 시작되어 지속하여 이어지는 사건입니다.

며칠 전 평화방송에서 성 비오 신부님에 관한 영화를 보았는데, 아주 인상적인 대목이 있었습니다. 나중에 담당 주교가 비오 신부님을 박해한 것에 대해 용서를 청하자, 비오 신부님이 이렇게 말합니다.

“교회는 교회로서 바르게 해야 할 일을 한 것입니다. 교회가 저를 박해하지 않았다면, 저는 구원받지 못했을 것입니다.”

교회가 비오 신부님을 박해하지 않았다고 하더라도 자비하신 하느님께서 비오 신부님을 구원하지 않으셨을 리는 만무하겠지만, 저에게 교회가 행한 몰이해의 박해까지도 섭리라고 받아드리며 구원의 도구로 이해하는 신비에 대해 다시 생각하는 계기가 되었습니다. 강생의 신비는 구원의 시작이며 이 사건은 일회적인 사건이 아니라 구체적으로 한 생명이 영적으로 태어날 때마다 이 신비가 다시 재현되는 것입니다.

우리 존재 자체가 성령에 의해 하느님의 자녀가 되기 때문입니다. 하느님께서는 구약을 새롭게 신약으로 바꾸시며 마리아를 당신 백성의 표상으로 세우십니다. 호세아가 예언한 말은 바로 이제 마리아를 통해 우리에게 건네는 사랑의 밀어가 됩니다.

"나는 너를 영원히 아내로 삼으리라. 정의와 공정으로써 신의와 자비로써 너를 아내로 삼으리라. 또 진실로써 너를 아내로 삼으리니 그러면 네가 주님을 알게 되리라." (호세. 2, 21~22)

우리는 이제 마리아를 통해서 하느님을 바르게 알게 될 것입니다. 마리아는 하느님께서 우리와 새로운 계약, 사랑의 신비를 이루기 위해서 택하신 분, 하느님과 우리의 중재자이시기 때문입니다. 또한, 마리아는 그리스도를 낳으신 어머니이지만 동시에 하느님의 어머니이시며 우리의 어머니이십니다.

교황 성 레오는 그의 강론에서 "그리스도의 탄생은 그리스도교 백성의 기원이 되고, 교회는 그리스도의 몸이고 그리스도는 교회 신비체의 머리인데 머리의 탄생은 몸의 탄생도 되기 때문에 우리는 그리스도와 함께 태어났습니다."라고 말했습니다. 그렇다면, 우리도 바로 마리아를 통해 영적으로 새롭게 태어난 것입니다.

교황 비오께서는 우리가 이 신비를 모른다면 마리아께 대한 신심은 온전히 감상적이며 불완전한 신심이라고 합니다. 그런 신심은 뿌리가 잘린 온실의 꽃이지, 땅에 깊이 뿌리 내린 나무는 아니라는 것이지요. 마리아께서 우리의 어머니가 됨은 강생의 신비 자체에서 시작되고, 이 점이 모든 그리스도교 신비의 초점입니다.

마리아가 우리의 어머니가 되는 것은 비유가 아니라 실제이고, 마리아는 어머니로서 우리를 하느님의 자녀가 되게 하는 영원한 생명을 전달해주십니다. 마리아는 당신 아드님을 낳으시고 아드님이 십자가상에서 돌아가실 때까지 당신 자신을 봉헌하셨습니다. 우리가 세례를 통해 그리스도와 결합할 때부터 우리를 품어주시는 어머니이십니다.

우리가 새로운 계약, 성령과 마리아가 이루는 사랑의 신비를 이해한다면, 이 두 분의 역할이 바로 우리를 그리스도 안에서 하느님과 깊이 일치시키는 일이라는 것을 깨닫게 될 것입니다. 성령께서는 우리가 그리스도의 말씀을 깨닫고 깊이 아버지 하느님과 일치를 이루게 하시려고 성자 예수님께서 보내신 분이십니다.

오늘날 우리가 어떻게 그리스도께로만 눈을 돌리고 그분만을 바라볼 수 있는가? 그리스도인으로서 오로지 그리스도만을 바라보면서 살고자 하는 사람은 모름지기 성령께로 가야 하고 성령을 받은 사람만이 그리스도와 하나가 된다는 것이 교회의 전통적인 가르침입니다. 성령은 우리를 그리스도의 지체로 있게 만드시고 우리를 그리스도 안에 있게 하시고 또한 그리스도를 우리 안에 계시도록 하십니다.

그리스도와 성령과의 관계가 얼마나 깊이 하나로 일치하는지 사도 바오로는 때로 이 두 분을 서로 구별하지 않았습니다. 그리스도께서 여러분 안에 계시면, 몸은 비록 죄 때문에 죽은 것이 되지만, 의로움 때문에 성령께서 여러분의 생명이 되어 주십니다. 예수님을 죽은 이들 가운데에서 일으키신 분의 성령께서 여러분 안에 사시면, 그리스도를 죽은 이들 가운데에서 일으키신 분께서 여러분 안에 사시는 당신의 영을 통하여 여러분의 죽을 몸도 다시 살리실 것입니다.

마리아는 가나의 혼인 잔치에서 "무엇이든지 그가 시키는 대로 하여라."라고 말씀하셨듯이 언제나 우리가 그리스도의 말씀을 따르고 실천하기를 바라신다. 지난 몇 세기 동안 어머니 마리아께서 여러 번 여러 장소에서 발현하셨고 여러 가지 메시지를 주셨지만 다른 특별한 계시를 주신 적은 단 한 번도 없고 언제나 우리가 그리스도를 향하도록 이끄시는 말씀뿐이었습니다.

사도 바오로는 "이제는 내가 사는 것이 아니라 그리스도께서 내 안에 사시는 것입니다."(갈라. 2, 20)라고 했는데, 이 말이야말로 어머니 마리아와 예수님과의 관계를 가장 잘 드러낼 수 있는 말입니다. 어머니 마리아는 당신 삶은 아예 없었고, 언제나 아드님 예수님께서 당신 안에 사셨다고 말씀드릴 수 있습니다.

우리는 마리아를 통해서 이 사랑의 일치를 향해 나아갈 수 있습니다. 시인 단테는 이렇게 노래했습니다.

"그대여, 그리스도와 똑같이 닮은 얼굴을 바라보십시오. 그 밝은 얼굴을 바라봄으로써 비로소 그리스도를 우러러 뵈올 수 있는 힘이 그대에게 생긴다는 것을 깨달으십시오."

어머니 마리아는 정작 우리가 그리스도만을 바라보도록 말씀하시지만, 우리는 약한 인간이기 때문에 우리와 똑같은 인간이신 어머니 마리아를 바라봄으로써 마리아에게서 어떻게 그리스도와 사랑의 일치를 이룰 수 있는지를 배울 수 있습니다. 마리아는 진정 우리 신앙의 모범이시기 때문입니다.

우리가 영적으로 태어날 때, 성령과 함께 마리아 안에서 태어난다고 말씀드릴 수 있습니다. 어머니 마리아께서 은총 전체의 중개자이시기 때문입니다. 하느님께서 우리에게서 당신과 직접 만나게 하시려고 바로 우리에게 어머니 마리아를 주신 것입니다. 우리는 마리아를 통해서 하느님의 은총이 우리에게 내려온다는 것을 깨달아야 합니다.

샤르댕의 영성, 오메가 포인트

이른 새벽, 창문을 여니 앞산에서는 뻐꾸기 소리 들리고, 숲의 향기, 풀내음이 싱그럽고 공기가 맑아 제 영혼까지 투명하게 느껴집니다. 이삿짐을 풀고 쓰레기를 태우다가 발견한 낡은 잡지에서 양명수 씨라는 분이 쓴 '사랑의 완성을 내다본 과학자 떼이야르 드 샤르댕'이라는 제목을 보고, 눈이 번쩍 뜨였습니다.

샤르댕 신부님은 제가 지극히 존경하는 예수회 선배님이시기 때문이지요. 샤르댕 신부님은 예수회원이면서 철학자이며 세계적인 과학자요 지질학자이며 고생물학자이기도 합니다. 일반적으로 베르그송의 영향을 가장 많이 받은 것으로 알려져 있습니다마는 사부인 성 이냐시오의 영향을 가장 많이 받은 사람입니다. 그는 성 이냐시오의 영성을 가장 잘 이해하고 시대에 적용한 인물이기도 합니다.

1881년 5월 1일 프랑스 사르세나에서 태어난 그는 18세가 되던 1899년 엑상프로방스에 있는 예수회에 입회했습니다. 12년의 연학 과정을 마치고,

1911년에 사제품을 받았습니다. 그는 신학과 철학 이외에도 지질학, 고인류학, 고생물학 등을 공부하고 1912년부터는 파리의 박물관에서 고생물학에 관한 연구를 계속하다가 제1차 세계대전이 발발하자 참전하게 됩니다.

전쟁이 끝난 후에 파리로 돌아와 진화론에 관한 연구 논문으로 박사학위를 받고, 1922년까지 소르본 대학의 교수로 재직하기도 했습니다. 그 후 그는 중국으로 선교를 떠납니다. 그는 중국에서도 선교뿐만 아니라 과학자로서 연구를 계속하고 많은 발굴에 참여했는데, 특히 '북경 원인'의 발견은 제가 배운 중학교 교과서에 실린 내용이기도 하지요. 1938년에는 '인간 현상'이라는 유명한 저서를 출간합니다.

제2차 세계대전 후 1946년 파리로 돌아온 그는 연구와 교수 생활을 했으나 사상 발표와 교수 생활에 많은 제약을 받았고, 후에 미국으로 가서 활동하기도 했습니다. 샤르댕 신부님의 우주론을 일반적으로 '과학적 진화 현상론'이라고 부릅니다. 과학자로서는 분명히 베르그송의 영향을 받았지요. 베르그송은 생명 현상을 과학으로 다 알 수 없다고 보았기 때문에 소위 '창조적 진화'를 주장하였지요.

베르그송에 의하면, 과학은 생명 존재를 사물로 만들고 그것을 분석하여 파악하려고 하지만, 제대로 보여 줄 수 없다는 것이지요. 양명수 씨는 그의 글에서 그것을 영화 필름에 비유했더군요.

"영화를 보며 우리는 사람의 연속된 동작을 보지만, 사실 그것은 수없이 많은 순간 동작을 찍은 사진을 이어놓은 것이다. 행위와 사건 그 자체를 영화가 보여 주는 것은 아니다. 과학의 기계론적 관점도 그와 같다."

생명이 있는 존재를 과학적으로 분석한다고 할 때, 그 한계점을 인식하지 않을 수 없지요. 과학이 생명 현상 그 자체를 보여 줄 수는 없으니까요.

베르그송은 생명 존재, 특별히 인간은 과학으로는 풀 수 없는 신비라는 것을 이해하면서 과학적인 접근을 시도했습니다. 그의 영향을 받은 샤르댕 신부님은 과학자로서 진화론을 받아들이지만, 인간 정신의 무한한 진보를 우주를 주관하시는 하느님의 관점에서 보고 인간의 진화를 이해하게 되지요.

샤르댕 신부님은 우주의 전체 구조와 의미를 알기 위해 우주를 하나의 대상으로 놓고 현상학적으로 관찰합니다. 그는 우주는 정적이고 완결된 것이 아니라 완성을 향해 진화하면서 궁극적인 존재이신 하느님을 향해 나아간다고 봅니다. 그에 의하면, 우주의 진화는 무한대와 무한소, 나아가 무한 복잡의 방향을 향해 나아갑니다. 무한소의 방향에서는 양자 현상이 나타나는데, 제3의 무한의 방향에서는 의식, 자유의 현상이 나타난다고 합니다.

즉, 사물이 구조상으로 복잡하면 내적으로 더욱 큰 정신적인 의식을 지닌다는 것입니다. 샤르댕 신부님은 이러한 진화는 궁극적으로 진화의 종국점, 즉 오메가 포인트에 이르는데, 여기에서 그는 우주의 목적인 그리스도를 오메가 포인트와 동일시합니다. 다시 말해, 그에 의하면 그리스도는 만물의 시작이요 목적이며, 아울러 만물을 완성하는 힘입니다.

그는 이러한 그의 깊은 우주적인 통찰을 통해 종교와 과학은 대립되지 않고, 오히려 과학적 탐구는 우주의 창조자인 하느님에 관한 탐구입니다. 그리고 그리스도 안에서 모든 것이 결부돼 유기적인 관계를 맺고 있다고 주장합니다. 이제 샤르댕의 인생관을 중심으로 간단하게 그의 영성을 살펴보겠습니다.

샤르댕은 우리 인간 존재의 궁극적인 의미는 사랑에 있다고 합니다. 사랑이신 하느님으로부터 당신의 모상을 따라 지음을 받은 우리 인간은 궁극적으로 사랑하기 위해 태어났고, 사랑하다가 사랑의 완성이신 그분을 향해 나아가는 데 존재의 의미가 있다고 합니다. 처음에 하느님에 의해 우주가 만들어질 때부터 존재하던 사랑이라는 의식이 우주의 진화를 이끌어 간다는 것입니다. 사랑의 완성이라는 종착역을 향해 가는 존재는 단순히 인간 뿐이 아닙니다.

우주에 있는 모든 존재가 합하여 서로 사랑하는 공동체를 이루게 된다고 합니다. 거기에 우주 역사의 완성이 있고, '오메가 포인트'라고 부르는 종말이 있습니다. 우리는 모두 이 사랑으로 완성되는 종말을 위해서 사랑으로 세상에 왔다가 사랑을 하고 떠나갑니다. 우리가 지금 우주의 완성을 보지 못한다고 하더라도 그 누군가는 우주의 완성을 볼 텐데 우리는 모두 그것을 꿈꾸게 된다는 것이지요.

즉, 우리 속에 있는 사랑이 다음 세대에서 더욱 크게 자라나서 마침내 언젠가는 아름다운 사랑의 완성을 이루게 될 것이라고 합니다. 우리는 사라지고 없겠지만 우리 속에 있는 사랑의 연장선에서 우주가 완성되기 때문에, 사랑하기 위해서 태어난 우리는 모두 영원히 사는 것이라고 합니다.

그는 우리가 모두, 아니 우주의 모든 존재가 사랑으로 하나가 되는 때가 올 것이라고 합니다. 그에 의하면, 인생의 의미는 사랑에 있고, 인생의 즐거움은 죽어가는 모든 것을 사랑하는 데 있다고 합니다. 우주에 존재하는 모든 것을 사랑하는 만큼 진정한 인생의 기쁨을 누리는 것입니다.

그렇게 할 때, 우리 안에 있는 비존재, 곧 죽음이 사라지고 생명으로 충만하게 된다고 합니다. 사랑할 때, 우리는 영원한 삶에 동참하는 것이라고 합니다. 우리 안에 있는 사랑의 크기만큼 우리는 영원한 삶에 동참하게 된다고 합니다. '모든 것 안에서 하느님을 발견하기'라는 이냐시오의 영성입니다.

저는 철학자이면서 과학자로서 동시대인들에게 들려주었던 떼이야르 드 샤르댕 신부님의 영성을 간단히 소개하면서 부끄러운 마음 가득합니다. 모든 죽어가는 존재를 사랑하며 우주를 품었던 그는 진정한 예수회원이었습니다. 창문에서 내다보이는 산을 바라보며 샤르댕 신부님의 '세계 위에서 드리는 미사'를 떠올렸습니다. 저는 나무와 풀들과 산새들과 함께 미사를 드리고 싶었습니다.

독수리처럼 다시 날아오를 수 있어야

오늘 복음에서 예수님께서 말씀하셨습니다.

"모세가 광야에서 뱀을 들어 올린 것처럼 사람의 아들도 들어 올려져야한다. 믿는 사람은 누구나 사람의 아들 안에서 영원한 생명을 얻게 하려는 것이다."

누구에게 하느님이 필요합니까? 바로 죄인입니다. 스스로 성인이라면 하느님이 필요하지 않습니다. 그런데 진짜 성인들의 태도를 보십시오. 성 바오로는 말합니다.

"나는 죄인 중에 가장 큰 죄인입니다."

왜 그가 그렇게 말합니까? 하느님의 필요를 더욱 더 많이 느낀 사람이기 때문입니다. 그는 하느님의 사랑을 가장 많이 느낀 사람입니다. 하느님의 사랑을 느끼면 느낄수록 그 사랑에 제대로 다 응답하지 못한 자신의 모습을 보면서 죄인이라고 느끼는 것입니다. 그는 이제 자기가 아니라 바로 하느님의 능력에 신뢰를 둡니다.

성 바오로가 말합니다.

"나에게 자랑할 것이 있다면 나는 다만 나의 약점을 자랑합니다."

왜 그가 그렇게 말합니까? 그가 약할 때, 하느님의 능력을 보았고, 그 약점을 통해 그가 그리스도께 가까이 가도록 도와주었기 때문입니다. 그는 말합니다.

"누가 나를 하느님의 사랑에서 떼어놓을 수 있습니까?"

우리의 약점이나 잘못조차도 행복한 잘못이 될 수 있습니다. 바오로에게서 보는 것처럼 예수님께 저지른 나쁜 일, 그리스도인들을 박해하던 그 일조차도 하느님께서는 구원의 도구로 사용하십니다. 쓴 물을 단물로 바꾸어 주십니다. 예수님께서 말씀하십니다.

"하느님 아버지께서 완전하신 것처럼 너희도 완전하게 되어라."

우리가 완전하게 될 수는 없지만 우리는 그렇게 되려고 노력합니다. 하느님의 은총에 의탁을 드리면서 더 나아지려고 노력합니다. 우리는 목적지를 향해 나아갑니다. 어떤 것도 우리가 목적지에 도달하는 것을 멈추게 할 수 없습니다. 그런데 그렇게 하려면 우리에게는 영감이 필요합니다.

이사. 40, 29~31:

그분께서는 피곤한 이에게 힘을 주시고 기운이 없는 이에게 기력을 북돋아 주신다. 젊은이들도 피곤하여 지치고 청년들도 비틀거리기 마련이지만 주님께 바라는 이들은 새 힘을 얻고 독수리처럼 날개 치며 올라간다. 그들은 뛰어도 지칠 줄 모르고 걸어도 피곤한 줄 모른다.

우리가 이사야 예언자에게서 무슨 말을 듣습니까? 하느님의 능력을 신뢰하면 독수리처럼 날개를 달고 위로 올라간다고 합니다. 아름다운 비유입니다. 아무것도 하느님의 능력을 신뢰하는 사람들을 멈추게 할 수 없습니다. 그들은 날아오르게 됩니다. 고통 위로도, 번영 위로도 날아오르게 됩니다.

하느님이 우리의 힘, 우리의 몫입니다. 비록 지난날 부정적인 생각을 지니고 있었다고 하더라도 우리는 독수리처럼 다시 날아오를 수 있습니다. '독수리처럼'이라는 표현은 성경에 자주 등장합니다. 시편 103, 5는 "그분께서 네 한평생을 복으로 채워주시어 네 젊음이 독수리처럼 새로워지는구나."라고 합니다.

시편은 우리에게 우리의 젊음이 새로워진다고 들려줍니다. 영적으로 젊으면 나이가 들어도 젊어 보입니다. 왜 '독수리처럼'이라고 비유했을까요? 독수리에 대한 상식이 이것을 이해하는 데, 도움이 됩니다. 독수리에 대한 특성에 대한 상식입니다. 독수리는 종류에 따라 다르지만 대개 날개가 길이가 대략 70~100cm나 됩니다.

수컷의 겨울 깃은 뒷목과 정수리 피부가 드러나 있고 이마, 머리 꼭대기, 눈앞, 뺨, 턱 밑, 앞 목에 짧은 갈색 털이 빽빽하게 나 있습니다. 뒷목과 닿는 부분에는 목테 모양 솜털이 있으며 머리에는 회색 솜털이 있습니다. 몸통 깃은 어두운 갈색이고 부리는 검은 갈색, 홍채는 흰색이며 부리와 발톱이 아주 날카롭습니다.

여름 깃은 온몸이 엷은 갈색을 띱니다. 그 아름다운 깃털이 있는 날개를 펴고 나는 모습은 아름답습니다. 독수리는 여러 가지 특성을 지니고 있습니다.

첫째, 다른 어떤 새보다도 높이 날 수 있고, 거의 3~4Km나 되는 거리에서도 먹잇감을 집중하여 볼 수 있는 놀라운 시력을 지녔습니다. 그가 먹잇감을 발견하면 아주 정확히 그 표적을 향하여 날아가서 먹잇감을 낚아챕니다.

둘째, 독수리는 언제나 신선한 먹이만 먹고 절대 죽은 것은 먹지 않습니다. 다른 맹금류들은 죽은 것도 먹지만, 독수리는 다릅니다. 늘 신선한 살아 있는 생물만 먹습니다.

셋째, 독수리의 체온은 뜨겁다고 합니다. 독수리는 아주 높은 위치에 집을 짓고 살기 때문에 체온이 뜨겁지 않으면 못 산다고 합니다.

넷째, 독수리의 날개는 커서 아주 빠르고 힘 있게 날 수 있을 뿐만 아니라 아주 유연하게 나를 수 있습니다. 강한 바람이 불면 다른 새들은 둥지나 나뭇잎 사이로 몸을 숨기는 동안 독수리는 오히려 강한 바람을 즐깁니다. 독수리는 잠시 스스로 날개를 쉬고 바람의 방향을 이용하여 높이 솟아오릅니다.

다섯째, 독수리는 늘 훈련을 하고, 자기 새끼들에게 훈련을 시킵니다. 독수리는 자기 새끼들을 훈련하는 방법으로 높은 둥지에서 새끼를 떨어트린 후 스스로 날 수 있도록 훈련합니다. 아직 새끼가 날 수 없으면, 그때 자기 날개를 펴서 받아 올립니다.

여섯째, 독수리는 다시 새롭게 태어납니다. 이것이 바로 오늘 우리가 살펴보고자 하는 특성입니다. 다른 특성들도 우리 그리스도인들이 본받을 특성이 있습니다마는 바로 이 특성에 대해 오늘 나누고자 합니다.

독수리는 보통 60~70년을 삽니다. 수명이 긴 편이지요. 그런데 35년에서 40년이 되면 몸에서 노화 현상이 시작됩니다. 노화 현상이란 부리가 앞으로 굽어 안으로 자라기 시작하고, 발톱도 그렇습니다. 그리고 털이 많이

나게 됩니다. 독수리에게 이런 일이 일어날 때 그냥 그대로 두게 되면 몇 년 지나지 않아 죽게 됩니다.

왜냐하면, 부리를 통해 음식물을 섭취해야 하는데 제대로 할 수 없기 때문입니다. 또 발톱으로 먹이를 낚아채야 하는데, 그것도 제대로 할 수 없습니다. 또한, 털이 많이 나면 몸이 너무 무거워져서 날아오르지 못합니다. 그런데 이런 노화 현상이 왔을 때, 어떤 독수리들은 그냥 삶을 포기하고 서서히 죽습니다.

또 다른 어떤 독수리들은 바위산으로 갑니다. 거기서 부리를 바위에 비벼서 자릅니다. 발톱도 바위에 긁으면서 갈아서 자릅니다. 그렇게 부리와 발톱을 뽑아내는 겁니다. 부리가 빠지면 새 부리가 나옵니다. 마치 유치가 빠지면 새 이가 나는 것과 같습니다. 어릴 때 유치는 이를 잘 닦지 않아 썩었어도 새 이가 나오기 때문에 한 번의 기회가 있는 것처럼 독수리에게도 한 번 더 기회가 있는 것입니다.

새 부리가 나오면 그 부리로 불필요한 깃털을 뽑아냅니다. 독수리는 그렇게 뼈를 깎는 고통의 시간을 5개월 정도 보내고 나면 다시 젊음과 힘을 되찾게 됩니다. 그러면 다시 큰 날개로 하늘로 날아오르게 됩니다. 이것이 독수리의 삶에서 일어나는 일입니다. 성경에서의 독수리의 이미지는 이런 배경을 두고 있습니다. 우리 삶에서도 독수리의 부리나 발톱처럼 많은 것들이 굽어있습니다. 또한, 많은 깃털이 나 있습니다. 그렇기에 삶이 점점 무겁고 힘들어집니다.

우리가 지은 죄가 삶을 무겁게 합니다. 그렇다고 하더라도 우리는 희망을 잃지 않아야 합니다. 예수님이 우리의 바위산입니다. 예수님께 신뢰를 두어야 합니다. 예수님께 우리의 부리를 비벼대어야 합니다. 예수님의 용서와 자비에 매달려야 합니다. 고백성사를 통해 깃털을 뽑아야 합니다.

세례자 요한은 이사야 예언자가 말한 대로 주님의 길을 곧게 내기 위해 왔습니다. 굽은 길을 곧게 똑바로 내게 하려고 왔습니다. 우리도 굽은 길을 똑바로 내도록 해야 합니다. 주님께 신뢰를 두는 사람은 독수리처럼 날아오를 수 있습니다. 우리 삶에 나뭇가지를 넣으면 쓴 물이 단물로 바뀔 것입니다.

주님께서 우리의 힘, 우리의 몫입니다. 주님 안에서 우리는 오래된 옛 습관에서 벗어나 새로운 삶을 향해 나갈 수 있습니다. 독수리에게 바위산에서 자기의 부리를 비벼서 문지르면 깎아내는 것은 고통스러운 일입니다. 그런 과정에서 때로는 피가 흐르기도 합니다. 왜 그런 고통스러운 일을 합니까?

제가 치료받는 일이 무척 아픕니다. 그래도 견딥니다. 바로 미래의 비전을 보기 때문입니다. 미래의 더 나은 삶을 위해서입니다. 우리도 죄스러운 삶에서 빠져나와야 합니다. 독수리가 더 살고 싶은 원의, 미래의 비전을 보고 부리를 바위에 비비면서 깎아내듯이 우리도 삶의 의미를 되찾고자 하는 바람을 지니면서 새로워져야 합니다.

바로 독수리처럼 바위산으로 가서 고통스러운 과정을 보내라는 권고입니다. 그것이 당장은 기쁨이 아니라 슬픔이며 너무나 고통스럽지만, 나중에는 평화와 의로움의 열매를 가져다줍니다. 그런 과정을 거치면 독수리가 다시 힘차게 하늘로 날아오르듯이 우리의 맥 풀린 손과 힘 빠진 무릎을 바로 세우고 당당히 걸을 수 있습니다.

우리는 희망을 지니고 있습니다. 누가 우리의 희망입니까? 예수님입니다. 또한, 우리의 창조주 하느님이십니다.

마태. 11, 28: "고생하며 무거운 짐을 진 너희는 모두 내게로 오너라. 내가 너희에게 안식을 주겠다. 나는 마음이 온유하고 겸손하니 내 멍에를 메고 나에게 배워라. 그러면 너희가 안식을 얻을 것이다. 정녕 내 멍에는 편하고 내 짐은 가볍다."

우리가 예수님의 이 초대를 잊어서는 안 됩니다. 예수님께서 "내가 너희에게 안식을 주겠다."라고 하십니다. 당신에게 오는 것을 주저하지 말라고 하십니다. 당신에게 가면 우리가 필요한 것을 주시겠다는 초대입니다. 예수님이 바위산입니다. 우리는 예수님께 가야 합니다. 그런데 그분이 주시는 안식은 궁극적입니다.

우리가 예수님께 간다고 해서 처음부터 바로 안식을 느끼는 것이 아닙니다. 고통스러운 과정을 거쳐야 합니다. 바위산인 그분에게 우리의 낡은 부리, 낡은 발톱을 비비고 문지르는 고통스러운 과정을 거쳐야 합니다. 그러나 우리는 분명한 신뢰를 지녀야 합니다.

그 과정을 거치면 다시 새로운 부리, 새로운 발톱을 얻을 수 있습니다. 새 날개로 날아오를 수 있습니다. 그때 우리는 진정 평화를 체험하고 안식을 얻게 됩니다. 복음에서는 예수님께서 "너희는 좁은 문으로 들어가도록 힘써라."라고 말씀하십니다. 바위산으로 가는 문은 좁습니다.

많은 사람이 바위산으로 가지 않고 그냥 노화되어 죽습니다. 그러나 우리는 그렇게 해서는 안 됩니다. 좁은 문인 바위산으로 가야 합니다. 하느님 나라는 영원한 것입니다. 영원한 것을 위해 우리는 현세의 작은 것, 세상에서의 쾌락이나 영예를 버릴 줄 알아야 합니다. 우리는 우리 신앙에 항구해야 합니다. 늘 새로워야 합니다. 예수님께서 니코테모에게 하신 "새로 나야 한나."라는 말씀을 새겨들어야 합니다.

오늘 우리에게 하느님의 영, 성령이 오셔서 함께 머무르신다고 하더라도 내일 떠나게 하면 안 됩니다. 여러분들, 독수리의 특징, 그중에서도 여섯 번째 특징, 다시 젊음을 되찾는 특징을 꼭 마음에 새기십시오. 낡은 부리와 발톱을 예수님이라는 바위산에 가서 비비고 문질러서 뽑아 버리십시오. 그분이 새 부리와 발톱을 주실 것입니다. 새 부리로 불필요한 깃털을 뽑아 버리십시오.

예수님이 십자가에 오르듯이 가볍게 유연하게 하늘로 날아오르십시오.

사울과 다윗

오늘은 묵상 안에서 성경의 두 인물을 살펴보고자 합니다. 성경은 모두 사랑에 관한 이야기입니다. 성경에 나타난 사랑에 관한 이야기는 모두 우리 삶에 필요한 것입니다. 성경의 인물이 우리 삶에 영향을 미칩니다. 그들이 우리에게 무슨 말을 건네는지를 잘 살펴보아야 합니다.

성경 안에 얼마나 많은 인물이 등장합니까? 아담과 에와부터 아브라함, 이사악, 요셉, 수많은 예언자가 있고, 신약에서 예수님, 사도들, 제자들, 자캐오, 사마리아 여인 등등, 아주 많은 사람이 등장합니다. 각각의 사람들이 우리에게 하느님에 대해 가르쳐줍니다.

오늘 우리는 두 인물을 설정하겠습니다. 한 사람은 사울이고, 다른 사람은 다윗입니다. 우리가 다윗에 대해서는 비교적 잘 알고 있습니다. 사울에 대해서는 여러분들이 얼마나 알고 있는지 잘 모르겠습니다. 이들의 삶을 살펴보고 우리에게 어떤 가르침을 주는지를 숙고해 봅시다.

사울은 첫 번째 기름 부음을 받은 왕입니다. 벤야민 지파 출신입니다.

힘센 용사였던 키스의 아들로 이스라엘의 첫 임금이 됩니다. 아버지의 나귀를 돌보는 일을 하였습니다. 아주 멋있게 생긴 소년이었습니다. 키가 큰 사람이었습니다. 다른 사람들보다 어깨 위만큼 더 컸습니다. 모든 여인이 사모했습니다.

다윗은 두 번째 왕입니다. 사울과 마찬가지로 기름 부음을 받은 왕입니다. 유다 지파 출신입니다. 이사이의 아들로 양 떼를 치는 사람입니다. 음악가이며 잘 생겼습니다. 이스라엘의 여인들이 흠모했습니다. 여인들이 사울은 수천을 치고, 다윗은 수만을 쳤다고 노래를 주고받았습니다. 이것이 화가 되어 사울에게 박해를 받지요.

두 사람이 왕이 되는 배경을 살펴볼 필요가 있습니다. 하느님께서 이스라엘 백성을 이집트의 종살이에서 해방하여 주셨습니다. 모세를 통해 탈출하게 해 주셨고, 모든 것을 주었지만 그들은 만족하지 못했습니다. 그들은 자기들에게 왕을 달라고 했습니다. 왕이 있으면, 나라가 부강하게 되고, 자기들이 행복할 수 있을 것으로 생각했습니다.

사무엘이 판관으로서 이스라엘을 다스리다가 나이가 많아지자 자기 아들들을 이스라엘의 판관을 내세웠습니다. 그런데 그들은 그의 길을 따라 걷지 못하고 잘못 다스렸습니다. 그러자 이스라엘의 원로들이 사무엘을 찾아가 통치할 임금을 세워달라고 청합니다. 백성들이 왕을 달라고 외치자 사무엘은 주님께 기도하였고, 주님이 그들의 말을 들어주라고 합니다.

이스라엘 백성들은 잘못을 저지른 것입니다. 왕이 행복을 줄 수 없습니다. 왕으로도, 다른 어떤 것으로도 하느님을 대치할 수 없습니다. 사울은 아버지 키스가 사랑하는 아들입니다. 하루는 나귀들이 없어지자 아들 사울에게 종을 데리고 가서 찾아보라고 이릅니다. 사울과 종이 나귀를 찾아다녔지만, 찾지 못하고 지쳤습니다.

사울이 종에게 돌아가자고 합니다. 그때, 종이 사울에게 말합니다.

"저 언덕 성읍에 거룩한 분이 사시고 계시다고 들었습니다. 거기 가서 그분에게 물으면 가야 할 길을 알려 주실지도 모릅니다."

사울이 처음에 믿지 못합니다. 그래도 종이 거룩한 분, 하느님의 사람이라고 하니까, 예물을 들고, 찾아가게 됩니다. 누가 하느님의 사람입니까? 사무엘입니다. 주님께서 사울이 오기 하루 전에 사무엘에게 귀를 열어주시며 일러줍니다.

"내일 내가 벤야민 땅에서 온 사람을 보내니, 그에게 기름 부음을 받은 백성의 영도자로 세워라."

사울이 사무엘을 찾아가서 만납니다. 사무엘은 사울이 마음에 두고 있던 나귀들은 이미 찾았으니 더 이상 마음을 쓰지 말라고 말해 줍니다. 자기와 함께 머무르라고 말합니다. 그리고 음식을 차려줍니다. 이스라엘의 기대가 그에게 달려 있다고 하자, 사울은 자기는 가장 작은 벤야민 지파 사람이고, 그중에서도 보잘것없는 가문이라고 하며 믿지 못합니다.

사무엘은 사울에게 종을 먼저 보내라고 하고, 하느님의 말씀을 들려줍니다. 그리고 기름을 부어줍니다. 사울이 기름 부음을 받은 왕이 된 것입니다. 우리는 여기서 하느님의 유머를 볼 수 있습니다. 사울은 놀랐고, 자기는 이스라엘 지파에서 가장 작은 벤야민 지파 사람이고, 그중에서도 보잘것없는 가문입니다. 그리고 단지 가난한 사람이라고 하며, 어떻게 왕이 될 수 있느냐고 묻습니다.

사무엘이 대답합니다. 하느님의 영이 함께 계시면 모든 일이 가능합니다. 그가 기름 부음을 받았을 때, 세 가지 아름다운 것을 선물로 받았습니다.

첫째, 1 사무. 10, 1:

사무엘은 기름병을 가져다가, 사울의 머리에 붓고 입을 맞춘 다음 이렇게 말하였다. "주님께서 당신에게 기름을 부으시어, 그분의 소유인 이스라엘의 영도자로 세우셨소."

기름 부음은 왕권을 말합니다. 왕권을 부여받았습니다.

둘째, 1 사무. 10, 6:

그때 주님의 영이 당신에게 들이닥쳐, 당신도 그들과 함께 황홀경에 빠져 예언하면서 딴 사람으로 바뀔 것이오.

하느님의 영, 곧 성령을 받았습니다.

셋째, 1 사무. 10, 9:

사울이 몸을 돌려 사무엘을 떠나가려는데, 하느님께서 사울의 마음을 바꾸어 주셨고, 바로 그날 이런 표징들이 모두 일어났습니다.

새로운 마음을 받았습니다. 이렇게 '기름 부음'으로 세 가지 선물을 받은 것입니다. 보십시오. 하느님께서 사람을 뽑으실 때, 선물을 주십니다. 새롭게 해주십니다. 사울이 받은 것을 우리도 받습니다. 우리가 세례를 받을 때, 우리는 예수님의 왕권에 동참합니다. 견진 성사를 통해서 성령을 받습니다. 그리고 고백성사 때마다 새로운 마음을 받습니다.

같은 영, 바로 성령께서 활동하십니다. 사울이 사무엘을 통해 받은 것을 오늘날 우리는 교회를 통해 받습니다. 사울은 왕이 되자, 정작 선물을 주신 하느님을 잊어버립니다. 돈과 권력이 생기면서 질투와 교만이 생기게 되고, 점차 하느님을 잊어버립니다. 완전히 잊은 것이 아니라도 옆으로 밀쳐 내었습니다. 하느님의 법을 무시하고 자신의 법을 만들었습니다.

하느님에 대해 죄를 지었습니다. 무슨 죄입니까? 반역죄입니다. 하느님의 법, 하느님의 뜻을 무시하고 거역하는 반역죄를 지었습니다. 하느님의 뜻을 고의로 거스른 것입니다. 이제 하느님보다 백성들을 만족시키기 위해 노력합니다. 그는 사람들의 영웅이 되기를 원합니다. 하느님의 사람이 이제 사람들의 영웅이 되기를 원합니다. 그의 교만과 이기심이 좋은 왕이 되지 못하게 가로막았습니다. 그가 죄를 지었을 때, 하느님께서는 사무엘을 보내 개입하십니다.

아멜렉족을 쳤을 때, 그는 전리품들에 눈이 멀어 하느님의 말씀을 거역하였습니다. 사무엘이 그의 반역죄에 대해 지적합니다. 사울이 사무엘에게 잘못했다고 용서를 청합니다. 그런데 입술로만 용서를 청했지, 진정으로 뉘우친 것은 아니었습니다. 하느님은 그에게 다윗을 보내 도와주시고자 하셨습니다. 그런데 사울은 다윗을 자랑스러워하지 않았습니다. 오히려 그에게 질투를 느꼈습니다. 서서히 악령이 사울 안으로 들어갔습니다.

다윗이 수금을 연주하면 악령이 떠나갔습니다. 그런데 사울은 다윗을 질투하면서 그를 죽이려고 했습니다. 한 번 악에 미끄러지기 시작하면, 그는 자기가 무슨 일을 하는지를 모릅니다. 그는 기름 부음을 받은 자입니다. 그가 어떻게 해야 합니까? 텅 빈 부분을 다시 하느님의 사랑으로 채워야 합니다. 사울에게 어떤 일이 일어났습니까? 서서히 세 가지 선물을 잃어버렸습니다.

첫째, 1 사무. 16, 1입니다. 주님께서 사무엘에게 말씀하셨습니다. "너는 언제까지 슬퍼하고만 있을 셈이냐? 나는 이미 사울을 이스라엘의 임금 자리에서 밀어냈다. 그러니 기름을 뿔을 채워서 떠나라." 그는 왕권을 잃어버렸습니다.

둘째, 1 사무. 16, 14입니다. "주님의 영이 사울을 떠나고 주님께서 보내신 악령이 그를 괴롭혔다." 성령이 떠났습니다.

셋째, 1 사무. 31, 4입니다. "사울이 자기 무기병에게 명령하였다. '칼을 뽑아 나를 찔러라. 그러지 않으면 할례받지 않은 저자들이 와서 나를 찌르고 희롱할 것이다.' 그러나 무기병은 너무 두려워서 찌르려 하지 않았다. 그러자 사울은 자기 칼을 세우고 그 위에 엎드렸다."

기름 부음을 받은 사람이 이렇게 자살을 합니다. 이것이 죄의 힘입니다. 우리는 하느님의 자녀로서 세 가지 선물을 받았습니다.

첫째, 왕권에 동참하는 것입니다. 이것은 존엄성을 말합니다.

둘째, 성령을 우리는 성령의 이끄심에 따라 삽니다.

셋째, 새 마음을 받았습니다.

그러나 우리가 일단 악의 영향을 받으면, 이 세 가지 선물을 잃어버립니다. 첫째, 왕권을 잃어버립니다. 우리 정체성과 존엄성을 잃는 것입니다. 둘째, 성령이 우리에게서 떠납니다, 그러면 삶이 지루하고 공허하게 느껴집니다. 셋째, 새 마음을 잃어버립니다.

사울이 무엇을 말하고 있습니까? 하느님에 대해 우리에게 무엇인가를 알려 주고 있습니다. 하느님께서는 우리가 죄를 지었다고 그냥 바로 왕권을 빼앗으시는 것이 아닙니다. 하느님은 기다려 주시는 분이십니다. 그가 다시 돌아오기를 기다리십니다. 그런데 사울은 돌아오지 않고 스스로 파멸로 나아갔습니다. 그런 후에 하느님께서는 그의 왕권을 빼앗아 다른 사람에게 주셨습니다.

가장 중요한 점이 무엇인지를 염두에 두면서 이제 다윗을 보도록 하겠습니다. 두 사람을 잘 연결하면서 묵상하시기 바랍니다. 다윗은 왕이 됩니다. 두 번째 기름 부음을 받았습니다. 그는 하느님의 사람입니다. 그는 하느님의 성전을 짓고자 하는 열망을 지니고 있었습니다. 그가 완성하지는 못하고 그의 아들 솔로몬에 의해 완성됩니다.

그도 또한 약함을 지닌 인간이며, 그 약점에서 벗어날 수 없었습니다. 그도 세 가지 선물을 받았습니다. 그럼에도 불구하고 그는 여전히 약점을 지니고 있고, 계속해서 죄를 지었습니다. 왕은 이스라엘의 희망이었는데, 왕조차 하느님께 순명하지 않았습니다. 사울이나 다윗 왕이 우리에게 주는 교훈은 진정한 행복은 왕이 줄 수 없다는 것입니다. 하느님은 어떤 다른 것으로도 대치할 수 없습니다.

다윗이 어느 날 옥상을 거닐다가 한 여인이 목욕하는 것을 보게 되었습니다. 처음에는 눈의 죄를 지었습니다. 그 다음에는 그 여인을 데려다가 정을 통했습니다. 육체의 죄를 지은 것입니다. 죄를 짓자 걱정이 되었습니다. 그가 여인의 남편 우리야를 불러 아내와 동침하도록 보냅니다. 우리야는 집에 가지 않았고, 다윗에게 말합니다.

"상관 요압 장군과 다른 임금님의 신하들이 야영하고 있는데, 제가 어찌 집에 가서 아내와 동침을 하겠습니까?"

그것이 다윗의 마음을 아프게 했습니다. 전쟁을 책임져야 하는 사람은 왕입니다. 그런데 그는 부하들만 전쟁터에 보내고 예루살렘에 남아 남의 아내나 탐하고 있었던 것입니다. 우리야는 자기가 해야 할 일을 하고 있었습니다. 다윗은 그의 의지를 꺾을 수 없었고 두려웠습니다. 교묘하게 적군의 칼로 죽입니다. 하나의 죄가 또 다른 죄를 낳게 됩니다.

이세 하느님께서 예언자 나탄을 보내십니다. 사울에게 사무엘을 보내셨듯이 다윗에게는 나탄을 보내셨습니다. 나탄이 다윗에게 비유를 들려줍니다.

11 사부, 12, 1~15의 말씀입니다. 이것이 다윗의 삶에서 하느님을 체험하는 순간입니다. 그는 사울의 삶을 생각했을 것입니다. 어떻게 죄가 사울의 삶을 파멸로 이끌었는지를 생각했을 것입니다. 그는 사울이 삶을 파멸로 이끌고 간 이유와 과정을 알고 있었습니다. 아마 그것이 그를 뉘우치고 다시 돌아오도록 이끌어 주었을 것입니다.

사울은 자살했습니다. 왕권과 재산과 부하들을 다 잃고 파멸로 나아갔습니다. 그 이유가 무엇입니까? 죄를 범했기 때문입니다. 죄를 범하게 된 이유는 무엇입니까? 성령을 잃었기 때문입니다. 성령을 잃자 모든 것을 잃어버렸습니다. 성령을 얻자 모든 것을 얻을 수 있었는데, 성령을 잃자 모든 것을 잃고 마지막으로 생명까지 잃게 되었습니다.

다윗은 큰 소리로 웁니다. 마치 아이처럼 웁니다. 다윗은 사울의 삶을 기억하면서 울었을 것입니다. 다윗은 자기의 삶에서 성령만을 가져가지 마시고, 새롭게 해 달라고 울부짖습니다. 다윗은 깨끗한 마음을 잃었습니다. 그 깨끗한 마음을 다시 만들어 달라고 청합니다. 다윗은 당신의 영, 올바른 영, 거룩한 영, 새로운 영을 다시 부어주시기를 청합니다.

시편 51은 다윗의 뉘우침의 열매입니다. 뉘우치는 사람의 마음에서 이 시편이 만들어졌습니다. 왜 다윗이 이런 시편을 썼습니까? 그는 주님께서 깨끗한 마음과 성령을 거두시면, 모든 것을 잃게 된다는 것을 알고 있었습니다. 이 아름다운 기도가 하느님의 마음을 돌리십니다. 하느님은 죄인의 멸망을 원하시지 않습니다.

사울과 다윗은 다 같이 죄를 지었습니다. 그런데 다윗은 구약성경에서 별처럼 한 자리를 차지하고 있습니다. 그런데 사울은 잊힌 인물이며 스러져 간 별일 뿐입니다. 다윗이 구약성경에서 별이 된 것은 그가 거룩했기 때문이 아닙니다. 하느님을 만나고 하느님을 깊이 체험했기 때문입니다.

우리가 성령을 잃는 것이 언제인지 잘 모를 수 있습니다. 자기도 모르는 사이에 성령이 떠나갑니다. 유다도 성령을 잃었습니다. 그러나 하느님께서 우리에게 개입하십니다. 때로는 부모님을 통해서 하실 수도 있고, 친구를 통해서 하실 수도 있습니다. 그들이 사무엘이며 나탄입니다. 어떤 사람들을 보면 슬픔에 젖어 있고, 우울증에 걸려있습니다. 그들이 직장을 잃었기 때문입니까? 병이 났기 때문입니까? 술을 마시기 때문입니까?

아닙니다. 증상만을 보면 그런 이유일 수 있지만 우리는 원인을 보아야 합니다. 원인은 성령을 잃었기 때문입니다. 질투, 시기 등이 파멸로 이끌기도 합니다. 어떻게 성령을 잃게 됩니까? 우리가 의도적으로 하느님을 거부합니다. 성령을 거부하기 때문입니다. 그분이 깊은 물을 어루만질 수 있도록 허락해야 합니다. 우리는 진정으로 기도해야 합니다.

"저희 가족에게서 성령을 거두지 마십시오."

우리가 성령을 잃으면 모든 것을 잃게 된다는 사실을 깊이 명심하십시오. 성령을 슬프게 하지 말아야 합니다. 성령을 울게 하지 말아야 합니다. 성령과 악령은 함께 있지 못합니다. 죄를 지으면 성령을 거부하는 것입니다. 우리가 죄를 지으면 성령께서는 처음에는 다만 지켜봅니다. 그러나 계속 죄를 짓고 뉘우치지 않으면 떠나갑니다. 가정 안에서 성령을 어디에 모셔야 합니까? 우리는 비둘기를 둥지 안에 머물게 할 수도 있습니다.

하느님께서는 마음이 부서진 사람 곁에 계십니다. 하느님은 사울에 대해 슬피하셨습니다. 그러나 사울이 뉘우치지 않자, 후회하십니다. 우리는 사울처럼 되어서는 안 됩니다. 내일 하느님께서 저를 사제로 세우신 것을 후회하게 해서는 안 됩니다. 여러분들을 결혼 생활로 이끄신 것을 후회하게 해서는 안 됩니다. 우리는 하느님의 희망입니다. 우리가 무엇을 잃었든지, 다 돌려받을 수 있습니다.

다윗은 뉘우치는 삶, 새로운 삶을 살았고, 다 돌려받았습니다. 왕권, 성령, 새 마음을 돌려받았습니다. 두 인물, 사울과 다윗을 비교하면서 잘 묵상해 보십시오. 우리 삶과 연결해 묵상해 보십시오, 두 사람의 이야기는 바로 우리 삶에 관한 이야기입니다. 바로 뉘우치는 마음입니다.

다윗이 왜 시편 51을 썼습니까? 그는 죄를 지었지만, 사울의 삶과 그의 죄의 결과를 알고 있었고, 그것을 비추어 보면서 새로운 마음, 성령을 청했습니다.

깊은 물과 그물

오늘 강론은 제가 오래전 모 교구 사제 피정을 하면서 사제들에게 했던 강론입니다. 저는 사제들의 마음을 이해하는데, 도움이 될 수도 있다는 생각으로 여러분들을 사제라고 생각하면서 했던 강론 그대로 나누고자 합니다. 여러분들이 사제라고 생각하면서 제 강론을 합니다. 사제들을 위해 더 열심히 기도해 주시기 바라는 제 마음을 헤아려 주시기 바랍니다.

오늘 복음, 루카 5장의 내용은 저희 사제들에게 사제로서의 신원에 대한 묵상으로 이끌어 주는 내용이라고 생각합니다. 예수님께서 시몬과 제베대오의 두 아들 야고보와 요한을 부르시는 대목입니다. 이 대목에 대해 아마 신부님들께서 '부르심'과 '응답'이라는 주제로 강론도 많이 하셨을 것입니다. 저는 단순히 '부르심'과는 조금 다른 측면에서 묵상해 보시도록 안내해 드리고 싶습니다.

예수님께서 시몬에게 물으십니다.

"무엇을 좀 잡았느냐?"

시몬이 대답합니다.

"스승님, 저희가 밤새도록 애썼지만 한 마리도 잡지 못하였습니다. 그러나 스승님의 말씀대로 제가 그물을 내리겠습니다."

예수님이 말씀하시는 것을 단어를 유념하면서 잘 듣고 깊이 묵상하면, 상징적인 의미로 알아들을 수 있습니다. 예수님께서 시몬에게 이르셨습니다.

"깊은 물에 그물을 내려 고기를 잡아라."

'깊은 물'이라는 단어와 '그물'이라는 단어를 유념하면서 그 의미를 숙고해 보시기 바랍니다. 시몬은 밤부터 아침까지 열심히 고기를 잡으려고 했지만, 한 마리도 잡지 못하였습니다. 그러나 그는 예수님의 말을 듣고 순명합니다. 그는 그물을 깊은 물에 내립니다.

그렇게 하자 그들은 그물이 찢어질 만큼 많은 물고기를 잡게 되었습니다. 다른 배에 있는 친구들에게 도와달라고 청하였습니다. 깊은 물에 그물을 내린다는 것이 무슨 의미입니까? '깊은 물'이 무엇을 상징하는지를 헤아려 보십시오. 하느님의 말씀이 '깊은 물', 바로 우리 내면 깊은 곳까지 닿도록 해야 합니다.

'많은 물고기'는 무엇을 상징합니까? 축복이라고 볼 수 있습니다. 하느님이 주시는 축복입니다. 하느님의 말씀이 우리 안으로 들어올 때, 축복이 풍성히 내립니다. 이 축복은 우리만을 위한 것이 아닙니다. 본당 공동체, 이웃, 사회, 국가, 세상 모든 사람을 위한 축복입니다. 그것이 바로 우리 사제로서의 사명입니다. 우리는 이것을 어디에서 시작해야 합니까. 바로 우리 마음 안에서입니다.

우리에게 평화가 필요합니다. '그물'이 우리 마음 깊은 곳에 닿도록 해야 합니다. 그물이 상징하는 '하느님의 말씀'은 우리를 변모시킬 힘을 지니고 있습니다. '하느님의 말씀'이 우리를 평화로 이끌 수 있습니다. 우리는 우리 자신뿐만 아니라, 각 본당 공동체, 나아가 교구 전체를 위해서도 기도해야 합니다. 우리 교구 안에, 각 본당 공동체에 많은 물고기가 필요합니다.

각 공동체가 '하느님의 말씀'으로 변화되고 축복이 내려야 합니다. 신부님들이 맡고 계신 본당, 각 공동체마다 평화를 깨뜨리고 문제를 일으키는 사람들이 있지요? 우리는 그런 사람들이 밉습니다. 우리가 미운 그 사람들을 위해 기도해야 합니다. 또 다른 한편, 우리를 미워하고 시기하고 질투하는 사람들이 있습니다. 헛된 소문을 만들어내고 퍼뜨리는 사람들이 있습니다. 그들을 위해서도 기도해야 합니다. 그분께서 그들 모두를 어루만질 수 있도록 기도해야 합니다.

이 피정은 우리 자신뿐만 아니라 우리 공동체 신자들을 위해 기도하는 시간입니다. 우리 공동체의 각 신자 가정이 성화하도록 우리가 기도해야 합니다. 지난 몇 년 동안 열심히 사목하고 나름대로 기도하는데도 본당 공동체에 별 변화가 없다고 느끼시는 신부님들이 계실지도 모릅니다. 왜 그렇습니까? 기도하기는 하는데 아마 초점을 잘못 잡아서 기도하였기 때문일 수도 있습니다.

시몬이 예수님께 대답하였습니다. "스승님, 저희가 밤새도록 애썼지만 한 마리도 잡지 못하였습니다. 그러나 스승님의 말씀대로 제가 그물을 내리겠습니다." 왜 한 마리도 잡지 못했습니까? '깊은 물'이 아니라 얕은 수면에서 일하였기 때문입니다. 그물을 깊은 물에 내려야 합니다. 우리가 기도하기는 합니다. 그런데 우리 기도는 마치 베드로의 그물과 같습니다. 얕은 물에 그물을 던집니다. 우리는 기도할 줄 압니다. 아니, 안다고 생각합니다. 그러나 우리는 베드로처럼 말해야 합니다.

당신께서 깊은 물에 그물을 치라 하시니 말씀하신 대로 치겠습니다. 우리는 우리가 모든 것을 잘 알고 있다고 생각하지만, 우리가 아는 것으로는 충분하지 않습니다. 우리가 아는 것은 제한되어 있습니다. 우리는 도움이 필요합니다. 위로부터 오는 도움입니다. 빛을 비추어 줄 사람, 바로 그분의 도움이 필요합니다. 우리가 알고 있는 것은 완전하지 않습니다. 완전해져야 합니다. 어떻게 완전하게 될 수 있습니까?

예수님과 함께 모든 것이 가능합니다. 왜 그렇습니까? 인간 논리를 뛰어넘어 은총이 작용하기 때문입니다. 이것을 잘 묵상하면, 하느님께서 당신 자신을 우리에게 보여 주심을 알 수 있습니다. 우리도 하느님께 우리 자신을 보여 드려야 합니다. 베드로는 예수님께 자신을 맡겨드렸습니다. 서로를 드러낸 것입니다. 이것이 기적입니다. 기적 뒤에는 하느님이 보여 주시는 계시, 즉 은총이 있습니다. 항상 하느님이 먼저 시작하십니다. 그리고 기다리십니다. 우리가 응답으로 자신을 드러내 보여 주기를 기다리십니다.

이어서 우리 사제로서의 신원을 살피기 위해 잠깐 히브리서를 보겠습니다. 히브. 5, 1~4입니다.

"모든 대사제는 사람들 가운데에서 뽑혀 사람들을 위하여 하느님을 섬기는 일을 하도록 지정된 사람입니다. 연약한 탓에 백성의 죄뿐만 아니라 자기의 죄 때문에도 제물을 바쳐야 합니다. 이 영예는 어느 누구도 스스로 얻는 것이 아니라, 아론과 같이 하느님에게서 부르심을 받아 얻는 것입니다."

히브리서는 누가 사제인지에 대해 아주 명확합니다. 사제라는 말의 어원이 바로 '하느님과 사람 사이에 다리를 놓는 자'라는 뜻이지요. 하느님과 사람 사이에서 자신을 사람들에게 예물과 제물로 바치는 사람입니다. 사제는 자기 자신 때문에 존재하지 않습니다. 우리 자신이 아니라 다른 사람들을 위해 존재합니다.

사제가 사람들을 위해 간구하면 하느님께서 마음을 돌리십니다. 사제의 기도는 사람들의 염원에 대한 답입니다. 사제가 기도하면 하느님께서 마음을 돌리십니다. 그 의미는 하느님께서 축복을 주신다는 것입니다. 평화와 일치를 되돌려 주십니다. 그렇기 때문에 마귀들이 사람들에게 속삭입니다.

"사제들에게 가지 말라."

사제들에게도 속삭입니다. 열심히 강론 준비하지 말고, 적당히 하고, 너무 열심히 기도하지 말라고 속삭입니다. 그러면 사람들이 어떻게 됩니까? 한 마디로 노예가 되는 것입니다. 물질의 노예, 인터넷의 노예, 술의 노예 등등. 비참한 포로 상태가 됩니다. 사람들을 이 포로 상태에서 해방하는 사람이 필요합니다. 하느님의 말씀이 우리를 자유롭게 할 수 있습니다.

하느님의 말씀, 복음을 선포하고 가르치는 사람이 필요합니다. 누가 그것을 할 수 있습니까? 그것을 할 수 있는 사람은 다른 사람이 아닙니다. 바로 우리 사제입니다. 사제가 기도할 때, 하느님께서 마음을 바꾸신다는 것을 잊지 마십시오. 이것을 잘 묵상하십시오. 하느님께서 그의 마음을 바꾸신다는 의미의 이면에는 우리 마음이 바뀌게 되는 것도 함축되어 있습니다.

우리는 '깊은 물'에 '7물'을 내려야 합니다. 그리고 그 '그물', 하느님께 우리 마음을 드러내야 합니다. 그때 축복이 풍성히 내립니다.

야훼와의 동행

오늘 저와 면담하신 어느 분이 나누신 말씀이 제 마음에 깊이 와서 닿았습니다. "나뭇잎 하나에도 우주가 들어있는 것이 아닐까요?" 그분은 떨어지는 나뭇잎을 바라보며 문득 그런 생각이 들었다고 하셨지요. 저는 이것이야말로 기가 막힌 깨달음이라고 생각했지요. 오늘 여러분들이 기도하신 욥기에는, 특히 38~42에는 하느님, 인간, 세상의 모든 것이 다 들어있는 우주의 축소판이라는 생각이 듭니다.

욥기 38, 1: "야훼께서 욥에게 폭풍 속에서 대답하셨다."

처음부터 끝까지 욥은 자신의 무고함과 성실함을 주장하였습니다. 그는 울고 절규하고 분노하였습니다. 절망하고 영혼의 고뇌에 빠졌습니다. 몸과 마음과 영혼이 모두 지칠 대로 지쳤습니다. 왜 하느님은 아무 말씀도 하지 않으시는가? 이런 상황에서 침묵을 지키시다니 이것은 부당한 것이 아닌가? 라고 묻습니다. 이제 하느님이 '폭풍 속에서' 대답하십니다.

욥기 38장은 하느님이 욥에게 응답하신다고 말하고 있습니다. 그것이 욥기의 핵심입니다. 가장 중요한 사실은 바로 이것입니다: '하느님이 말씀하신다.' 하느님은 스스로를 나타내 보이십니다. 계시이지요. 계시라는 말은 revere: '휘장을 벗기다'라는 말에서 옵니다. 감추어진 것을 드러나 벗겨 환히 보여 주신다는 뜻이지요.

폭풍은 하느님이 당신을 드러내는 적절한 배경입니다. 그분은 마음을 끌면서도 두려운 신비로 당신 자신을 드러내십니다. 야훼 하느님은 언약의 하느님, 말씀하시는 분이십니다. 이제 아브라함과 언약을 맺으신 자비로우신 약속의 하느님은 이제 욥에게 말씀하십니다. 그 돌보심과 변함없는 사랑, 그리고 약속의 하느님이 욥에게 말씀하시는 것입니다.

욥이 가장 두려워한 것은 하느님이 자기를 버리셨는가?라는 물음이었지요. 욥기 23, 8은 "앞으로 가 보아도 계시지 않고 뒤를 돌아보아도 보이지 않는구나."입니다. 그는 침묵과 고독 속에서 하느님이 자기를 실망하게 내버렸다고 생각하였습니다. 욥은 하느님이 욥의 믿음을 입증하고자 사탄과 내기를 하신 것을, 다시 말해 시험에 두신 것을 몰랐습니다.

욥은 바로 우리 자신입니다. 우리는 믿음의 여정을 걸어가지요. 그런데 믿음의 순례 여정이란 환히 보이는 길을 가는 여정이 아닙니다. 욥이 시련 속에, 어둠 속에 있어야 한다는 사실은 중요합니다. 그는 어둠 속에서도 신뢰를 잃지 않으려고 애쓰는 우리 모두를 상징하고 있으니까요.

어둠과 하느님이 계시지 않는 것처럼 느껴지는 그런 때, 우리의 신앙을 시험받는 우리 모두에게 욥기 38장이 주는 확신은 하느님이 말씀하신다는 사실입니다. 사실상, 하느님은 항상 욥과 동행하셨습니다. 임마누엘, 처음부터 끝까지 함께 하시는 하느님이십니다. 이것이 가장 중요한 메시지입니다. 여기서 가장 중요한 사실을 우리가 간과해서는 안 됩니다.

하느님이 당신 자신을 알리신다는 사실입니다. 인격적으로 만나 주시고 말씀을 건네십니다. 여러분들, 하느님이 욥에게 건네시는 말씀을 들으며 어떤 느낌이 드십니까? "새벽별들이 떨쳐 나와 노래를 부르고…. 네가 말에게 날랜 힘을 주었느냐? 매가 너의 충고를 받아 날개를 펴고 날아가느냐?" 등등. 하느님이 왜 하늘과 별과 짐승들에 대해 말씀하시는가? 라는 물음이 떠오릅니까? 대화가 이루어지는 것은 상대가 나를 인격적으로 대하고 있다고 느낄 때이지요.

하느님이 직접 인격적으로 욥에게 말씀을 건네십니다.

"대장부처럼 허리를 묶고 나서라. 나 이제 물을 터이니 알거든 대답하여라."

이 말씀들은 욥의 무례함과 어리석음을 보여 주심으로서 욥을 부끄럽게 하려고 하시는 말씀이 아닙니다. 그 어조에는 부드러운 역설이 담겨 있고, 마치 초등학교 선생님이 아이에게 이해를 돕기 위해 묻는 물음과 같습니다. 성 이냐시오도 하느님이 마치 선생님이 하나씩 가르쳐 주시듯이 가르쳐 주셨다고 했지요. 폭풍우가 잠잠해지면서 하느님은 욥에게 당신과 동행하도록 초대하십니다.

"너는 ….을 보았느냐? 너는 …. 깨닫느냐?" 마치 예수님께서 제자들에게 "들에 핀 꽃을 보아라."라고 하셨듯이 하느님은 욥에게 당신이 창조하신 세계의 아름다움과 질서와 경이로움을 보라고 초대하십니다. 한 마디로 하느님은 "놀라워하라."라고 말씀하십니다. 새벽별이 함께 노래하고 천사들이 나와서 합창을 부른다. 바다를 보라. 빗장을 놓은 것은 나였다.

빛의 전당, 비, 우박, 이것들을 보느냐? 나와 함께 돌아다니며 내가 지은 이 아름다운 세상을 즐기고, 그 모든 경이에 놀라라. 짐승들을 생각해 보아라! 어리석은 새, 타조를 보아라. 여기 하느님의 놀라운 해학이 드러납니다. 하느님은 유머가 풍부하신 분이십니다! 타조는 강함과 어리석음이 뒤섞인 역설을 보여 주는 욥의 모습이기도 합니다.

매와 독수리, 갈기를 휘날리며 달리는 말을 보아라. 욥아, 나를 따라다니면서 이것들을 보아라. 보고 경탄하여라. 그것들을 즐기어라. 모든 피조물이 있는 그대로의 자기 자리에서 나, 야훼 하느님을 찬양하는 소리를 들어라. 하느님께서는 새삼스럽게 세상의 모든 놀라운 질서와 오묘한 신비를 보여 주시면서 욥에게 주의를 돌려 자신이 겪는 불행에 머물지 말고 모든 것을 지으시고 생명을 주시는 하느님과의 관계 안에서 자신을 보도록 이끌어 주십니다.

궁극적으로 물음을 던지십니다. 너, 욥이 도대체 누구냐? 창세기에서 하느님이 모든 것을 창조하시고, 보시니 좋았다고 했는데 이제 다시 그것을 상기시켜 주십니다. 하느님과 인간이 다루시는 방법이 얼마나 다른지요! 세 친구는 다 설교를 하려고 했습니다. 그들의 말이 욥에게 위로가 되었습니까? 고뇌에 지친 사람에게 좋은 설교을 하거나 잘못된 행동을 꾸짖음으로써 도와줄 수 있는 것이 아니지요.

하느님은 함께 걸으면서 세상을 바라보도록 이끌어 주십니다. 우리가 절망에 빠진 사람들에게 어떻게 해야 하는지 생각하게 합니다. 내일부터 죄 묵상을 하게 되는데 이냐시오 성인은 죄 묵상을 하기 전에 먼저, 하느님과 하느님의 창조물들을 보도록 배려했습니다. 이것이 아주 중요합니다.

욥이 하느님께 대답합니다. "아, 제 입이 너무 가벼웠습니다. 손으로 입을 막을 도리 밖에…." 욥은 하느님께 항거하던 일이 잘못이었음을 깨닫고 인정합니다. 욥기 40, 6이 야훼 하느님께서 욥에게 하신 말씀의 핵심입니다. 욥은 하느님에 대해 새롭게 배우고 있습니다. 바로 하느님은 '하느님 above 하느님'이심을 새롭게 배웁니다.

그분은 우리의 논리로 다 알아들을 수 있는 하느님이 아닙니다. 그런 하느님은 니체의 말대로 죽었습니다. 프랑스의 유명한 철학자, 파스칼은 예수 그리스도의 인격 안에 '감추어지신' 하느님을 체험하였습니다. 그것은 그의 미래의 모든 삶을 새롭게 이끌어 간 빛의 순간이었다고 회고합니다. 그의 체험을 담은 양피지 한 조각이 사후에 그가 입었던 옷에서 발견되었습니다. 이렇게 시작됩니다.

"철학자들과 학자들의 하느님이 아니라 '아브라함의 하느님, 이사악의 하느님, 야곱의 하느님' 확신. 확신. 마음 깊은 곳으로부터 우러나오는 기쁨과 평화. 예수 그리스도의 하느님, 예수 그리스도의 하느님, 나의 하느님이자 당신의 하느님."

이렇게 파스칼은 철학적인 논증의 결론으로 얻은 하느님이 아니라, 욥처럼 인격적인 만남을 통해서 자신을 알리시는 살아 계신 하느님을 체험하였습니다. 이성이 필요 없다는 말이 아닙니다. 욥기는 단지, 이성만으로는 하느님의 방식을 이해할 수 없다는 사실을 일깨워 줍니다. 하느님은 살아 계신 분이십니다.

논리적인 증명을 통해 자신을 알리시지 않습니다. 하느님은 자비로운 인격적인 만남을 통해 자신을 알리시며 우리에게 인격적인 응답을 하도록 초대하십니다. 욥기는 세상에는 답이 존재하지 않는 문제들이 있고, 인간의 논리로 풀 수 없는 문제들이 있다는 사실을 보여 줍니다. 또한, 살아 계신 하느님, 함께 계시는 하느님, 예수회 신부 제럴드 휴즈의 책 제목처럼 '놀라우신 하느님'이심을 보여 줍니다.

때로 자신의 부재를 통해 당신 자신을 알리시는 감추어진 하느님이시기도 합니다. 욥은 바로 우리 자신입니다. 욥기는 우리가 살아 계신 하느님, 우리의 모든 논리적인 결함, 그리고 갈등하는 신앙을 가지고 그분이 이끄시는 빛 가운데 살도록 우리를 초대합니다.

욥기 42, 1 "알았습니다. 당신께서는 못 하실 일이 없습니다…."

욥이 겸손한 마음으로 공손하게 대답하고 있습니다. 하느님의 부드러운 음성이 그에게 진정한 가르침을 주었습니다. 욥은 이제 앞에서 자기가 한 말을 부끄러워하고 있습니다. 그 안에서 진정한 회심이 이루어지고 있습니다. 죄를 지었기 때문이 아닙니다. 친구 소바르가 회개해야 한다고 충고했는데, 그런 회개가 아닙니다. 없는 죄를 만들어서 회개하는 것이 아닙니다.

욥은 친구의 충고가 아니라 하느님을 만남으로써 겸손해졌습니다. 자비로우신 하느님과의 만남, 인격적인 만남을 통해 겸손히 머리를 숙이고 있습니다. 엘리바즈와 다른 두 친구, 빌닷과 소바르는 야훼 하느님의 책망을 받았습니다. 그들은 제대로 도와주지 못했어요.

왜 그렇습니까? 엘리바즈는 철학자, 빌닷은 신학자, 소바르는 회개를 촉구하는 종교인을 대표하지요. 하느님은 엘리바즈처럼 철학자의 하느님도, 빌닷처럼 학자들의 하느님도, 소바르처럼 종교인의 하느님도 아닙니다. 살아 계신 인격적인 만남의 하느님, 자비의 하느님, 위로의 하느님이시기 때문입니다. 아무도 그 인격적인 자비의 하느님을 전하지 못했습니다. 살아계신 하느님 야훼, 당신이 직접 나타나셔야 했습니다. 이제 간단히 욥기를 마무리하겠습니다.

첫째, 나뭇잎 하나에도 우주가 담겨 있습니다. 우리는 세상을 다 알지 못합니다. 욥은 아무것도 모르는 채, 하느님의 계획 안에 들어갔습니다. 우리 삶 안에는 하느님의 신비 가운데 맡겨야 하는 수수께끼와 불확실하고 애매한 일이 있습니다. 우리는 신비를 그저 신비로 받아들여야 하며, 그냥 놀라면 됩니다. 우리도 욥처럼 하느님이 우리의 믿음을 깊여 주시도록 기도할 뿐입니다.

둘째, 우리는 하느님의 사람, 욥이 고통을 당한다는 사실을 보았습니다. 우리도 그렇습니다. 착하고 열심히 사는 사람들이 고통을 당합니다. 욥의 세 친구의 잘못이 무엇입니까? 바로 그것입니다. 그들은 자기들의 이론에 욥의 불행을 짜 맞추어 놓고 설교하려고 했습니다. 사목자로서 우리는 그런 잘못을 저지르지 말아야 합니다. 그들은 그냥 욥의 이야기를 들어주고 함께 있어야 했습니다.

셋째, 죄에 대해 바른 이해가 있어야 한다는 것입니다. 함부로 죄인으로 판단하지 말아야 합니다. 죄는 신비입니다. 우리는 잘못된 교육으로 인해 인과응보의 법칙에 매여 있을 수 있습니다. 그 틀 안에서 모든 것을 보고 판단하는 오류를 범할 수 있습니다. 우리는 하느님이 욥에게 인격적인 만남을 통해 어떻게 자비를 보이시는지를 잘 보아야 합니다.

마지막으로 가장 중요한 것은 그분과 친교를 나누며 그분과 동행하는 것입니다. 우리도 그분이 같이 걸으시며 보여 주시는 세상의 아름다움에 경도될 수 있어야 한다는 사실입니다. 하느님이 지으신 아름다운 세상에서 소풍하면서 즐길 수 있을 때만이 우리가 고통이 있을지라도 진정한 행복을 누릴 수 있습니다. 누구의 삶이든지 거기에는 고통이 있습니다. 왜냐고 지금 묻지 마십시오. 훗날 알게 될 것입니다.

욥은 고통의 깊은 곳에서 하느님을 만남으로써 용기를 얻을 수 있었습니다. 우리가 모두 욥입니다. 우리가 때로 삶 가운데 서서 "하느님이 어디 계시는가? 앞을 보아도 뒤를 돌아보아도 보이지 않네."라고 뇌이지만 그분이 우리와 함께 계십니다. 임마누엘, 그것이 바로 욥기가 주는 메시지의 핵심입니다.

제가 오늘 어느 분과의 면담에서 황동규 시인의 수련이라는 시의 한 행을 인용해 드렸습니다. 옛날의 놀라워하던 감각을 잃어간다고 하셔서 들려드리고 싶었지요. "이적 앞의 놀람, 살아 있음의 속뜻이 아니겠는가?"

오늘 강론의 마무리로 인디언들이 읊은 시를 들려 드립니다.

> 우리는 영원히 행복하리.
> 아무도 우리의 행복을 빼앗지 못할 것이니
> 우리는 우리 앞에 놓여있는 아름다움과 함께 이 땅을 걸으리라.
> 우리는 우리 뒤에 있는 아름다움과 함께 걸으리라.
> 우리는 우리 주위에 펼쳐있는 아름다움과 함께 걸으리라.
> 우리는 우리 위에 있는 아름다움과 함께 걸으리라.
> 우리는 우리 아래에 보이는 아름다움과 함께 걸으리라.

그렇습니다. 우리는 하느님과 동행하면서 이 아름다운 세상을 온 마음으로, 온몸으로 누리어야 하겠습니다.

시편 90, 모세의 노래

오늘 연중 제23 주일의 화답송이 시편 90편입니다. 제가 좋아하는 이 시편에 대해 나누고자 합니다. 시편은 본래 가락과 음률을 지닌 노래였다고 합니다. 저는 노래를 부를 줄 모르는 음치입니다마는, 노래 듣는 것을 좋아합니다. 노래는 인간이 지닌 희노애락, 내면에서 우러나오는 가장 진솔한 감정과 정서의 표출이며 토로일 것입니다.

글로 자기의 감정이나 정서, 마음을 나타내기 이전부터 인간은 그들의 감정이나 정서를 노래로 표현했던 것입니다. 가수 송대관이 부른 '네 박자'라는 노래 가사가 재미있습니다. 니가 기쁠 때, 내가 슬플 때, 누구나 부르는 노래, 내려 보는 사람도, 위를 보는 사람도 어차피 쿵짝이라네.

이 노래의 가사처럼 인간은 노래로 다른 어떤 것에도 담을 수 없는 인간의 순수하고 절절한 사연들, 사랑, 슬픔, 고뇌, 탄원, 기쁨, 환희 등을 진솔하게 토로합니다. 구약성경의 시편은 사실 문자로 성경이 써지기 이전부터 이스라엘 사람들의 삶과 신앙을 표현해 주던 민중적 노래를 후에 문자화한 것이라고 볼 수 있습니다.

흔히 다윗의 시편이라고 알려져 있습니다마는 다윗 이전부터 시편은 이스라엘 민중의 노래였습니다. 다만 시편이 다윗의 이름으로 봉헌된 것이라고 할 수 있습니다. 물론 다윗이 쓴 것도 있지요. 오늘 화답송인 시편 90은 일반적으로 모세의 노래로 알려진 시편입니다. 이 아름다운 시편을 한 구절씩 살펴보고자 합니다.

"주님, 당신께서는 대대로 저희에게 안식처가 되셨습니다."

'안식처'라는 번역의 본래 의미는 장소, 처소, 거주지를 뜻합니다. 하느님께서 우리의 거처, 우리의 거주지가 되어 주셨으니, 우리는 안심하고 머물 수 있다는 의미이지요. 이스라엘 사람들에게 하느님의 처소는 물론 성전이지만, 성전을 짓기 이전에 그분은 하늘에 거처를 마련하신 분이십니다.

우리 인생이 나그네 길이라면, 나그네가 잠시 머무는 처소, 더위나 추위를 피하고 잠시 쉬어 가는 쉼터를 뜻한다고 볼 수도 있습니다. 안식처는 광야 시대의 이스라엘에게 있어서 특별한 의미를 지니고 있습니다. 이스라엘 민족에게는 나그네 길에서 잠시 쉼을 취하고 목을 축일 수 있는 우물 곁 혹은 사막의 종려나무 아래 같은 곳이 바로 안식처입니다. 그것은 늘 그분이 마련해 주시는 쉼터입니다.

"산들이 생기기 전에, 땅이며 누리가 나기 전에 영원에서 영원까지 당신은 하느님이십니다."

시편 저자인 시인은 하느님은 인자하신 분이시고 우리를 돌보시는 분임을 잘 드러내기 위해 만물이 생기기 전부터, 아니 영원에서 영원까지 하느님이시라고 노래합니다. 모든 것이 바로 하느님의 손길로 생겨나는 것이지요. 바로 당신의 창조에 적용할 수 있는 말이지요. 그분이 모든 존재의 창조주라는 의미를 다시 함축하고 있습니다.

"당신께서는 인간을 먼지로 돌아가게 하시며 말씀하십니다. '사람들아, 돌아가라.'"

사람, 인간이 누구인지를 되새기는 말입니다. 사람은 온전히 하느님의 피조물이지요. 그분의 지음 받음으로 존재하는 피조물. 사람은 온전히 하느님께 의탁된 존재입니다. 모두가 때가 되면 흙에서 왔으니, 흙으로, 먼지로 돌아가는 존재라는 의미입니다. 다시 말해, 인간은 하느님의 창조하신 그 근원으로 돌아갈 수밖에 없는 존재입니다.

"정녕 천 년도 당신 눈에는 지나간 어제 같고 야경의 한때와도 같습니다."

시간이란 인간의 유한성이라는 한계 안에 만들어진 개념일 뿐, 영원이신 하느님께는 천년이 지나간 어제 같고 야밤의 한때와 같을 뿐입니다. 하느님에게 천년은 인간에게 있어서 밤의 한때와 같다고 합니다. 우리말로 한때로 옮긴 그때는 밤을 네 등분한 것의, 한 부분을 가리킵니다. 굳이 시간으로 따지면 네 시간인데 잠자고 있는 사람에게 있어서 이 시간은 아무것도 아니라는 것의 의미를 함축하고 있습니다.

> "당신께서 그들을 쓸어내시면 그들은 아침잠과도 같고 사라져 가
> 는 풀과도 같습니다. 아침에 돋아났다 사라져 갑니다. 저녁에 시들
> 어 말라버립니다."

이 말은 성지순례로 그곳에 가 보아야 실감 나게 이해할 수 있는 말입니다. 근동 지역에서는 건기가 되면 우기 때의 싱싱하던 풀이 하루아침에 말라버립니다. 또 한편으로는 우기 때 한밤중에 내린 비로 전날 태양에 사막처럼 타버린 듯 누렇던 들이 아침에는 초록 풀로 가득 차 저 푸른 초원이 됩니다. 이런 상황을 이해하고 이 시편을 읊으면 더 생생하게 느껴질 것입니다.

시편 저자는 인생의 무상함을 풀의 이미지를 비유로 사용하고 있는 것입니다. 제가 이스라엘 성지순례 갔던 지난 2월 들녘에는 아네모네를 비롯한 들꽃이 지천으로 아름답게 피어 있었습니다. 그러나 곧 건기가 올 것이고 태양의 열기로 그 아름답던 꽃은 흔적도 없이 사라질 것입니다. 우리네 인생도 별로 다르지 않습니다.

> "정녕 저희는 당신의 진노로 스러져 가고 당신의 분노로 소스라칩
> 니다. 당신께서는 저희의 잘못을 당신 앞에, 저희에 감추어진 죄를
> 당신 얼굴의 빛 앞에 드러내십니다."

바로 앞의 풀의 비유에서 인생의 무상함을 은유적으로 표현하였는데,

그렇듯이 이스라엘 공동체가 하느님의 진노로 스러져 가고 하느님의 분노로 소스라치게 놀라게 될 것이라고 경고합니다. 왜 하느님께서 진노하실까요? 답은 분명하지요. 이스라엘이 하느님과 맺은 계약은 하느님께 순명입니다.

우상숭배에 빠지는 등의 죄로 말미암아 이스라엘은 스스로 멸망의 구렁텅이를 팠습니다. 바로 우리 인간의 마음속 깊은 곳에 뿌리내린 죄 때문입니다. 그 죄는 바로 하느님의 사랑을 거부하는 것입니다. 시편 저자인 시인은 인간은 하느님의 눈앞에서는 아무것도 가릴 수 없이 벌거벗은 존재라고 고백합니다. 하느님 앞에 숨길 수 있는 것이 없습니다.

"저희에 감추어진 죄를 당신 얼굴의 빛 앞에 드러내십니다. 저희의 햇수는 칠십 년, 근력이 좋으면 팔십 년. 그 가운데 자랑거리라 해도 고생과 고통이며 어느새 지나쳐 버리니, 저희는 나는 듯 사라집니다."

그렇습니다. 우리 인생은 하느님 눈앞에 아무것도 아닙니다. 불교에서는 '찰라'라고 하지요. 짧은 순간에 지나지 않는 것입니다. 누가 감히 영원이신 하느님 앞에 날 수를 자랑할 수 있겠습니까? 불교에서는 또한 인생을 '고'로 보지요. 시편 저자도 인생을 '고생과 고통'이라고 했습니다. 시인은 다시 인생의 무상함을 들려주며 하느님 앞에 겸손해야 한다고 격려해 주는 것입니다.

"저희의 날수를 셀 줄 알도록 가르치소서. 저희가 슬기로운 마음을 얻으리이다."

제가 이 시편에서 가장 좋아하는 구절입니다. 이 구절은 정말 우리 인생의 덧없음과 무상함을 깊이 헤아리게 합니다. 저희의 날수를 셀 줄 아는 지혜를 가르쳐 달라고 청합니다. 그러니 자연히 하느님 앞에 부복하고 그분의 뜻을 따르지 않을 수 없을 것입니다. 참 지혜, 참 슬기는 하느님을 하느님으로 알고, 그분께 의탁 드리고 그분 안에서 머무는 것입니다.

"돌아오소서, 주님, 언제까지리이까? 당신 종들에게 자비를 베푸소서."

이 시편은 이미 언급한 대로 '모세의 노래'로 알려져 있습니다. 모세는 깊은 묵상을 통해 참 인간의 길이 어떤 것인지를 깨닫고 이제 하느님께 외칩니다. 그는 자기와 자기의 백성이 하느님과 인생에 대한 참 지혜에 관한 가르침을 얻을 수 있기를 청합니다. 마지막으로 모세는 하느님께 그분의 자비하심과 인자하심을 보여 주시고, 이제 그 은총으로 자기와 자기의 백성인 이스라엘이 하는 모든 일이 잘되게 해 달라고 청합니다.

'예' 할 것은 '예' 하시오

오늘 복음 말씀은 참으로 중요한 예수님의 가르침입니다. 그러나 우리가 알아듣기 무척 어려운 가르침이기도 합니다. 오늘 복음의 서두에서 '내가 율법이나 예언서들을 폐지하러 온 줄로 생각하지 마라. 폐지하러 온 것이 아니라, 오히려 완성하러 왔다.'라고 말씀하십니다. 우리는 이 말씀을 어떻게 알아들어야 합니까?

우리는 복음서의 여러 곳에서 예수님께서는 오히려 율법을 깨시는 행동을 하셨고, 특히 인권을 침해하는 안식일 법에 대해 거침없이 이제 사람의 아들이 안식일의 주인이라고 하셨습니다. 또한, 정결례를 지키지 않으셨으며 율법에 매여 있는 율법학자들과 바리사이파 사람들을 통렬히 비난하셨다는 것을 알고 있습니다.

그렇다면, 오늘 복음의 말씀은 어떻게 알아들어야 합니까? 좀 혼동스러울 수 있습니다. 그래서 어떤 학자들은 편리하게 이 부분은 마태오 복음 사가가 가필한 것이라고 합니다. 다시 말해, 마태오 복음 사가가 자기의 생각을 예수님의 이름을 빌려 쓴 것이라는 것이지요.

그렇지 않습니다. 우리는 이 말씀을 바르게 알아들어야 합니다. 우선, '율법이나 예언서'라는 번역은 정확한 번역이 아니어서 오해의 소지를 주고 있습니다. '법(경전)과 예언서'라고 옮겨야 하고 그 말은 바로 성서 전체를 지칭하는 용어였습니다. 예수님 시대에 '법'을 지칭할 때 네 가지 다른 의미가 있었습니다.

첫째는 십계명만을 지칭하고, 둘째는 모세 오경만을 의미하고, 셋째는 전체 성서를 말하는데, 이때 그것을 '법과 예언서'라고 불렀습니다. 마지막으로 소위, 율법이라고 불릴 수 있는 구전법이 있었습니다. 율법에 관해서는 설명이 필요합니다. 이스라엘 사람들에게 '법'이 참으로 중요했지만, 구약성서가 모든 법을 망라하고 있었던 것은 아니었습니다.

오히려 성서 안에 구체적인 법규에 해당하는 내용은 그리 많지 않았습니다. 물론, 신명기나 민수기, 레위기 등에 규정들이 있지만, 삶에 지침이 되는 구체적인 법규라기보다는 근본적인 정신이 되는 내용이 더 많습니다. 십계명도 근원적인 정신이지 구체적인 법조문들은 아니지요.

예를 들면, '주일을 거룩히 지내라'라고 할 때 어떻게 지내는 것이 거룩히 지내는 것인지에 대한 구체적인 지침들이 성서 안에는 없습니다. 그래서 이스라엘 사람들 가운데 하느님께서 주신 '법'을 삶 안에서 구체적으로 지킬 수 있는 법규로 만드는 것을 직업으로 하는 사람들이 생기게 되었습니다.

그들이 거듭되는 논의를 거쳐 규정들을 만들었고, 그것을 전수하고 가르쳤습니다. 그것이 율법입니다. 예수님께서 완성하시겠다고 하시는 것이 이 구체적인 규정인 율법을 말씀하시는 것이 아닙니다. 오히려, 근본적인 삶의 원칙이 되는 것, 다시 말하면 법의 정신이라고 할 수 있는 그것을 완성하러 오셨다는 말씀입니다.

율법을 조금 더 설명하면, '주일을 거룩히 지내라'라는 계명을 구체적으로 지키기 위해서 안식일 법이라는 율법이 생겨났던 것이지요. '주일을 거룩히 지내라'라는 의미를 안식일에는 일하지 말아야 한다고 생각했습니다. 그러면, '일'의 정의가 무엇이냐는 것에 대해 논쟁을 벌였습니다.

온갖 종류의 일이 거론되고 예컨대, '짐을 지는 것은 일이다.'고 했을 때, 다시 그러면, '무엇이 짐이냐'라는 문제를 놓고 정의를 내렸습니다. 그들의 규정에 따르면, 마른 무화과 열매 하나 이상, 한입에 먹을 수 있는 양의 우유 등은 짐이라는 것입니다.

정신노동인 '쓰는 것'도 일인데 그러면, 얼마 이상 쓰는 것이 일이냐? 두 글자 이상은 일이다. 이런 규정들입니다. 여러분들은 웃을지 모르지만, 그들에게는 심각한 문제였습니다. 율법학자들이 하는 일이 바로 그런 규정들을 지키도록 가르치고 전하는 그것이었지요.

바리사이파들은 누구입니까? 바리사이라는 의미는 분리된 자들을 지칭하는데, 바로 이 많은 규정을 틀림없이 그대로 지키기 위해서 일상 삶에서 일어나는 모든 행동에서 분리된 사람들입니다. 쉽게 말해 철저하게 그 규정들을 지키기 때문에, 자기들만 옳다고 생각하는 사람들이었지요.

이 규정들이 오랫동안 성문화되지 않았고 다만 구전으로 전수되다가 기원후 3세기 중엽에야 성문화되었고, 미쉬나라고 불리지요. 이제 예수님께서 다 이루어질 것이라고 하신 그것은 이 율법이 아닌 것은 분명하지요. 예수님께서는 이 율법에 매여 그 정신은 잃어버린 율법학자들과 바리사이파 사람들을 강하게 질책하셨던 분이시지요.

예수님께서 없애러 온 것이 아니라 완성하러 오셨다고 하신 그것은 무엇입니까? 분명하지요. 법의 참된 의미, 진정한 의미의 법의 정신, 법의 밑바탕을 흐르는 원리, 다시 말해, 그 모든 것 안에서 하느님의 뜻을 찾아야 하는 그 정신, 바로 그것을 지키기 위해서 전 삶을 투신해야 하는 바른 삶의 뿌리가 되는 원리, 그것을 완성하러 오셨다는 말씀입니다.

율법의 일점일획이라고 번역한 것도 정확한 번역이 아닙니다. 희랍어 iodh라는 말은 어간, 다시 말해 글자의 뿌리를 말합니다. 그러니까 그 의미는 오히려 율법의 근원이 되는 것을 말하는 것이지요. 구약성서에서 모든 법의 핵심이며 근원이 되는 기초는 무엇입니까?

예, 십계명이지요. 그런데, 이 십계명도 그 전체의 근본 밑바탕을 흐르는 정신은 한마디로 말할 수 있습니다. 그것이 무엇입니까? 공경심, 존경심입니다. 크게, 하느님에 대한 공경심, 그리고 사람 서로에 대한 존경심이지요. 예수님께서 완성하러 오신 것은 바로 그 공경심과 존경심, 그것입니다.

예수님께서 어떻게 완성하십니까? 그것을 법의 차원에 머무르지 않고, 사랑의 차원으로 승화시켜서 완성하십니다. 존경심이나 공경심은 단순히 규정이나 규율을 지키는 데 있지 않습니다. 따뜻한 마음을, 다시 말해 사랑을 지니는 데 있지요. 예수님께서 완성이라고 하실 때, 그 의미는 이제 모든 법의 참된 정신이며 의미인 사랑을 이루시게 하시겠다는 뜻입니다.

예수님 당시에 사람들은 율법을 지키려고 애썼습니다. 그런데, 법을 지키는 데는 항상 어떤 한계가 있습니다. 물론 그것이 쉬운 것이 아니겠지만, 규정에 어긋나지 않으면 그것으로 만족하게 됩니다. 그러나 예수님께서 당신을 따르는 제자들인 우리에게 말씀하시는 것은 그것으로 부족하다는 것입니다.

그리스도인이 추구해야 하는 깃은 법이 아니라 사랑입니다. 그런데, 사랑에는 한계가 없습니다. 내가 이만큼 사랑했으니까 나로서 충분히 사랑했고, 그래서 만족스럽다. 그렇습니까? 그렇다면, 그것은 진정한 사랑이라기보다는 어떤 의무이지요. 진정한 사랑은 늘 미진하게 느껴지는 늘 부족한 어떤 것, 아무리 부어도 부어도 한계가 없는 그런 것이지요.

예수님이 우리에게 요구하시는 것, 그것은 사랑이지 법이 아닙니다. 이어서 보다 구체적으로 말씀하십니다. '옛 법은 이러이러하다. 그러나, 나는 이렇게 말한다.'라고 하시면서 근본적인 법의 정신, 그 원칙으로 돌아갈 것을 촉구하십니다. 예컨대, '살인하지 말라'고 들었지만, 내가 이르노니, 형제에게 성을 내지 말라.

형제에게 성을 내어 마음을 아프게 하는 것, 자기 형제에 대한 존경심 없이 바보라고 무시하는 것, 그것이 바로 살인과 같은 것이라고 강하게 말씀하십니다. 근본적인 법의 정신, 하느님의 뜻, 서로에 대한 존경심을 지녀야 하며, 그것이 사랑의 마음에서 나와야 한다고 말씀하시는 것입니다.

또한, 행위 그 자체보다는 그 밑바닥에 있는 마음이 더 중요하다는 것을 보도록 촉구하십니다. 예컨대, 예수님께서는 "'간음하지 말라'는 계명을 너희는 들었다. 그러나 나는 이렇게 말한다. 누구든지 여자를 보고 음란한 생각을 품는 사람은 벌써 마음으로 그 여자를 범했다."라고 말씀하십니다.

이 말씀을 너무 글자 그대로 알아듣기보다는 예수님께서 소중히 보시는 것은 어떤 한 번의 행동보다도 그 밑바닥에 흐르는 정신, 마음이라는 것으로 알아들어야 합니다. 여기서, 예수님께서 사람이 누구나 지닌 본능적인 성적인 충동을 말씀하시는 것은 분명 아닙니다.

우리가 계속해서 마음속에 지니고 있으면서, 마음으로 범하고 또 범하는 것은 오히려 실제 행동에 못지않게 나쁠 수 있다는 것입니다. 오늘 복음 말씀을 너무 글자에 매여서 알아들으려고 하면, 참으로 어렵습니다. 예수님께서는 그 근본정신을 강조하시기 위해 강한 어법을 쓰신 것입니다.

"오른 눈이 죄를 짓게 하거든 그 눈을 빼어 던져 버려라. 또 오른손이 죄를 짓게 하거든 그 손을 찍어 던져 버려라." 눈과 손은 참으로 소중한 것이지만. 그 어떤 것도 하느님의 사랑보다 더 소중할 수는 없다는 말씀입니다. 만약 그 손이나 눈이 하느님의 사랑에서 우리를 떼어놓게 한다면, 차라리 그것이 없는 것이 더 낫다고 말씀하시는 그 예수님의 마음을 헤아려야 합니다.

눈과 손, 참으로 소중한 하느님의 선물입니다. 그러나 그 소중한 하느님의 선물도 잘못 사용하면 하느님의 사랑을 거스르는 죄의 도구가 될 수 있다는 것을 경계하시는 그 말씀을 들으면서 참으로 우리는 하느님 앞에 겸손해야 하겠습니다. 모든 것이 하느님의 선물이고, 그 선물들은 모두 우리가 사랑이신 당신, 하느님을 향해 나아가는 도구가 되어야 합니다.

우리가 참으로 겸손할 때, 오늘 복음의 마지막 말씀처럼 있는 그대로 '예' 할 것은 '예' 하고 '아니오' 할 것은 '아니오'라고 할 수 있을 것입니다. 그것이 바로 우리 그리스도인들의 삶의 길입니다.